À PROPOS DE L'AUTEUR

C'est à l'âge de dix-sept ans que Melanie Milburne a lu son premier roman Harlequin. Dès lors, elle s'est fait la promesse d'écrire un jour une romance et de la publier. Très vite, son rêve s'est réalisé, et les livres se sont succédés à une vitesse folle ! Aujourd'hui, Mélanie Milburne est devenue l'un des auteurs les plus prolifiques des éditions Harlequin.

Un si troublant adversaire

*

Une tumultueuse passion

*

Une amoureuse indomptable

MELANIE MILBURNE

Un si troublant adversaire

INTÉGRALE
INDOMPTABLES HÉRITIERS

Traduction française de
ANNE-LAURE PRIEUR

◆ SAGAS ◆

HARLEQUIN

Collection : SAGAS

Titre original :
NEVER SAY NO TO A CAFFARELLI

Ce roman a déjà été publié en 2014

HARPERCOLLINS FRANCE
83-85, boulevard Vincent-Auriol, 75646 PARIS CEDEX 13
Service Lectrices — Tél. : 01 45 82 47 47

www.harlequin.fr

ISBN 978-2-2804-1678-8 — ISSN 2426-993X

1

— Comment cela, elle refuse de vendre ? répéta Raffaele Caffarelli avec humeur.

Margaret, sa secrétaire, eut un geste d'impuissance.

— Mlle Silverton a catégoriquement décliné votre offre.

— Augmentez-la.

— J'ai essayé. Sans succès.

Rafe tapota des doigts sur son bureau. Tout s'était passé sans heurt jusque-là. A ce stade du projet, il ne s'attendait plus à rencontrer le moindre obstacle. Il avait racheté le somptueux manoir Dalrymple et son terrain pour une somme dérisoire. Mais le cottage, autrefois lié au domaine, faisait désormais l'objet d'un titre de propriété séparé. Simple contretemps, lui avait assuré James, son gestionnaire. L'agent immobilier avait manifesté le même optimisme : il suffisait de proposer à Mlle Silverton un prix supérieur à celui du marché, et le tour serait joué. L'offre de Rafe était généreuse. Comme le reste de la propriété, le cottage avait grand besoin d'être restauré. Or, il avait les moyens de rendre au domaine sa splendeur passée.

A quoi diable pensait cette femme en refusant sa proposition ?

Bien sûr, il ne renoncerait pas. Echouer ne faisait pas partie de son vocabulaire, et James ferait mieux de s'en souvenir s'il tenait à son poste. Bon sang, il voulait cette propriété et ne laisserait personne se mettre en travers de sa route.

— Cette Mlle Silverton sait-elle qui a racheté le manoir ?

— J'en doute, répondit Margaret. Il n'y a eu aucune fuite dans la presse. James s'est chargé des détails administratifs en toute discrétion, et l'offre a été transmise par l'intermédiaire de l'agent immobilier, comme vous l'aviez demandé. Connaissez-vous cette personne ?

Rafe esquissa un rictus cynique.

— Non, mais je devine le genre. Quand elle saura qu'elle a affaire à un riche promoteur, elle cherchera à me soutirer un maximum d'argent.

— J'ai fait quelques recherches, reprit Margaret en lui tendant un dossier. Apparemment, feu lord Dalrymple avait un faible pour Poppy Silverton et sa grand-mère. Béatrice Silverton était l'intendante du manoir…

— Une aventurière, marmonna Rafe.

— Qui ? La grand-mère ?

Il se leva brusquement.

— Trouvez tout ce que vous pouvez sur cette Polly…

— Poppy, corrigea la secrétaire. Elle s'appelle Poppy.

— Peu importe. Je veux tout savoir. Sa famille, ses petits amis, sa taille de soutien-gorge… Tout. Et je veux cela pour lundi matin.

Margaret haussa un sourcil, mais ne fit aucun commentaire.

Agacé, Rafe se mit à arpenter son bureau londonien. Au fond, pourquoi ne pas se rendre lui-même sur place ? Tout ce qu'il avait vu du manoir et de ses environs, c'était les photos que James lui avait envoyées. Un petit tour de reconnaissance lui donnerait l'occasion de jauger son ennemie.

— Je pars en week-end, annonça-t-il d'un ton sec. En cas d'urgence, appelez-moi. Sinon, rendez-vous lundi.

— Qui est l'heureuse élue ? Le mannequin californien ?

— Personne. Je pars seul.

Margaret le considéra avec surprise.

— Vous n'avez jamais passé un week-end en solitaire depuis que je vous connais…

Il enfila sa veste et attrapa ses clés.

— Il y a un début à tout.

Poppy nettoyait la table 3 quand la porte du salon de thé s'ouvrit derrière elle. Au bruit du carillon, elle devina qu'il ne s'agissait pas d'un habitué. Il ne tintait pas comme à l'ordinaire.

Un sourire aux lèvres, elle se retourna et se figea, hypnotisée par le torse puissant, bronzé sous le col de chemise ouvert, qui se dressait face à elle. Lentement, elle leva la tête et son regard fut happé par deux yeux d'un brun très sombre, presque noir. Ce visage séduisant avec son ombre de barbe lui était vaguement familier… Un acteur, peut-être ? Une vedette de télévision ?

Non, décidément, impossible de se souvenir. Quoi qu'il en soit, il était plus que temps de se reprendre.

— Bonjour. Une table pour… ?

— Un.

Une table pour un ? Curieux… Il ne semblait pas le genre d'homme à rester seul. Plutôt celui à être entouré d'un harem en adoration. Peut-être était-il mannequin ? Un de ces *bad boys* ténébreux qu'on voyait dans les pubs des magazines ? Mais que ferait-il dans son petit salon de thé ? Soudain, la panique envahit Poppy.

Et si c'était un critique gastronomique ? Allait-elle être lynchée par un de ces auteurs de blogs à succès ? Elle ne pouvait pas se le permettre ! Pas alors qu'elle peinait déjà à se maintenir à flot… La clientèle se faisait rare depuis qu'un restaurant huppé avait ouvert dans le village d'à côté. Le restaurant d'Oliver Kentridge, son concurrent direct.

Et ex-petit ami.

Les gens préféraient aller dîner plutôt que savourer un simple thé…

Elle conduisit son client à la table 4, près de la fenêtre.

— D'ici, vous avez une jolie vue sur le manoir Dalrymple et son labyrinthe végétal, dit-elle en tirant une chaise.

Il jeta un bref coup d'œil par la fenêtre, avant de reporter son attention sur elle. L'intensité de son regard lui fit l'effet d'une décharge électrique. C'était de toute évidence l'homme le plus beau qu'elle ait jamais rencontré. Et ces lèvres, à la fois sensuelles et si masculines…

Pourquoi ne s'asseyait-il pas ?

— Est-ce une attraction touristique ? On se croirait dans un roman de Jane Austen, observa l'inconnu.

Où diable l'avait-elle déjà vu ? Et ce léger accent lorsqu'il parlait… Français ? Italien ?

— Ce serait bien la seule, ironisa-t-elle. Non, la propriété n'est pas ouverte au public.

— Elle a l'air splendide…

— Elle l'est. J'y ai passé toute mon enfance.

Il haussa un sourcil vaguement intéressé.

— Vraiment ?

— Ma grand-mère était l'intendante de lord Dalrymple. Elle est entrée à son service à l'âge de quinze ans et y est restée jusqu'à la mort du vieil homme. Une telle fidélité n'existe plus, de nos jours…

— En effet.

Poppy soupira.

— Elle l'a suivi dans la tombe six mois plus tard. Les médecins ont diagnostiqué une rupture d'anévrisme, mais je crois qu'elle avait tout simplement perdu le goût de vivre.

— Qui occupe le manoir, à présent ?

— Personne. Il y a bien un nouveau propriétaire, mais on ignore de qui il s'agit. Sans doute un de ces promoteurs sans scrupule prêts à sacrifier notre patrimoine historique sur l'autel de l'architecture moderne…

— N'existe-t-il pas des lois contre cela ?

— Oh ! les milliardaires… Plus ils ont d'argent, plus ils se croient au-dessus des lois, non ? Ce manoir est une demeure familiale, pas un temple de débauche pour play-boys désœuvrés.

— C'est une vaste propriété pour une famille moderne. Il y a bien trois étages…

— Quatre, rectifia-t-elle. Cinq en comptant la cave. Mais peu importe. Depuis la mort de lady Dalrymple, il semblait évident que la maison finirait comme ça.

— Lord Dalrymple ne s'est jamais remarié ?

— Clara était l'amour de sa vie. N'est-ce pas le plus beau des engagements ?

— En effet.

Seigneur, que lui prenait-il de discuter fidélité et engagement avec un parfait inconnu ? Pour dissiper le lourd silence qui s'était installé, elle tendit la carte à son visiteur. Elle plaqua un masque professionnel sur son visage et tenta de reprendre contenance. Chloé, son assistante, avait raison : sortir lui ferait du bien. La trahison d'Oliver l'avait rendue cynique. Mais comment oublier qu'il l'avait séduite et manipulée de la plus odieuse des façons ? Ce n'était pas elle qui l'intéressait, mais ses talents de restauratrice. Son seul but était d'ouvrir une enseigne rivale ! Dire qu'elle avait failli coucher avec lui…

— Le gâteau du jour est une génoise à la crème et confiture de framboise, annonça-t-elle.

L'homme reposa la carte et s'assit.

— Juste un café.

— Oh…

Elle proposait quarante variétés de thé différentes, et il commandait un *café* ?

— Quelle sorte ? Cappuccino, latte…

— Un double expresso. Noir. Sans sucre.

Et un sourire, était-ce trop demander ? Quelque chose chez cet homme l'irritait et la mettait sur la défensive. Comme s'il se moquait d'elle derrière sa façade impassible. Etait-ce sa robe sévère et son tablier à volants ? Les boucles dépassant de sa charlotte ? La trouvait-il vieux jeu ? C'était tout le concept de

Poppy's Teas : un lieu où l'on pouvait déguster un thé loin des trépidations de la vie moderne, dans des tasses à l'ancienne avec une part de gâteau aux saveurs d'antan.

— Je vous apporte cela tout de suite.

Elle s'éclipsa dans la cuisine. A son entrée, Chloé leva les yeux de son plan de travail.

— Que se passe-t-il ? Tu es toute rouge… Ne me dis pas que cette ordure d'Oliver est venu te narguer avec sa nouvelle petite amie ?

Chloé serra les poings.

— Quand je pense à toutes les recettes qu'il t'a volées et fait passer pour ses créations, j'ai envie de lui couper ses tu-sais-quoi et les servir en hors-d'œuvre dans son stupide restaurant.

Poppy ne put réprimer un sourire.

— Non. C'est ce client qui me dit vaguement quelque chose…

Chloé posa son couteau, contourna le comptoir et jeta un coup d'œil par la porte entrouverte.

— Mais c'est un des trois R !

— Pardon ?

— Les frères Caffarelli, chuchota Chloé. Raffaele, Raoul et Rémy, des milliardaires mi-français, mi-italiens. Rafe est l'aîné. Ils se déplacent en jet privé ou en voiture de sport et ne sortent qu'avec des mannequins.

— Sa fortune ne lui a pas appris les bonnes manières, commenta Poppy en posant une tasse sur le plateau de la machine à café. Il n'a même pas daigné sourire, encore moins dire « s'il vous plaît » ou « merci.

Elle donna un coup rageur sur le bouton de mise en route.

— Etre riche dispense d'être poli avec le commun des mortels, plaisanta Chloé.

— La manière dont on traite les gens modestes est révélatrice de qui l'on est vraiment, disait Granny. Lord Dalrymple en était un parfait exemple. Femmes de ménage ou magnats des affaires, il respectait tout le monde.

Chloé ferma la porte et retourna à son plan de travail.

— Je me demande ce qu'il fait ici. Il y a mieux, comme étape touristique…

Poppy se figea.

— C'est lui !

— Lui quoi ?

— Le nouveau propriétaire du manoir ! C'est lui qui essaie de me chasser de chez moi ! Cette femme qui accompagnait l'agent immobilier ne me disait rien qui vaille… Je parie qu'il l'a envoyée faire son sale boulot à sa place.

— Aïe, je connais cette expression.

— Exact.

Poppy saisit le double expresso et se dirigea vers la salle, un sourire féroce aux lèvres.

— La guerre est déclarée.

Rafe balaya des yeux la pièce au charme suranné. Il avait l'impression d'avoir fait un bond dans le passé et s'attendait presque à voir entrer des gens en costume du siècle passé. Une appétissante odeur de gâteau flottait dans l'air. Des bouquets de myosotis, ancolies et pois de senteur égayaient les tables, sur lesquelles étaient disposées de jolies serviettes blanches brodées à la main. Les tasses et soucoupes en porcelaine formaient une collection colorée quoique dépareillée, chaque pièce provenant sans doute de différentes boutiques d'antiquités.

Ce décor en disait long sur la gérante des lieux. Car la splendide créature qui l'avait accueilli n'était autre que Poppy Silverton, il en était certain. Il s'était attendu à une femme mûre d'aspect coriace… Avec ses boucles de feu sous sa coiffe sage, ses grands yeux noisette et ses lèvres en forme de pétales de rose, cette fille semblait tout droit sortie d'un conte de fées. Quelques taches de rousseur saupoudraient son teint à la fraîcheur juvénile. Un mélange entre Cendrillon et la fée Clochette… Très mignonne.

Mais pas son genre.

La porte de la cuisine s'ouvrit et elle réapparut, son expresso à la main. Son regard glacial démentait le sourire sur ses lèvres.

— Votre café, *monsieur.*

Comme elle se penchait pour poser la tasse, il perçut un délicat effluve de freesia. Ou de muguet ?

— Merci.

Elle le fixa droit dans les yeux.

— Vous êtes sûr de ne pas vouloir une part de gâteau ? Nous en avons plein de sortes différentes, y compris des cookies.

— Je ne suis pas très sucré.

— Nous proposons également des sandwichs. Notre spécialité est celui au fromage.

— Merci, un café suffira.

Elle ramassa un pétale d'ancolie, offrant un aperçu de son captivant décolleté. Sa silhouette était celle d'une ballerine, tout en courbes gracieuses, avec une taille si fine qu'il aurait pu l'encercler de ses mains.

Il sentait qu'elle s'attardait à dessein, repoussant le moment de retourner en cuisine. Avait-elle deviné qui il était ? Peu probable. Il avait vu la confusion dans son regard, comme si elle cherchait vainement à replacer son visage. C'était rassurant de savoir qu'au moins une personne en Grande-Bretagne ignorait tout de la débâcle de sa dernière relation. Jamais il n'avait délibérément blessé ses maîtresses. Mais en cette ère surmédiatique, une femme quittée savait s'attirer la faveur de l'opinion publique.

Poppy Silverton s'approcha d'une autre table, où elle remit une serviette en place. Impossible de la quitter des yeux. Cette femme le subjuguait autant qu'elle l'intriguait…

Assez. Il était là pour racheter son cottage, pas pour flirter avec elle. Cette fille cachait d'ailleurs certainement son jeu.

Pas question de se laisser embobiner par deux yeux de biche et une bouche à croquer.

— Il y a toujours autant de monde ?

Elle le fusilla du regard.

— C'était l'effervescence, ce matin. Mon assistante et moi étions débordées. J'ai même dû préparer une nouvelle fournée de scones.

Un mensonge éhonté… C'était justement parce qu'il n'y avait pas plus paisible que ce minuscule village perdu dans la campagne, qu'il l'avait choisi. Le manoir Dalrymple ferait un excellent hôtel de luxe pour ses clients soucieux de protéger leur vie privée.

Il but une gorgée de café.

— Depuis combien de temps tenez-vous ce salon de thé ? Vous en êtes la propriétaire, j'imagine ?

— Deux ans, répondit-elle d'un ton sec.

— Que faisiez-vous avant ?

— J'étais sous-chef dans un restaurant de Soho. J'ai eu envie de passer plus de temps auprès de ma grand-mère.

Passer plus de temps avec sa grand-mère ? Il n'y croyait pas une seconde. Non, ce brusque changement de carrière cachait autre chose, son instinct le lui soufflait. Il serait intéressant de lire le rapport de sa secrétaire à ce sujet…

— Et vos parents ? Vivent-ils dans les environs ?

Elle se raidit perceptiblement.

— Je n'ai plus de parents depuis l'âge de sept ans.

— Je suis désolé.

Rafe dévisagea la jeune femme. Avaient-ils plus en commun qu'il ne l'avait imaginé ? Lui aussi avait perdu ses parents très jeune, alors qu'il n'avait que dix ans. Par chance pour Poppy Silverton, sa grand-mère n'était certainement pas aussi tyrannique que Vittorio, le grand-père qui l'avait élevé.

— Vous avez une assistante ?

— Oui, elle est en cuisine. Et vous ? Vous séjournez ici ?

— Non, je ne fais que passer.

— Et qu'est-ce qui vous amène dans la région ?

Il crut voir un éclair traverser ses yeux noisette.

— Je fais des recherches, répondit-il évasivement.

— Pour ?

— Un projet sur lequel je travaille.

— Quel genre de projet ?

— Vous faites subir un interrogatoire à tous vos clients ?

Elle le foudroya du regard.

— Je sais pourquoi vous êtes là, insista-t-elle, les poings sur les hanches.

— Pour boire un café.

— Non, vous êtes venu tâter le terrain. Mesurer votre adversaire. Je *sais* qui vous êtes.

Il sourit, de ce sourire qui désarmait généralement ses rivaux en affaires autant que ses futures conquêtes.

— Je suis venu vous faire une proposition que vous ne pouvez pas refuser, dit-il, sûr de son succès. Donnez-moi votre prix.

— Ma maison n'est pas à vendre !

Tiens, tiens… Elle était décidée à résister. Un frisson d'excitation le parcourut. Il adorait les défis, surtout les plus ardus. C'était aussi les plus gratifiants. Il allait beaucoup s'amuser à la faire capituler.

Echouer n'était pas envisageable.

Il jaugea la jeune femme du regard. Son manège n'avait aucun secret pour lui : elle cherchait à faire monter l'offre. *Tellement prévisible.*

— Combien pour vous faire changer d'avis ?

Elle plaqua les mains sur la table, si violemment que la tasse vacilla dans sa soucoupe.

— Que les choses soient claires, monsieur Caffarelli. Je ne suis pas à vendre.

Il laissa ostensiblement son regard glisser sur son décolleté avant de planter ses yeux dans les siens.

— Ce n'est pas vous que je veux, mademoiselle Silverton, mais votre maison.

Le visage de la jeune femme prit une teinte cramoisie.

— Eh bien, vous pouvez faire une croix dessus.

Un désir brutal, presque primitif, s'empara de Rafe. Quand lui avait-on dit « non » pour la dernière fois ? Cette femme avait le don d'exciter sa fibre de mâle dominant. La bataille s'annonçait distrayante, même s'il connaissait déjà le résultat.

La maison serait sienne, et Poppy Silverton aussi.

— C'est ce que nous verrons, dit-il d'une voix suave.

Il se leva et déposa un billet de 50 livres sur la table, sans la quitter des yeux une seule seconde.

— Pour le café. Gardez la monnaie.

2

— Quel culot ! s'exclama Poppy en déboulant dans la cuisine.

Elle était si remontée qu'elle fit violemment claquer la porte contre le mur.

— Comme s'il suffisait de m'agiter une liasse de billets sous le nez pour me faire céder ! Pour qui ce type se prend-il ?

— Que s'est-il passé ? demanda Chloé, les yeux ronds de stupeur. J'ai cru que tu allais le gifler…

— C'est l'homme le plus détestable qu'il m'ait été donné de rencontrer. Jamais je ne lui vendrai ma maison, tu entends ? Jamais !

— Combien propose-t-il ?

Poppy foudroya son assistante du regard.

— Cela n'a aucune importance. Tous ses millions ne me feraient pas changer d'avis.

— Tu es sûre de prendre la bonne décision ? murmura Chloé. Je sais que cette maison a une grande valeur sentimentale, mais ta situation a changé. Ta grand-mère ne voudrait pas que tu te prives d'une fortune pour quelques souvenirs…

— Il ne s'agit pas seulement de souvenirs. C'est *ma* maison, lord Dalrymple me l'a léguée autant qu'à Granny. Je refuse de m'en débarrasser comme d'un vieux meuble usagé.

— As-tu pensé aux factures ?

Si elle y avait pensé ? Elle ne dormait plus depuis trois nuits, paniquée à l'idée de payer le prochain loyer du salon de thé. Les funérailles de sa grand-mère avaient sévèrement entamé ses économies. Et bien sûr, la concurrence du restaurant d'Oliver n'arrangeait rien.

— Tout est sous contrôle, assura-t-elle.

Chloé parut sceptique.

— Les affaires tournent au ralenti, ce printemps. Nous n'avons servi qu'un thé de toute la matinée. Je vais devoir congeler les scones…

— Non, je les donnerai à Connie Burton. Ses trois garçons n'en feront qu'une bouchée.

— Poppy, tu es trop gentille. Tu gères cet endroit comme une œuvre de charité !

— En parlant de charité, je n'accepterai pas celle de ce mufle.

Elle ouvrit un tiroir et en sortit une enveloppe dans laquelle elle glissa la monnaie laissée par Rafe Caffarelli.

— Après la fermeture, je pars lui rendre son pourboire.

— Il t'a donné un pourboire ?

— Il m'a insultée.

— En payant 50 livres un double expresso ? Si seulement tous les clients étaient comme lui…

Poppy ignora les propos de son assistante et scella l'enveloppe.

— Tu sais quoi ? Je vais y aller maintenant. Tu veux bien fermer pour moi ?

— Il loge au manoir ?

— Sûrement. Il n'y a pas d'hôtel cinq étoiles dans le village.

— Pas encore, remarqua Chloé.

Les doigts de Poppy se crispèrent sur l'enveloppe.

— Il faudra d'abord me passer sur le corps.

Rafe inspectait les traces d'un ancien dégât des eaux dans le salon du manoir lorsqu'il aperçut Poppy Silverton par la fenêtre. La jeune femme remontait l'allée d'un pas décidé, ses boucles rousses virevoltant autour de son visage. Sa main droite serrait une enveloppe blanche.

Il sourit.

Toujours aussi prévisible.

Il la laissa sonner plusieurs fois avant d'ouvrir.

— Quelle délicieuse surprise ! s'exclama-t-il d'une voix suave. Ma toute première visiteuse… Dois-je vous soulever dans mes bras pour vous faire passer le seuil ?

Elle lui lança un regard noir.

— Votre monnaie, dit-elle en lui tendant l'enveloppe.

— Vous, les Britanniques, n'acceptez donc jamais les pourboires ?

— Je n'accepterai rien de vous.

Il croisa les bras, ignorant l'enveloppe qu'elle poussait dans sa direction.

— Prenez-la, insista-t-elle.

— Non.

Cette réponse parut la mettre hors d'elle. Allait-elle le gifler ? Cela lui donnerait un prétexte pour immobiliser son corps gracile entre ses bras. L'idée était extrêmement tentante…

Avec un soupir, elle se hissa sur la pointe des pieds et fourra l'enveloppe dans sa poche de chemise. Le contact de sa main délicate à travers le tissu de sa chemise l'électrisa. Elle dut le sentir aussi car elle tenta de retirer sa main. Mais déjà, il lui saisissait le poignet, satisfait de sentir son pouls s'affoler. Son corps n'était plus qu'à quelques millimètres, sa cuisse fuselée frôlant la sienne. Un feu liquide déferla dans ses veines. Son désir était tel qu'il dut rassembler tout son sang-froid pour ne pas la plaquer contre le mur le plus proche.

— Lâchez-moi ! protesta-t-elle en se débattant.

Il ignora son ordre et se mit à lui caresser le poignet.

— C'est vous qui m'avez touché la première…

— Seulement parce que vous refusiez de reprendre votre stupide argent !

Elle agita furieusement le bras. Cette fois, il la libéra et elle se frotta le poignet, comme dégoûtée par son contact.

— Ce n'est qu'un pourboire, dit-il en souriant. Une manière d'exprimer ma satisfaction.

Elle plissa les yeux, méfiante.

— Vous vous moquez de moi.

— Pourquoi ferais-je cela ? Le café était exquis.

— Vous ne gagnerez pas, monsieur Caffarelli. Je ne suis peut-être qu'une campagnarde naïve à vos yeux, mais vous auriez tort de sous-estimer ma détermination.

L'excitation de Rafe redoubla. Le défi que représentait Poppy Silverton était comme une drogue. Une drogue qui le galvanisait. Quant à son côté campagnard et naïf, il serait un changement bienvenu. Il commençait à se lasser de ses conquêtes habituelles. Certes, elles suffisaient à combler ses besoins physiques. Mais, depuis peu, il se sentait frustré, envahi par un vide grandissant. Sans parler de cette question qui le taraudait…

Etait-ce tout ce que la vie avait à offrir ?

Elargir ses horizons lui ferait du bien. Cette Poppy était une pouliche sauvage qui n'avait pas encore trouvé son maître. La dompter serait distrayant. Combien de temps avant qu'elle lui mange dans la main ?

Son sang bouillonnait d'impatience.

— Je gagne toujours, mademoiselle Silverton. Les règles du jeu, c'est moi qui les dicte.

— Je hais les types comme vous, protesta-t-elle, le menton levé. Vous vous croyez supérieur avec vos voitures clinquantes, vos villas de luxe et vos conquêtes idiotes suspendues à vos lèvres. Mais la nuit venue, je parie que vous vous retournez dans votre lit en vous demandant si l'on vous aime pour vous ou pour votre argent.

— Vous avez une dent contre les hommes riches, railla-t-il. Est-ce donc si mal de réussir ?

— Vous, réussir ? Ne me faites pas rire ! Vous n'avez fait

qu'hériter de votre fortune et passez votre temps dans les soirées mondaines, tout comme vos frères.

Rafe songea au travail acharné qu'il avait dû fournir après qu'une transaction hasardeuse de son grand-père eut menacé la fortune familiale. Pendant plus de deux ans, dix-huit heures par jour et sept jours sur sept, lui et ses frères s'étaient attelés à reconstruire l'empire de leur père. Et ils y étaient parvenus ! Mais il ne se passait pas un jour sans qu'il se remémore cette période où ils avaient frôlé la ruine. Lui, plus que Raoul et Rémy, avait ressenti durement le poids de ses responsabilités. Ce n'était pas pour rien qu'il avait aujourd'hui cette réputation de requin en affaires.

— Vous avez des opinions bien tranchées sur des sujets dont vous ignorez tout, dit-il calmement. Connaissez-vous mes frères ?

— Non, et tant mieux. Je suis sûre qu'ils sont aussi méprisables que vous.

— Au contraire, ce sont de parfaits gentlemen.

— Oh ! vraiment ? dit-elle avec un haussement de sourcil cynique.

Il s'appuya nonchalamment contre un pilier de grès.

— Par exemple, ils ne laisseraient pas une jeune femme sur le perron sans l'inviter à boire un verre.

— Si c'est votre intention…

— En aucun cas.

Elle cilla, mais retrouva rapidement sa verve.

— Je vous changerais des femmes que vous avez l'habitude d'inviter chez vous…

— En effet. Vous seriez ma première rousse, laissa-t-il tomber en la déshabillant du regard.

— Auburn, corrigea-t-elle, cramoisie. Mes cheveux…

— Ils sont magnifiques.

Le regard de la jeune femme se durcit.

— La flatterie ne fonctionne pas avec moi. Ce ne sont pas quelques compliments hypocrites qui m'inciteront à vendre.

— Pourquoi êtes-vous si attachée à ce cottage ? Avec mon argent, vous pourriez vous offrir mille fois mieux.

— Quelqu'un comme vous ne peut pas comprendre. Cette maison est toute ma vie, aussi délabrée soit-elle. En la vendant, c'est une partie de moi que je sacrifierais.

— Personne ne vous demande de vous vendre.

— Vraiment ?

Il soutint son regard.

— Mes projets concernant le manoir se feront avec ou sans votre coopération. Vos sentiments n'y ont pas leur place. Rejeter mon offre serait un suicide financier.

Elle se raidit, sur la défensive. La haine se lisait dans ses yeux.

— Que savez-vous de mes finances ? Vous ne me connaissez pas.

— Je me ferai un plaisir d'y remédier.

Il laissa sa remarque planer quelques secondes entre eux avant de poursuivre.

— Et je suis sûr que vous aussi y prendrez plaisir…

Le visage en feu, Poppy Silverton fit demi-tour, et il la regarda s'éloigner en souriant.

Il gagnerait.

Il était prêt à parier sa fortune là-dessus.

Poppy claqua la porte de chez elle, folle de rage. Ses trois chiens, Chutney, Pickles et Relish, l'accueillirent avec des yeux inquiets.

— Désolée, mes chéris. Ce n'est pas contre vous, dit-elle en les caressant. Comme si j'allais succomber à ce goujat ! Ou même *songer* à coucher avec lui…

Bon, d'accord, peut-être y avait-elle un tout petit peu songé. Où était le mal ? Elle ne risquait pas de passer à l'acte. Ce n'était pas son genre.

N'était-ce pas justement la raison pour laquelle son ex sortait désormais avec une autre ?

C'était elle qui avait insisté pour attendre. Non qu'elle fût prude — enfin, peut-être un peu… Après tout, elle avait été élevée par sa grand-mère, qui avait depuis longtemps renoncé au sexe. Mais le problème c'était surtout son incurable romantisme. Elle tenait à ce que sa première fois soit spéciale, pour elle et pour l'homme qui la lui ferait vivre. Oliver était le bon, celui qui saurait l'initier aux plaisirs de la chair. Du moins le croyait-elle alors.

Sa trahison l'avait profondément blessée. Les hommes étaient si égoïstes… Son play-boy de père avait abandonné sa mère à la seconde où il l'avait sue enceinte. Et comme si cela ne suffisait pas, il avait épousé peu après une riche héritière dont la fortune était venue s'ajouter à la sienne. Sa mère avait fait irruption au mariage, Poppy dans les bras — « l'enfant de la honte », comme on l'avait surnommée. Les médias s'étaient bien sûr emparés de l'affaire, traquant sa mère partout où elle allait. Poppy gardait un souvenir terrifiant de fuites effrénées pour leur échapper…

Jusqu'au jour où sa grand-mère était venue la chercher à l'hôpital. Sa mère venait de succomber à une overdose. Elle se rappelait avoir été intimidée par cette vieille dame aux traits sévères. Mais, avec le temps, elle avait compris que ces manières bourrues cachaient un profond chagrin. Et du regret aussi, celui de ne pas être intervenue plus tôt.

Oui, sa grand-mère avait fait de son mieux pour lui offrir une enfance heureuse. Lord Dalrymple recevait peu, et il n'y avait pas d'autres enfants dans le voisinage. Aussi passait-elle le plus clair de son temps dans la cuisine du manoir. Peu à peu, elle s'y était sentie chez elle.

Poppy se laissa tomber sur le sofa du salon. C'était résolue à ouvrir un salon de thé au village pour pouvoir prendre soin de sa grand-mère, qu'elle s'était lancée dans des études d'hôtellerie. Dans sa promotion londonienne, elle faisait figure d'originale. Faire la fête, enchaîner les aventures, tout ça ne l'intéressait pas. Seul comptait son travail. Et c'était ce qui lui avait valu de décrocher un poste de sous-chef dans l'un des restaurants les plus branchés de Soho. Comme elle avait été heureuse alors ! Persuadée que le monde de la cuisine s'ouvrait à elle… Hélas, son patron n'avait pas tardé à lui faire comprendre qu'il la voulait aussi dans son lit.

Quand sa grand-mère avait attrapé une bronchite, elle en avait profité pour réaliser son rêve. Le salon de thé lui avait toujours fourni un revenu suffisant, tout en lui permettant de veiller sur son aïeule. Jamais elle n'avait regretté sa décision.

Elle poussa un soupir. Rafe Caffarelli avait-il vu juste ? Avait-elle une dent contre les hommes riches ? En tout cas, sa conviction que l'argent pouvait tout acheter avait le don de la hérisser. Cet homme avait beau être extrêmement séduisant, elle ne serait pas la prochaine sur son tableau de chasse.

Elle aurait parié ses économies si elle en avait eues.

Le lundi matin, Rafe convoqua sa secrétaire sitôt arrivé au bureau.

— Avez-vous les informations que je vous ai demandées ?

— Tout est là, répondit Margaret en lui tendant une chemise. Comment s'est passé votre week-end ?

— Bof. Si on m'appelle, prenez le message.

— Et s'il s'agit de Mlle Silverton ?

Il eut une courte hésitation.

— Faites-la attendre.

La porte de son bureau refermée, il ouvrit le dossier. Les quelques pages ne contenaient rien qu'il ne savait déjà. Poppy Silverton avait grandi auprès de sa grand-mère, dans le cottage attaché au domaine. Elle avait fréquenté l'école locale avant de poursuivre ses études supérieures à Londres. Son diplôme de chef en poche, elle avait été engagée dans un restaurant de Soho où il lui était arrivé de dîner quelques fois. Depuis deux ans, elle tenait le salon de thé du village. Sa grand-mère, Béatrice, était morte quelques mois plus tôt, la laissant seule propriétaire du cottage légué par lord Dalrymple.

Rien sur sa vie privée ou ses petits amis, passés et présent.

Avec un soupir, il referma la chemise. La même recherche sur lui aurait nécessité une étagère complète…

Poppy occupait encore ses pensées lorsqu'il avait quitté le manoir le dimanche soir. Et pas seulement à cause du cottage. Jamais il n'avait rencontré femme plus captivante. Elle était si rebelle et passionnée… Même sans espoir de gagner, elle n'avait pas hésité à le défier. Rien à voir avec toutes ces filles à papa qui se battaient pour gagner ses faveurs.

Et elle n'avait pas eu peur de l'attaquer là où ça faisait mal. A part ses frères, qui tenait *réellement* à lui ? Son grand-père ? L'idée avait de quoi provoquer l'hilarité. Ses employés ? Ils lui étaient fidèles et le respectaient, mais ne les payait-il pas généreusement pour cela ?

Il secoua la tête pour chasser les pensées ridicules qui l'envahissaient. A quoi jouait-il ? Tomber amoureux et s'engager ne l'intéressait pas. Perdre un être aimé faisait si mal… La mort de ses parents lui avait appris à garder un contrôle strict sur ses émotions. Il engageait et licenciait, séduisait et rompait. Ses relations duraient le temps qu'il décidait. Plus jamais il ne perdrait qui ou quoi que ce soit.

Rasséréné, il appuya sur l'Interphone.

— Margaret ? Trouvez-moi le propriétaire du salon de thé de Mlle Silverton. Faites-lui une offre qu'il ne pourra pas refuser, en ayant soin de lui faire signer une clause de confidentialité.

— Entendu.

— Autre chose. Annulez tous mes rendez-vous des semaines à venir. Je me mets au vert.

— Travail ou convenance personnelle ?

— Les deux.

Il sourit. Après tout, où était le mal à joindre l'utile à l'agréable ?

3

Le lundi suivant, Poppy servait M. Compton, l'un de ses plus fidèles habitués quand Raffaele Caffarelli entra dans le salon de thé. Le cœur battant, elle se concentra sur le vieil homme. Depuis la mort de sa femme, il venait tous les jours à la même heure, pour bavarder un peu. Elle posa une part de gâteau noix de coco orange sur la table, son préféré.

— Et voilà, monsieur Compton.

— Merci, Poppy. Ton assistante n'est pas là, aujourd'hui ?

— Elle rend visite à sa mère, répondit-elle, consciente du regard de Rafe sur sa nuque. Désirez-vous une autre tasse de thé ? Plus de crème ? Que diriez-vous d'une deuxième part de gâteau pour votre dessert de ce soir ?

— Tu devrais t'occuper de ton autre client, dit M. Compton avec un clin d'œil. Les affaires reprennent, on dirait.

— Si seulement…

Elle força un sourire sur ses lèvres avant de se diriger vers son visiteur.

— Une table pour un ?

— Oui, merci.

— Et un double expresso, noir, sans sucre ?

Une étincelle jaillit dans son regard fixé sur elle.

— Vous avez bonne mémoire.

Dans l'espoir de dissimuler son trouble, Poppy détourna les yeux de sa bouche sensuelle. Hélas, ses longs doigts bronzés étaient tout aussi captivants. Leur étreinte autour de son poignet l'avait marquée comme une brûlure au fer rouge. Son corps tout entier en frémissait encore…

Il portait un jean et une chemise blanche, les manches retroussées sur ses avant-bras musclés. Une ombre de barbe couvrait son menton volontaire. Son odeur, mélange d'agrume, de santal et de pure masculinité, était étourdissante. Tout en lui exsudait un charisme, un sex-appeal qui affolaient son cœur.

— Puis-je vous tenter avec une part de gâteau ?

Son regard se fit incandescent.

— Je suis très tenté, en effet.

— Une part de *gâteau*, monsieur Caffarelli. C'est tout ce que je vous offre, dit-elle à voix basse, de peur que M. Compton ne l'entende.

— Dans ce cas, un café suffira. Pour l'instant…

Poppy poussa la porte de la cuisine avec humeur. Ce type était franchement insupportable ! Et elle se détestait d'être aussi vulnérable à son charme…

Oh ! elle s'était doutée qu'il reviendrait. Tous les jours, elle avait épié son arrivée, ignorant l'étrange déception qui l'envahissait de ne pas apercevoir sa voiture devant le manoir. Mais il ne renoncerait pas, c'était certain. Tous les articles qu'elle avait lus à son sujet le décrivaient comme un requin en affaires. Et elle le soupçonnait d'être aussi intransigeant dans ses conquêtes féminines. Sa dernière maîtresse, un mannequin à la silhouette de rêve, n'avait jamais dû porter le moindre carré de chocolat à ses lèvres siliconées.

— Ce sera tout ? dit-elle après lui avoir servi son café.

— A quelle heure fermez-vous ?

— Vers 17 heures. Je reste flexible en cas de clients tardifs. Personne n'aime être pressé de finir son thé. Ou son café, ajouta-t-elle avec une pointe de dédain.

Sans prendre la peine de relever sa pique, il posa un regard brûlant sur elle.

— J'ai une proposition à vous faire.

— Je vous ai déjà dit que je ne vendrais pas.

— Il ne s'agit pas de votre maison. Je compte séjourner quelques semaines au manoir afin de me familiariser avec les lieux. Il est un peu tôt pour engager une intendante. Accepteriez-vous de cuisiner pour moi ? Les dîners seulement. Je vous paierai, naturellement.

Prise de court, Poppy hésita. Une rentrée d'argent supplémentaire serait la bienvenue. Mais lui préparer à dîner tous les soirs ? Qu'exigerait-il ensuite ? Elle en dessert ?

— Pourquoi ne pas dîner au pub du village ? Il fait de délicieux en-cas.

Plutôt mourir que lui recommander le restaurant d'Oliver…

— Je ne dîne pas dans les pubs, répondit Raffaele.

— Non, évidemment.

— Ma mère était française. J'aime la bonne cuisine.

— Accepte, Poppy. Tu en as bien besoin, intervint M. Compton, qui s'était approché d'eux.

Poppy sursauta. Seigneur, que lui avait-il pris de lui faire part de ses difficultés financières quelques semaines plus tôt ? Nul doute que Raffaele Caffarelli n'hésiterait pas à utiliser cette information à son avantage. Qui sait de quoi cet homme perfide et calculateur était capable pour parvenir à ses fins ?

— Je vais y réfléchir, bredouilla-t-elle.

Il lui tendit une carte professionnelle.

— Appelez-moi ce soir.

Elle glissa le rectangle de papier dans la poche de son tablier et se tourna vers le vieux monsieur.

— Laissez-moi vous apporter une deuxième part de gâteau, monsieur Compton.

— Rafe Caffarelli, se présenta Rafe, sitôt Poppy partie.

— Howard Compton, dit le vieil homme en lui serrant la main. Alors comme cela, vous êtes le nouveau propriétaire du manoir Dalrymple ?

— Exact. C'est une très belle propriété. Je m'y intéresse depuis longtemps.

— Que comptez-vous en faire ?

— Un hôtel de luxe avec spa.

— Ne dites pas cela à Poppy. Elle espérait tant qu'une famille reprendrait le manoir…

— Vous connaissiez lord Dalrymple ? demanda Rafe.

— Nos épouses étaient amies depuis l'enfance. Après la mort de Clara, Henry s'est totalement replié sur lui-même. Une chance que Béatrice, la grand-mère de Poppy, ait été là pour s'occuper de lui. Leur léguer le cottage était un joli geste de sa part. Sans doute leur aurait-il laissé tout le domaine s'il n'avait craint les réactions de sa famille. La validation du testament a pris un temps fou, comme bien souvent en l'absence d'héritiers directs.

Rafe songea à sa propre situation. Lui non plus n'avait aucun héritier direct à part ses frères. A qui reviendrait sa vaste fortune après sa mort ? Il n'y avait jamais réfléchi… A quoi bon s'acharner au travail s'il n'avait personne à qui en transmettre les fruits ?

Il chassa cette idée. A trente-cinq ans, il avait tout le temps de penser au mariage. Un jour, il se choisirait une épouse adéquate, issue des mêmes cercles que lui et soucieuse de ne pas empiéter sur sa liberté.

Poppy réapparut avec une part de gâteau enveloppée dans de l'aluminium.

— Voilà pour vous, monsieur Compton.

— Merci, tu es une crème. Que ferais-je sans toi ?

Il se tourna vers Rafe.

— Ravi d'avoir fait votre connaissance, Rafe. Passez prendre un whisky à l'occasion. J'habite Bramble Cottage dans Briar Lane. Impossible de me manquer.

— Avec plaisir, répondit Rafe, surpris par sa propre sincérité.

Bon sang, à quoi pensait-il ? Il était là pour gagner de l'argent, pas pour se faire des amis !

Le carillon de la porte tinta au départ du vieil homme.

— Votre numéro de charme ne vise donc pas que la gent féminine, commenta Poppy d'un ton cynique.

— C'est un homme charmant, répliqua Rafe. Et très seul, n'est-ce pas ?

— Oui…

Elle poussa un soupir.

— Je fais ce que je peux. Hélas, personne ne peut lui rendre sa femme. C'est si triste de perdre l'amour de sa vie…

— Ne vaut-il pas mieux avoir aimé et perdu que n'avoir jamais connu l'amour ?

La jeune femme se détourna, les joues en feu, et se mit à nettoyer une table avec un zèle excessif.

— Et votre petite amie ? Vous rejoindra-t-elle au manoir ?

— Je suis actuellement célibataire.

Elle lui lança un regard incrédule par-dessus son épaule.

— Votre décision ou la sienne ?

— La mienne.

C'était *toujours* sa décision.

— Elle était très belle…

— Tant qu'elle n'ouvrait pas la bouche.

— Charmant.

Moins que sa bouche à *elle*… A l'idée de ses lèvres pulpeuses pressées contre les siennes, il sentit le désir enfler en lui. Il brûlait d'y mordre et goûter leur douceur, de faire sienne cette bouche si appétissante.

Il détourna le regard pour reprendre contenance. Pourquoi diable cette femme lui faisait-elle un tel d'effet ? Elle n'était pas du tout son genre avec ses airs de tigresse prête à sortir les griffes. La plupart du temps, elle donnait l'impression de vouloir l'étrangler ! Mais la colère dans ses yeux cédait parfois la place à un désir farouche, primitif. Elle avait beau le cacher, il le devinait à sa raideur forcée, comme si elle craignait que son corps n'échappe à son contrôle.

Oui, c'était cette sensualité bridée qui l'intoxiquait. Poppy

Silverton devait être incroyable au lit quand elle se laissait aller. Le seul contact de ses doigts avait suffi à l'électriser ! Il voulait les sentir sur lui, courant sur sa peau nue, explorant chaque recoin de son corps. Il voulait être en elle, la sentir se resserrer autour de lui. La rencontre explosive du feu et de la glace…

— Et vous, mademoiselle Silverton ? Avez-vous un petit ami ?

Son expression devint méfiante.

— Je ne vois pas en quoi cela vous intéresse.

— Au contraire, je suis très intéressé.

Elle rougit, mais ne cilla pas.

— Un autre café, monsieur Caffarelli, ou dois-je vous apporter l'addition ?

Rafe plongea dans ses yeux noisette et sentit une brusque chaleur l'envahir. Elle était si proche qu'il aurait pu la toucher. Son corps gracile vibrait de tension, comme si un feu ardent brûlait juste sous la surface. Ses tentatives pour le cacher étaient vaines. Haine et désir virevoltaient dans l'air en un captivant ballet.

— Vous ne m'aimez guère, n'est-ce pas ?

— Mon travail est de servir votre café, pas d'être votre amie.

Il esquissa un sourire suggestif.

— Ne dit-on pas qu'il faut être proche de ses amis, et plus encore de ses ennemis ?

— Ne dit-on pas aussi que rien n'est gratuit ? riposta-t-elle en lui tendant l'addition.

Il partit d'un grand rire et sortit un billet qu'il posa sur la table.

— A bientôt, mademoiselle Silverton. Nous nous reverrons.

Prête à aller se coucher, Poppy ouvrit la porte et rappela ses chiens partis se dégourdir les pattes. Mais lorsqu'elle siffla, seuls Pickles et Relish apparurent. Le troisième manquait à l'appel.

— Chutney ! appela-t-elle depuis le seuil. Allez, rentre !

Aucun signe de vie. Le petit chien semblait s'être évanoui dans la nature. Comment ne pas s'inquiéter après ce qui était arrivé à Pickles quelques semaines plus tôt ? Elle l'avait retrouvé gisant dans l'herbe, une patte blessée, de l'autre côté d'une brèche dans la haie entourant le jardin. Ses gémissements de douleur l'avaient bouleversée.

Gagnée par la panique, elle se précipita dans le jardin. Chutney aimait vagabonder, surtout s'il reniflait l'odeur d'un lapin. Et s'il s'était aventuré sur la route ? Il y avait peu de circulation à cet endroit, mais il suffisait d'une voiture roulant un peu trop vite…

Elle leva les yeux vers le manoir. La voiture de Rafe Caffarelli était garée dans la cour. De la lumière brillait au rez-de-chaussée, signe qu'il n'était pas encore couché.

Devait-elle l'appeler ? Les trois chiens avaient l'habitude d'aller au manoir. Du vivant de lord Dalrymple, elle les y emmenait quotidiennement en promenade et n'avait cessé qu'une fois le panneau « A vendre » retiré.

Elle saisit la carte de Raffaele, qu'elle caressa d'un doigt hésitant. Oh ! et puis, zut… Vivement, elle composa le numéro avant de changer d'avis.

— Rafe Caffarelli.

La voix grave fit courir un frisson le long de sa colonne vertébrale.

— Hum… Bonsoir. C'est Poppy Silverton.

— J'attendais votre appel.

— Je ne téléphone pas au sujet de votre offre. Auriez-vous, par hasard, aperçu un petit chien autour du manoir ?

— Quelle race ?

— Un cavoodle.

— Un quoi ?

— C'est un croisement entre le Cavalier King Charles et le caniche miniature. Il s'appelle Chutney.

— Vous avez nommé votre chien d'après un condiment ?

Exaspérée, elle poussa un profond soupir.

— L'avez-vous vu, oui ou non ?

— Non.

— Désolée de vous avoir dérangé. Bonne n…

— Je peux jeter un coup d'œil dehors, proposa-t-il. Mais s'il s'est aventuré dans le labyrinthe, vous devrez venir me délivrer…

— Je suis sûre que vous êtes capable de vous tirer de n'importe quelle situation.

Il eut un petit rire.

— Vous vous êtes renseignée, à ce que je vois…

— Si vous trouvez Chutney, appelez-moi, dit-elle abruptement.

— Non. Je vous le ramène.

— Ce n'est pas…

— S'approchera-t-il d'un inconnu ? l'interrompit Rafe.

— Oh ! c'est un glouton. Il ferait n'importe quoi pour un sucre.

Nouveau rire au bout du fil.

— Je vois le genre.

Et il raccrocha.

Quelques minutes plus tard, la sonnette retentit. Le cœur battant, Poppy se précipita vers la porte. Sur le seuil se tenait Raffaele, Chutney sous le bras.

— Où l'avez-vous trouvé ? s'exclama-t-elle, soulagée.

— Assis sagement devant la porte de la cuisine.

Il lui tendit le chien, qu'elle déposa sur le sol.

— Merci, dit Poppy en se relevant. Lord Dalrymple lui manque. Nous avions l'habitude de lui rendre visite tous les jours.

— Il semble effectivement chez lui au manoir.

— J'y allais pour m'assurer qu'il n'y avait eu aucun acte de vandalisme, précisa-t-elle. Bien sûr, ce n'est plus nécessaire…

— Bien sûr, répéta Raffaele avec un sourire.

Etait-ce de la moquerie qu'elle entendait dans sa voix ? Furieuse, elle redressa les épaules.

— Désolée pour le dérangement. Vous n'étiez pas obligé de vous déplacer. Vous auriez pu me téléphoner, je…

— Avez-vous réfléchi à ma proposition ?

L'intensité du regard de Raffaele Caffarelli, posé sur elle, la troubla. Pourquoi diable ne s'était-elle pas changée avant d'ouvrir ? Avec son vieux jogging élimé et des baskets trouées là où Pickles s'était fait les crocs, elle était loin d'être à son avantage… Et que dire de sa queue-de-cheval et de son visage démaquillé ? Elle devait avoir l'air d'une gamine de dix ans !

— Vous devriez vous adresser à quelqu'un d'autre, dit-elle d'une voix mal assurée.

— C'est vous que je veux.

A son grand désespoir, elle se sentit rougir.

— Je ne suis pas disponible.

— Vos yeux disent le contraire. Vous mourez d'envie d'accepter.

Ses yeux ? Vraiment ? Seigneur, cet homme ne doutait de rien !

— Je comprends mieux pourquoi vous vous déplacez en jet privé. Il vous faudrait toute la cabine pour loger votre ego.

Un sourire joua sur les lèvres de Raffaele.

— Vous êtes une vraie tête de mule…

— Je vous avais prévenu.

— Moi aussi.

Poppy se sentit frémir sous le regard déterminé de son visiteur.

— Ce que je veux, je l'obtiens, mademoiselle Silverton.

— Merci d'avoir ramené Chutney. Je ne vous retiens pas plus longtemps, dit-elle en désignant la porte.

— Vous ne m'offrez pas un verre pour me remercier ?

Poppy se mordit la lèvre. C'était discourtois de sa part, en effet. Mais l'inviter à entrer ne lui donnerait-il pas l'impression qu'elle désirait sa compagnie ? Or, elle n'avait besoin de la compagnie de personne, la sienne moins que tout.

— C'est-à-dire…

— Je ne fais pas mes ongles sur le tapis, plaisanta-t-il, un sourire ravageur aux lèvres.

— Je n'ai pas pour habitude d'inviter des inconnus chez moi tard le soir, répondit-elle dignement.

— Craignez-vous de choquer le voisinage ?

— Vous êtes mon seul voisin.

— Soyez tranquille. Malgré ma réputation de play-boy, j'ai toujours traité les femmes avec respect.

— Me voilà rassurée.

— Vous ne me croyez pas ?

— Votre ancienne maîtresse est peu élogieuse à votre égard…

— Zandra a mal vécu notre séparation. Quelques rubis ou saphirs devraient la consoler.

Poppy fronça les sourcils.

— Pas de diamants ?

— Les diamants sont éternels. Ils seront pour celle qui partagera ma vie.

— Vous envisagez donc d'abandonner votre mode de vie dissolu ? lança-t-elle sans chercher à dissimuler son scepticisme.

— Pas dans l'immédiat.

— Trop occupé à papillonner ?

— Il me reste quelques spécimens rares à attraper, dit-il, les yeux rivés aux siens. Après cela… qui sait ? Les play-boys assagis font les meilleurs maris, paraît-il.

— Et quel genre d'épouse recherchez-vous ? Miss Aristocrate Parfaite ?

Il la considéra d'un œil amusé.

— Intéressée par le poste ?

— Vous plaisantez ! Vous êtes bien la dernière personne que j'épouserais.

— C'est réciproque, riposta-t-il avec une révérence moqueuse. Bonne soirée, mademoiselle Silverton.

4

— Rafe Caffarelli est revenu ?

Poppy leva les yeux vers l'ouragan Chloé qui venait de débouler dans la cuisine. A l'évidence, elle avait croisé M. Compton…

— Juste pour un café, maugréa-t-elle. Franchement, quel intérêt de venir dans un salon de thé si c'est pour commander un expresso ?

— Mais il t'a aussi demandé de cuisiner pour lui. Quelle chance ! Que vas-tu lui préparer ?

— J'ai refusé.

Chloé se figea.

— Tu es folle ! Il compte te rémunérer, non ?

— Ce n'est pas la question.

— Je veux bien le faire, moi. Et même lui apporter son petit déjeuner au lit, s'il le faut. En parlant de lit, je parie que c'est un amant fantastique. Non, mais tu as vu ce corps d'athlète ?

— Le physique ne suffit pas. Que fais-tu de l'intellect et des valeurs morales ?

Chloé eut un sourire entendu.

— Avoue qu'il te plaît… Et c'est réciproque. M. Compton le pense aussi. Pour quelle autre raison viendrait-il deux fois de suite dans le salon de thé ?

— Raffaele Caffarelli collectionne les aventures. Il pense

que vouloir quelque chose ou quelqu'un lui suffit pour l'obtenir. Toute cette arrogance, c'est insupportable !

— Tu es vraiment remontée contre lui. Est-ce uniquement à cause du cottage ?

— Je n'ai pas envie d'en parler, marmonna Poppy.

Elle déposa une fournée de cupcakes sur un plateau qu'elle emporta en salle.

— Il compte transformer le manoir en hôtel de luxe, continua Chloé en lui emboîtant le pas. Ce serait une excellente source d'emplois pour le village, et de nouveaux clients pour nous…

Poppy faillit lâcher son plateau.

— Tu n'es pas sérieuse ? Le manoir est une demeure familiale depuis plus de quatre siècles. Des générations de Dalrymple s'y sont succédé. Le convertir en hôtel est un sacrilège !

— Rafe Caffarelli respecte toujours l'architecture d'origine. J'ai lu sur internet qu'il dessinait lui-même les plans.

Mais Poppy n'était pas prête à lâcher prise. La perspective de paparazzi rôdant dans le village, à l'affût d'un cliché juteux d'une quelconque célébrité, la révoltait.

— Lord Dalrymple doit se retourner dans sa tombe. A quoi pensait son cousin en vendant à un promoteur ? Une famille aurait apporté de la vie au manoir…

— Tu aimes vraiment cet endroit, n'est-ce pas ?

Elle poussa un soupir.

— La tristesse entre ses murs est presque palpable. Parfois, les escaliers grincent et craquent comme s'ils sanglotaient…

— Tu veux dire que le manoir est hanté ? chuchota Chloé.

— Non. Il a seulement besoin de joie de vivre. Et cela, seule une famille peut le lui apporter. Certainement pas une horde de jet-setteurs qui ne pensent qu'à faire la fête.

— Rafe Caffarelli finira peut-être par s'y installer avec quelqu'un…

Poppy esquissa un sourire dédaigneux.

— J'en doute. Il change de maîtresse comme de chemise. Les play-boys comme lui ignorent le sens du mot « engagement ».

— Je vois que je ne suis pas la seule à m'être renseignée sur l'illustre Rafe Caffarelli…

— Je me fiche de ce qu'il fait et avec qui, répliqua Poppy avec hauteur. J'ai mieux à faire de mon temps.

Et elle regagna la cuisine en faisant claquer la porte derrière elle.

Juste avant l'heure du déjeuner, le carillon tinta. Poppy se dirigea dans la salle principale pour accueillir son client, mais, à sa grande surprise, elle découvrit M. Underwood, le propriétaire du salon de thé, sur le pas de la porte. Il venait généralement le vendredi après-midi pour une part du gâteau du jour. Etait-ce pour le loyer ? Comptait-il l'augmenter ? Pourvu que ce ne soit pas la raison de sa visite ! Elle avait toute une liste de travaux prévus dans le cottage, qui en avait grand besoin. Sans parler du vieil orme à faire couper car ses branches touchaient le toit… Même une très légère hausse suffirait à mettre ses finances en péril.

— Comme d'habitude, monsieur Underwood ? demanda-t-elle avec un sourire plein d'espoir.

— Ah, Poppy. Tu as un moment ?

Son sourire se figea. *Pitié, faites qu'il n'augmente pas le loyer…*

— Bien sûr.

— On m'offre de racheter le salon de thé, commença M. Underwood. L'offre est généreuse et j'ai l'intention d'accepter. Je tenais à t'en informer moi-même.

La surprise la cloua sur place.

— J'ignorais que vous songiez à vendre…

— L'idée me trottait dans la tête depuis un moment. Jeany a envie de voyager, et nous avons trois petits-enfants aux Etats-Unis que nous aimerions voir plus souvent. J'ai vendu une autre propriété en plus de celle-ci.

A ces mots, un horrible soupçon envahit Poppy.

— De qui provient l'offre ?

— L'acheteur m'a fait signer une clause de confidentialité.

— Evidemment…

Une colère sourde enflait en elle.

— Toi et Chloé êtes les meilleures locataires que j'aie eues, dit M. Underwood d'un air gêné. Cette décision n'a rien de personnel.

Oh ! au contraire. Cette décision avait tout de personnel…

— Il nous reste toujours un an de bail, n'est-ce pas ?

— Pas si le nouveau propriétaire décide de reconvertir le bâtiment.

— Est-ce ce qu'il a laissé entendre ?

— Non. Il semblait seulement déterminé à l'acquérir. Apparemment, il serait tombé sous le charme.

Poppy serra les dents. Les médias avaient raison : Rafe Caffarelli était un homme redoutable. Et bien plus retors qu'elle ne l'avait imaginé… Mais elle ne se laisserait pas faire. Croyait-il vraiment la plier à sa volonté en lui imposant un loyer exorbitant ? Pour qui la prenait-il ?

— Le nouveau propriétaire compte-t-il augmenter le loyer ?

— C'est à lui qu'il faudra le demander, répondit M. Underwood.

— Comment faire s'il désire rester anonyme ?

— Une agence se chargera de gérer le loyer. Je ne comprends pas cette manière de faire, mais l'acheteur y tenait.

— Il doit avoir ses raisons, conclut Poppy avec un sourire crispé.

Sitôt M. Underwood parti, elle se rua dans la cuisine et laissa exploser sa colère.

— Je vais lui coller mon poing dans la figure !

Chloé la dévisagea, visiblement perplexe.

— Je croyais que tu aimais bien M. Underwood…

— Pas lui. Rafe Caffarelli. Il a racheté le salon de thé dans notre dos ! Bien sûr, il s'est arrangé pour cacher son identité, mais je *sais* que c'est lui. Tout ça pour me mettre dans son lit…

— Quoi ? Il t'a demandé de coucher avec lui ?

— Pas exactement… Mais je le vois dans ses yeux chaque fois qu'il me regarde. Il peut toujours rêver.

— Je me dévoue. Quelle femme se refuserait à un aussi séduisant milliardaire ?

— Moi.

— Tu n'es pas sérieuse ! Je parie que c'est le genre d'homme à te couvrir de somptueux bijoux… Tu les revends et hop ! Fini les problèmes d'argent.

Poppy lança un regard de reproche à son assistante.

— Je ne te croyais pas si superficielle…

— Pragmatique, corrigea Chloé en haussant les épaules. Réfléchis, Poppy. Votre liaison serait un excellent coup de pub pour le salon de thé.

— Je ne coucherai pas avec Rafe Caffarelli pour attirer des clients ! J'ai ma fierté.

— Ce que tu peux être rabat-joie… Qui attend encore l'homme parfait, de nos jours ? La plupart des filles perdent leur virginité avant la fin de leurs études. A vingt-cinq ans, il serait temps de rattraper ton retard !

— Le sexe n'est pas ma priorité.

— Parce que tu ne sais pas ce que tu rates ! s'écria Chloé. Il n'y a pas de mal à coucher avant le mariage, tu sais.

— Je n'attends pas spécialement le mariage. Seulement un homme digne de confiance qui saura me donner envie de franchir le pas.

— A cause de ce qui est arrivé à ta mère ?

— Elle aimait sincèrement mon père et il lui a brisé le cœur. Sa cruauté a détruit sa vie ainsi que celle de ma grand-mère. Du jour au lendemain, elle s'est retrouvée contrainte de m'élever.

— Ta grand-mère adorait t'avoir avec elle.

Poppy soupira.

— Peut-être. Mais ma mère est morte trop jeune, sans avoir le temps de réaliser ses rêves. Cela ne m'arrivera pas. Je veux garder le contrôle de ma vie.

— Certaines choses ne se contrôlent pas…

— D'autres, si.

Poppy jeta son tablier sur la chaise la plus proche.

— A commencer par les manigances de cet homme odieux.

Rafe fut interrompu dans ses plans par un bruit de moteur. Il n'avait pas besoin d'approcher de la fenêtre pour savoir de qui il s'agissait. Seule une gérante de salon de thé hors d'elle claquerait ainsi sa portière, se ruerait vers l'entrée et actionnerait la sonnette à coups furieux et répétés.

Un sourire joua sur ses lèvres. Que sa vie était ennuyeuse avant sa rencontre avec Poppy Silverton… Il y avait des années qu'il ne s'était pas autant diverti.

— Les gens vont jaser, dit-il après avoir ouvert.

Une véritable boule de furie l'attendait sur le seuil, les poings crispés.

— Vous n'êtes qu'un homme perfide et sans scrupule !

— Ravi de vous revoir également.

La jeune femme tremblait littéralement de rage.

— Comment avez-vous osé ? Vous avez racheté mon salon de thé !

— Je suis promoteur. Acheter des biens immobiliers est mon gagne-pain.

— Je sais très bien ce que vous essayez de faire, protesta-t-elle, le regard flamboyant.

Il s'appuya nonchalamment contre le mur, un sourire aux lèvres.

— Et qu'est-ce que j'essaye de faire ?

— Vous savez que j'ai des difficultés à payer le loyer. Vous comptez l'augmenter pour me mettre dans votre lit, mais c'est peine perdue !

— Vous avez une bien piètre opinion de moi. Qu'est-ce qui vous fait penser que je veux hausser le loyer ?

Elle plissa des yeux méfiants.

— Ce n'est pas le cas ?
— Non.
— Alors pourquoi avoir racheté le salon de thé ?
— J'en avais envie.
— *Pardon ?*
— J'aime son côté traditionnel. C'est unique et chaleureux, aux antipodes de toutes ces franchises de café impersonnelles.

Elle le considéra d'un air sceptique.

— Vous ne buvez même pas de thé…

— Je ne connais que les sachets bon marché dans des gobelets en polystyrène. Peut-être accepteriez-vous de m'initier à la dégustation d'un thé de qualité supérieure ?

Un éclair de suspicion traversa le regard noisette posé sur lui.

— Pourquoi ai-je l'impression que vous ne parlez pas de thé ?
— De quoi d'autre parlerais-je ?

La brusque rougeur sur ses pommettes le fit sourire. C'était si facile de la décontenancer !

— Si vous êtes vraiment intéressé, venez cet après-midi à 16 heures, proposa-t-elle d'une voix guindée.

— Je préférerais une leçon privée, dit-il, les yeux rivés aux siens. Je ne voudrais pas être distrait par d'autres clients.

Elle lui lança un regard glacial.

— Dans ce cas, venez à 17 h 30, après la fermeture.
— Nous avons donc un rendez-vous.

Il la suivit des yeux tandis qu'elle regagnait sa voiture à grands pas. Rejetant ses cheveux en arrière, elle mit le moteur en marche et traversa la cour, avant de disparaître dans un nuage de poussière.

5

A 17 heures, Chloé enleva son tablier.

— Ma mère a appelé. Elle veut que je passe chercher ses antiasthmatiques à la pharmacie. Ça t'ennuie si je pars maintenant ?

Poppy sentit son estomac se nouer. Elle comptait sur la présence de son assistante au cas où Rafe Caffarelli se montrerait un peu trop entreprenant. C'était la seule raison pour laquelle elle avait accepté de lui donner une leçon privée.

Elle poussa un soupir résigné.

— Non, vas-y. Et emporte une part de son gâteau au chocolat préféré.

— Tu sauras te débrouiller ? la taquina Chloé.

— Bien sûr, répondit Poppy, avec une assurance qu'elle était loin de ressentir.

A 17 h 35, le carillon de la porte tinta. Elle avait passé la dernière demi-heure à fixer l'horloge, en proie à une panique grandissante. Son cœur battait la chamade lorsqu'elle sortit de la cuisine.

Rafe l'attendait, vêtu d'un pantalon anthracite et d'une impeccable chemise blanche rehaussée d'une cravate gris perle. Un élégant blazer bleu marine complétait sa tenue. Il s'était rasé depuis qu'elle l'avait vu, et ses cheveux humides indiquaient qu'il n'était pas sorti de la douche depuis longtemps.

— Désolé pour le retard.

Comme si elle allait le croire…

— J'ai préparé la table près de la fenêtre, annonça-t-elle. Asseyez-vous pendant que je fais bouillir l'eau.

— Je peux regarder ?

— Il n'y a rien d'intéressant à voir.

— Sauf si c'est vous qui le faites…

Elle lui décocha un regard sévère.

— Etes-vous en train de flirter avec moi, monsieur Caffarelli ?

— Appelez-moi Rafe.

— Rafe…

Cette familiarité lui donna l'impression de franchir une ligne invisible. Si ce n'était déjà fait… Son regard était irrémédiablement attiré par la bouche de son visiteur. Quel effet cela ferait-il d'être embrassée par cet homme ? Son baiser serait-il doux et sensuel, ou brutalement possessif ? Un frisson la parcourut tandis qu'elle se perdait dans des pensées de plus en plus troublantes. Elle imaginait ses mains sur ses seins, glissant lentement vers sa taille et plus bas…

— Poppy ?

— Oui ?

Un sourire étira les lèvres de Rafe.

— Poppy… C'est mignon. Comme vous.

Ou comme un chiot… Il ne la trouvait pas sexy ou même belle, tout juste mignonne.

— Merci, bredouilla-t-elle. La cuisine est par là.

Elle prépara la bouilloire, consciente du regard de Rafe sur elle. Une lueur amusée s'y reflétait tandis qu'elle expliquait comment chauffer la théière avant d'y jeter les feuilles — pas plus d'une par personne.

— Et évitez les mugs. L'arôme du thé ressort mieux dans une tasse en porcelaine.

— Fascinant.

— Oui, bon, je suis assez vieux jeu, admit-elle en soulevant le plateau.

— Laissez-moi faire.

Une brusque chaleur l'envahit au moment où les doigts de Rafe frôlaient les siens. Leurs regards se croisèrent. Elle pouvait sentir l'odeur boisée de son eau de toilette, subtilement masculine. Dans quelques heures, une nouvelle ombre de barbe couvrirait ce menton volontaire…

Elle se hâta de détourner les yeux.

— Bien, allons déguster notre thé.

La table mise, il lui saisit le coude et l'aida galamment à s'asseoir. Un nouveau frisson la traversa. Aucun homme ne l'avait jamais troublée ainsi. Tout en lui éveillait ses sens et l'empêchait de se concentrer.

— Du lait ?

— A vous de me le dire.

— Tout dépend du thé, expliqua-t-elle, ignorant son sourire narquois. Je bois mon english breakfast avec du lait, mais jamais l'Earl Grey ou le Darjeeling, ni aucun thé au jasmin. Enfin, c'est surtout une question de goût…

— Sans lait alors, comme mon café.

Elle lui servit une tasse et l'observa boire une gorgée. Il fit la grimace.

— Ça manque de saveur.

— Pardon ?

— C'est insipide.

— Insipide ? Un thé de Ceylan de la plus haute qualité ? Qu'est-ce qui ne va pas avec vos papilles ?

— Mes papilles vont très bien. Comme vous le dites, c'est une question de goût.

— Pourquoi ne pas essayer avec du lait ? Ou du sucre ?

— Du lait, seulement. Je ne suis pas très sucré.

Elle versa un nuage de lait dans sa tasse et il goûta de nouveau.

— Pas mieux.

— Vous n'aimez pas ?

— C'est… quelconque.

— Non, c'est subtil.

— Alors disons que ce n'est pas ma tasse de thé, conclut-il avec un sourire ravageur.

Elle réprima un rire. Il pouvait être incroyablement charmant quand il le voulait… Mais pas question de baisser sa garde pour autant. Il était l'ennemi, elle ne devait jamais l'oublier.

— Vous êtes incorrigible.

— Ma mère me le disait souvent.

Une note de nostalgie perçait dans sa voix. Etait-il proche de sa famille ?

— Où vivent vos parents ? En France ou en Italie ?

Son regard s'assombrit.

— Mes parents sont morts quand j'avais dix ans.

— Oh ! je suis désolée.

Embarrassée, Poppy se mordit la lèvre. Peut-être aurait-elle dû affiner un peu ses recherches. L'article qu'elle avait lu évoquait seulement sa fortune, ses habitudes de play-boy et sa dernière aventure. Rien sur son enfance.

— Que s'est-il passé ?

Il joua un moment avec sa cuiller avant de répondre.

— Un accident de bateau dans le sud de la France. Ma mère a été tuée sur le coup. Mon père est décédé à l'hôpital trois jours plus tard.

— Je suis vraiment désolée. Cela a dû être terrible pour vous et vos frères.

— Oui…

— Qui s'est occupé de vous, ensuite ?

— Mon grand-père paternel, dit-il, posant sa cuiller pour reprendre sa tasse.

— Est-il toujours en vie ?

— Oui.

— Etes-vous proches ?

Un rictus déforma les lèvres de Rafe.

— Mon grand-père n'est proche de personne.

Poppy percevait sa réticence à évoquer sa famille. Mais cette remarque sur son grand-père l'intriguait. Quel genre d'homme était-ce ? Avait-il rendu les trois orphelins plus malheureux encore en devenant leur tuteur ?

— Votre grand-mère s'occupait-elle aussi de vous ?

— Non. Elle est morte d'un cancer quand mon père était adolescent.

— Et vos grands-parents maternels ?

— Ils sont décédés avant ma naissance.

Il avala distraitement une gorgée de thé, fit la grimace et reposa sa tasse.

— A votre tour, lança-t-il. Qu'est-il arrivé à vos parents ?

Décontenancée, Poppy baissa les yeux sur sa serviette, qu'elle se mit à plier et déplier nerveusement.

— Je n'ai jamais connu mon père, murmura-t-elle. Il a abandonné ma mère avant ma naissance. Apparemment, elle n'était pas assez bien pour lui, alors il a épousé quelqu'un d'autre.

— C'est donc votre grand-mère qui vous a élevée ?

Elle acquiesça.

— Rien ne l'obligeait à me recueillir après la mort de ma mère. Elle a été merveilleuse, tout comme lord Dalrymple. Il avait toujours du temps à me consacrer.

— Avez-vous été déçue qu'il ne vous lègue que le cottage, et non le manoir ?

— Déçue ? Pas du tout ! protesta-t-elle, choquée par l'insinuation. Nous ne faisions pas partie de la famille. Ma grand-mère n'était que l'intendante.

— Elle est restée toute sa vie à son service, observa Rafe.

— Granny adorait son travail. Lord Dalrymple était tout pour elle.

— Tout pour elle ?

— Sans doute était-elle un peu amoureuse, admit Poppy. Mais elle n'attendait rien de lui. Ce n'était pas son genre. D'ailleurs, lord Dalrymple vivait entièrement dans le souvenir de sa femme Clara. Son geste a beaucoup touché ma grand-mère. Après avoir grandi dans la pauvreté et commencé à travailler à quinze ans, devenir propriétaire était un rêve pour elle.

— La famille de lord Dalrymple a dû être sous le choc en apprenant qu'il léguait le cottage à son intendante et à sa petite-fille…

Elle leva les yeux vers lui, sans parvenir à déchiffrer son expression.

— La séparation des titres ne s'est pas faite sans heurts, mais le testament était inattaquable.

— Et après la mort de votre grand-mère, le cottage vous est revenu ?

— Oui.

Un lourd silence tomba entre eux.

— Ce n'est qu'une maison, Poppy…

— Non, répliqua-t-elle sèchement. C'est beaucoup plus que cela.

— Mon argent vous permettrait d'en acheter une trois fois plus grande et en bon état.

Poppy serra les dents. Dire qu'ils échangeaient des confidences il y avait encore quelques secondes… Quelle idiote ! Elle s'était laissé berner par son apparente empathie, au point de croire qu'une certaine bienveillance se cachait sous ses dehors impitoyables. Mais l'homme d'affaires était de retour, et il n'avait rien de bienveillant. Elle avait eu tort de l'oublier.

— Pourquoi tenez-vous tant à racheter ma maison ? Le manoir ne vous suffit-il pas ? Vous possédez de luxueuses villas partout dans le monde, alors pourquoi cet acharnement pour un cottage délabré perdu dans la campagne anglaise ?

— Je *veux* cette maison, fulmina-t-il. Elle fait partie du domaine et n'aurait jamais dû en être séparée.

— Eh bien, elle m'appartient, désormais. Faites-vous à l'idée.

Il la transperça de son regard d'acier.

— Ne me provoquez pas, Poppy. Vous n'avez pas idée de ce dont je suis capable.

Ces mots lui firent l'effet d'une gifle et elle se redressa.

— Sortez de mon salon de thé.

— C'est le mien, à présent. Avez-vous oublié ?

Comment osait-il lui adresser ce sourire narquois ? Elle était à deux doigts de le gifler.

— Que comptez-vous faire ? s'exclama-t-elle, tremblant de rage impuissante. M'imposer un loyer exorbitant ? Allez-y, je vous dénoncerai. Toute la presse saura que vous me faites chanter pour m'obliger à coucher avec vous.

Il éclata de rire.

— J'aime votre fougue, Poppy Silverton. Aucune femme ne m'a jamais tenu tête comme vous le faites. Mais sachez que je parviens *toujours* à mes fins.

— Sortez.

— Appelez les médias. Racontez-leur ce qui vous chante. Vous ne serez qu'une intrigante de plus à leurs yeux, avide de gloire et de richesse. C'est vous qui finirez éclaboussée, pas moi.

Il se leva sans se presser, son portefeuille à la main.

— Combien pour le thé ?

— C'est la maison qui offre, dit-elle d'un ton glacial.

— J'étais sincère au sujet du loyer, vous savez. Votre arrangement avec M. Underwood restera inchangé.

Elle eut un rire méprisant.

— Trop aimable. Dois-je vous remercier ? Me prosterner devant vous, peut-être ? Je vous préviens que si vous osez me toucher, je…

Avant qu'elle puisse terminer sa phrase, il s'empara de sa bouche. Ce contact annihila en elle toute velléité de résistance. C'était comme si un courant à haute tension allait et venait entre leurs corps soudés. Elle ouvrit les lèvres sous la pression des siennes, accueillant avec délice les assauts de sa langue. Puis il intensifia son exploration et elle s'abandonna tout entière, avec un gémissement de plaisir qui la mortifia.

Dieu merci, lorsqu'il rompit le baiser, il semblait aussi stupéfait qu'elle. Il recula d'un pas chancelant, les sourcils froncés. Ses yeux étaient deux abîmes d'ombre insondable.

Elle chercha une remarque lapidaire, en vain. Elle se sentait complètement paralysée. Mais Rafe ne tarda pas à recouvrer son impassibilité habituelle.

— Merci pour la leçon. C'était…

Il fit mine de chercher le mot adéquat.

— Distrayant, acheva-t-il.

Après son départ, Poppy exhala un long soupir.

A l'évidence, la bataille était loin d'être gagnée. Elle ne faisait même que commencer.

6

— Ce que tu peux être têtue, la sermonna Chloé quelques jours plus tard. Pense à ce pauvre homme affamé dans son manoir…

Poppy eut une moue dédaigneuse.

— Il n'a qu'à se faire égrener des grappes de raisin par son harem. Et un ou deux repas surgelés n'ont jamais tué personne…

— Comment peux-tu dire cela, toi, la reine des recettes faciles et savoureuses ?

— Je ne suis pas contre un plat cuisiné de temps en temps. Hier soir, par exemple, j'ai ouvert une boîte de conserve…

— Quelle horreur ! s'écria Chloé, les mains sur les oreilles. Je ne veux rien entendre !

Poppy sourit malgré elle. Au même instant, le carillon de l'entrée tinta. Malgré elle, son cœur bondit dans sa poitrine.

— Tu veux bien y aller ? Je dois sortir les cookies du four.

— Ce n'est pas moi qu'il vient voir, répliqua son assistante en lui arrachant les maniques des mains. Hélas…

— Comment sais-tu que c'est lui ?

— Aucun autre client ne te fait rougir comme une pivoine.

— C'est parce qu'il me met hors de moi ! Je le déteste…

— Et moi, je déteste le chocolat.

Prenant une profonde inspiration, Poppy poussa la porte de la salle.

— Bonjour, monsieur Caffarelli. Un double expresso, comme d'habitude ?

— Je ne suis pas venu pour un café.

— Un thé, peut-être ?

Un sourire énigmatique joua sur les lèvres de Rafe. Elle sentit les siennes frémir au souvenir de leur baiser passionné.

— Etes-vous libre à dîner ce soir ?

Elle étouffa une exclamation de surprise. Cet homme ne doutait vraiment de rien ! D'où lui venait cette assurance inébranlable ? Etait-elle codée dans son ADN ?

— Vous ne renoncez jamais, n'est-ce pas ?

— Ce n'est pas dans ma nature.

— Elle serait ravie de dîner avec vous, intervint Chloé, qui avait passé la tête dans l'embrasure. Elle n'a pas eu de rendez-vous galant depuis trois mois.

Poppy la fusilla du regard.

— De quoi je me mêle ?

— Quel mal y a-t-il à accepter son invitation ? Tu en meurs d'envie.

— Pas du tout !

— Ne la croyez pas, dit Chloé, s'adressant à Rafe. Cette sortie lui fera le plus grand bien.

— Chloé, je te jure que…

— C'est décidé. Je passe vous prendre à 19 heures, décréta Rafe. Que diriez-vous d'essayer ce nouveau restaurant dans le village voisin ?

— Hors de…

— Excellente idée ! Que lui suggérez-vous de porter ? intervint une fois de plus Chloé.

— A elle de me surprendre.

Il leur adressa un sourire éblouissant et prit congé.

— Tu es virée, marmonna Poppy, de retour dans la cuisine.

— Tu ne le penses pas, s'esclaffa son assistante. Imagine la tête d'Oliver quand il te verra entrer dans son restaurant au bras du célèbre Rafe Caffarelli ! Quelle meilleure revanche contre ce briseur de cœur ?

— Il ne m'a pas « brisé le cœur »…

— Et tu n'as pas pleuré toute une semaine, ni englouti un cheesecake complet.

— Un *demi*-cheesecake, rectifia Poppy. Et je pleurais de n'avoir plus personne dans ma vie. Depuis la mort de Granny, j'ai parfois l'impression d'être seule au monde…

— Oh ! Poppy…

Chloé la serra dans ses bras.

— Tu n'es pas seule. Tout le monde t'aime, au village. Désormais, c'est nous, ta famille.

Poppy était tiraillée par l'indécision. Chloé avait raison : il était grand temps de prouver à Oliver qu'elle avait tourné la page.

Mais Rafe Caffarelli ?

Cet homme était un requin, fourbe et sans pitié. Il ne faisait jamais rien sans raison. Bien sûr, elle savait qu'il voulait sa maison. Mais était-ce tout ce qu'il voulait ? Après ce baiser explosif, elle était en droit de se le demander…

Non, elle refusait d'y penser. Car alors, elle devrait se pencher sur l'empressement avec lequel elle avait cédé, suspendue à ses lèvres comme si elle n'avait attendu que ça… Comme elle avait honte aujourd'hui !

Rafe Caffarelli était une énigme. Il avait racheté le salon de thé sans pour autant augmenter le loyer, et affirmait qu'il n'en ferait rien. Pouvait-elle lui faire confiance ? Ou s'agissait-il d'un nouveau stratagème pour la faire céder ?

En tout cas, une chose était sûre : elle ne pouvait plus vraiment lui cacher son attirance. Seigneur, aucun homme ne lui avait jamais fait pareil effet. Ses cheveux en bataille et sa barbe de trois jours, loin de faire négligé, ne le rendaient que plus sexy. Elle mourait d'envie de plonger les doigts dans ses boucles noires, de caresser cette mâchoire comme ciselée dans le granite. Et cette bouche… A la fois virile et finement sculptée, délicieusement chaude sur la sienne…

Et s'il l'embrassait de nouveau ? Aurait-elle la force de résister ?

Evidemment.

Il l'avait prise de court dans le salon de thé, profitant d'un moment de distraction. Ce soir serait différent. Qu'il lui sorte le grand jeu s'il le voulait.

Elle ne faillirait pas une seconde fois.

A 19 heures précises, Rafe se présenta au cottage. Un concert d'aboiements accueillit son coup de sonnette, suivi par la voix de Poppy les exhortant au calme. Quand la porte s'ouvrit enfin, il se figea, subjugué.

— Vous êtes magnifique, articula-t-il enfin.

La jeune femme portait une robe de cocktail noire, simple mais élégante, qui épousait sa silhouette sans la mouler. Son chignon élaboré laissait échapper quelques boucles flottant librement autour de son visage. L'effet était à couper le souffle, subtile et ravageur. Un simple collier de perles entourait son cou gracieux, assorti aux boucles d'oreilles. Sur sa peau d'albâtre, il devenait le plus précieux des bijoux. Un maquillage léger rehaussait sa beauté naturelle — une touche de mascara étirait ses yeux de biche, un soupçon de gloss sur ses lèvres satinées.

Des lèvres qu'il avait possédées…

Ce souvenir le hantait. Il avait embrassé des dizaines, peut-être des centaines de femmes. Mais le doux abandon de Poppy avait enflammé son désir comme aucune autre avant lui, un désir qui le consumait depuis à petit feu.

Il la voulait. *Et il l'aurait.*

— Je prends juste mon châle et mon sac à main.

Comme elle attrapait ses affaires, il laissa son regard errer sur les longues jambes fuselées, avant de s'attarder sur le galbe parfait de ses fesses. L'un des chiens se mit à grogner d'un air menaçant.

— Ça suffit, protesta Poppy.

— Est-ce à moi ou au chien que vous parlez ?

Elle s'empourpra légèrement.

— Pickles se méfie des étrangers. Une fois qu'il se sera habitué à vous, il ne vous quittera plus.

Rafe se pencha vers Chutney qu'il gratta derrière les oreilles. Relish accourut pour ne pas être en reste. Seul Pickles resta à l'écart dans une attitude méfiante, comme un père protecteur face au premier soupirant de sa fille.

— Et vous, avez-vous un chien ?

— Non, répondit-il en se redressant. Je suis trop souvent en déplacement.

— Où vivez-vous ? En France ou en Italie ?

— Je possède une villa en Ombrie et une autre à Lyon, ainsi que des pied-à-terre à Rome et à Paris pour mes séjours d'affaires.

— Quel endroit préférez-vous ?

Rafe revit la petite villa à la périphérie de Rome où lui et ses frères avaient grandi. Malgré leur immense fortune, sa mère avait tenu à ce qu'ils bénéficient d'une éducation ordinaire, sans une foule de domestiques à leur service.

Mais leur grand-père avait vendu la villa après la mort de ses parents. Ainsi, sans même être consultés, ils avaient aussi perdu leur maison. Tout ce qui leur était cher leur était enlevé d'un coup… Il avait alors pris la décision de ne plus jamais s'attacher à qui ou quoi que ce soit.

— Aucun. Ils remplissent chacun leur fonction. Etes-vous prête ?

— Oui.

— C'est donc votre premier rendez-vous en trois mois ? reprit-il lorsqu'ils furent installés dans sa voiture.

— Chloé aurait mieux fait de se taire.

— Au contraire. Je ne voudrais pas marcher sur les plates-bandes de qui que ce soit.

— Ce n'est pas un rendez-vous, protesta la jeune femme.

— Non ?

Il vit ses doigts se crisper sur le sac à main.

— Non. C'est un simple dîner entre… hum…

— Amis ?

— Associés.

Rafe partit d'un grand rire.

— Je m'attendais à ce que vous disiez « ennemis ». Votre opinion de moi s'améliore.

— Pas vraiment.

— Allons, Poppy. Ne gâchons pas notre premier rendez-vous par une dispute.

— Ce n'est *pas* un rendez-vous !

Un sourire aux lèvres, il démarra.

— Si vous le dites…

Poppy se força à garder un visage impassible comme ils pénétraient dans le restaurant. Difficile avec la main de Rafe posée possessivement dans le creux de ses reins… Elle pouvait sentir sa chaleur à travers le fin tissu de sa robe. Sans parler de son eau de toilette, dont la note citronnée lui faisait tourner la tête.

Il portait un costume gris anthracite, mais pas de cravate. Ainsi vêtu, il était l'image même du chic décontracté. Sa chemise bleu pâle mettait en valeur son teint hâlé. Oui, pas de toute, il était à couper le souffle. Et pas seulement à cause de son physique avantageux. Il émanait de lui une aura d'autorité qui semblait subjuguer quiconque se trouvait en sa présence.

Morgan, la maîtresse d'hôtel — et petite amie d'Oliver —, ne fit pas exception. Elle parut défaillir à l'approche de Rafe.

— Monsieur Caffarelli, quel honneur de vous accueillir !

s'exclama-t-elle à grand renfort de battements de cils. Nous vous avons réservé la meilleure table.

Ses manières se refroidirent à l'égard de Poppy.

— Bonsoir, Poppy. Comment vont les affaires ?

— A merveille, répondit-elle. Le salon de thé ne désemplit pas.

Morgan eut un sourire pincé.

— Si vous voulez bien me suivre…

Elle les mena à une table à l'écart et leur tendit deux menus avant de s'éloigner.

— Amie ou ennemie ? demanda Rafe.

— Je préfère ne pas en parler.

— Laissez-moi deviner…

De l'index, il baissa le menu derrière lequel elle s'était réfugiée et plongea les yeux dans les siens.

— Le propriétaire de cet endroit, Oliver Kentridge… C'était votre petit ami il y a encore trois mois, n'est-ce pas ?

Elle pinça les lèvres sans répondre.

— Et cette Morgan vous l'a chipé.

— Morgan n'y est pour rien, répondit Poppy avec un soupir. Oliver est allé chercher ailleurs ce que je lui refusais. Il faut croire qu'il ne tenait pas tant que cela à moi…

— Que lui refusiez-vous ?

Mal à l'aise, elle s'agita sur sa chaise. Un restaurant n'était pas l'endroit rêvé pour ce genre de conversation…

— Hum… Eh bien…

Rafe la fixait intensément, quand l'incrédulité se peignit sur ses traits.

— Ne me dites pas que vous avez refusé de coucher avec lui ?

— Chut ! Moins fort…

Les joues en feu, elle voulu détourner la tête, mais il l'en empêcha et se pencha en avant, un bras sur la table, de sorte que leurs mains n'étaient plus qu'à quelques millimètres l'une de l'autre.

— Depuis combien de temps sortiez-vous ensemble ?

— Quelques mois.

— Où était le problème ? Il ne vous plaisait pas assez ?

— Si, je crois.

— Alors quoi ?

Elle eut un haussement d'épaules évasif.

— Je crois que j'attendais plus de notre relation. Après la mort de Granny, j'étais très seule. Oliver et moi nous connaissions depuis toujours et avions beaucoup de points communs. Lui aussi est parti étudier l'hôtellerie à Londres. A son retour, il y a quelques mois, nous nous sommes rapprochés.

— Pourquoi vous être refusée à lui ?

Tout en parlant, il avait couvert sa main de la sienne. Ses longs doigts bronzés contrastaient avec la pâleur des siens. Quiconque les voyait, en cet instant, ne pouvait qu'imaginer qu'ils partageaient une relation intime. Avec tout ce que cela impliquait…

Une onde brûlante courut le long de sa colonne vertébrale.

— Je préférais attendre, dit-elle, la voix légèrement saccadée.

— Attendre quoi ?

— Je ne sais pas, une alchimie…

— Qui n'est jamais venue.

— Non…

L'arrivée de Morgan mit fin à leur conversation. Rafe ne retira pas sa main pour autant. Au contraire, il se mit à lui caresser sensuellement le poignet. Elle sentait sa chaleur pénétrer sa peau et se répandre en elle comme une traînée de feu.

Le regard de Morgan s'attarda sur leurs mains jointes avant de revenir sur Rafe.

— Désirez-vous commander à boire ? demanda-t-elle.

— Oui. Apportez-nous une bouteille de votre meilleur champagne, dit Rafe.

Morgan écarquilla les yeux, mais se contenta d'acquiescer d'un hochement de tête.

— Du champagne ? répéta Poppy sitôt la jeune femme partie.

— Je vous ai enfin convaincue de dîner avec moi. Cela se fête, non ?

— Vous ne m'avez guère laissé le choix…

Il porta sa main à ses lèvres. Le contact de son menton rugueux fit courir un délicieux frisson sur sa peau.

— Vous en aviez envie, Poppy, admettez-le. Vous auriez pu trouver une excuse. Mais non, vous m'attendiez…

Etait-elle si prévisible ? Agacée, elle fit la moue. Pourquoi diable ne lui avait-elle pas claqué la porte au nez ?

— Je n'ai pas confiance, se défendit-elle. Qu'est-ce qui me dit que vous n'allez pas changer d'avis concernant le loyer ?

— Ce n'est pas ma façon de procéder.

— Tiens donc ! Et depuis quand investissez-vous dans les salons de thé ?

— J'ai envie de me diversifier…

Poppy se figea. Ils ne parlaient plus du salon de thé, elle le devinait. C'était à *elle* qu'il venait de faire référence. Oh ! nul doute qu'elle le changeait de ses fréquentations habituelles. Peut-être même était-elle la seule femme au monde à lui avoir dit « non ». Hélas, combien de temps encore y parviendrait-elle ?

Malgré elle, elle laissa son regard errer vers sa bouche sensuelle.

L'embrasserait-il ce soir ?

Se contenterait-il d'un simple baiser ?

Et *elle*, s'en contenterait-elle ?

L'angoisse et l'excitation lui nouaient l'estomac. Une puissante alchimie existait entre eux, c'était indéniable, et ce depuis leur première rencontre. La question était, comment devait-elle réagir ?

Morgan réapparut avec leur bouteille de champagne.

— Que fêtons-nous ? s'enquit-elle en faisant sauter le bouchon.

— Rien de spécial, répondit Rafe. C'est un simple dîner entre amis.

L'expression de Morgan se fit mielleuse.

— J'ignorais que tu évoluais dans de tels cercles, Poppy. La presse n'a rien relayé sur votre relation.

Poppy allait répliquer quand les doigts de Rafe se resserrèrent autour des siens.

— C'est un secret. Nous comptons sur votre discrétion.

— Naturellement.

Morgan partie, elle le foudroya du regard.

— Qu'est-ce qui vous a pris ? Je parie qu'elle est déjà en train d'appeler les journalistes !

— Quelle importance ?

— Comment pouvez-vous être aussi désinvolte ? s'emporta-t-elle. Vous lui avez intentionnellement laissé croire que nous sortions ensemble. Mais je ne suis ni riche ni mannequin. Dès demain, je serai la risée de la presse, et tout le monde me qualifiera d'intrigante ou pire encore.

Exactement comme sa mère.

Jamais elle n'oublierait les coupures de journaux qu'elle avait retrouvées dans les affaires de sa grand-mère. Jeune et naïve, sa mère s'était laissé séduire par les belles paroles d'un play-boy fortuné. Bien sûr, quand elle était tombée enceinte, il avait tout nié. A l'époque, se procurer un test de paternité n'avait rien de simple. Les journaux s'étaient alors acharnés contre elle, la qualifiant de fille légère prête à tout pour mettre le grappin sur un riche mari. C'était l'humiliation publique qui l'avait détruite, Poppy en était persuadée.

Le même sort l'attendait-il si elle était vue en compagnie de Rafe Caffarelli ?

— Pourquoi vous souciez-vous tant de l'opinion des gens ? demanda-t-il.

— Oh ! pour vous, c'est facile. Il ne se passe pas un jour sans que les journaux parlent de vous. Pour ma part, je déteste être prise en photo. Et si un de ces horribles paparazzis me surprenait avec de la salade entre les dents ? Ou dans mon vieux jogging bouloché de l'autre soir ?

— Vous étiez très jolie dans ce survêtement.

— Bien sûr…

— Je suis sincère.

Elle but une gorgée de champagne pour se donner contenance. Pas de doute, Rafe Caffarelli maniait le compliment comme personne. Sauf qu'elle possédait une chose qu'il convoitait : le cottage. Cette nouvelle approche n'était probablement qu'une ruse de plus pour parvenir à ses fins.

— Si vous croyez m'inciter à vendre en me flattant outrageusement…

— Vous vous méprenez sur mes intentions, protesta-t-il d'une voix suave.

— Vous m'auriez donc invitée pour le seul plaisir de ma compagnie ?

— En effet. Je n'ai jamais rencontré personne qui vous ressemble.

L'intensité du regard de Rafe la troubla.

— Le défi doit être encore plus tentant, maintenant, n'est-ce pas ?

— Pourquoi cela ?

— Eh bien, vous savez… ce que je vous ai dit tout à l'heure…

Il haussa un sourcil perplexe.

— Que m'avez-vous dit tout à l'heure ?

Allait-il vraiment l'obliger à le répéter tout haut ? Son embarras grandissait à mesure que le silence se prolongeait.

Elle poussa un soupir résigné.

— Je suis toujours vierge.

7

Rafe manqua s'étrangler de surprise.

— Vous êtes sérieuse ?

— Je vous ai dit…

— N'avoir pas couché avec votre ex. J'étais loin d'imaginer que vous n'aviez jamais couché avec personne.

Elle eut une moue défensive.

— Allez-y, moquez-vous de moi…

Rafe reposa lentement sa coupe de champagne. Bon sang, leurs situations n'auraient pu être plus diamétralement opposées. Il avait eu de nombreuses maîtresses et aucune n'avait été sans expérience. Certaines le surpassaient même largement en nombre de partenaires.

Son attitude envers le sexe était celle de n'importe quel homme de son âge, ouverte, progressiste. Ancrée dans son temps. Alors pourquoi l'inexpérience de Poppy le troublait-t-elle à ce point ? C'était comme si elle réveillait en lui un instinct protecteur vieux comme le monde. Un instinct qu'il n'aurait pas cru posséder.

Vierge !

A cette époque !

Elle sirotait son verre l'air de rien, affectant d'agir normalement dans une situation totalement surréaliste.

Pourtant, tout aurait dû se dérouler selon un plan précis ce soir. La méthode avait fait ses preuves : dîner, champagne et sexe. Jamais il n'avait essuyé le moindre échec. La fille finissait *toujours* dans son lit.

Mais Poppy Silverton était une autre histoire. Avant même leur rencontre, elle avait été l'ennemie à abattre, sans qu'il doute un instant de sa victoire. N'était-il pas connu pour sa détermination sans faille ? Or, voilà qu'elle venait de prendre l'avantage de la plus inattendue des façons. Cette femme l'avait pris à son propre piège !

Oui, Poppy était décidément pleine de surprises.

Et elle le haïssait.

Pour l'instant…

Inutile de paniquer. Il suffisait de l'apprivoiser un peu et son charme ferait le reste. Bientôt, le cottage serait à lui. Il le fallait ! Sans lui, le domaine Dalrymple serait incomplet. Or, il ne faisait jamais les choses à moitié. Rien ni personne ne se mettait en travers de sa route, une petite tenancière butée moins que quiconque.

Il gagnerait. Il gagnait toujours.

L'échec n'était pas permis. Echouer, cela voudrait dire que son grand-père avait raison, qu'il n'était qu'un être faible incapable de se faire respecter. Vittorio n'avait-il pas toujours considéré que, comme leur père, ses trois petits-fils n'étaient qu'une pâle imitation. C'était *lui* le patriarche, le chef de famille que nul n'égalait.

C'était cette arrogance insupportable qui avait alimenté la propre détermination à lui donner tort. Il abhorrait l'échec. A vrai dire, il avait même banni ce mot de son vocabulaire.

Il n'était pas censé *apprécier* son ennemie. Ni la respecter. Encore moins la désirer comme jamais il n'avait désiré une autre femme. Seigneur, cette façon d'aspirer une gorgée de champagne, le mouvement de sa gorge lorsqu'elle avalait… Oui, elle mettait son sang-froid à rude épreuve. Il brûlait de sentir cette bouche sur son sexe, tout entière dédiée à son plaisir…

— Comment arrive-t-on à l'âge de…

— Vingt-cinq ans.

Vingt-cinq ans ! A cet âge, il avait depuis longtemps perdu le compte de ses amantes.

— Comment arrive-t-on à cet âge sans avoir jamais fait l'amour ?

— J'attendais de rencontrer la bonne personne, soupira-t-elle. Finir comme ma mère, dupée par le premier play-boy venu, était ma hantise. Cela m'a rendue trop méfiante, j'imagine…

— Il n'y a rien de mal à être sélectif. J'aurais moi-même dû l'être un peu plus à certains moments de ma vie.

Visiblement mal à l'aise, elle changea de sujet.

— Que font vos frères dans la vie ?

— Raoul gère la partie investissement de l'affaire familiale, ainsi qu'un élevage de pur-sang en Normandie. C'est un fou de sensations fortes. Il aime flirter avec le danger, à ski notamment, alpin ou nautique. Rémy est agent de change. Il achète des sociétés en difficulté, relance leur croissance et les revend pour le profit. Lui aussi aime le risque, à sa façon. C'est un parieur invétéré.

— Vous devez souvent vous inquiéter…

Constamment. S'il était parvenu à surmonter la mort de ses parents, l'idée de perdre ses frères lui était insupportable. Bien sûr, il ne l'aurait jamais admis devant eux. Leur affection mutuelle restait de l'ordre du tacite. Mais depuis ses dix ans, il estimait de son devoir de les protéger. Jamais il ne se le pardonnerait si quelque chose leur arrivait.

— Chacun vit sa vie de son côté, répondit-il. Nous nous voyons de temps en temps, sans interférer dans nos affaires respectives. Sauf, bien sûr, lorsqu'elles concernent l'entreprise familiale.

— Et votre grand-père ? Quel rôle joue-t-il ?

— Une légère attaque l'a contraint à se mettre en retrait.

Poppy le dévisagea pensivement.

— Vous ne l'aimez guère, n'est-ce pas ?

— J'essaye de me dire que se retrouver avec trois jeunes enfants sur les bras a dû être difficile… Mais la vérité est qu'il ne s'est jamais soucié de nous. Lui et mon père étaient en conflit permanent, surtout depuis son mariage avec ma mère, une Française de basse extraction. Vittorio désapprouvait ce choix. Peut-être était-il un peu jaloux aussi…

— Jaloux ?

— Oui. Je crois qu'il enviait le bonheur de mon père.

— Il n'a jamais aimé personne ?

Rafe eut un rire cynique.

— Oh ! il a eu de nombreuses maîtresses, y compris du vivant de ma grand-mère. Des femmes de chambre ou des filles du voisinage, dont il achetait le silence avec quelques bijoux. Mon père, lui, avait une femme qui l'aimait pour ce qu'il était, pas pour sa fortune.

— Quelle tragédie qu'ils soient morts si jeunes…

— Au moins, ils sont partis ensemble. Aucun des deux n'aurait surmonté la perte de l'autre.

— Est-ce ce que vous espérez trouver ? Un amour aussi fort que celui de vos parents ?

Il prit le temps de remplir leurs verres avant de répondre.

— Un jour, oui, je choisirai une partenaire. Il faut bien que je produise quelques héritiers.

— Quel romantique vous faites…

— Je descends d'une longue lignée de Caffarelli, répliqua-t-il. Me marier n'est pas une question de romantisme, mais de responsabilité.

— Alors dites-moi, comment sélectionne-t-on une épouse chez les Caffarelli ? railla Poppy. Vous inspectez ses dents et sa généalogie ? Vous lui faites passer le test des couverts ?

Malgré lui, il éclata de rire.

— Non, rien d'aussi archaïque.

— Donc vous comptez tomber amoureux ?

Il la dévisagea en silence. Lui, tomber amoureux ? Cela n'avait jamais fait partie de ses plans. Il refusait de s'attacher. Aimer quelqu'un lui donnait du pouvoir sur vous. Et celui qui aimait le plus finissait toujours par être dominé. Tomber amoureux signifiait perdre le contrôle, et c'était inenvisageable. Même pendant l'amour, il ne lâchait jamais totalement prise.

Sauf lorsqu'il avait embrassé Poppy…

Simple moment d'égarement, se persuada-t-il. Cela ne se reproduirait plus. Garder le contrôle était sa responsabilité. C'était lui qui, enfant, protégeait ses frères des terribles colères de leur grand-père. Lui qui encaissait les insultes et les gifles. L'irascibilité de Vittorio les avait terrifiés toute leur enfance, à tel point que leur exil dans un pensionnat anglais avait été un réel soulagement.

Non, tomber amoureux était hors de question.

Le retour de la serveuse dispensa de répondre.

— Avez-vous choisi ?

— Moi, oui, répondit Rafe. Et toi, *ma chérie* ?

Il vit avec plaisir les yeux de la jeune femme s'agrandir de surprise, mais elle reprit rapidement contenance.

— Hum… oui. Je prendrai le porc braisé au fenouil et citron.

— Et vous, monsieur Caffarelli ?

— L'agneau au vin rouge et sa sauce de groseille.

Sitôt la serveuse partie, elle le foudroya du regard.

— « Ma chérie » ?

— C'est un terme d'affection. Vous n'aimez pas être appelée ainsi ?

— Pas par quelqu'un qui ne le pense pas.

— Voyez-le comme une faveur, rétorqua Rafe. Imaginez ce que Morgan est en train de raconter à votre ex… Vous savoir en compagnie du célibataire le plus convoité d'Europe doit lui faire un sacré choc, vous ne croyez pas ?

— Peut-être.

Son expression s'adoucit et deux adorables fossettes creusèrent ses joues. C'était la première fois qu'elle lui souriait vraiment.

— Etiez-vous amoureuse de lui ?

Son sourire s'estompa.

— Je le croyais. Mais je me trompais…

— Vous l'avez échappé belle.

— Merci, chuchota-t-elle, les yeux baissés.

— Pourquoi ?

— Pour m'avoir invitée ce soir et forcée à affronter mes démons.

— Vous voulez parler du lâche terré dans sa cuisine qui n'a pas daigné vous saluer ? Je comptais justement m'adresser à lui pour mes dîners…

Elle releva brusquement la tête.

— Ne faites pas cela !

— Pourquoi ?

— Parce que… J'accepte de cuisiner pour vous.

— Vous avez changé d'avis ?

Elle hocha la tête. Une mèche s'échappa de son chignon, qu'elle glissa distraitement derrière son oreille. Il ne perdait pas une miette du spectacle troublant qu'elle offrait.

— Il ne ferait qu'utiliser mes recettes, autant que le crédit m'en revienne, poursuivit-elle. Et puis, je suis votre voisine. Ce sera plus pratique.

— En effet.

— A vrai dire, j'ai besoin de ce travail.

— Vous avez menti à Morgan, n'est-ce pas ? Les affaires ne sont pas si florissantes…

Un pli soucieux barra le front de la jeune femme.

— La comptabilité n'est pas mon fort. Chloé me reproche d'être trop gentille et de ne pas assez réclamer ce qu'on me doit.

— Pourquoi un salon de thé ? demanda-t-il. Pourquoi pas un restaurant ?

— C'était mon rêve depuis mes dix ans. Granny m'a appris à cuisiner et j'adorais préparer les repas avec elle. J'ai voulu en faire mon métier. Mais travailler dans un grand restaurant londonien n'était pas vraiment l'expérience que je cherchais.

— Alors vous êtes revenue au chevet de votre grand-mère lorsqu'elle est tombée malade.

— Et je ne l'ai jamais regretté.

Rafe ne put s'empêcher d'admirer son dévouement. Sa

propre relation avec son grand-père était si différente. Il ne lui parlait jamais à moins d'y être contraint. Chacune de leurs rares retrouvailles représentait une véritable corvée.

— Elle doit vous manquer.

— Oui... Vous savez ce que je regrette le plus ?

— Non.

— Ses brownies au chocolat.

— Pardon ?

Le rire espiègle de Poppy se propagea dans sa poitrine.

— Je plaisante. Je vous ai bien eu, n'est-ce pas ?

Oh oui, elle l'avait bien eu. A vrai dire, elle le tenait depuis la première fois qu'il l'avait vue...

Troublé par cette pensée, il secoua la tête. Que lui arrivait-il ? Elle n'était pas du tout son genre ! Son monde était un tourbillon de luxe et de paillettes, de fêtes branchées et de femmes faciles jouant selon ses règles. Tandis qu'elle, elle faisait cuire des gâteaux dans un minuscule village de campagne en attendant l'homme parfait. Elle était douce et innocente. Lui, cynique et désabusé.

C'était l'échec assuré.

— Sa sagesse me manque, continua Poppy. Elle m'a plus appris que n'importe quel cours hôtelier. Peu de gens le savent, mais il ne suffit pas de mélanger quelques ingrédients pour faire un bon plat.

— Et quel est le secret ?

— L'amour.

— L'amour ?

— Les meilleurs chefs aiment les plats qu'ils préparent et les gens à qui ils les servent.

— Dois-je comprendre que vous *aimez* tous les clients du salon de thé ? dit Rafe d'un ton appuyé.

— Peut-être pas *tous*, répliqua-t-elle, du tac au tac.

Il éclata de rire.

— Alors que dois-je faire pour gagner votre amour ?

— Ce n'est pas mon amour que vous voulez, mais ma maison.

Oh ! il voulait bien plus que cela…

L'arrivée de Morgan avec leurs plats balaya cette pensée. Il devait à tout prix rester concentré ! Son objectif était simple : racheter le cottage, aménager le domaine en hôtel de luxe, faire du profit. Rien d'autre. Bien sûr, avoir Poppy dans son lit serait une agréable distraction. Mais pas question de faire de promesses. Il n'avait tout simplement pas l'étoffe d'un prince charmant.

Une maison entourée d'un jardin, trois chiens courant dans l'herbe, une ribambelle d'enfants… Le rêve de Poppy était à mille lieues de la vie qu'il s'était construite. Il ne restait jamais plus d'une semaine ou deux au même endroit. Changeait de maîtresse comme de chemise. Abhorrait la seule notion d'engagement. Au fond, il ressemblait beaucoup à son grand-père. Pas vraiment un monstre…

Mais pas non plus un saint.

8

Sur le seuil du cottage, Poppy se tourna vers Rafe. Après le dîner, il l'avait ramenée et accompagnée jusqu'à sa porte. Jamais elle n'aurait imaginé passer un si bon moment. Toute la soirée, il s'était comporté en parfait gentleman. Et si le choix du restaurant l'avait d'abord agacée, elle devait admettre qu'il lui avait permis de clore une bonne fois pour toutes le chapitre Oliver.

Seule ombre au tableau : il était encore parvenu à ses fins. N'avait-elle pas fini par accepter de cuisiner pour lui ? Cet homme n'hésitait pas à exploiter les faiblesses de ses rivaux pour renverser la situation à son avantage. Et elle avait mordu à l'hameçon ! Etait-elle donc si prévisible, ou avait-il un don pour cerner le caractère des gens ?

Dans tous les cas, elle n'avait d'autre choix que de le revoir tous les soirs.

— Avez-vous des préférences pour vos dîners ou me donnez-vous carte blanche ?

— Ce n'est pas pour cela que je vous ai invitée ce soir, répondit-il d'une voix rauque.

— Non ?

En escarpins sur la plus haute marche du perron, elle se retrouvait à la même hauteur que lui. Face à elle, les pupilles de Rafe étaient deux cercles d'un noir d'encre. Ses lèvres formaient une ligne pincée, comme s'il se livrait un terrible combat intérieur. L'air nocturne crépitait de tension.

— Non.

— Alors pourquoi ?

— Mon but était de vous attirer dans mon lit.

Déroutée par cette soudaine franchise, elle demeura un instant interdite.

— Vous ne reculez vraiment devant rien…

— Votre honneur est sauf, répliqua-t-il, sarcastique. Je ne vous ferai pas mienne ce soir.

— Vous m'en voyez rassurée.

« Déçue » aurait été plus juste. Mais jamais elle ne l'admettrait. Pas devant lui. Il enroula un doigt autour d'une de ses boucles, déclenchant un frisson le long de son échine.

— Tout était prévu. Je vous emmenais dîner et vous étourdissais de belles paroles. Puis je vous raccompagnais chez vous pour une nuit de sexe inoubliable.

— Oh…

Elle déglutit avec difficulté.

— Vous êtes une gentille fille, Poppy. Et c'est bien le problème. Je ne débauche pas les filles comme vous.

— Comme moi ?

Il glissa la mèche de cheveux derrière son oreille.

— J'ai eu d'innombrables maîtresses, tellement que j'ai oublié la plupart de leurs noms.

— Je parie qu'*elles* n'ont pas oublié le vôtre.

— Je ne suis pas l'homme que vous attendez, dit-il avec un haussement d'épaules. Vous donner de faux espoirs ne serait pas correct.

— Quelle noblesse…

Il lui effleura la joue, d'un geste caressant qui mit ses sens en fusion.

— Bonne nuit, ma chérie…

Impuissante, elle le regarda s'éloigner et ne reprit son souffle qu'une fois sa voiture disparue.

Il ne l'avait pas embrassée…

L'espoir d'un nouveau baiser la tenaillait depuis qu'ils avaient quitté le restaurant. Non… Depuis qu'il s'était présenté à sa porte et l'avait déshabillée de son regard de braise. Toute la soirée, elle avait fixé ses lèvres, pressée de les sentir sur les siennes, se demandant ce qui le retenait. Peut-être aurait-elle dû prendre les devants ? Quel mal y aurait-il eu à le remercier d'un baiser amical ?

Sauf que leur baiser n'aurait rien eu d'amical…

La rencontre de leurs bouches aurait allumé un feu d'artifice que ni lui ni elle, n'auraient été capables d'éteindre. L'alchimie entre eux était explosive. Elle l'avait sentie à la seconde où il était entré dans le salon de thé. C'était comme un court-circuit que lui seul avait le pouvoir de provoquer. Toutes ces années, elle avait attendu l'homme qui saurait libérer ses sens. Celui qui affolerait son cœur et ferait vibrer son être, qui éveillerait en elle un désir si irrépressible qu'il la consumerait tout entière… Leur baiser torride ne lui avait-il pas donné un aperçu de ce dont Rafe était capable ?

Bien sûr, elle n'était pas totalement ignorante des plaisirs de la chair. Elle avait exploré son corps de façon intime, fascinée par la manière dont il réagissait à ses stimulations. Mais le sexe n'était-il pas quelque chose qui s'appréciait mieux à deux ?

Rafe n'avait pas voulu la faire sienne ce soir. Cela signifiait-il qu'il y avait définitivement renoncé ? Pourtant, elle avait vu les regards furtifs qu'il lançait vers ses lèvres. Comme s'il se remémorait leur goût sur les siennes. Allait-il ignorer l'attraction brûlante qui les poussait l'un vers l'autre ? Peut-être en avait-il la force, mais *elle* ?

C'était une autre histoire…

— As-tu vu les journaux ? s'exclama Chloé le lendemain matin.

Elle brandit un tabloïd sous le nez de Poppy, les yeux brillant d'excitation.

— Tout le monde raconte que Rafe Caffarelli et toi êtes ensemble ! On peut dire que tu n'as pas perdu de temps. Que s'est-il passé, hier soir ? Vous avez couché ensemble ?

— Bien sûr que non ! protesta Poppy en lui arrachant le magazine des mains. Ce n'était qu'un simple dîner.

Elle baissa les yeux sur une photo d'elle et Rafe au restaurant, mains intimement entrelacées, comme oublieux du reste du monde.

— Alors ? insista Chloé.

— Alors rien, répondit Poppy en refermant le tabloïd.

— Comment cela, « rien » ? Pas même un baiser ?

— Non.

— Un bisou sur la joue ?

— Non plus.

Chloé leva les yeux au ciel.

— Ne me dis pas que vous vous êtes encore disputés ?

— Pas du tout. J'ai même accepté de cuisiner pour lui.

Elle noua son tablier sous le regard médusé de son assistante.

— Eh bien, il n'a pas dû ménager ses efforts… Je te croyais résolue à le laisser mourir de faim !

— C'était moi ou Oliver, précisa Poppy. Dire que son menu d'hier soir proposait *ma* crème brûlée aux fruits de la passion…

— Rafe en a-t-il pris ?

— Non. Il n'est pas très sucré.

— Les goûts changent, remarqua Chloé d'un ton lourd de sous-entendus.

Poppy ne répondit pas. Mais elle sentit un sourire flotter sur ses lèvres lorsqu'elle poussa la porte de la cuisine.

Rafe repoussa les plans qu'il avait devant lui. Quelque chose clochait dans ses ébauches, sans qu'il parvienne à comprendre quoi. Cette étape ne lui posait habituellement aucun problème. Il achetait une propriété, esquissait les plans préliminaires, puis les transmettait à son équipe d'architectes. Simple comme bonjour. Mais aujourd'hui, il avait la tête ailleurs.

Le bruit de la sonnette le fit sursauter. 19 heures… A force de piétiner tout l'après-midi, il avait complètement perdu la notion du temps. Après avoir redonné un semblant de discipline à ses cheveux, il alla ouvrir.

— Le dîner est servi, annonça Poppy, un large plateau à la main.

Une délicieuse odeur s'en échappait. Il s'aperçut qu'il mourait de faim.

— Cela sent divinement bon. Mais je ne me rappelle pas avoir commandé à dîner pour une équipe de football.

La jeune femme s'empourpra. Dieu, elle était charmante…

— J'ignorais si vous aviez un gros appétit…

— Pourquoi ne pas vous joindre à moi ? suggéra-t-il, prenant le plateau pour le poser sur une console. J'ai eu une journée calamiteuse. Un peu de compagnie me changerait les idées.

Elle parut hésiter.

— C'est que… je ne voudrais pas m'imposer.

— Au contraire, je vous invite.

Elle sembla se décider et il referma la porte avant de se tourner vers elle.

— Je suppose que vous avez vu les journaux ?

— Oui…

Elle se mordit nerveusement la lèvre. A cette vue, une onde de désir le traversa. Comme il avait rêvé de cette bouche, douce et charnue, impatient d'y goûter de nouveau…

— Ne pouvons-nous pas les obliger à se rétracter ?

— Inutile. Ils inventeront autre chose. Ignorez-les, ils ne tarderont pas à trouver une nouvelle cible.

— Mais je ne voudrais pas que les gens croient… vous savez… que nous couchons ensemble.

— Ironique, vous ne trouvez pas ? dit-il avec un sourire.

— Très.

Une étincelle amusée brillait dans les yeux noisette de la jeune femme. Seigneur, comment était-il censé lui résister ?

— Où souhaitez-vous que je mette la table ? s'enquit-elle, d'un ton redevenu professionnel. Lord Dalrymple prenait ses repas dans le petit salon, mais peut-être préférez-vous la salle à manger ?

— Pourquoi pas la cuisine ?

Cela faisait bien longtemps qu'il n'avait pas mangé dans une cuisine, mais soudain il en avait envie. Depuis ses dix ans, pour être exact. Deux jours avant la mort de sa mère. Il la revoyait en tablier à fleurs, les joues maculées de farine, préparant un gâteau et lui faisant goûter la pâte à même la spatule…

Il chassa ce souvenir et prit le plateau.

— Mes frères et moi avons eu une éducation très stricte. Mon grand-père réprouvait toute familiarité avec les domestiques.

— Il m'a l'air assez antipathique, commenta Poppy en lui emboîtant le pas.

Dans la cuisine, elle prit les choses en main. Rafe l'observa aligner consciencieusement les couverts sur la table, puis ouvrir un placard en quête de verres et de serviettes. Elle semblait parfaitement à l'aise dans la pièce. Alors seulement, il se souvint qu'elle y avait passé presque toute son enfance.

— Je vous sers un verre de vin ? proposa-t-il.

— Auriez-vous de la limonade plutôt ?

Elle se reprit aussitôt.

— Non, bien sûr. Trop sucré.

— J'ai de l'eau gazeuse.

— C'est parfait, merci.

Evitait-elle l'alcool pour garder les idées claires ? Peut-être ferait-il bien de suivre son exemple… Maintenir ses distances n'allait pas être facile, il le devinait.

Une jupe en coton toute simple mettait en valeur la taille fine de sa jeune voisine, tandis que son top ajusté épousait à merveille ses petits seins hauts et fermes. Sa beauté naturelle était rehaussée par un maquillage discret, à peine une touche de gloss et de mascara. Quant à ses ballerines plates, elles accentuaient encore leur nette différence de taille. Il y avait quelque chose de fragile en elle, qui éveillait ses instincts les plus masculins.

Avait-il le droit de la séduire, sachant qu'il n'était pas l'homme qu'elle attendait ?

Sa conscience le lui interdisait, mais elle semblait de plus en plus fragile face à son désir. Le besoin de toucher Poppy devenait plus irrésistible à chaque seconde. Même sa façon de se déplacer faisait grimper dangereusement sa température interne.

Il alla chercher une bouteille d'eau gazeuse et en profita pour se servir un verre de vin rouge.

— Alors, que m'avez-vous préparé ?

— En entrée, quelque chose de léger.

Elle déballa une salade aux noix et au bleu agrémentée de dés de poire.

— C'est délicieux, commenta-t-il après quelques bouchées.

Incapable de quitter des yeux les lèvres de Poppy, il la regardait porter la fourchette à sa bouche. Un besoin primitif lui tiraillait l'estomac, qui n'avait rien à voir avec la faim. Il but une gorgée de vin pour reprendre contenance.

— Comment votre famille a-t-elle fait fortune ? demanda-t-elle après un silence.

— Mes arrière-grands-parents paternels étaient des magnats de l'immobilier. Fermes, villas, hôtels, entreprises… Ils ne négligeaient aucune occasion, achetant bon marché pour revendre au prix fort. Mes frères et moi suivons leurs traces.

— Et vous aimez votre travail ?

La veille encore, il aurait répondu « oui » sans hésiter. Mais cette journée particulièrement frustrante lui avait fait remettre en question tous ses plans concernant le manoir — et, dans une certaine mesure, sa vie personnelle.

— Il y a de bons côtés et de moins bons, répondit-il. Transformer une propriété délabrée en un hôtel cinq étoiles est un défi stimulant. Mais les démarches auprès des autorités administratives peuvent se révéler assommantes.

— Sans parler des voisins difficiles…

— J'ai failli renvoyer mon gestionnaire à cause de vous.

Elle ouvrit des yeux horrifiés.

— Vous n'avez pas fait cela ?

— J'ai eu un coup de foudre pour le manoir Dalrymple. C'est James qui s'est chargé des recherches pour le projet de réaménagement. J'ai donné mon feu vert car l'endroit représentait un investissement idéal.

— Mais… ?

— Un obstacle inattendu s'est dressé sur ma route.

Le rouge monta aux joues de la jeune femme.

— Moi ?

Il sourit malgré lui. De tous les ennemis qu'il avait affrontés, Poppy Silverton était de loin la plus captivante.

Et la plus désirable.

— Ce projet de redéveloppement est une erreur, décréta-t-elle. Le manoir n'a pas vocation à abriter vos passades.

— Qu'est-ce qui vous fait croire que c'est le sort que je lui réserve ?

Elle haussa un sourcil cynique.

— Vous et vos frères collectionnez les maîtresses. Elles défilent littéralement dans votre lit ! A ce propos, doivent-elles prendre un ticket avant de faire la queue ?

Rafe esquissa un sourire. Il n'ignorait pas la réputation sulfureuse dont lui et ses frères jouissaient. Ce que décrivait la presse n'était cependant qu'une fraction de la réalité. L'essentiel de leur temps, ils le passaient seuls dans leurs suites d'hôtel à travailler d'arrache-pied, et ce pour respecter des délais impossibles ou satisfaire les exigences démesurées de leur grand-père.

Raoul compensait en menant une vie extrême, entre

adrénaline et dépassement de soi. Les défis physiques qu'il se lançait en auraient effrayé plus d'un. Mais la peur n'avait aucune prise sur lui, comme s'il était fait de marbre, et non de chair et de sang. Il ne regardait pas seulement la mort en face. Il la défiait et la ridiculisait.

Rémy aussi aimait jouer avec le feu. Les risques qu'il prenait étaient plus intellectuels que physiques, mais non moins terrifiants. Certes, il gagnait plus souvent qu'il ne perdait. Mais la chance finissait toujours par tourner, et Rafe craignait qu'il en paie le prix fort.

Lui-même s'immergeait dans le travail avec passion. Pourtant, depuis peu, une étrange insatisfaction le rongeait. Il voulait plus, sans savoir quoi exactement. Sa fortune dépassait celles de son père et de son grand-père réunies. Même sans les contributions de ses frères, l'empire qu'il avait bâti concurrençait les plus grands d'Europe. Il pouvait se retirer des affaires du jour au lendemain sans que son mode de vie ne s'en trouve affecté. Mais était-ce vraiment suffisant ? Quel héritage laisserait-il derrière lui ?

Et à qui ?

Il imaginait lord Dalrymple reclus dans son manoir, son intendante et la petite-fille de celle-ci pour seule compagnie, assiégé par de lointains cousins pressés d'hériter…

Lui avaient-ils seulement rendu visite ? L'avaient-ils soutenu après le décès de sa femme ? Il en doutait fortement.

— Je ne compte pas m'y installer, déclara-t-il. Les travaux terminés, je nommerai un gestionnaire et ne reviendrai qu'une fois par an. D'autres projets requièrent mon attention.

— Le manoir ne sera donc qu'une miette dans votre empire, murmura Poppy en contournant la table pour débarrasser son assiette.

— Laissez-moi vous aider.

Il se leva, si brusquement qu'elle sursauta, vacilla sur ses pieds et trébucha. D'instinct, il la rattrapa par le poignet.

Une étincelle jaillit immédiatement entre eux. Le parfum

de Poppy était un puissant philtre exotique qui mettait tous ses sens en émoi. Vivement, il desserra son étreinte, mais les doigts de la jeune femme s'attardèrent sur sa paume en un geste caressant. Aussitôt, le désir fusa dans ses veines. Il glissa une main dans ses boucles, grisé par leur danse légère sur sa peau et le nuage de jasmin qui s'en dégageait.

Juste un baiser. Juste pour voir. Peut-être avait-il imaginé le choc qui l'avait foudroyé la première fois. Sa bouche ne lui ferait probablement plus aucun effet…

Lentement, il approcha les lèvres des siennes.

— Que faites-vous ? murmura-t-elle.

— A votre avis ?

Sans lui donner le temps de répondre, il prit possession de sa bouche.

9

Au contact des lèvres de Rafe, Poppy s'embrasa tout entière. Si leur premier baiser avait été électrique, ce n'était rien à côté de celui-ci. Il lui semblait qu'une énigme millénaire venait d'être résolue. C'était une révélation des sens, une décharge de pure énergie masculine qui faisait vibrer sa part de féminité la plus secrète. Il intensifia son exploration, et une multitude de frissons irradièrent sa peau.

C'était comme si la chaleur de Rafe se propageait en elle. Elle savourait cette incroyable et bouleversante intimité. Son baiser était brutal, possessif, empreint pourtant d'une certaine retenue qu'un rien pouvait balayer à tout instant. C'était cet élément de danger qui la subjuguait. Ne l'avait-elle pas senti à la seconde où leurs regards s'étaient croisés ? Aucun obstacle n'arrêtait cet homme quand il désirait quelque chose — ou quelqu'un.

Sa bouche se pressait sur la sienne, la soumettait à son bon vouloir. Elle frémit en lui rendant son baiser. Jamais elle n'avait ressenti pareille détermination chez un homme. Leurs langues se livraient un duel fiévreux et implacable qui lui donnait le vertige. Cramponnée à sa chemise, elle approfondit encore leur baiser.

Un grognement appréciateur lui répondit. Les mains sur ses fesses, Rafe la plaqua contre le renflement dur entre ses cuisses. Instinctivement, elle se mit à onduler contre lui en gémissant, chavirée par cette étreinte érotique, promesse de plaisirs nouveaux. Ses bras se nouèrent d'eux-mêmes autour de son cou, en même temps que les doigts de Rafe s'aventuraient vers sa taille.

Mais soudain, il rompit le baiser et recula, comme pour remettre de la distance entre eux.

Un juron lui échappa.

— Désolé, soupira-t-il. J'ai perdu le contrôle.

— Est-ce une si mauvaise chose ? murmura Poppy, encore sous le choc.

Il lui lança un regard ombrageux.

— Je ne perds *jamais* le contrôle.

— Il faut un début à tout…

Ses traits se durcirent un peu plus.

— Cela ne marchera pas, Poppy. Vous le savez aussi bien que moi. Vous embrasser était une erreur.

— Je ne vous demande pas de m'épouser, répliqua-t-elle, piquée au vif.

— Vous n'êtes pas mon genre. Comment faut-il vous le dire ?

Ces mots lui firent l'effet d'une douche froide. *Tu n'es même pas jolie*, railla une petite voix dans sa tête. *Et tu ne sais pas embrasser. Tu n'as vraiment rien pour toi… Pourquoi crois-tu qu'Oliver et les autres se sont empressés d'aller voir ailleurs ?*

Elle redressa les épaules et se dirigea vers la porte.

— Je vais chercher le reste du dîner.

— Inutile.

— C'est l'affaire d'une minute. Je ne reste pas, si c'est ce qui vous…

— Je n'ai pas faim.

Elle s'obligea à soutenir son regard, comme toujours indéchiffrable.

— Pensez-vous avoir retrouvé l'appétit d'ici demain soir ?

— Je trouverai un autre arrangement, répondit-il froidement.

— Très bien.

Elle quitta le manoir, la tête haute et sans un regard en arrière.

*
* *

— Comment s'est passé le dîner ? demanda Chloé le lendemain matin. As-tu séduit les papilles de Rafe Caffarelli ?

Poppy fit mine d'être affairée par les préparatifs d'ouverture et évita son regard. Au réveil, elle avait trouvé son menton tout irrité, comme frotté au papier de verre. Et malgré elle, le souvenir de leur baiser passionné, de la caresse des joues rugueuses de Rafe contre sa peau, l'avait envahie. Même la couche de fond de teint appliquée faute de mieux ne faisait pas grand-chose pour camoufler les dégâts.

— Les papilles de ce monsieur ont un sérieux problème, répondit-elle en tirant les rideaux pour laisser entrer la lumière.

— Tu ne lui as rien cuisiné de sucré, au moins ?

— Non. Mais il faut croire que j'avais mal cerné ses goûts…

Chloé plissa des yeux soupçonneux.

— Qu'as-tu au visage ?

— Rien. Simple allergie. J'ai dû m'approcher trop près du chèvrefeuille.

— Et depuis quand es-tu allergique au chèvrefeuille ?

Elle lui saisit le menton et l'examina avec une curiosité de scientifique.

— Mmh, c'est une trace de frottement de barbe… Rafe t'a embrassée ! s'exclama-t-elle triomphalement.

— Pas du tout, protesta Poppy en se dégageant.

— A d'autres. Raconte !

— Je préfère ne pas en parler.

— Allez, ne fais pas ta mijaurée, insista Chloé. Il t'a fait des avances, pas vrai ?

Poppy pinça les lèvres.

— Tu te trompes. M'embrasser était une erreur, apparemment.

— Une *erreur* ?

— Je ne suis pas son genre, continua-t-elle, tout en alignant les serviettes sur les tables. Non que je souhaite l'être… Mais il y a des manières de repousser une femme sans détruire son estime d'elle-même.

— Si je comprends bien, c'est toi qui voulais coucher avec lui, et lui qui a refusé ?

— Oh ! je n'aurais pas *vraiment* couché avec lui…

— Mais tu étais tentée.

— Un peu.

Chloé la dévisagea sans un mot.

— Bon, d'accord. Extrêmement tentée.

— Je parie qu'il embrasse comme un dieu…

Au souvenir des baisers de Rafe, son estomac se noua.

— C'est le meilleur, soupira-t-elle.

— Et tu le sais parce que tu as embrassé… combien de garçons, déjà ?

— Six. Non, sept en comptant Hugh Lindley au jardin d'enfants.

— Tu as une vraie expertise, railla son amie.

Poppy poussa un autre soupir.

— Je sais, je sais. Il est grand temps que je rattrape mon retard.

— Mais pas avec Rafe Caffarelli, la mit en garde Chloé. Tu risquerais de souffrir.

Comme si elle ne le savait pas déjà…

— Aucune chance, assura Poppy. La position de M. Caffarelli est limpide. Je ne l'obligerai pas à se répéter.

Quelques jours plus tard, Rafe fut réveillé en sursaut par un coup de tonnerre assourdissant. Le vent soufflait autour du manoir, avec une telle violence que les fenêtres tremblaient dans leurs cadres. Il se leva et alla refermer un volet décroché par la tempête. Au même instant, un éclair déchira le ciel, illuminant brièvement le cottage. Rafe sentit son sang se glacer.

Une branche du vieil orme s'était écrasée sur le toit !

Il ne lui fallut pas plus de quelques secondes pour s'habiller, passer un imperméable et dégoter une torche. Il composa le numéro de Poppy.

Pas de réponse.

Sans plus tarder, il attrapa ses clés et se rua à l'extérieur, tout en appelant les pompiers. Dehors, une violente rafale manqua le renverser. Courbé en deux, il fendit le vent jusqu'à sa voiture. Des images terrifiantes de Poppy en sang, coincée sous une poutre, défilaient dans sa tête. Il essaya de se remémorer les plans du cottage. Il y avait trois chambres, toutes à l'étage. La principale n'était-elle pas justement celle qui faisait face à l'orme ?

Arrivé au cottage, il tambourina à la porte.

— Poppy ? Vous êtes là ? Etes-vous indemne ?

Aucune lumière à l'intérieur. Il alluma sa torche et pointa le faisceau vers une fenêtre.

— Poppy ? Vous m'entendez ?

Un concert d'aboiements apeurés lui répondit. Son angoisse monta d'un cran. Et si seuls les chiens s'en étaient sortis ?

— Poppy ! hurla-t-il par-dessus les rugissements du vent.

— Je suis là…

Il braqua sa torche vers l'endroit d'où provenait la voix. Le visage de Poppy se détachait, pâle et défait, à côté du trou béant du toit. Un immense soulagement l'envahit.

— J'arrive, lui cria-t-il. Ecartez-vous des poutres et ne touchez aucune prise électrique.

Il ramassa un caillou, brisa le verre de la porte et passa la main par l'ouverture pour la déverrouiller. Par chance, la branche d'orme semblait n'avoir fait d'autre dégât que laisser entrer les éléments déchaînés. Ni débris ni fils sous tension ne l'empêchèrent de se précipiter à l'étage.

Son cœur bondit devant la scène qui s'offrait à ses yeux. La jeune femme était plaquée contre le mur à côté de la fenêtre, prisonnière derrière la poutre qui s'était abattue en travers de son lit. Son visage était livide et ses yeux, agrandis par la terreur.

— Etes-vous blessée ?

— Non, je… je vais bien.

— Ne bougez pas tant que je n'ai pas vérifié qu'il n'y a aucun risque.

Il balaya scrupuleusement la pièce avec le faisceau de sa torche.

— J'ai peur, chuchota Poppy.

— Je sais, ma chérie. Je vais vous sortir de là.

Après s'être assuré que tout danger était écarté, il sauta par-dessus la poutre et attrapa les mains de Poppy qu'il attira à lui. La jeune femme tremblait comme une feuille entre ses bras.

— Tout va bien, murmura-t-il. Vous êtes en sécurité, maintenant.

— Si je ne m'étais pas levée pour fermer la fenêtre…

Elle lança un regard terrifié vers le lit.

— N'y pensez plus. J'ai appelé les secours, ils ne vont plus tarder.

Il lui caressa le dos d'un geste apaisant, tout en s'efforçant d'ignorer la réaction de son propre corps.

Les secours arrivèrent quelques minutes plus tard et les conduisirent en lieu sûr, de même que les trois chiens. Poppy frissonnait violemment. Le contrecoup du choc, sans doute. Retirant son imperméable, il le drapa autour de ses frêles épaules.

— Le toit n'est pas sûr, annonça l'un des pompiers. Une nouvelle rafale pourrait le faire s'effondrer. Mieux vaut ne pas rester ici ce soir.

— Je la ramène chez moi.

A peine les mots avaient-ils franchi ses lèvres qu'il les regretta. Bon sang, à quoi jouait-il ? Avait-il complètement perdu la tête ? Trop tard pour faire marche arrière… Le pompier s'était déjà éloigné et s'entretenait avec ses collègues.

— Je peux m'installer chez Chloé et sa mère, murmura Poppy. Il faut juste les appeler…

Son visage se décomposa.

— Mon téléphone était sur la table de nuit…

— Il est 2 heures du matin. Nous réglerons la question de votre hébergement plus tard, dit Rafe avec autorité.

Comme s'il allait la laisser repartir de chez lui…

Il chassa rapidement cette pensée.

— Pour l'instant, vous avez besoin d'une boisson chaude et d'un lit confortable.

Après l'avoir installée dans sa voiture, il rassembla les chiens qu'il déposa sur le siège arrière et se glissa au volant. *Qu'est-ce que tu fais ?* lui murmurait sa raison. *Conduis-la à un hôtel !*

Son regard s'attarda sur Poppy à ses côtés.

— Tout va bien ?

— Je parie que mon téléphone est en miettes…

— Un téléphone, cela se remplace.

— Merci de nous avoir secourus, murmura-t-elle avec un pâle sourire.

Il serra gentiment sa main dans la sienne, avant de mettre le contact.

— De rien. C'est tout naturel.

Poppy portait encore l'imperméable de Rafe lorsqu'elle s'assit à la table de la cuisine devant un mug de chocolat chaud. Il n'y avait pas un seul sachet de thé dans le manoir — encore moins du thé en feuilles.

— Une deuxième tasse ? proposa Rafe

— Non, merci. Ça va mieux, maintenant.

Il la dévisagea avec attention.

— Qu'avez-vous au menton ?

— Rien. Juste une réaction allergique, balbutia-t-elle.

Elle tenta de rentrer le cou dans l'imperméable. Mais, rapide comme l'éclair, il lui souleva le menton. Quelque chose passa dans ses yeux. Une douceur inattendue. Son pouce se fit caressant sur sa peau irritée.

— J'ai un tube de crème apaisante, si vous voulez.

Elle dissimula son trouble derrière une moue railleuse.

— Oh ! je ne doute pas que votre table de nuit en soit remplie. Et où rangez-vous votre collection de préservatifs ? Sous le lit ?

— Dans mon portefeuille, répliqua-t-il en souriant. Et il n'y en a que trois.

— Moi qui pensais que vous les disséminiez stratégiquement dans toute la maison…

A ces mots, l'expression de Rafe se ferma, et il laissa retomber sa main.

— Ne croyez pas tout ce que disent les journaux. Je suis loin d'être le play-boy impénitent qu'ils décrivent.

— Il n'y a pourtant pas de fumée sans feu.

— Un feu avec lequel mieux vaut ne pas jouer. Avez-vous oublié ?

Une lueur dangereuse brillait dans son regard.

— Vous croyez que j'aurais couché avec vous l'autre soir ? dit-elle avec hauteur.

— Sans l'ombre d'un doute.

Quelle arrogance !

— Vous vous imaginez peut-être que toutes les femmes que vous embrassez ne rêvent que de cela. Eh bien, sachez que je suis l'exception qui confirme la règle.

— C'est une chose facile à vérifier.

Il marqua une pause.

— Si vous êtes partante…

La mettait-il au défi ? Seigneur, elle commençait déjà à regretter son petit numéro de provocation. Les deux baisers qu'ils avaient échangés l'avaient totalement chamboulée. L'embrasser une nouvelle fois, c'était prendre un risque. Celui de tomber amoureuse, par exemple…

Elle repoussa sa chaise et se leva.

— J'aimerais aller me coucher. Seule, précisa-t-elle avec un regard sévère.

— Sage décision.

Il lui décocha un sourire faussement angélique. Une onde de chaleur la parcourut au souvenir de cette bouche sensuelle explorant la sienne. Il avait raison : elle jouait avec le feu. Elle n'était pas assez forte, ni assez sophistiquée, pour tenir tête à un homme comme Rafe Caffarelli.

— Bonne nuit, dit-elle d'une voix guindée.

— Bonne nuit, répondit Rafe, ses yeux sombres rivés aux siens. Faites de beaux rêves.

10

Poppy s'attendait à passer une nuit blanche. Mais à peine sa tête toucha-t-elle l'oreiller qu'elle sombra dans le sommeil, bercée par le bruit de la pluie sur les carreaux. A son réveil, un flot de soleil inondait la chambre, promesse d'une magnifique journée. Elle s'étira paresseusement et consulta le réveil sur la table de nuit.

10 heures !

Catastrophée, elle repoussa les couvertures. Pas le temps de se doucher. D'ailleurs, elle n'avait aucune affaire de toilette avec elle. Sitôt habillée, elle dévala l'escalier, et faillit se cogner à Rafe qui revenait de l'extérieur, les trois chiens sur les talons.

En chino gris ajusté et chemise blanche, il était à tomber. Ses cheveux noirs étaient coiffés en arrière et son menton, rasé de près. Comment faisait-il pour avoir l'air aussi reposé ? Après la nuit terrible qu'ils avaient vécue, elle-même ressemblait à un zombie ! Ses yeux, dans le miroir, lui étaient apparus bouffis de fatigue. Quant à ses cheveux, mieux valait ne pas en parler.

— Bonjour, lança-t-il d'une voix joviale. Bien dormi ?

Elle le foudroya du regard.

— Pourquoi ne m'avez-vous pas réveillée ? Je devrais être au travail depuis plus de deux heures !

— Je suis passé voir Chloé au salon de thé. Elle vous fait dire qu'elle a la situation en main.

— Il faut que je rentre prendre une douche et me changer,

marmonna Poppy tout en disciplinant d'une main fébrile ses cheveux. Et puis, il y a le toit qui a besoin d'être réparé...

— C'est réglé.

Elle interrompit son geste.

— Comment cela, « réglé » ?

— J'ai appelé un couvreur. Les travaux commencent la semaine prochaine.

— La semaine prochaine ! Pourquoi pas cette semaine, ou même aujourd'hui ?

Il haussa nonchalamment les épaules.

— Votre toit n'est pas le seul à avoir été endommagé par la tempête. Prenez votre mal en patience. Au moins, vous êtes hébergée.

— Je ne peux pas rester ici ! s'exclama-t-elle. Que vont penser les gens ?

— Ils penseront que je suis un voisin charitable de vous offrir un lit aussi longtemps que vous en avez besoin...

— Ils penseront à *votre* lit, plus exactement.

— Vous vous souciez trop des commérages, dit-il avec un sourire désarmant.

— Je trouverai un hôtel.

— Qui accepte les chiens ? J'en doute.

Hésitante, Poppy se mordit la lèvre.

— Peut-être accepteriez-vous de les garder le temps que...

— Hors de question.

— Mais pourquoi ? Ils vous adorent !

— Je refuse de m'en occuper, répondit-il d'un ton catégorique. Si je dois m'absenter sans préavis, il est nécessaire que vous soyez là. Ma maison n'est pas un chenil.

Il avait raison, bien sûr. Mais un vrai chenil coûtait une fortune. Elle ne pouvait se permettre une telle dépense. Combien de temps avant que le village — et le monde entier — apprenne qu'elle vivait sous le même toit que Rafe Caffarelli ?

— Combien de temps dureront les travaux ?

— Environ une semaine.

En tout, cela ferait donc deux semaines de cohabitation avec Rafe. A moins de trouver une alternative offrant une cuisine aussi vaste et fonctionnelle que celle du manoir. Ce qui ne risquait pas d'arriver.

— Si je ne trouve aucune solution, m'autorisez-vous à utiliser votre cuisine ? Je prépare la plupart des gâteaux du salon de thé à domicile…

— Bien sûr. Je n'y mets jamais les pieds.

— Voulez-vous que je cuisine pour vous par la même occasion ?

— Inutile. Je ne compte pas m'attarder ici plus longtemps. D'autres projets réclament mon attention.

D'autres projets ? Ces projets étaient-ils de sexe féminin, avec de longues jambes et une chevelure blonde ? A cette pensée, une étrange déception l'envahit. Elle ferma brièvement les yeux. Bon sang, elle devait se reprendre. Rafe Caffarelli n'avait rien de l'homme de ses rêves. D'ailleurs, elle le détestait. Enfin, ça, c'était avant qu'il vole à son secours au mépris de sa propre sécurité. Jamais elle ne s'était sentie aussi protégée qu'entre ses bras réconfortants…

Assez ! Ces pensées romantiques n'avaient aucune raison d'être. Rafe était un play-boy avide de conquêtes. Même s'ils avaient une aventure, cela ne durerait qu'une semaine ou deux. Après quoi, elle deviendrait un sujet de plaisanterie entre lui et ses frères, la pauvre campagnarde fleur bleue dont il avait pris la virginité.

Ne lui avait-il pas clairement signifié qu'elle n'était pas son genre ?

Mais pourquoi ?

Malgré elle, la facilité avec laquelle il l'avait rejetée la blessait. Elle était une femme, non ? Certes, les hommes ne se retournaient pas sur son passage, mais les miroirs ne se brisaient pas non plus. Alors où était le problème ?

— Combien vous devrai-je pour le loyer ?

— Je ne veux pas de votre argent, Poppy.

Alors que voulez-vous ? se retint-elle de crier dans le silence qui suivit.

— J'ai une réunion à Londres cet après-midi, reprit Rafe en lui tendant une clé. Je ne rentrerai pas avant demain ou après-demain. Faites comme chez vous.

Sans attendre sa réponse, il tourna les talons, aussitôt suivi par les trois cavoodles.

— Chutney, Relish, Pickles, appela-t-elle. C'est moi, votre maîtresse qui vous aime et vous nourrit, vous avez oublié ?

Ils firent demi-tour d'un air penaud.

— Traîtres, murmura-t-elle en se penchant pour les gratter derrière les oreilles.

— Je serais ravie de t'accueillir chez moi, mais ma mère est allergique aux chiens…

Sitôt arrivée dans le salon de thé, Poppy avait supplié son assistante de l'héberger.

— Pourquoi ne pas rester au manoir ? continua Chloé. Tu y as bien vécu des années avec ta grand-mère…

— Ce n'est plus pareil.

— Parce que le célibataire le plus séduisant d'Europe y séjourne également ?

Une lueur espiègle brillait dans les yeux de son amie. Poppy fronça les sourcils.

— Ce n'est pas ce que tu crois. D'ailleurs, il rentre à Londres cet après-midi, où il sera sûrement très occupé.

— Allons, Poppy, tout le monde sait qu'il y a anguille sous roche…

— Quoi ? C'est ridicule ! protesta-t-elle avec véhémence. Il n'y a rien entre nous. Sa suffisance m'insupporte.

— C'est de l'assurance, rectifia Chloé. Ce qu'il veut, il l'obtient, et quelque chose me dit que le cottage n'est plus sa priorité.

Poppy haussa les épaules.

— Tu te trompes. Je ne suis pas assez sophistiquée pour lui.

— L'accident de cette nuit l'a beaucoup chamboulé, tu sais. Je l'ai vu dans ses yeux ce matin. Il est en train de tomber amoureux, même s'il ne se l'avoue pas encore.

— Les play-boys comme Rafe Caffarelli ne tombent pas amoureux, rétorqua Poppy avec dédain. Seul le sexe les intéresse, de préférence avec un maximum de partenaires différentes.

Ce fut au tour de Chloé de hausser les épaules.

— Je crois au contraire que tu es exactement le genre de femme dont il s'éprendrait. Il n'a eu aucune aventure depuis qu'il t'a rencontrée. C'est incroyable non ?

Poppy secoua la tête.

— Attends de lire les journaux de demain. Quelques nuits torrides à Londres dans les bras d'une starlette, et il m'aura déjà oubliée.

A 18 heures, Rafe mit fin à une réunion qui avait duré tout l'après-midi et congédia ses collaborateurs. Après leur départ, son frère Raoul s'attarda dans la salle.

— Rémy brille une fois de plus par son absence, lança-t-il.

— Je vais l'étrangler, protesta Rafe. Qu'est-ce que cela lui coûtait de nous prévenir ? D'ailleurs, où est-il, en ce moment ?

— Las Vegas.

Rafe leva les yeux au ciel.

— Encore à risquer la fortune familiale à une table de jeu…

— Une chance qu'il gagne plus qu'il ne perd, dit Raoul en secouant la tête.

— Oh ! il finira par perdre, un jour.

Son frère arqua un sourcil.

— « Perdre » ? Je croyais que ce mot n'existait pas dans notre vocabulaire…

Rafe ignora la boutade.

— Je m'inquiète pour Rémy. Il n'en fait qu'à sa tête.

— Cesse de te tracasser pour nous, s'exclama Raoul en s'asseyant sur le bord de la table. Tu es notre frère, pas notre père. Détends-toi. Où en es-tu avec ce cottage en Angleterre ? As-tu convaincu la propriétaire de te le vendre ?

Rafe rassembla ses papiers d'un air affairé. Il n'avait aucune envie de discuter de sa vie privée. Surtout pas avec son frère. Cela faisait à peine quelques heures qu'il était à Londres et il n'avait qu'une hâte : rentrer au manoir. Le visage terrifié de Poppy lorsqu'il l'avait secourue s'imposa à lui. Ridicule. Ce n'était certainement pas à cause d'elle qu'il voulait rentrer. Il aimait la sensation de calme et d'espace que lui procurait l'endroit. Rien d'autre.

— J'y travaille, marmonna-t-il.

— J'ai vu la photo de cette fille dans le journal. Elle n'est pas ton genre…

— En effet.

— Vous aviez l'air intime, dans ce restaurant. Tu as déjà couché avec elle ?

Rafe referma son attaché-case d'un geste sec.

— De quoi je me mêle ?

— Hé, du calme ! s'exclama Raoul, les mains levées, un sourire narquois aux lèvres.

Rafe serra les poings. Lui et ses frères avaient l'habitude d'échanger quelques grivoiseries au sujet de leurs maîtresses. Mais parler de Poppy lui déplaisait.

— Nous ne couchons pas ensemble, dit-il.

Raoul fronça les sourcils.

— Tu perds la main ?

— Et toi ? Toujours avec ta blonde aux jambes interminables ?

Un sourire joua sur les lèvres de son frère.

— Tu as le temps pour une bière ?

— Pas ce soir, répondit Rafe en consultant ostensiblement sa montre.

— Ta femme t'attend ? railla Raoul.

Sans un mot, Rafe le fusilla du regard.

— J'ai toujours su que tu serais le premier, reprit Raoul.

— Le premier à quoi ?

— A te faire passer la corde au cou.

Rafe se raidit.

— Je n'ai aucune intention de me marier.

— Tu es l'aîné, non ? C'est à toi de donner l'exemple en fondant une famille.

— Ma vie actuelle me convient parfaitement. Je suis libre, sans personne à qui répondre de mes actions. Que pourrais-je souhaiter de plus ?

— Je ne sais pas, dit Raoul avec un haussement d'épaules. Il m'arrive de penser à papa et maman, à ce qu'ils avaient. Et si c'était ça, le vrai bonheur ?

— Les souvenirs sont toujours roses, le coupa Rafe. Surtout ceux d'un enfant de huit ans…

— Neuf. Les funérailles ont eu lieu le jour de mon anniversaire, tu as oublié ?

Comment le pourrait-il ? A la vue de son petit frère, stoïque devant le cercueil que l'on sortait de la cathédrale, son cœur s'était serré. Rémy avait pleuré, et il avait entouré ses épaules d'un bras fraternel. Mais Raoul avait refusé son réconfort, les yeux résolument secs. Peut-être était-ce à cet instant qu'était né ce besoin de son frère de défier la mort à chaque occasion. Une sorte d'exutoire à ses émotions refoulées…

— Je n'ai pas oublié.

— Tu ne crois pas qu'ils étaient heureux ? insista Raoul.

— Si, ils l'étaient. Mais qui sait ce que serait devenu leur couple avec le temps ?

— Tu as peut-être raison…

Quelque chose dans le ton de son frère interpella Rafe.

— Pourquoi toutes ces questions ?

— Pour rien, dit Raoul avec un sourire un peu forcé.

— A d'autres. Je suis ton frère. Dis-moi ce qui te travaille.

Raoul attrapa un presse-papiers sur la table qu'il se mit à manier distraitement.

— J'ai beaucoup réfléchi, ces derniers temps. Je ne veux pas finir comme Nonno, contraint de payer pour un peu de compagnie.

— Tu l'as vu récemment ?

— Le week-end dernier.

— Et… ?

Raoul eut un haussement d'épaules éloquent.

— C'était… tu sais. Triste.

Rafe voyait parfaitement ce que son frère voulait dire. Leur grand-père vivait dans un isolement quasi total. Ses seules interactions, en dehors de leurs visites, étaient avec le personnel chargé de veiller sur lui et d'entretenir la villa. C'était une vie stérile, sans affection ni partage, qui ne lui apportait que ce que l'argent avait à offrir : un service docile et obséquieux.

— C'est ce qui arrive quand on se comporte aussi mal aves ses proches. Il ne peut s'en prendre qu'à lui-même.

Raoul posa le presse-papiers, un pli soucieux au front.

— Y as-tu déjà réfléchi ? Tu sais, au sens de la vie et tout cela…

— Bien sûr, dit Rafe avec une légèreté feinte. S'enrichir et faire l'amour. C'est tout ce qui compte, et ce que nous, Caffarelli, faisons le mieux.

— S'enrichir et étoffer notre tableau de chasse, tu veux dire. L'amour n'a rien à voir là-dedans.

— Et alors ?

— Tu ne t'es jamais demandé si la femme à ton bras était là pour toi ou pour ton compte en banque ?

Rafe tressaillit. Poppy n'avait-elle pas eu exactement les mêmes mots le jour de leur première rencontre ?

— Allons, Raoul, il n'y a encore pas si longtemps, tu ne songeais qu'à brûler ta vie par les deux bouts. Qu'est-ce qui t'arrive ?

— Rien. Tu te souviens de Clarissa, la fille que je fréquente en ce moment ?

Stupéfait, Rafe dévisagea son frère.

— Ne me dis pas que c'est sérieux ? Elle est sublime, je l'admets, mais tu mérites mieux.

— Au moins, ce n'est pas une intrigante, rétorqua Raoul. Son père est millionnaire et elle est sa seule héritière. Aucun risque qu'elle m'épouse pour l'argent.

Avec un soupir, Rafe empoigna son attaché-case.

— Une bière, pas plus. J'ai une affaire urgente à régler.

11

Poppy sanglotait sans retenue devant le générique de fin de son film préféré, quand Rafe se matérialisa sur le seuil.

— Que se passe-t-il ? Pourquoi pleurez-vous ?

Telle une gamine prise en faute, elle bondit hors du sofa. Seigneur, de quoi devait-elle avoir l'air dans son pyjama rose, les yeux rougis et les cheveux en bataille ?

— Ce n'est rien, bredouilla-t-elle. Juste un film qui me fait pleurer chaque fois que je le regarde.

Il avança dans la pièce et se pencha sur le boîtier du DVD.

— *Elle et lui*… Je ne crois pas l'avoir vu.

— C'est l'histoire d'un riche play-boy qui rencontre cette femme lors d'une croisière…

Rouge de confusion, elle se reprit.

— Peu importe. Vous n'aimeriez pas. Ce n'est pas un de ces films d'action remplis de courses-poursuites et d'effets spéciaux.

Impassible, il reposa le boîtier.

— Que faites-vous encore debout ? Il est presque 1 heure du matin.

— J'ai fait des heures supplémentaires, expliqua-t-elle. L'une de mes clientes donne un dîner demain soir et avait besoin d'un dessert.

— Un bon petit extra pour vous…

Elle baissa les yeux et se hâta de changer de sujet.

— Vous rentrez bien tôt, remarqua-t-elle en rangeant le DVD. Je pensais que vous profiteriez de la vie nocturne londonienne…

— J'ai pris une bière avec mon frère.

— Pas de nouvelle conquête à votre palmarès ?

— Non.

— Vous devez perdre la main…

— C'est aussi ce que m'a dit Raoul.

Un silence tomba entre eux.

— Vous faites payer vos heures supplémentaires, n'est-ce pas ? s'enquit-il brusquement.

— Eh bien, je dis toujours que je vais le faire, mais…

— Bon sang, Poppy, vous dirigez un commerce ! Votre but est de faire du profit, pas de devenir la meilleure amie de vos clients !

— Je sais, je sais. Chloé ne cesse de me le répéter…

— Et si je jetais un œil à vos comptes ? Peut-être pourrais-je cerner le problème et vous aider à y remédier.

— Vous feriez cela ?

— Bien sûr. J'en serais ravi.

Il y eut un nouveau silence.

— Cela me fait bizarre d'être ici, reprit Poppy avec un soupir.

— Ici ?

— Dans ce salon. Lord Dalrymple nous laissait l'utiliser, Granny et moi, quand j'étais enfant. Il prétendait que la réception de la télévision y était meilleure qu'au cottage. Mais je crois surtout qu'il aimait nous avoir à ses côtés.

Elle balaya la pièce d'un regard nostalgique.

— Je n'y étais plus revenue depuis la mort de ma grand-mère…

En deux enjambées, Rafe l'avait rejointe.

— Désolé, dit-il, une main sur son épaule. J'aurais dû reporter ma réunion et rester avec vous.

Décontenancée, elle plongea les yeux dans son regard.

L'odeur virile de Rafe, rehaussée d'une note citronnée, l'enveloppait comme un doux manteau.

— Je n'ai pas besoin de baby-sitter, protesta-t-elle faiblement.

— Dit la jeune femme en pyjama rose.

Il laissa glisser sa main le long de son épaule avant de la refermer sur sa nuque.

— Ce qui devrait me dissuader de faire ceci…

— Faire quoi ?

Il approcha sa bouche de la sienne.

— Vous le savez très bien.

— Je croyais que vous ne vouliez pas…

Mais déjà, les lèvres de Rafe la réduisaient au silence. Ce fut un baiser incroyablement doux, plus léger qu'une aile de papillon.

— Oh ! que si, murmura-t-il, la voix rauque de désir. Tout le temps que j'étais à Londres, je n'ai pu penser à rien d'autre que toi.

Poppy sentit son corps se liquéfier comme il l'embrassait de nouveau, plus longuement cette fois. Elle entrouvrit les lèvres avec un gémissement de plaisir, et noua les bras autour de sa nuque.

Son baiser se fit plus appuyé, leurs langues s'entremêlant dans le plus érotique des ballets. Elle sentit ses mains glisser sur ses fesses et il la serra contre lui, comme pour démontrer toute la vigueur de son désir. Ce sexe dressé contre son ventre exacerbait la sensation de vide qu'elle ressentait. Jamais le besoin de le combler n'avait été si impérieux, ni la solution si délicieusement proche.

Il libéra ses lèvres pour tracer un sillon de baisers le long de son cou. Un délicieux frisson la parcourut.

— Je ne sais pas si je pourrais m'arrêter, chuchota-t-il contre sa gorge.

— Et si je ne veux pas que tu t'arrêtes ?

Il entoura son visage de ses mains et plongea les yeux dans les siens.

— Je pourrais te faire mal…

— Je suis sûre que non.

Touchée par son inquiétude, elle lui adressa un sourire à la fois timide et excité. Le front appuyé contre le sien, il inspira profondément, comme s'il cherchait à se maîtriser.

— As-tu la moindre idée à quel point tu me rends fou ?

— Je…

Ses yeux sombres s'attachèrent à sa bouche, soulevant une nouvelle tempête de frissons en elle.

— Qu'est-ce que tu ressens Poppy ? Comment te sens-tu ?

— Nerveuse. Excitée. Un peu inquiète à l'idée de te décevoir…

— Ne te préoccupe pas de cela, dit-il, le regard empli d'une soudaine tendresse. Rien d'autre ne doit compter que ton plaisir.

— Je sais ce qu'est un orgasme, murmura-t-elle. J'en ai déjà eus… tu sais, toute seule…

— Veux-tu me montrer ce que tu aimes ou me laisser le découvrir ?

— Je préfère que tu le découvres…

Du pouce, il lui caressa la joue.

— Faire l'amour pour la première fois est un plongeon dans l'inconnu. Si quelque chose te met mal à l'aise, dis-le moi. C'est toi qui mènes la danse, d'accord ?

Une douce chaleur étreignit la poitrine de Poppy. Aurait-elle pu choisir meilleur premier amant ? Il semblait si attentionné, si désireux de ne pas la brusquer. Pour un homme à la réputation sulfureuse, il faisait preuve d'une étonnante sollicitude, et cette nouvelle facette de sa personnalité la troublait profondément. Elle n'avait qu'une envie : s'abandonner tout entière à son expertise.

Peu importaient les nombreuses femmes qui l'avaient précédée. Elle ne voulait pas y penser. D'une certaine manière, c'était leur première fois à tous les deux. Elle le percevait à ses gestes légèrement hésitants, à la délicatesse avec laquelle il caressait ses seins, comme s'ils étaient fragiles et précieux à la fois.

Il aventura une main sous son haut de pyjama, et la chaleur de sa paume sur sa peau l'électrisa. De son autre main, il lui caressa le creux de la taille avant de remonter vers ses seins. Leurs pointes étaient si tendues qu'elles en devenaient douloureuses. Lorsqu'il les effleura du pouce, une cascade de sensations la submergea. Elle resserra son étreinte, avide de sentir son corps contre le sien, maudissant la barrière de vêtements.

Comme s'il lisait dans ses pensées, Rafe fit tomber son haut de pyjama et captura ses seins. Sa bouche sur la sienne la soumettait au plus délicieux des tourments. Fiévreusement, le souffle court, elle lui rendit ses baisers. Le désir la consumait, la poussait vers lui comme un aimant. Elle voulait plus, *beaucoup* plus. Son sexe dressé contre son ventre était une invitation à laquelle elle brûlait de répondre.

Soudain, il délaissa sa bouche pour sa poitrine, taquinant de la langue un téton dressé, suçant et mordillant jusqu'à lui arracher un gémissement étouffé.

— Pas ici, haleta-t-il. Mon lit.

Et il la souleva dans ses bras.

— Je suis trop lourde, protesta-t-elle.

— Trop lourde ? Tu es si légère que j'ai peur de t'écraser !

Jamais Poppy ne s'était sentie aussi féminine. Etre emportée ainsi était si excitant ! Les battements de son cœur s'accéléraient à mesure qu'il gravissait l'escalier. Chaque marche la rapprochait un peu plus du moment où elle s'abandonnerait à lui.

Le trajet lui parut durer à la fois une éternité et une fraction de seconde. Déjà, il la renversait sur le lit, ses lèvres sur les siennes, tout en la déshabillant avec une lenteur qui frôlait le supplice. Les gestes fébriles, saccadés, impatiente de goûter sa peau nue, elle déboutonna sa chemise. D'un coup d'épaule, il se débarrassa du vêtement, et elle promena les doigts sur son torse sculpté.

— Tu fais de la musculation ?

— Un peu.

Il l'embrassa sous un sein, délicatement.

— Tu es si belle…

Poppy ferma les yeux. Un torrent de lave en fusion coulait dans ses veines, embrasant chaque parcelle de son corps. Instinctivement, elle pressa Rafe contre elle, les mains plaquées sur ses fesses musclées, tandis qu'il reprenait sa bouche. Elle voulait sentir sa peau, le sentir, lui, contre son corps. Elle tendit les doigts vers sa boucle de ceinture et la défit prestement.

Il interrompit leur baiser pour l'aider. Pantalon et boxer tombèrent bientôt sur le sol. Un choc sourd retentit comme ses chaussures suivaient le même chemin. Seigneur… Sa beauté était époustouflante ! Nu devant elle, il était l'incarnation suprême de la virilité. Tandis qu'elle, elle n'avait pas la moindre expérience dans le domaine. Elle sentit sa gorge se nouer.

— Rafe, je…

— N'aie pas peur, ma belle.

Avec douceur, il guida sa main vers son érection. Instinctivement, elle enroula les doigts autour du sexe érigé, apprivoisant la sensation. Il était si dur, et pourtant si doux. Sous la puissance, elle percevait une certaine vulnérabilité. Il frémissait sous ses doigts, comme mû par un désir semblable au sien, un désir qui vibrait et grandissait entre ses reins.

Rafe retira gentiment sa main et la plaqua contre le matelas.

— A mon tour de t'explorer.

Joignant le geste à la parole, il caressa son ventre, juste au-dessus de son sexe. Elle frémit. Ses doigts étaient si proches, à présent, si aventureux… Du pouce, il caressa délicatement son sexe, comme les fragiles pétales d'une fleur, avant d'en tracer avec lenteur le contour. Un soupir de plaisir lui échappa. Sa caresse était légère, jamais insistante, et créait en elle la plus délicieuse des tensions.

— J'ai envie de te goûter, chuchota-t-il, le regard brûlant de désir.

Un frisson nerveux parcourut Poppy comme il se penchait entre ses cuisses. Le souffle chaud de Rafe caressait son intimité, puis il glissa sa langue en elle, avec une sensualité bouleversante. Seigneur, c'était si bon ! *Trop* bon… Des sensations inconnues l'assaillaient de toute part. Instinctivement, elle referma les cuisses.

Rafe s'interrompit.

— Tout ira bien, ma chérie. Laisse-toi aller.

— Je ne peux pas…

Elle se sentait honteuse, tout à coup. Pas à la hauteur. Et s'il la trouvait différente ? Ou même affreuse ? Elle n'avait rien en commun avec les mannequins qu'il fréquentait habituellement. La comparait-il à ces autres maîtresses ?

Comme s'il avait perçu ses craintes, il lui releva le menton et l'obligea à le regarder dans les yeux.

— Poppy, tu es la plus belle femme que j'aie jamais vue…

Elle se couvrit le visage de ses mains.

— Pas étonnant que je sois encore vierge à vingt-cinq ans. Je suis nulle…

— C'est faux, objecta Rafe en lui écartant gentiment les mains. Tu es seulement nerveuse. Détends-toi et prends tout le temps dont tu as besoin.

— Mais… et toi ?

— Je peux jouir dans deux minutes ou dans quarante-deux. C'est moi qui décide.

— Je pensais que…

D'une pression du pouce sur les lèvres, il la fit taire.

— Cesse de penser. Concentre-toi sur tes sensations.

Il se remit à la caresser, lentement. Les yeux fermés, elle s'abandonna à la magie de l'instant, à la sensation des mains de Rafe s'appropriant son corps. Ses doigts étaient comme du velours sur sa peau sensible ; ses gestes empreints d'une révérence touchante. Il prenait le temps de la mettre à l'aise petit à petit. Elle se détendit légèrement, et il l'embrassa sur les lèvres avant de plonger entre ses cuisses. L'érotisme de ses baisers lui faisait perdre toute notion d'elle-même. Soudain, sur une nouvelle pression de la langue de Rafe, le plaisir déferla en elle. Cette fois, loin de lutter, elle l'accueillit avec transport, emportée dans une spirale de sensations vertigineuses. Un cri bestial déchira le silence.

Le sien.

Une soudaine gêne l'envahit. Mais Rafe souriait d'un air satisfait.

— Tu vois que tu n'es pas nulle. Tu es même fantastique.

Elle évita son regard.

— Alors… quarante-deux minutes, mmh ? Tu t'es chronométré ?

Il laissa éclater un rire taquin.

— Je prends ma responsabilité d'amant très au sérieux. Aucune femme ne devrait se plier à un rythme qui n'est pas le sien. Les besoins de ton corps peuvent changer. Ce qui fonctionne une fois ne fonctionnera peut-être pas la fois suivante.

— Tu sembles t'y connaître en anatomie féminine, remarqua-t-elle, suivant de l'index le contour de ses lèvres.

— Et ce que je découvre de la tienne me ravit.

Le regard brillant, il aspira son doigt entre ses lèvres.

Tremblant de désir, Poppy se laissa aller contre le matelas. Aussitôt, Rafe la recouvrit de son corps, son poids réparti sur ses avant-bras, comme pour ne pas l'écraser. Il prit sa bouche dans un baiser impérieux. Sa langue jouait avec la sienne, la soumettait à sa volonté, pour soudain se retirer et l'inviter à le pourchasser à son tour. Elle releva le défi, d'abord hésitante, puis de plus en plus téméraire, encouragée par ses grognements appréciateurs.

Sans cesser de l'embrasser, il lui effleurait les seins, les taquinait avec une lente précision. Puis il descendit vers ses hanches, son ventre, ses cuisses, poursuivant son exploration sensuelle et méthodique. Le plaisir montait en elle, inexorable. Le souffle haletant de Rafe trahissait une urgence similaire.

Jamais elle n'aurait imaginé exercer sur lui ce pouvoir enivrant et terriblement excitant.

Il sortit un préservatif du tiroir de la table de nuit et le mit rapidement en place.

— Tu es sûre de vouloir continuer ?

Fascinée, elle tendit la main vers son sexe durci. Son être vibrait d'un désir si intense qu'il en devenait douloureux.

— Fais-moi l'amour, chuchota-t-elle.

Sous le regard brûlant de Rafe, elle se sentit la plus belle des femmes. La seule qu'il désirerait jamais.

— Je vais y aller doucement. Dis-moi si je te fais mal.

Grisée par son odeur virile, le contact de sa mâchoire rugueuse contre sa joue, elle s'agrippa à son cou. Comme elle aimait ses petits détails !

Il bougea entre ses cuisses, s'insinuant lentement en elle.

— Tout va bien ?

— Oui…

— Détends-toi, ma belle. N'oublie pas, c'est toi qui mènes la danse.

Elle inspira profondément. Alors elle le sentit s'enfoncer en elle, et son propre corps s'assouplir à son passage, comme si elle était faite pour l'accueillir. Un sentiment de triomphe l'envahit. Soudain, une douleur aiguë la transperça.

Son cri résonna dans le silence.

— Excuse-moi, chuchota Rafe. Je suis allé trop vite.

— Non, ce n'est rien.

Penaude, elle se mordit la lèvre.

— Désolée d'être si douillette…

— Tu n'es pas douillette. Seulement nerveuse.

Il l'embrassa tendrement, tout en plongeant plus profondément en elle. Cette fois, elle eut moins mal. Ses hanches se soulevèrent pour aller à sa rencontre, et il la pénétra d'un mouvement fluide qui la fit gémir de plaisir.

— Ça va ?

— Mmh…

Elle lui caressa le dos tandis qu'il la chevauchait. L'exquise friction faisait naître une sensation nouvelle entre ses reins, une pulsation qui enflait comme une vague et se propageait jusqu'à la plus infime cellule de son corps. Mais un besoin primitif continuait à la tenailler. Elle voulait plus, maintenant.

Comme s'il lisait en elle, Rafe accéléra la cadence, et glissa une main entre eux pour caresser son clitoris gonflé de plaisir. L'extase montait en elle. Elle était là, toute proche, et cependant inaccessible…

— Je suis désolée, je n'y arrive pas…

— Chut, la gronda-t-il. Prends ton temps. Nous avons toute la nuit.

Elle se cala sur ses va-et-vient, chaque coup de reins plus profond, plus exquis que le précédent. Pas un instant il n'avait cessé ses caresses, dont il variait le rythme et la pression. Elle avait l'impression de longer un précipice, à deux doigts du grand plongeon.

— Lâche prise, lui murmura Rafe. Ne retiens rien.

Alors, l'orgasme la submergea avec une rare violence. Elle se sentait comme sur un manège devenu incontrôlable, entraînée dans une spirale vertigineuse et infinie. La sensation était grisante. Toute l'essence de son être semblait se concentrer en un point unique. Irradiée par la jouissance qui l'inondait en longues vagues successives, elle s'affala sur l'oreiller.

Alors elle sentit Rafe se tendre comme un arc. Ses muscles bandés jouaient sous ses doigts, frémissant sous l'effort. Il accéléra le rythme de ses va-et-vient, et, dans un ultime assaut, bascula à son tour dans la jouissance, avec un rugissement rauque purement masculin.

Un long silence s'installa.

Poppy se mordit la lèvre. Qu'était-on censé dire après une expérience aussi bouleversante ? « Merci » ? Pas très approprié… Elle se sentait perdue, désorientée, ne sachant plus que penser. Rafe s'était montré si tendre avec elle, si attentionné.

Comment avait-elle pu le détester ? A vrai dire, ses sentiments se rapprochaient dangereusement de l'exact opposé…

Non, hors de question. Tomber amoureuse d'un homme parce qu'il était un amant fantastique n'était pas une raison suffisante. Pas pour elle. Aimer signifiait pouvoir compter sur l'autre, quoi qu'il arrive. C'était un engagement sincère, basé sur la confiance et des valeurs communes.

Rafe Caffarelli, lui, ne faisait aucune promesse.

Une aventure d'un soir, voilà ce qu'il lui avait offert. Plus vite elle l'accepterait, mieux elle s'en porterait.

— Comment te sens-tu ? demanda Rafe en se redressant sur un coude.

La sollicitude qu'elle lut dans son regard émut Poppy.

— Bien. Je crois…

Il écarta une mèche de son front et la glissa derrière son oreille.

— Tu as été fabuleuse.

— Je parie que tu dis cela à toutes tes maîtresses, répliqua-t-elle d'un ton blasé.

Il fronça les sourcils.

— Non… Cette fois était différente.

— En quoi ?

— Je ne saurais le dire exactement…

— Toi aussi, tu as été fabuleux.

Il sourit, de ce sourire charmeur qui la faisait fondre.

— Qu'en sais-tu ? Tu n'as aucun élément de comparaison.

— Pas encore.

A ces mots, le visage de Rafe se ferma. Il se détourna brusquement et ôta le préservatif, ses gestes heurtés comme s'il peinait à contenir ses émotions.

— Malgré ma réputation, je suis fidèle. J'exige la même chose de mes partenaires.

— Est-ce ce que je suis ? Une partenaire ?

Il eut une hésitation.

— Tu l'es maintenant.

— Pour combien de temps ?

Leurs regards se croisèrent.

— Le feu entre nous s'éteindra de lui-même, dit-il simplement.

— Donne-moi une estimation. Une semaine ? Un mois ?

— Mon temps au manoir est compté, et je ne crois pas aux relations à distance.

Il repoussa ses cheveux en arrière. Ebouriffé, il était encore plus sexy… Elle le contempla un moment en silence.

— T'arrive-t-il de rester assez longtemps quelque part pour entamer une vraie relation ?

— Je ne veux pas te donner de faux espoirs, Poppy. M'engager n'est pas dans mes projets immédiats. J'ai d'autres priorités.

— Aucun problème.

Le mensonge lui brûla la gorge. Saurait-elle se contenter d'une aventure ? Et si elle tombait amoureuse ? Son cœur se briserait en miettes le jour où il disparaîtrait de sa vie. D'ailleurs…

N'était-elle pas déjà un peu amoureuse ?

Rafe lui releva le menton et happa son regard. Aussitôt, elle sentit son cœur s'affoler. Des émotions inconnues lui étreignaient la poitrine. Elle brûlait de lui avouer ses sentiments, de lui dire qu'elle l'aimait et voulait rester pour toujours à ses côtés. Mais son honnêteté ne mettrait-elle pas un terme immédiat à leur relation ? En gardant le secret, au moins s'octroierait-elle quelques précieux souvenirs à chérir lorsqu'il tournerait la page.

Car c'était ce qu'il ferait.

Il tournait *toujours* la page.

— Les médias risquent de te harceler pendant quelques jours. Ne les laisse pas t'atteindre.

— Promis.

Il se pencha vers elle et écrasa sa bouche sur la sienne.

— Mmh, ce goût de miel…

— Je croyais que tu n'étais pas très sucré ?

Il la renversa sur l'oreiller, les yeux voilés de désir.

— Maintenant, si.

Et il l'embrassa avec fougue.

12

Poppy s'éveilla avec le chant des oiseaux et étira ses membres endoloris. Rafe... Le souvenir de leur nuit amena un sourire sur ses lèvres. Il s'était montré si incroyablement doux. Elle s'était blottie dans ses bras, à la fois comblée et étrangement insatisfaite. Leur complicité physique dépassait toutes ses espérances. Mais comment oublier qu'un gouffre insurmontable les séparait ?

Leurs quotidiens étaient le jour et la nuit. La fortune de Rafe lui épargnait tant des désagréments qui émaillaient le sien. Voyager à travers le monde et dépenser sans compter lui étaient aussi naturel que respirer. Les femmes entraient et sortaient de sa vie à un rythme effréné. Sans doute oubliait-il leurs prénoms à peine leur liaison terminée.

Poppy sentit son cœur se serrer. Combien de temps avant qu'il n'oublie le sien ? Bientôt, ses traits s'estomperaient dans sa mémoire, et une autre femme prendrait sa place...

Elle tourna la tête vers lui. Allongé sur le dos, un bras dans le vide et l'autre enroulé autour d'elle, il dormait paisiblement. Sa respiration était régulière, son corps parfaitement détendu. Seul un léger froncement de sourcils trahissait de secrètes préoccupations. D'instinct, elle tendit la main et effleura le pli soucieux sur son front. Il souleva lentement les paupières.

— Ne sais-tu pas qu'il est dangereux de réveiller un chien qui dort ?

— Je n'ai pas peur des chiens, riposta-t-elle en lui caressant la mâchoire. Pas même des bulldogs qui montrent les crocs.

Il aspira son doigt qu'il se mit à mordiller lascivement.

— Tu ne devrais pas me regarder comme ça.

— Comment ?

— Comme si tu brûlais que je te fasse l'amour sauvagement...

Un frisson d'anticipation parcourut Poppy.

— Et pourquoi ne le devrais-je pas ?

Il la renversa sur le dos et roula sur elle.

— Je ne voudrais pas t'épuiser.

Il avait toujours envie d'elle ! Son regard plongé dans celui de Rafe, Poppy sentit son cœur se libérer d'un étau invisible.

Comment ne pas tomber amoureuse de cet homme ? Il était tout ce dont elle avait toujours rêvé — tendre et prévenant, viril et passionné. Leur premier baiser l'avait ébranlée jusqu'aux tréfonds de son être. Ces sentiments qui fleurissaient en elle ne seraient pas faciles à étouffer, elle le devinait.

Saurait-elle un jour se satisfaire d'un autre homme ? Ne le comparerait-elle pas toujours à Rafe ? Son regard de braise, ses caresses torrides l'avaient marquée dans sa chair. Leur étreinte avait été un cataclysme, dévastateur et bouleversant. Oui, cette expérience l'avait changée à jamais. Pas seulement parce qu'il était son premier amant, mais parce qu'il avait révélé la femme qu'elle était.

Elle lui effleura tendrement la joue.

— La première fois que tu es venu au salon de thé, j'ai pensé que tu étais l'homme le plus froid et arrogant que j'aie jamais rencontré.

— Et maintenant ?

— Tu es toujours arrogant...

Il haussa les épaules avec un sourire penaud.

— C'est de famille.

— Tes frères le sont-ils autant que toi ?

— Raoul, moins. Rémy, plus. Je suis à mi-chemin.

Le regard soudain voilé de désir, il se tut, et l'attira plus étroitement contre lui. Elle sentit son érection contre son ventre. Aussitôt, son cœur se mit à battre follement. Et quand Rafe s'empara de sa bouche, avec une fougue qui éveilla tous ses instincts féminins, elle s'abandonna totalement à son baiser. Leurs langues se mêlèrent tandis qu'elle ondulait sous lui. Elle voulait plus. Elle voulait qu'il la fasse sienne. Maintenant. Qu'il termine cette danse érotique qu'il avait initiée.

Brusquement, il interrompit leur baiser et posa la bouche sur ses seins, dont il suça tour à tour les pointes hérissées. C'était exquis ! Chaque nouvel assaut de sa langue la rapprochait un peu plus de l'extase. Une anticipation fiévreuse s'empara d'elle, et elle serra plus fort les cuisses.

Du bout des lèvres, Rafe traça un sillon de feu sur sa peau, s'égarant sur son ventre, son nombril, le creux de sa taille.

Une plainte rauque lui échappa quand Rafe glissa sa langue en elle. Seigneur… Jamais elle n'avait éprouvé un tel plaisir. Son souffle brûlant, ses caresses expertes aux endroits les plus sensibles de son corps, la plongeaient dans un océan uniquement fait de sensations et de désir. C'était comme s'il s'appropriait méticuleusement son corps. Comme si chaque caresse, chaque pression était calculée pour lui faire perdre la tête. Dans un dernier sursaut, elle se cambra, agrippée aux draps, et la jouissance l'emporta.

Lorsque les dernières vagues du plaisir s'estompèrent, elle retomba sur le lit, épuisée.

— Tu es si sensible, murmura Rafe.

Eblouie, elle se perdit dans son regard. Ce qu'il lui faisait ressentir était si intense ! Son corps tremblait sous l'effet de ses caresses, l'extase gravée dans chacune de ses cellules.

— A mon tour, dit-elle.

Elle tendit la main qu'elle referma sur son sexe dressé, avant de lever les yeux vers son visage. Les prunelles assombries de plaisir, elle pouvait voir la tension qui montait en lui. Elle le sentait aux vibrations courant sur son sexe. D'instinct, elle entama de la main un lent mouvement de va-et-vient, effleurant du pouce le gland humide. L'effort visible de Rafe pour se contrôler redoubla son audace. Avec une œillade provocante, elle approcha la bouche de son sexe et le caressa de son souffle.

Un immense sentiment de satisfaction l'envahit lorsque, le souffle court, il plongea les deux mains dans ses cheveux.

— Si tu n'es pas à l'aise avec cela…

Sans un mot, elle donna un petit coup de langue et la voix de Rafe s'étrangla.

— Laisse-moi au moins mettre un préservatif.

Il lui en tendit un qu'elle ouvrit d'un coup de dents. Lentement, elle le déroula sur son sexe. Il était si beau… Le désir qu'elle lisait dans son regard, sur son corps, se propageait en elle, et elle se pencha vers lui.

D'abord, elle le lécha lentement, laissant la chaleur de sa langue faire effet à travers la fine barrière du préservatif. La nouveauté de la caresse avait quelque chose d'incroyablement grisant. Peu à peu, elle prit de l'assurance et l'aspira dans sa bouche. D'abord l'extrémité, puis tout entier, avec diverses pressions pour tester ses préférences. Seigneur, ces grognements rauques qu'il poussait, comme s'il perdait tout contrôle… C'étaient les plus efficaces des encouragements.

Jamais elle n'aurait cru que procurer du plaisir à son amant serait si grisant. Comme elle avait tort. Le pouvoir de sa féminité était si agréable, excitant.

Ses lèvres percevaient chaque infime variation du plaisir de Rafe, tandis qu'il approchait de l'extase. Son souffle devenait plus heurté. Ses doigts agrippaient ses cheveux avec plus de force. Une dernière aspiration, un ultime crescendo…

La puissance de la jouissance de Rafe la terrassa, se répercutant longuement en elle. Pendant un moment, seules leurs respirations haletantes troublèrent le silence. Puis il s'écarta et retira le préservatif.

— Tu as aimé ? demanda-t-elle timidement.

Il lui caressa tendrement la joue.

— Tu es parfaite.

— J'ai tellement de retard… Chloé me conseille d'enchaîner les aventures pour rattraper les autres filles de mon âge.

Le sourire de Rafe s'effaça aussitôt.

— Ce n'est pas une compétition, Poppy. Il n'existe aucune récompense pour celui ou celle qui a eu le plus de partenaires.

Il sauta du lit et se rhabilla avec des gestes brusques.

— Et toi, combien en as-tu eues ? demanda-t-elle.

— J'ai cessé de compter il y a longtemps.

— Certaines ont-elles laissé une trace ?

— Une trace ?

— Oui, tu sais… Est-ce qu'une en particulier t'a marqué ?

— Aucune qui me vienne à l'esprit.

Pas même elle, songea Poppy, le cœur serré. Malgré elle, une profonde déception l'envahit. Ainsi, elle ne serait qu'un trophée de plus à son tableau de chasse ? Mais elle voulait plus ! Elle voulait compter pour lui. Etre aimée.

Etait-ce si insensé d'espérer qu'il tombe amoureux d'elle malgré leurs différences ? Au-delà de leur compatibilité physique, un lien profond les unissait, elle en était persuadée. Rafe n'était peut-être pas prêt à le reconnaître, mais cela ne signifiait pas qu'il n'existait pas ! Une seule seconde avait suffi à lui donner vie. Cet instant magique où leurs regards s'étaient croisés…

Cet instant où sa vie avait basculé.

Elle croyait affronter son pire ennemi, mais elle avait enfin découvert le véritable amour.

Quant à leur premier baiser, il avait été son sort, elle le comprenait maintenant. Ce désir qui l'avait submergée, intense, dévorant… Seul Rafe avait su l'éveiller. Faire l'amour avec lui avait été plus beau qu'une simple union physique. Sa passion, sa tendresse avaient touché son âme et y resteraient éternellement gravées.

Aucun homme ne le remplacerait jamais.

Mais lui ? La verrait-il un jour autrement que comme une amante parmi d'autres ?

Elle sortit du lit et grimaça. Tout son corps l'élançait. Rafe fut aussitôt à ses côtés.

— Comment te sens-tu ?

— Ça va.

Il lui prit la main, le regard empreint de sollicitude. Aussitôt, une vague d'amour submergea Poppy. Seigneur, comment se contenter de quelques semaines avec lui ? C'était un happy end qu'elle voulait. Une vie entière à ses côtés.

De peur de se trahir, elle baissa les yeux.

— Ça ira.

Les doigts de Rafe sur sa main se firent caressants.

— Quand t'es-tu accordé des vacances pour la dernière fois ?

— Je ne sais pas…

Elle s'accorda une minute de réflexion.

— A vrai dire, jamais.

— Chloé peut-elle se débrouiller seule au salon de thé ?

— Combien de temps ?

— Quatre, cinq jours… Il faut que je consulte mon emploi du temps.

— Où irions-nous ?

— A Paris.

Le cœur de Poppy bondit dans sa poitrine. *Paris, la ville des amoureux…*

— J'y ai rendez-vous en début de semaine, continua Rafe. Cela nous laissera quelques jours pour visiter la ville, et le temps aux couvreurs d'achever les travaux.

Le sourire de Poppy mourut sur ses lèvres. Cela signifiait-il que leur aventure prendrait fin à leur retour ? Etait-ce sa façon d'assouvir son désir pour elle tout en la poussant hors de sa vie ?

— Je dois en parler à Chloé d'abord.

— Donne-moi ta réponse d'ici ce soir.

Il déposa un rapide baiser sur ses lèvres.

— Je te laisse. Il me reste quelques plans à terminer avant l'arrivée du paysagiste.

— Quel paysagiste ?

— Je prévois de réaménager le jardin sauvage en un espace plus structuré. Un jardin à la française conviendra mieux au projet que j'ai en tête.

— Tu ne peux pas détruire le jardin sauvage ! protesta Poppy. C'est la plus belle partie du domaine !

Il secoua la tête, comme devant une enfant capricieuse.

— C'est un fatras de mauvaises herbes et de plantes quelconques. On ne peut pas le laisser en l'état.

— Ces herbes et ces plantes sont là depuis des siècles. De quel droit viens-tu les piétiner avec tes gros sabots ?

Le regard de Rafe prit un éclat dur.

— Le droit de propriété. C'est ce qu'on appelle le progrès.

— Eh bien, moi, j'appelle cela du mauvais goût.

— Tu trouves que j'ai mauvais goût ?

— Parfaitement.

— En matière de femmes aussi ?

Elle eut une moue dédaigneuse.

— Il suffit de voir ta dernière maîtresse… Elle n'en avait qu'après ta fortune et ta notoriété.

— Peu importe. C'était juste une passade.

— Comme moi ?

Elle vit son regard se durcir encore davantage.

— Je ne t'ai rien promis, Poppy.

— Moi non plus.

Sa bravade n'amena qu'un vague sourire sur les lèvres de Rafe.

— Tiens-moi au courant pour Paris. Ma secrétaire se chargera des réservations, dit-il avant de s'éloigner.

Rafe parti, elle exhala un long soupir.

Ferait-elle une terrible erreur en l'accompagnant à Paris ?

Ou une plus grave encore en se privant de quelques précieux jours avec lui avant qu'il disparaisse de sa vie ?

*
* *

Rafe écoutait le paysagiste d'une oreille distraite. Quoi qu'il fasse, ses pensées dérivaient sans cesse vers Poppy et l'incroyable nuit qu'ils avaient passée. Epuisée, elle avait fini par se pelotonner contre lui. Il l'avait regardée dormir pendant des heures. Elle était si belle avec ses boucles de feu étalées sur l'oreiller…

Et si tendre après l'amour. Bon sang, elle s'était offerte à lui ! Jamais il n'aurait cru être si ému par cette expérience. Il se considérait comme un homme moderne et progressiste. La virginité d'une femme n'avait rien d'un trophée, il le savait bien. Mais l'intimité qu'ils avaient partagée lui avait fait ouvrir les yeux. Ces derniers temps, sa vie sexuelle était devenue désespérément triviale. Ses ébats se réduisaient à de simples transactions de plaisir, sans partage ni émotions.

Avec quelle autre femme avait-il ressenti ce vide qui l'envahissait à l'idée de ne plus jamais faire l'amour avec elle ? Aucune.

— Et ici, nous pourrions intégrer une pièce d'eau avec un dallage en grès, dit le paysagiste en désignant un point au centre du jardin sauvage.

Rafe s'extirpa de sa rêverie.

— Hum… bien. Je vais y réfléchir et vous recontacterai.

— J'ai également jeté un coup d'œil au labyrinthe. Il est dans un état catastrophique, et la tempête n'a rien arrangé. Sa restauration va nécessiter un travail colossal.

— Faites le nécessaire. Peu importent les frais.

— Mignons, vos chiens…

Le paysagiste désigna les trois cavoodles de Poppy et s'accroupit pour les caresser.

— Ma femme a plusieurs bichons maltais. C'est fou comme on s'attache à ces boules de poils, pas vrai ?

— Ils ne sont pas à moi, dit Rafe.

Ce qui ne les avait pas empêchés de le suivre comme son ombre toute la matinée…

— Faites attention au gris et blanc. Il mord quand on s'approche trop près.

Pickles s'était réfugié derrière sa jambe et jaugeait le paysagiste avec méfiance. Celui-ci se redressa, non sans avoir gratifié Chutney et Relish de quelques caresses.

— Je vous enverrai le devis dans un jour ou deux. Passez le bonjour à Poppy.

— Vous la connaissez ?

— Ma mère et sa grand-mère étaient bonnes amies. C'est une chic fille, toujours prête à aider. Quand ma femme a eu sa césarienne, elle est passée tous les jours lui apporter un repas et s'occuper de la lessive.

Il lui adressa un clin d'œil complice.

— Elle fera une excellente épouse, un jour.

Rafe força un sourire sur ses lèvres.

— Je n'en doute pas.

13

— Ah, Paris…

Chloé soupira d'envie.

— Tu te rends compte que tu t'apprêtes à vivre le rêve de toute femme ? Une escapade avec un séduisant milliardaire dans la ville la plus romantique d'Europe !

— C'est un simple voyage d'affaires, rectifia Poppy en déposant une part de gâteau cerise raisins secs dans la vitrine d'exposition. Je ne l'accompagne que pour passer le temps entre deux réunions.

— N'importe quoi ! Il est en train de tomber amoureux, c'est évident ! Et s'il en profitait pour te demander en mariage ?

— Aucune chance. A notre retour, chacun repartira de son côté.

A cette pensée, le cœur de Poppy se serra.

— Bien sûr, j'aurai droit à un bijou de consolation, poursuivit-elle. Je suis certaine que sa secrétaire a très bon goût…

Chloé passa un bras réconfortant autour de ses épaules.

— Tu l'aimes vraiment, n'est-ce pas ?

— Dire qu'au début, je ne le supportais pas. Il faut croire que la première impression n'est pas toujours la bonne… Derrière le requin des affaires se cache un homme tendre et attentionné.

— Alors, où est le problème ?

Elle eut un haussement d'épaules résigné.

— Il ne tient pas à moi. Du moins, pas comme je l'aimerais.

— Vous vous connaissez depuis deux semaines à peine. Donne-lui du temps.

— Mais si je ne l'intéresse pas ? S'il m'a séduite dans le seul but de mettre la main sur le cottage ?

Cette pensée tourmentait Poppy sans relâche depuis qu'il lui avait fait l'amour. La désillusion serait trop cruelle…

— Tu l'en crois vraiment capable ?

— Regarde Oliver… Je n'avais rien vu venir. Peut-être que je n'attire que les ordures sans scrupule ?

— C'est parce que tu es trop gentille, la gronda gentiment Chloé.

Elle lui serra l'épaule avec affection.

— Fais attention à toi, Poppy. Et profite de l'instant présent. C'est encore la meilleure chose à faire.

— Tu voyages toujours en jet privé ? s'exclama Poppy, médusée par tant d'extravagance, alors qu'ils arrivaient à l'aéroport.

— Je déteste attendre, dit Rafe avec un haussement d'épaules.

Elle leva les yeux au ciel et il lui adressa un sourire désarmant.

— Et puis, pourquoi perdre les moments si précieux que nous pouvons passer ensemble ? A prendre du bon temps, par exemple…

Le feu aux joues, Poppy détourna le regard. Nul doute qu'elle et Rafe allaient passer du bon temps à Paris. Leurs dernières nuits l'avaient laissée alanguie et comblée entre ses bras. Et ce matin, lorsqu'il l'avait rejointe sous la douche… A ce souvenir, un frisson de désir la traversa. Quant à la promesse qu'elle lisait dans ses yeux, elle suffisait à faire battre son cœur à tout rompre…

Un steward s'approcha d'eux et leur servit du champagne, avant de s'éclipser en fermant la porte derrière lui.

— Tes frères possèdent-ils aussi leurs propres jets ? demanda-t-elle après avoir bu une gorgée d'alcool pétillant.

— Oui, nous avons chacun le nôtre, répondit Rafe. Mon grand-père en possède même deux.

Elle le dévisagea pensivement.

— Tu ne t'es jamais demandé ce qu'aurait été ta vie si tu étais né dans une famille différente, sans tous ces millions à flamber ?

— Je ne « flambe » pas, Poppy.

— Peut-être. Mais je parie que tu n'as jamais eu à t'inquiéter de quoi que ce soit.

— Tu te trompes. Etre riche implique de nombreuses responsabilités et n'est pas sans inconvénients.

— Lesquels ?

— Celui que tu as évoqué le jour de notre rencontre, par exemple.

Le jour de leur rencontre ? Elle tenta de se remémorer leur première conversation. En vain.

— Qu'ai-je dit ?

— Que je devais sans cesse me demander si l'on m'aimait pour moi et non pour mon argent.

— Désolée, murmura-t-elle, soudain embarrassée. Je n'aurais pas dû dire cela. Je ne te connaissais pas. J'étais pétrie de préjugés, et…

— Moi aussi, j'avais des préjugés te concernant.

Elle le regarda droit dans les yeux.

— Saches que je t'apprécie pour qui tu es. Je me fiche de ton argent. Nous pourrions aller en bus à Paris, peu m'importerait.

Il lui caressa tendrement la joue.

— Tu es adorable, Poppy Silverton.

— Ou d'une naïveté sans bornes…

— Que veux-tu dire ?

— Qu'est-ce qui me dit que cette escapade à Paris n'est pas une ruse pour me faire vendre le cottage ?

Le visage sombre, il la dévisagea longuement.

— C'est ce que tu penses ?

— Tu ne peux pas nier que tu as toujours des vues dessus…

— Quel rapport avec ce qu'il y a entre nous ?

Poppy garda le silence. Elle avait tellement envie de le croire… Mais comment être sûre de sa sincérité ? Il n'avait jamais caché son intention de racheter le cottage. Et Rafe Caffarelli n'était pas le genre d'homme à se laisser distraire de son but. Le mot « compromis », dans son vocabulaire, était synonyme d'échec et de faiblesse. Il gagnait toujours. N'était-ce pas ce qu'il lui avait lui-même affirmé ?

— Jamais je ne vendrai ma maison, Rafe. Ni champagne ni jet privé ne me feront changer d'avis.

D'un geste rageur, il déboucla sa ceinture et bondit de son siège.

— Tu crois vraiment que je m'abaisserais à cela ? s'exclama-t-il la voix vibrant de colère. Pour qui me prends-tu ?

— Pour un homme très déterminé. Toute la presse te décrit comme quelqu'un de calculateur et sans pitié.

— Et bien sûr, tu crois ce que raconte la presse…

— J'aimerais te croire, Rafe. Mais comment être certaine que c'est bien moi que tu veux ?

Il lui saisit le menton pour la forcer à le regarder dans les yeux.

— C'est vrai. Sans le cottage, mon projet de réaménagement du domaine tombe à l'eau. Mais notre relation n'a rien à voir là-dedans.

Il l'attira à lui.

— C'est toi que je veux. Je te désire depuis la seconde où je t'ai vue.

Pour combien de temps ? songea Poppy. Quoi qu'elle fasse, cette question la hantait. Elle était sûrement idiote, mais en incurable romantique, elle s'accrochait à l'idée que, peut-être, elle était celle qu'il avait toujours attendue…

Combien de femmes avant elle s'étaient brûlé les ailes à ce rêve illusoire ?

Muselant ses doutes, elle se mit à jouer avec son nœud de cravate.

— Dis-moi, ce jet privé… Est-il vraiment si privé que cela ?

Pour toute réponse, il l'enlaça plus étroitement et prit sa bouche avec passion.

Poppy écarquilla les yeux devant le somptueux pied-à-terre parisien de Rafe. Six chambres spacieuses, un salon luxueux, sans oublier la vue splendide sur le jardin des Tuileries… Le quartier était sans nul doute l'un des plus beau de la ville. C'était un rêve éveillé !

Le soir même, ils dînèrent au célèbre Moulin Rouge, devant un spectacle éblouissant qui la laissa bouche bée. Puis Rafe l'emmena danser dans un club huppé.

A peine entrés, il l'entraîna sur la piste de danse.

— Je ne sais pas danser, protesta-t-elle.

— Suis simplement mes pas.

Et il l'enlaça d'un bras autoritaire. Elle eut d'abord l'impression que tout le monde la regardait tant elle trébuchait. Mais peu à peu, elle se détendit et se laissa emporter par la musique.

— Tu vois ? Tu es très douée, susurra Rafe contre ses cheveux.

— C'est parce que tu es un excellent professeur.

Il avait manifestement compris l'allusion, car une étincelle jaillit dans ses prunelles sombres.

— Et toi, une excellente élève…

— Qui compte bien profiter de son temps limité sous ta tutelle, repartit-elle d'un ton léger.

A ces mots, l'expression de Rafe se ferma, et sa main quitta sa taille.

— Il se fait tard. Nous ferions mieux d'y aller, dit-il abruptement.

Poppy voulut résister, mais le moment était de toute évidence passé. Quelle idiote ! Pourquoi avait-il fallu qu'elle gâche une si merveilleuse soirée ? Quel intérêt de lui rappeler leur séparation imminente ? Pourquoi ne pouvait-elle apprécier ce qu'elle avait, au lieu de ruminer ce qu'elle n'avait pas ? N'importe quelle femme rêverait d'être à sa place ! Il suffisait de voir les regards envieux posés sur elle. Le magnétisme de Rafe faisait tourner toutes les têtes… Et elle, elle ne pouvait pas s'en contenter. Non, il fallait qu'elle exige plus, alors qu'ils ne se connaissaient que depuis deux semaines ! Pourquoi ?

La réponse jaillit du fond de son cœur.

Parce que c'est l'homme de ta vie.

Elle l'avait su au premier baiser. Faire l'amour avec lui n'avait fait que confirmer l'évidence. C'était lui et personne d'autre.

Dans la rue, elle lui effleura timidement le bras.

— Rafe, je suis désolée… J'ai été stupide.

Les doigts de Rafe se refermèrent sur les siens.

— Je comprends ton besoin d'être rassurée, mon cœur. Mais une chose à la fois, tu veux bien ? Je suis un peu préoccupé, en ce moment.

— Oh… je ne savais pas. Est-ce à cause de la réunion de demain ?

— Tenir le sort de centaines d'employés entre ses mains est une lourde responsabilité, soupira-t-il. Ce rendez-vous concerne l'un de mes comptables basé à Paris. Depuis quelque temps, je le soupçonnais de détourner des fonds. J'ai fait réaliser un audit dont le résultat sera examiné demain. Je ne suis pas très optimiste…

— C'est terrible, murmura Poppy.

— Oui. Il a une femme et plusieurs enfants en bas âge. Je l'ai engagé alors qu'il était tout juste diplômé. Difficile de ne pas se sentir trahi.

— C'est la pire des choses, n'est-ce pas ? Etre dupé par quelqu'un en qui l'on a toute confiance…

Il s'immobilisa au milieu de la rue et se tourna vers elle.

— Tu parles de ton ex-petit ami ?

— Si on peut l'appeler ainsi…

Elle fit la grimace.

— Une chance que je n'aie pas couché avec lui. Je me serais sentie encore plus stupide.

— Tu sais, continua Rafe. Je parlais justement de toi avec Howard Compton…

— Monsieur Compton ? J'ignorais que vous étiez amis.

— Je passe régulièrement chez lui boire un whisky. C'est un vieil homme charmant. Rien à voir avec mon grand-père, ce qui contribue à me faire apprécier sa compagnie…

— De quoi avez-vous discuté ?

— De mon nouveau plan d'action pour le salon de thé. Tu sais, celui que je t'ai donné l'autre soir.

Poppy éprouva une pointe de culpabilité. Elle n'avait pas encore pris le temps de l'étudier en détail, et quelque chose lui disait que Rafe le savait parfaitement.

— Tu dois apprendre à dire « non », Poppy. Plus tu feras preuve d'autorité, plus les gens te respecteront.

— Je vais essayer.

Il passa son bras autour de ses épaules et déposa un baiser sur son front.

— Excellente résolution, ma chérie.

De retour à l'appartement, Rafe s'enferma dans son bureau pour passer un rapide coup de téléphone. Lorsqu'il en ressortit, il trouva Poppy occupée à photographier les meubles à l'aide de son portable.

— Si tu aimes tant mon mobilier, je peux t'offrir le même…

Elle fit volte-face, la mine coupable.

— Cet appartement est splendide. Tu as vraiment un goût exquis.

Il s'empara du téléphone et le jeta sur le lit.

— Tu vas avoir besoin de tes mains pour ce qui va suivre.

— Tiens donc…

Un sourire malicieux se dessina sur ses lèvres. Dieu, qu'elle était belle !

— Et à quoi penses-tu ? poursuivit-elle, mutine.

Il libéra ses cheveux, qui cascadèrent sur ses doigts dans un nuage de chèvrefeuille. La sensation était d'un érotisme irrésistible. Capturant ses lèvres, il en savoura la douceur, puis glissa la langue dans sa bouche et entraîna Poppy dans son jeu. Sa langue se mêla timidement à la sienne, en même temps qu'elle se collait contre lui. Elle semblait avoir été sculptée pour lui tant leurs deux corps s'encastraient à la perfection. Glissant une main dans son dos, il la plaqua contre son érection. Le désir qui pulsait entre ses reins annihilait toute pensée rationnelle. Il brûlait de la prendre là, tout de suite, sans aucun préliminaire.

Bien sûr, il n'en était pas question. Poppy méritait mieux. Au prix d'un effort surhumain, il se contrôla et lui caressa les seins. Un gémissement de plaisir accueillit cette initiative. Il adorait la sensation de ces seins parfaits sous ses doigts, si sensibles à ses attouchements.

— Tu portes trop de vêtements, chuchota-t-il contre ses lèvres.

— Toi aussi.

Sans lui laisser le temps de réagir, elle le débarrassa de sa chemise. Une vague de chaleur le submergea. Machinalement, il trouva la fermeture Eclair de la robe, qui s'étala bientôt aux pieds de la jeune femme. L'un après l'autre, elle souleva les pieds pour s'extraire du cercle de tissu et s'accrocha à son cou, sans jamais détacher la bouche de la sienne.

Pris dans un tourbillon de désir, il explorait fébrilement son dos, dégrafa son soutien-gorge puis glissa les mains plus bas pour faire tomber la culotte de dentelle. Il s'attarda sur ses fesses rebondies, parfaites, avant d'entreprendre des caresses plus audacieuses. Son désir monta encore d'un cran lorsque, plongeant un doigt en elle, il la trouva prête pour lui.

Déjà, elle ouvrait sa braguette et le débarrassait de son

pantalon. Le contact de ses doigts sur son sexe fit bouillir son sang dans ses veines. Jamais il n'avait été aussi excité par une femme. Les caresses de plus en plus audacieuses de Poppy menaçaient de lui faire perdre toute maîtrise de lui-même…

— Pas si vite, *ma belle*, dit-il en écartant sa main.

— J'ai envie de toi.

Ses yeux noisette le fixaient avec une intensité brûlante. Le cœur de Rafe se mit à cogner sourdement. Elle l'obligea à reculer, jusqu'à ce qu'il bascule sur le lit et l'entraîne dans sa chute.

Son corps léger se pressait contre le sien tandis qu'elle lui clouait les poignets au-dessus de la tête.

— Que fais-tu ?

— Je t'attache.

Et elle le ligota au cadre du lit à l'aide de sa cravate.

Il réprima un rire. Croyait-elle vraiment qu'un simple morceau de soie suffirait à l'immobiliser ? Il serait libre avant qu'elle ait eu le temps de battre des cils ! C'était lui qui était aux commandes, pas elle. Mais après tout, pourquoi ne pas la laisser s'amuser un peu ?

Elle se plaça à califourchon sur lui, emprisonnant ses cuisses entre les siennes. Le désir qu'il lut dans ses yeux décupla encore son excitation, si c'était possible. Avec une œillade incandescente, elle rejeta sa chevelure sur une épaule et se pencha. La douceur de ses lèvres sur son sexe le fit tressaillir.

Pas de préservatif !

Il remua les mains. Mais la cravate, solidement nouée, opposait une résistance inattendue.

Un premier coup de langue d'une volupté inouïe le propulsa au seuil de l'extase. De nouveau, il se débattit entre ses liens.

— Bon sang, qu'est-ce que…

Poppy lui lança un regard espiègle par-dessous la frange de ses cils.

— Voilà ce qui arrive quand on achète du haut de gamme. La prochaine fois, prends une cravate bon marché.

Il retint son souffle comme elle reprenait ses caresses, chaque nouvel assaut plus sensuel que le précédent. Il essaya de compter à l'envers, pensa à la paperasserie qui l'attendait au bureau. N'importe quoi pour se distraire des sensations qui le submergeaient. Puis elle le prit dans sa bouche, et il s'abandonna enfin au plaisir, corps et âme, jusqu'à se dissoudre dans une explosion libératrice d'une force inouïe.

Elle dénoua ses liens, un sourire mutin aux lèvres.

— Alors, comment est-ce de n'avoir aucun contrôle ?

— Fantastique.

A peine libéré, il glissa un doigt en elle. Un spasme de plaisir passa sur les traits de la jeune femme. Elle se frotta contre sa main dans une invitation à aller plus loin. Il l'obligea à lui tourner le dos, pressant son sexe contre le bas de ses reins. Aussitôt, elle remua contre lui dans un petit déhanchement sexy.

— Attends. Laisse-moi chercher un préservatif.

De retour derrière elle, il inspira sa fragrance féminine, tout en dessinant de sa paume les courbes de son corps.

— Es-tu à l'aise avec cette position ? murmura-t-il contre sa nuque.

Elle acquiesça d'un murmure et ondula contre lui.

Il la pénétra lentement, attentif à ses réactions, luttant pour garder le contrôle quand son seul désir était de s'épancher en elle. Ses gémissements lui faisaient totalement perdre la tête ! Il se mit à bouger en elle, s'enfonçant profondément à un rythme de plus en plus soutenu. Mais elle ne lâchait rien. Au contraire, elle s'ouvrait pour l'accueillir, accompagnait chaque poussée avec une passion débridée, comme pour l'encourager à affirmer sa possession.

Il glissa une main entre ses cuisses. Aussitôt, il la sentit sombrer dans le plaisir. Le cri d'extase qui s'échappa de ses lèvres sensuelles, allié à la brusque tension de son corps contre le sien libérèrent sa propre jouissance, et il jouit longuement, secoué de frissons.

Le moment se prolongea. Il n'avait pas envie de bouger,

de prendre le risque de rompre ce moment. Poppy était extraordinaire. D'habitude, à ce stade de la relation, il commençait à se lasser. Mais pas avec elle. Chaque nouvelle étreinte était plus excitante, plus gratifiante…

Plus addictive.

Sa remarque sur le temps qui leur était compté l'avait agacé. Il n'était pas prêt à s'engager sans y avoir mûrement réfléchi. Choisir une partenaire à vie n'était pas une décision anodine, bon sang ! Il avait vu trop de mariages basés sur le sexe plutôt que sur le bon sens s'écrouler comme des châteaux de cartes.

Il était un stratège, pas un de ces imbéciles esclaves de leurs instincts les plus primaires. Sauf, peut-être, quand il se retrouvait attaché à un lit…

Sa conversation avec Raoul, pourtant, continuait à le travailler. Lui aussi refusait de finir comme leur grand-père, contraint de payer pour un peu de compagnie. L'idée d'une épouse amie, amante et confidente n'était pas sans attrait. Tout comme celle de fonder une famille… Le regard attendri de Poppy lorsque, plus tôt dans la soirée, ils avaient croisé un jeune couple avec une poussette, ne lui avait pas échappé.

Il l'imagina le ventre arrondi, la mine radieuse. Une femme enceinte pouvait être extrêmement sexy. Surtout s'il s'agissait de Poppy…

Assez ! A quoi rimaient ces divagations ? Il la connaissait depuis deux semaines ! L'emmener avec lui avait été une erreur. Paris n'était pas surnommée la ville de l'amour par hasard…

Et l'amour ne faisait pas partie de ses priorités.

Il se redressa et jeta le préservatif. Aussitôt, elle saisit le drap pour couvrir sa nudité. Malgré lui, ce geste de pudeur l'attendrit. Elle avait joué les tentatrices avec un aplomb stupéfiant. Mais au fond, elle serait toujours la jeune femme romantique, un peu vieux jeu, dont il avait pris la virginité.

— Tu n'as pas à te cacher de moi, Poppy.

— Je sais. Mais j'ai toujours peur que tu me compares à tes autres maîtresses.

Ces maîtresses dont il peinait à se rappeler le nom, plus encore les traits…

Il encadra son visage de ses mains.

— Tu es magnifique, Poppy. Physiquement, mais aussi intérieurement, et c'est cela qui compte.

— Tu le penses vraiment ?

Il lui donna un long baiser.

— Je n'ai jamais été aussi sincère.

14

A la fin de sa réunion, Rafe eut la surprise de découvrir Poppy qui patientait devant l'immeuble. Il s'était attendu à ce qu'elle fasse les boutiques toute la matinée. Il lui avait même donné une carte de crédit, qu'elle avait glissée dans son sac sans protester. Mais sa moue pincée ne lui avait pas échappé. Comme si elle s'était senti blessée. C'était ridicule. La plupart de ses maîtresses n'auraient même pas cherché à contenir leur excitation.

— Tout va bien ? demanda-t-elle en passant un bras sous le sien.

— J'ai besoin d'un verre.

— Ce n'est pas toujours la meilleure solution.

— Je sais…

Il se passa une main lasse dans les cheveux.

— Je viens de licencier un homme qui a une femme et trois jeunes enfants.

— N'y avait-il aucune alternative ?

Les yeux noisette qu'elle leva vers lui débordaient de compassion. Douce, innocente Poppy, toujours si généreuse…

— Il a une addiction au jeu, expliqua-t-il. En quelques années, il a détourné des centaines de milliers d'euros. Je devrais porter plainte.

— Mais tu ne vas pas le faire, n'est-ce pas ? s'enquit-elle d'une voix inquiète.

Il soupira longuement.

— Non.

— Il existe des programmes pour ce genre d'addiction, tu sais. Pourquoi ne pas lui poser un ultimatum ? Soit il se soigne, et tu finances la thérapie, soit c'est la prison.

Stupéfait, Rafe la dévisagea. Comment n'y avait-il pas pensé plus tôt ? Un immense soulagement l'envahit et il l'embrassa avec fougue.

— Poppy, tu es un génie !

Elle rougissait ! Quelle femme adorable.

— N'exagérons rien…

— Donne-moi cinq minutes, le temps de régler cette affaire, dit-il en sortant son portable. Après quoi…

Il déposa un nouveau baiser sur ses lèvres.

— Je te promets une soirée inoubliable.

Plus heureuse qu'elle ne l'avait jamais été, Poppy détailla longuement le visage et le corps de son amant pendant qu'il passait son coup de téléphone. Dieu, qu'il était beau ! A vrai dire, il était la perfection même. L'homme qu'elle aimait.

Il l'entraîna dans un restaurant cinq étoiles et ils s'apprêtaient à passer commande, lorsque le portable de Rafe vibra. Malgré la musique d'ambiance, le bruit restait parfaitement audible.

Avec un regard d'excuse, il décrocha. Son visage se décomposa aussitôt.

— Est-ce qu'il va s'en sortir ?

Le cœur de Poppy manqua un battement. De qui parlait-il ? Son grand-père ? L'un de ses frères ? Un employé ?

— J'arrive dès que possible.

Pâle comme un linge, il raccrocha.

— Mon frère Raoul a eu un accident de ski nautique au lac de Côme. Les médecins redoutent une lésion de la colonne vertébrale.

— Oh ! non…

— Je dois y aller, dit-il en se levant brusquement. Désolé pour ces vacances avortées. Ma secrétaire se chargera d'organiser ton retour.

— Veux-tu que je t'accompagne ? demanda-t-elle lorsqu'ils furent dans la rue. Tu auras besoin de soutien et…

— Non.

Le ton était tranchant. Sans réplique.

— Rentre en Angleterre, Poppy. Cette histoire ne te concerne pas.

— Mais ne vaudrait-il pas mieux que…

— Tu ne m'as pas entendu ? Je refuse que tu viennes. C'est *ma* famille, *ma* responsabilité. Pas la tienne.

— Rafe, je comprends que tu sois bouleversé, mais…

— Mais quoi ? la coupa-t-il. Je ne t'ai rien promis, Poppy. Tu savais que notre liaison ne durerait pas. Nous avons chacun notre vie, et la mienne vient de se rappeler brutalement à moi.

Dans le taxi, Poppy dut faire un effort surhumain pour contenir la panique qui l'envahissait. Qu'avait voulu dire Rafe ? Que tout était fini entre eux ? Elle n'avait pas le courage de lui poser la question. Il émanait une telle tension chez lui… Elle se sentait complètement paralysée.

De retour à l'appartement, elle le regarda, impuissante, jeter pêle-mêle son passeport et quelques affaires dans un sac. Elle s'était rarement sentie aussi inutile. C'était comme si un mur infranchissable s'était dressé entre eux. Plus elle cherchait à l'atteindre, plus il s'éloignait d'elle. Ce silence allait la rendre folle.

— Je peux faire quelque chose ? demanda-t-elle timidement.

Il leva les yeux de son portable sur lequel il tapait un énième SMS.

— Quoi ?

Son ton était dur, presque hostile. Il fronçait les sourcils, comme s'il avait oublié qui elle était et ce qu'elle faisait là. Le cœur de Poppy se serra.

— Je demandais si je pouvais être utile…

— Non. Il n'y a rien que tu puisses faire. C'est quelque chose que je dois affronter seul.

Il rangea son portable dans sa poche, le visage fermé.

— C'est terminé, Poppy.

— Terminé ?

Le sol se déroba sous ses pieds.

— Tu ne le penses pas vraiment…

— Je dois y aller, l'interrompit-il. Mon frère a besoin de moi. Je demanderai à Margaret de t'envoyer une compensation.

Elle redressa les épaules, aussi dignement que possible.

— Ne te donne pas cette peine.

— Je te recontacterai au sujet du cottage. Nous finirons bien par trouver un accord.

— Je ne changerai pas d'avis, assena-t-elle froidement.

Une sombre détermination brilla dans le regard de Rafe.

— Moi non plus.

Comme la porte se refermait sur lui, elle se demanda s'il parlait d'elle, du cottage, ou des deux.

Voir son frère en soins intensifs, sous perfusion, relié à un nombre impressionnant de machines, fut un choc pour Rafe. Rémy se tenait à son chevet, l'air aussi bouleversé que le jour où on leur avait annoncé la mort de leurs parents. Une boule d'émotion lui noua la gorge. A l'époque, les deux garçons étaient trop jeunes pour prendre la mesure de ce qui leur arrivait. Mais Rafe, lui, l'avait tout de suite compris : ce serait à lui, désormais, de veiller sur eux.

Et c'était exactement ce qu'il allait faire.

— Il survivra, décréta-t-il.

Lui-même peinait à y croire. Mais il devait donner le change. Soutenir son frère dans la tragédie qui les frappait. C'était son rôle en tant qu'aîné.

— Et s'il ne pouvait plus jamais marcher ? dit Rémy d'une voix blanche.

— N'y pense même pas.

A vrai dire, l'idée lui avait également traversé l'esprit. Le choc serait terrible pour Raoul, le plus sportif d'entre eux. A ses yeux, être cloué dans un fauteuil roulant serait un sort pire que la mort.

Il contempla son frère, pâle et brisé sur son lit d'hôpital. Comment réagirait-il à la perspective de ne plus jamais sentir le sol sous ses pieds, ou le sable chaud entre ses orteils ?

Ou les jambes d'une femme mêlées aux siennes.

Quelle cruelle ironie… A peine quelques jours plus tôt, il lui faisait part de son désir de s'engager. Quelle chance cela avait-il d'arriver, désormais ? Une lésion rachidienne pouvait se révéler aussi légère qu'extrêmement grave. Dans l'attente d'examens complémentaires, les médecins préféraient observer une réserve prudente.

En tant que grand frère, ce serait à lui de l'aider à se remettre au mieux. A lui d'entretenir son optimisme aussi. Après tout, la médecine ne cessait de progresser. Peut-être pas aussi vite qu'il l'aurait voulu, mais il serait idiot d'abandonner tout espoir.

— Quelqu'un doit prévenir Nonno…

La voix de Rémy le tira de sa rêverie.

— Ne compte pas trop sur lui, grinça Rafe. Il ne fera que blâmer Raoul, exactement comme il l'a fait pour papa et maman. Tu étais trop jeune pour t'en souvenir. Mais moi, jamais je ne lui pardonnerai…

— Je m'en souviens.

Une ombre passa sur les traits de Rémy.

— Tu savais que c'était du sérieux avec Clarissa Moncrief ? Il avait prévu de lui demander sa main pendant leur séjour.

Rafe serra la mâchoire. Il avait aperçu Clarissa dans la salle d'attente… juste avant qu'elle file aux toilettes dans un effort manifeste pour l'éviter. Cette attitude n'augurait rien de bon. Resterait-elle aux côtés de Raoul si les choses tournaient mal ?

Ses pensées s'envolèrent vers Poppy. Poppy qui, spontanément, lui avait offert son soutien. Il l'avait repoussée, comme toujours quand il avait besoin de faire le point.

Elle lui manquait.

Aussi désagréable qu'il lui soit de l'admettre, c'était pourtant la vérité. Son sourire, son petit rire cristallin, son odeur sucrée… Tout en elle lui manquait.

Et il ferait bien de s'y habituer.

Comment avait-il pu être assez fou pour envisager un avenir avec elle ? Ou avec qui que ce soit, d'ailleurs. Raoul paralysé, ses responsabilités devenaient encore plus lourdes. Et annoncer ses fiançailles ne ferait que remuer le couteau dans la plaie. Il ne pouvait pas faire ça à son frère.

Mais tu l'aimes.

Ridicule… Ils se connaissaient à peine. Quel genre d'idiot tomberait amoureux en deux semaines ? Non, ce qu'il ressentait pour Poppy n'était que du désir, brut et purement physique. Un désir qui avait affecté son jugement et auquel il n'aurait jamais dû céder, voilà tout. Cela ne lui ressemblait pas d'agir impulsivement. Le moment était venu d'en affronter les conséquences. Un jour, elle rencontrerait quelqu'un d'autre ; un homme romantique aimant les soirées au coin du feu.

Raoul tiré d'affaire, il lui rendrait visite à propos du cottage. C'était le moins qu'il puisse faire après la façon dont il l'avait quittée. Mais cette fois, il s'en tiendrait à son objectif.

Et il gagnerait.

Il gagnait toujours.

— Je sais que tu ne veux plus jamais entendre son nom, mais… As-tu des nouvelles du frère de Rafe ? demanda Chloé quelques semaines plus tard. La presse est muette à son sujet depuis l'annonce de l'accident.

Poppy soupira.

— J'ai téléphoné plusieurs fois à sa secrétaire. Ses chances de remarcher sont incertaines. Mais il a encore quelques sensations dans les jambes, ce qui est bon signe.

— Et Rafe, compte-t-il revenir au manoir ?

— Il passera dans quelques semaines récupérer ses affaires j'imagine.

— Ne baisse pas les bras, l'exhorta Chloé. Ce drame l'aura fait réfléchir. Je suis sûre qu'il te voudra à ses côtés pour soutenir son frère.

Poppy contempla son amie avec tristesse. Hélas, elle était loin de partager son optimisme. Rafe était un loup solitaire, surtout dans les épreuves, elle l'avait bien compris. Même lui parler de son comptable avait semblé un effort surhumain pour lui. Quant à son enfance, c'était à peine s'il l'avait évoquée devant elle. Elle imaginait un petit garçon profondément seul, criblé de responsabilités trop lourdes pour ses épaules. Il avait appris si jeune à tout contrôler qu'il refusait le moindre soutien.

N'était-ce pas la raison pour laquelle qu'il l'avait rejetée ?

Veiller sur sa famille était *sa* responsabilité. Une responsabilité qu'il n'était pas prêt à partager. Le temps qu'il consacrait à l'entreprise familiale frôlait même la punition. Elle aurait juré qu'il était moins animé par la soif de réussite, que par le besoin de combler le vide laissé par la mort prématurée de ses parents.

Etait-ce idiot d'espérer qu'il accepterait un jour de partager son fardeau ? De se reposer sur quelqu'un qui l'aimait et n'aspirait qu'à son bonheur ?

Evidemment.

La vie n'était pas un conte de fées. Les « happy end » n'arrivaient pas simplement parce qu'on les voulait. C'était à elle de s'endurcir pour ne plus se faire piétiner.

Et cela commençait maintenant.

15

Trois semaines plus tard, Rafe s'engagea dans l'allée du domaine Dalrymple. Une terrible migraine lui vrillait les tempes. L'effet de la fatigue, sans doute. Il dormait mal depuis l'accident de son frère.

Physiquement, Raoul allait beaucoup mieux. La commotion cérébrale était sans gravité et son bras droit fracturé guérissait bien. Une opération avait également permis de décompresser sa colonne vertébrale. Moralement, c'était une autre histoire. Il n'acceptait pas son nouvel état. Comment le lui reprocher ? D'autant que les médecins se montraient réservés sur ses chances de remarcher.

Au centre de rééducation privé où il avait été transféré, il passait ses journées le regard perdu dans le vague. C'était à peine s'il avait prononcé un mot depuis sa sortie de l'hôpital. Quel triste spectacle. Bon sang, il ne supportait pas de voir son frère si apathique, prisonnier de ce maudit fauteuil roulant. Il en voulait à la terre entière…

Et plus encore à Clarissa Moncrief. Raoul l'avait demandée en mariage la veille de l'accident, et elle avait accepté. Ce n'était pas la femme dont Raoul avait besoin, Rafe le savait. Mais qu'importe puisqu'il l'avait choisie ? Mais en apprenant le diagnostic, cette garce avait aussitôt rompu les fiançailles, sans la moindre considération pour les sentiments de Raoul. Tant d'indifférence l'écœurait.

Lui ne baisserait jamais les bras ! Il ferait tout pour aider son frère. N'avait-il pas découvert, au cours de ses nombreuses recherches en ligne, un cas de guérison presque miraculeux ? Victime d'une grave chute de cheval, la fille d'un cheikh avait été prise en charge par une spécialiste anglaise du nom de Lily Archer. La guérison spectaculaire de l'adolescente avait défié tous les pronostics. Cette mademoiselle Archer était la personne qu'il fallait à Raoul, il en était convaincu. Et il ne s'accorderait aucun répit tant qu'il ne l'aurait pas engagée.

Ce qui lui laissait un dernier point à régler.

Sans surprise, Poppy n'avait plus donné signe de vie depuis leur séjour à Paris. Malgré lui, il ne pouvait chasser un sentiment de culpabilité après la façon dont ils avaient rompu. L'annonce de l'accident de son frère l'avait pris par surprise. Il s'était replié sur lui-même, écartant toute distraction pour se concentrer sur l'urgence. C'était sa façon de procéder.

Mais l'insensibilité de Clarissa lui avait ouvert les yeux. Ne s'était-il pas conduit avec Poppy exactement comme elle avec son frère ? Qu'avait-elle ressenti en étant rejetée ainsi, comme un vulgaire objet devenu inutile ?

La fenêtre de la cuisine était éclairée lorsqu'il se gara à l'arrière du cottage. Poppy s'affairait aux fourneaux, les cheveux noués en queue-de-cheval, une trace de farine sur la joue. A peine mit-il un pied dehors que les chiens se mirent à aboyer à tue-tête. La jeune femme tourna les yeux vers la fenêtre, et pâlit en l'apercevant. L'instant d'après, la porte s'ouvrait.

— Oui ?

Il méritait cet accueil glacial, bien sûr. Mais cela ressemblait si peu à la Poppy qu'il connaissait…

— Bonsoir. J'ai vu de la lumière…

— Oui, c'est pratique quand il fait nuit, répondit-elle, sarcastique. Ma facture d'électricité n'est plus un problème depuis que je suis ton plan d'action. Plus de cadeau. Plus de crédit. Fini de me faire marcher sur les pieds.

— Content de l'apprendre.

Elle était comme une étrangère, froide, distante. Aucun sourire n'égayait ses lèvres. Ses yeux noisette ne s'éclairaient pas en le voyant. Même les chiens semblaient avoir perçu le changement. Au lieu de l'entourer en frétillant, ils restaient prudemment en retrait, Pickles le plus méfiant de tous.

— Désolé. J'aurais dû appeler avant de venir.

— Pourquoi ? Pour que je te déroule le tapis rouge ?

Décontenancé, il hésita brièvement.

— Non. Je voulais simplement m'expliquer sur la façon dont je t'ai quittée à Paris.

— Inutile, répliqua-t-elle. C'est parfaitement clair. Tu n'avais pas besoin de moi pour t'occuper de ton frère. Comment va-t-il ?

— Il est sorti de l'hôpital. J'espère le ramener dans sa villa en Normandie sitôt la rééducation terminée.

— Je n'ai rien vu dans la presse.

— Nous avons réussi à la tenir éloignée. J'ignore pour combien de temps encore…

Un silence tomba entre eux. Bon sang, il n'aurait jamais cru que ce serait si difficile. Il se sentait perdu, désorienté. Impuissant face à ce rempart invisible qui les séparait.

— Tu avais raison, annonça-t-elle soudain. Le cottage n'aurait jamais dû être séparé du manoir. J'accepte de te le vendre.

Cette décision le stupéfia.

— Combien en veux-tu ?

— 25% au-dessus du prix du marché.

— Tu es dure en affaires.

— J'ai eu un excellent professeur.

Il la dévisagea attentivement. Aucune fissure dans cette armure qu'elle avait revêtue — et c'était entièrement sa faute.

Un excellent professeur, en effet.

— Ma secrétaire se chargera des détails de la vente.

— Parfait.

Nouveau silence.

— Autre chose ? ajouta-t-elle d'un ton impatient.

Ce même ton qu'il avait utilisé des centaines de fois pour signifier à son interlocuteur que l'entrevue était terminée.

Il scotcha sur ses lèvres un sourire de façade.

— Non, ce sera tout.

Elle ne lui rendit pas son sourire, claquant la porte avant même qu'il ait tourné les talons.

Il resta un moment immobile sur le seuil. L'idée lui traversa l'esprit de frapper de nouveau et tout recommencer. Il y renonça aussitôt.

N'était-ce pas mieux ainsi ?

Après tout, elle lui vendait le cottage.

Il avait gagné.

Mais la victoire avait parfois un goût amer.

— Où en sommes-nous avec Lily Archer ? L'avez-vous trouvée ?

De retour de Normandie, Rafe avait aussitôt convoqué sa secrétaire.

— Oui. Mais il semble qu'elle n'accepte aucun client masculin…

— Faites-la changer d'avis, la coupa-t-il avec irritation. Peu importe le prix.

— Comment va Raoul ?

— Il refuse de manger, bois à peine et broie du noir toute la journée.

— Un peu comme vous.

— Pardon ?

— Vous me rappelez un de mes fils, dit Margaret d'un ton mi-sévère, mi-indulgent. Comme vous, il est incapable du moindre compromis. Mais rien n'est tout noir ou tout blanc, Rafe. Vous pouvez parfaitement aider Raoul tout en étant heureux dans votre vie amoureuse.

— Encore faudrait-il que j'en aie une, répliqua-t-il sèchement.

Il s'approcha de la fenêtre et contempla la pluie qui battait les carreaux.

— Elle vous manque, n'est-ce pas ?

— Revoyez le descriptif de votre poste. Commenter ma vie privée ne fait pas partie de vos attributions.

— Vous êtes un homme bien. Ce que vous avez fait pour votre comptable de Paris en est la preuve.

— C'était l'idée de Poppy, pas la mienne. Pour ma part, j'étais résolu à le faire croupir en prison.

— Je ne le crois pas une seconde, déclara Margaret. Vous auriez trouvé un moyen de l'aider, tout comme vous aidez tous ces orphelins grâce à votre fondation. Mais cela, bien sûr, la presse s'en moque, trop occupée à dresser la liste de vos maîtresses…

Ses maîtresses… Rafe serra les poings. Bon sang, Poppy était la seule femme avec qui il avait envie d'être. Son besoin d'elle était comme un étau qui lui comprimait douloureusement la poitrine. Ce n'était pas seulement le sexe qui lui manquait. C'était son sourire. Ses yeux débordant d'amour. La façon dont elle comblait sa solitude, pansait cette blessure secrète qui le rongeait depuis l'enfance. Mais plus encore, c'était la confiance absolue avec laquelle elle s'était donnée à lui.

Avait-il détruit tout cela ? Ou lui restait-il une chance de regagner sa confiance ? De rallumer cette flamme dans ses yeux ?

— Voulez-vous que j'envoie des bijoux à Mlle Silverton ? s'enquit Margaret. Rubis ? Saphirs ? A moins que vous ne préfériez des perles…

— Je m'en occupe.

Sa secrétaire haussa un sourcil par-dessus ses lunettes à monture d'écaille.

— Etes-vous sûr ?

— Absolument.

Il n'avait même jamais été aussi sûr de lui de toute sa vie. C'était comme si un épais brouillard s'était levé dans son esprit.

— Annulez tous mes rendez-vous. Je m'absente pour quelques jours.

— Dois-je réserver un hôtel ?

— Inutile. Je logerai au manoir Dalrymple.

— Au manoir ? Mais je croyais que vous comptiez le vendre ! s'exclama Margaret d'une voix stupéfaite.

— Le vendre ? Certainement pas.

Peinant à contenir son excitation, il prit ses clés et fila vers la porte,

— Je compte m'y installer.

Poppy vidait la vitrine d'exposition quand le carillon de la porte sonna. Son cœur bondit dans sa poitrine. Elle aurait reconnu ce son entre tous…

Lentement, elle se retourna. Rafe était là, plus séduisant que jamais malgré ses traits tirés et les cernes sombres sous ses yeux. Il paraissait si fatigué… N'avait-il pas perdu du poids depuis leur dernière rencontre ? Au prix d'un effort surhumain, elle se retint de le serrer dans ses bras, se réfugiant derrière une façade professionnelle.

— Un expresso, comme d'habitude ?

— Je préférerais une tasse de thé.

— Tu es sérieux ?

— Le café de l'hôpital et du centre de rééducation était si imbuvable que je suis devenu accro au thé, dit-il avec un sourire.

— C'est un jour historique, plaisanta-t-elle. Oserais-je te proposer une part de gâteau ?

— Volontiers.

Sa stupéfaction amena un autre sourire sur les lèvres de Rafe, celui-ci empreint de nostalgie.

— Ma mère refusait que nous grandissions entourés de domestiques et cuisinait elle-même nos repas. J'adorais ses desserts plus que tout. Deux jours avant sa mort, elle m'avait fait goûter la pâte du gâteau qu'elle préparait, alors je n'ai plus jamais…

— Oh ! Rafe…

— Je me demande comment j'ai pu m'en passer toutes ces années, continua-t-il. Il y aura assurément un gâteau à mon mariage.

— Tu te maries ?

— Bientôt, j'espère.

Poppy eut l'impression que son cœur venait d'exploser en mille morceaux. Bravement, elle ravala les larmes qui lui montaient aux yeux.

— Félicitations, articula-t-elle, la gorge serrée. Qui est l'heureuse élue ?

Il prit ses mains et les serra dans les siennes.

— C'est ce que j'aime en toi, Poppy. Ta douceur et ta modestie. Tu ne prends jamais rien pour acquis. L'idée de passer un jour de plus loin de toi m'est insupportable.

Poppy n'en revenait pas. Son bonheur était si soudain qu'elle osait à peine y croire.

— Alors… tu m'aimes ?

— Je suis tombé amoureux de toi à la seconde où je t'ai rencontrée. Ta fougue, ta combativité m'ont tout de suite séduit. Tu étais prête à lutter jusqu'au bout pour tes convictions. Mais c'est ton altruisme que j'admire par-dessus tout. Tu es profondément attachée au cottage. Pourtant, tu n'as pas hésité à y renoncer pour le bien du domaine. Pour toutes ces raisons…

Il l'attira tendrement à lui.

— Veux-tu m'épouser ?

— Oui, chuchota-t-elle, la voix étranglée par l'émotion.

Rafe n'aurait jamais imaginé que ce simple mot puisse le rendre aussi heureux.

— Je t'ai apporté quelque chose, ajouta-t-il.

Les mains tremblantes, il sortit de sa poche un écrin de velours.

Il vit la jeune femme retenir son souffle devant la bague de diamants qu'il avait fait confectionner spécialement pour elle.

— Mon Dieu, Rafe, c'est magnifique…

— Les diamants sont éternels, ma chérie. Comme notre amour. Ai-je mentionné que je voulais au moins deux enfants ?

Elle sourit tandis qu'il glissait la bague à son annulaire.

— Je t'aime, murmura-t-elle.

— Je t'aime aussi. Quel idiot de ne pas l'avoir réalisé plus tôt… Quand je t'ai revue au cottage, j'ai cru t'avoir perdue à jamais.

Poppy se pressa contre lui. C'était si bon de se blottir dans les bras de l'être aimé !

— Feindre l'indifférence était un supplice. Mais tu es là, maintenant. C'est tout ce qui compte.

Il déposa un long baiser sur ses lèvres.

— Que dirais-tu de vivre au manoir ?

— Tu es sérieux ?

— Ce serait la maison idéale pour élever nos enfants, tu ne crois pas ?

— Non…

Elle noua les bras autour de son cou et l'embrassa passionnément.

— Ce serait un rêve exaucé.

MELANIE MILBURNE

Une tumultueuse passion

INTÉGRALE
INDOMPTABLES HÉRITIERS

Traduction française de
ANNE-LAURE PRIEUR

♦ SAGAS ♦

HARLEQUIN

Titre original :
NEVER UNDERESTIMATE A CAFFARELLI

Ce roman a déjà été publié en 2014

1

— Je n'accepte aucun patient masculin, Valérie. Tu le sais, dit Lily à sa patronne.

— Mais c'est une opportunité en or ! Raoul Caffarelli est extrêmement riche. Cette mission de quatre semaines en Normandie te rapporterait un an de salaire ! D'ailleurs, son frère a beaucoup insisté.

Lily fronça les sourcils.

— Son frère ?

— Raoul vit en reclus depuis sa sortie de l'hôpital. Il refuse de coopérer avec qui que ce soit. Mais ton travail avec la fille du cheikh Kaseem Al-Balawi a impressionné son frère Rafe. Il est résolu à t'engager. Ton prix sera le sien.

Lily sentit l'hésitation l'envahir. Le salaire était certainement attractif. Surtout, il lui permettrait d'aider sa mère, dont le dernier petit ami en date avait dévalisé le compte en banque. Mais quatre semaines de cohabitation avec un homme ? Cela ressemblait à son pire cauchemar…

Elle n'en avait pas approché un seul en cinq ans.

— Hors de question, déclara-t-elle enfin. Trouve quelqu'un d'autre.

— J'ai bien peur que tu n'aies pas le choix. Les frères Caffarelli sont réputés pour leur détermination. Rafe veut Raoul comme témoin à son mariage en septembre prochain, et il est convaincu que toi seule peux le remettre sur pieds.

— Pour qui me prend-il ? Une magicienne ? Rien ne garantit que son frère remarche un jour, encore moins en quelques semaines.

— Je sais. Mais réfléchis, Lily. Quatre semaines tous frais payés dans un château en Normandie, n'est-ce pas le rêve ? Et songe à la réputation que cela fera à la clinique. Surtout après ton succès avec la fille du cheikh… Les plus riches célébrités vont affluer pour se faire soigner chez nous !

Lily ferma les yeux pour tenter de maîtriser la panique qui menaçait de l'envahir. En vain. Un étau douloureux lui enserrait les tempes et son cœur battait la chamade. Les raisons pour refuser étaient nombreuses, mais chacune s'écroulait devant la nécessité d'aider sa mère et sa loyauté envers sa patronne.

Mais en était-elle capable ?

— J'ai besoin des scans de M. Caffarelli, ainsi que des rapports de ses médecins. Mais, attention, pas de faux espoirs. Je n'ai pas encore pris ma décision, d'accord ?

— Je te les transfère ! s'exclama Valérie. Rafe me les a justement envoyés par e-mail.

De retour dans son bureau, Lily examina les documents. Raoul Caffarelli souffrait d'une lésion de la colonne vertébrale suite à un accident de ski nautique. Sa fracture du bras droit, bien que sérieuse, guérissait bien. Il conservait des sensations dans les jambes, sans toutefois parvenir à se tenir debout. D'après le neurochirurgien, ses chances de remarcher étaient minces, même si sa mobilité restait susceptible de s'améliorer avec le temps.

Ce n'était pas la première fois qu'elle était confrontée à ce diagnostic. Mais elle refusait de le laisser influencer sa manière de traiter le patient. Certains traumatismes rachidiens avaient des conséquences permanentes, d'autres s'avéraient relativement mineurs. Entre les deux, c'était une zone grise. Tout dépendait de la nature de la blessure, de l'état de santé général du patient, de sa disposition d'esprit.

Aux activités traditionnelles : exercices structurés, renforcement musculaire et massages, Lily aimait associer des thérapies dites « alternatives » : aromathérapie, techniques de visualisation, recours aux compléments alimentaires.

La fille du cheikh, Halimah Al-Balawi, était sa patiente la plus célèbre. Trois éminents neurochirurgiens différents avaient pronostiqué qu'elle ne remarcherait jamais. Lily l'avait prise en charge pendant trois mois. Les progrès avaient d'abord été extrêmement lents. Mais à force de travail, Halimah avait effectué ses premiers pas aux barres parallèles, puis progressé régulièrement jusqu'à parvenir à marcher sans aucune aide.

Lily se mordit nerveusement la lèvre. Travailler avec le riche et célèbre Raoul Caffarelli. Cela aurait dû être le rêve de tout physiothérapeute décidé à se faire un nom dans le métier — surtout des professionnelles féminines. En plus d'être milliardaire, n'était-il pas réputé pour être incroyablement séduisant ? Oui, n'importe quelle femme se damnerait pour passer un mois nuit et jour en sa compagnie.

Mais pas elle. Pour elle, ce serait un calvaire.

A l'idée de toucher le corps d'un homme, son estomac se contracta. Le travail de physiothérapeute impliquait un contact physique rapproché avec le patient. Poser les mains sur sa peau. Masser les muscles et les tendons. Pétrir longuement la chair…

La sonnerie de son portable la tira de sa rêverie. Elle jeta un coup d'œil à l'écran avant de décrocher.

— Bonjour, maman. Un problème ?

— Désolée de te déranger, ma chérie. La banque vient encore d'appeler et je ne sais pas quoi faire. Ils menacent de saisir la maison. J'ai beau leur expliquer que c'est Martin qui a vidé mon compte, ils ne veulent rien entendre.

Lily sentit la colère l'envahir. Ce Martin était une belle ordure ! Sa mère avait fait sa connaissance via un site de rencontres en ligne. La pauvre ne s'était absolument pas méfiée. Enfin, elle n'était peut-être pas la mieux placée pour lui faire la morale vu ce qu'il lui était arrivé le soir de ses vingt et un ans… Toujours était-il que cet escroc avait eu tôt fait de se volatiliser avec les économies de sa mère.

Etait-ce un signe du destin ?

Comment refuser un poste qui promettait de régler tous leurs problèmes ? Quand elle-même avait traversé une passe difficile, sombrant dans une spirale de honte et de désespoir, c'était sa mère qui l'avait soutenue, mettant sa propre vie entre parenthèses pour la sortir de sa dépression. N'était-ce pas à son tour de lui venir en aide ?

Après tout, ce n'était que pour un mois. Quatre courtes semaines. Trente et un petits jours.

Une éternité…

Elle prit une profonde inspiration.

— Ne t'inquiète pas. Je viens d'accepter une mission très bien rémunérée en France. Je serai absente tout le mois d'août, mais je demanderai à être payée d'avance. Cela devrait tranquilliser la banque.

Sa gorge se serra.

— Tu ne perdras pas la maison, maman. Je te le promets.

Raoul Caffarelli foudroya son frère du regard.

— Je t'ai dit que je voulais rester seul.

— Tu comptes vivre en ermite le reste de ta vie ? répliqua Rafe avec un geste irrité. Réfléchis un peu. C'est peut-être ta seule chance de guérison !

De son bras valide, Raoul déplaça son fauteuil de manière à faire face à son frère. Rafe n'agissait que dans son intérêt, il le savait. Mais l'idée de servir de cobaye à une inconnue et ses pseudo-méthodes miracles lui était odieuse.

— Les meilleurs spécialistes ont affirmé que je ne remarcherais pas. A quoi bon gaspiller mon temps et ton argent avec cette Anglaise qui prétend le contraire ?

— Ecoute, je sais que tu souffres de ta rupture avec Clarissa, mais…

— Clarissa n'a rien à voir là-dedans !

Rafe haussa un sourcil.

— Tu n'étais même pas amoureux, Raoul. Elle remplissait seulement tous tes critères de l'épouse parfaite. Mais ton accident a révélé son vrai visage. Une chance que tu ne l'aies pas épousée…

— Une *chance* ?

Ses doigts étaient si crispés que les jointures avaient blanchi.

— Regarde-moi, Rafe. Je suis cloué dans ce maudit fauteuil. Je ne peux même plus m'habiller seul ! Alors ne me dis pas que j'ai de la « chance »…

Rafe passa une main embarrassée dans ses cheveux.

— Désolé. C'était indélicat de ma part.

Après un silence, il ajouta :

— Accepte au moins de la rencontrer. Mets-la à l'essai une semaine, ou même quelques jours. Après quoi, c'est toi qui décides si elle reste ou non. Qu'en dis-tu ?

Raoul laissa son regard errer vers la fenêtre surplombant le pré où paissaient ses plus précieux pur-sang. Dire qu'il ne pouvait même pas sortir leur flatter l'encolure, ni sentir la caresse de l'herbe sous ses pieds. Il était prisonnier de ce fauteuil. Prisonnier de son propre corps — ce corps qui ne lui avait jamais fait défaut. Ce corps qui depuis toujours le définissait en tant qu'homme. Chanceux. C'était aussi ce que les médecins avaient affirmé. Contrairement à d'autres, il gardait des sensations dans les jambes. Ces fonctions sexuelles étaient également intactes. Mais quelle femme voudrait de lui désormais ?

La réaction de Clarissa était une réponse éloquente.

Il voulait retrouver son corps. Et avec lui, sa vie d'avant.

Qu'est-ce qui lui garantissait que cette Lily Archer était la solution ? Non, il était même prêt à parier qu'elle était une sorte de charlatan. Il refusait de se laisser bercer d'espoirs illusoires. Cet isolement qu'il s'imposait était nécessaire, le temps pour lui d'accepter sa situation et d'envisager progressivement un nouvel avenir. Il n'était tout simplement pas prêt à affronter le monde extérieur. Imaginer tous ces paparazzi à l'affût d'un cliché de lui en fauteuil roulant le rendait malade.

Il ne souhaitait qu'une chose, qu'on lui fiche la paix.

— Un mois, répéta Rafe, rompant le silence. S'il te plaît, accepte.

Evidemment, ses deux frères s'inquiétaient pour lui. Rémy était passé la veille, faisant de son mieux pour le dérider. Son grand-père, bien sûr, ne s'était pas donné cette peine. Non pas que ce soit une surprise d'ailleurs. Vittorio excellait dans le reproche et la critique, pas dans le réconfort.

— Donne-moi une semaine ou deux pour y réfléchir.

Le visage soucieux de Rafe ainsi que son silence firent naître un insupportable soupçon en lui.

— Ne me dis pas que…

— Elle attend dans le petit salon, confirma Rafe.

A ces mots, Raoul sentit une colère noire l'envahir. Pour qui son frère le prenait-il ? Un enfant incapable d'une décision sensée ?

Ce château était *son* sanctuaire. Personne n'y entrait sans son autorisation. Un chapelet de jurons lui échappa.

— Calme-toi, l'exhorta Rafe à voix basse. Elle risque de t'entendre.

— Qu'elle m'entende ! tonna-t-il. A quoi est-ce que tu joues ?

— J'essaie de t'aider, Raoul. Je ne supporte pas de te voir déprimer toute la journée et houspiller quiconque ose croiser ton regard. Tu ne mets même plus le nez dehors ! Reprends-toi, bon sang !

— Je ne sortirai que sur mes deux pieds, rétorqua Raoul. Quant à cette femme, tu peux d'ores et déjà la congédier. Tu n'avais aucun droit de l'amener ici sans ma permission.

— Elle n'ira nulle part. Je l'ai payée d'avance, et son contrat inclut une clause de non-remboursement.

Raoul laissa échapper un rire glacial.

— Voilà qui en dit long sur son professionnalisme, tu ne crois pas ? Tu verras, dans deux ou trois jours, elle démissionnera sous un prétexte fallacieux, et à elle les vacances au soleil !

— Mlle Archer m'a été chaudement recommandée. Elle possède toutes les qualifications requises, ainsi qu'une solide expérience.

— Tiens donc…

— Je te laisse, l'interrompit Rafe. Poppy et moi avons un mariage à préparer, auquel tu as intérêt à être présent. Avec ou sans fauteuil.

— Ne compte pas sur moi pour jouer les bêtes de foire, pesta Raoul. Demande à Rémy de me remplacer.

— Tu le connais. Si une affaire intéressante pointe son nez, il nous laissera en plan. Non, je tiens à ce que tu sois mon témoin, et Poppy aussi. Ne la déçois pas.

Sur le seuil, il se retourna.

— Je t'appelle dans quelques semaines. *Ciao !*

Lily agrippait nerveusement son sac à main, les doigts glacés malgré la température estivale. Elle ne comprenait ni le français, ni l'italien. Mais les éclats de voix filtrant à travers la porte ne laissaient aucun doute sur ce que pensait Raoul Caffarelli de sa venue. Non pas qu'elle-même s'en réjouisse. Son salaire avait certes permis de régler les échéances de sa mère, ce qui lui enlevait un poids terrible. Mais le plus dur restait à venir.

Se retrouver seule avec un inconnu dans cet immense château avait tout du scénario de cauchemar. Elle essuya nerveusement ses paumes moites sur sa jupe. Son cœur battait à tout rompre et elle sentit une sueur froide lui couler entre les omoplates. Elle était presque prête à faire demi-tour quand la porte s'ouvrit sur Rafe Caffarelli. Sa mine sombre n'augurait rien de bon.

— Il vous attend dans la bibliothèque, annonça-t-il. Ne

vous laissez pas intimider par son attitude. Il a beaucoup de colère et de frustration en lui.

Cramponnée à son sac comme à un bouclier, elle se leva.

— Je comprends, dit-elle, humectant ses lèvres sèches. Ce doit être extrêmement difficile…

— Il s'est replié sur lui-même, soupira Rafe. Je ne sais plus comment l'atteindre.

Il eut un geste las.

— Il refuse catégoriquement de coopérer avec qui que ce soit. Il a toujours été têtu, mais jamais à ce point. Je ne le reconnais plus.

— Le choc est encore récent, observa Lily. Certains mettent des mois à accepter ce qui leur arrive. D'autres n'y parviennent jamais.

L'éclat farouche qui éclaira le regard de Raffaele Caffarelli ne laissait aucun doute sur ce qu'il pensait. Ce n'était pas la réponse que voulait entendre cet homme implacable.

— Je le veux présent à mon mariage. Peu importe s'il faut l'y traîner de force.

— Je ferai mon possible, répondit-elle. Mais je ne vous promets rien.

— L'intendante, Dominique, vous assistera de son mieux. C'est elle qui vous conduira à votre chambre après l'entretien. Un auxiliaire de vie du nom de Sébastien vient également tous les matins aider Raoul à se doucher et s'habiller. Des questions ?

Par centaines, mais elles attendraient.

— Non, aucune.

Il ouvrit la porte et s'effaça pour la laisser passer.

— Je vous accompagne jusqu'à la bibliothèque, mais pas au-delà.

Il lui adressa un sourire d'excuse.

— J'ai bien peur d'être devenu *persona non grata*.

*
* *

Une fois la porte refermée derrière elle, Lily prit le temps d'observer la pièce dans laquelle elle se trouvait. Le petit salon et la bibliothèque se situaient au même étage. Le contraste, cependant, n'aurait pu être plus radical. Là où le premier laissait entrer un flot de soleil, la seconde n'était éclairée que par une haute fenêtre ornée de lourdes tentures. Des étagères remplies de livres couvraient les trois autres murs jusqu'au plafond, et un large bureau sur lequel trônait un globe ancien occupait le centre de la pièce. Lily avait l'impression d'avoir remonté le temps, une impression renforcée par l'odeur de cuir et de parchemin qui imprégnait l'atmosphère.

Mais ce fut la silhouette silencieuse assise derrière le bureau qui capta immédiatement son regard. Avec ses cheveux de jais, son teint hâlé et sa mâchoire volontaire, Raoul Caffarelli partageait la beauté ténébreuse de son frère. Ses yeux semblaient plus clairs, cependant. Vert noisette au lieu de brun sombre. Et ils la toisaient avec une colère non dissimulée.

— Vous m'excuserez de ne pas me lever, ironisa-t-il, avec une expression glaciale.

— Je… Bien sûr.

— A moins d'être sourde ou totalement idiote, vous aurez compris que votre présence ici n'est pas la bienvenue.

Résolue à ne montrer aucune faille, elle leva le menton en signe de défi.

— Je ne suis ni sourde, ni idiote.

Il la jaugea du regard, et elle fit de même. L'héritage franco-italien transparaissait nettement dans ses traits. Ses larges épaules et sa posture très droite lui donnaient un air presque aristocratique. Il était plus grand que la moyenne — un mètre quatre-vingt-dix environ, estimait-elle. Sa fine chemise de coton laissait deviner une musculature ciselée, signe d'une activité physique intense avant l'accident. Son bras droit était encore plâtré, mais ses mains semblaient fermes et assurées.

Elle détailla aussi son visage. Une ombre de barbe virile. Un nez plus aquilin que celui de son frère. Quelques ridules au coin de la bouche suggérant une perte de poids récente. Quant à ses lèvres, elles formaient une ligne sévère, inflexible. A quoi pouvait bien ressembler cet homme quand il souriait ? Elle était prête à parier que cela devait entièrement transformer son visage.

Assez. Elle n'était pas là pour le faire sourire, mais pour le remettre sur pied. Et plus vite elle s'attellerait à la tâche, plus vite elle serait libre de partir.

— Je suppose que vous connaissez tous les détails de ma condition ? reprit Raoul sans la quitter des yeux.

— En effet. J'ai examiné vos scans, ainsi que les rapports de vos médecins et physiothérapeutes.

— Et… ?

Son ton était cassant, accusateur.

— Certaines de mes méthodes vaudraient la peine d'être essayées. Elles ont fait leurs preuves sur d'autres patients victimes de blessures similaires, répondit-elle, ignorant les battements effrénés de son cœur.

— Et en quoi consistent ces « méthodes » ? Agiter des bâtonnets d'encens ? Réciter des mantras ? Décrypter mon aura ?

Une bouffée de colère envahit Lily. Raoul Caffarelli n'était pas le premier à dénigrer son approche holistique. Mais son ironie mordante était insultante et irrespectueuse. Et si elle lui rendait l'usage de ses jambes ? Juste pour lui faire ravaler ses sarcasmes. Soudain, le défi devenait plus attrayant…

— Je combine thérapies traditionnelles et pratiques complémentaires. Cela dépend.

— De quoi ?

— Du patient. De nombreux facteurs sont à prendre en compte, tels que le régime alimentaire, le mode de vie, les habitudes de sommeil, l'état d'esprit…

— Laissez-moi deviner, la coupa Raoul. Vous lui tirez les cartes et lisez son thème astral ?

Lily retint la réplique cinglante qui lui brûlait les lèvres. Quel mufle insupportable ! Ce n'était qu'un play-boy gâté et capricieux, habitué à tout obtenir d'un claquement de doigts. Et cette façon de s'apitoyer sur lui-même... Typique d'un homme qui n'avait jamais rien eu à gagner à la sueur de son front. Ne réalisait-il pas sa chance ? Il avait l'argent nécessaire à ses traitements. Des gens qui prenaient soin de lui. Une famille prête à tout pour lui venir en aide. Pendant qu'il pleurnichait dans son luxueux château, d'autres mouraient de faim ou de froid sans que personne ne se soucie de leur sort !

— Je suis taureau, ajouta-t-il d'un ton railleur.

— D'où votre caractère buté, riposta-t-elle du tac au tac.

Il la dévisagea pensivement.

— Quelque chose me dit que vous aussi savez vous montrer têtue...

— Persévérante, rectifia-t-elle. Je déteste abandonner avant d'avoir essayé.

Il se mit à tapoter l'accoudoir de son fauteuil, d'un geste distrait qui résonna bruyamment dans le silence.

Elle sentait son regard la détailler de la tête aux pieds. S'il la comparait aux femmes qu'il avait l'habitude de fréquenter, il risquait d'être déçu. Elle ne portait que des vêtements amples dissimulant sa silhouette et ne se maquillait jamais.

— Que vais-je faire de vous ? reprit-il sombrement. Ce n'est pas comme si je pouvais physiquement vous jeter dehors...

— Je vous déconseille de poser un seul petit doigt sur moi, monsieur Caffarelli.

Il haussa un sourcil amusé.

— Tiens, tiens. La timide Mlle Archer cacherait-elle des épines ? Scorpion ?

— Vierge.

— Chicanière...

— Rigoureuse.

Un sourire s'ébaucha sur les lèvres de Raoul Caffarelli, métamorphosant ses traits. Lily en oublia un instant de respirer. Mais, déjà, il s'était rembruni.

— J'ai passé des semaines en rééducation, mademoiselle Archer. Comme vous le constatez, cela n'a servi à rien. Pourquoi réussiriez-vous là où les plus éminents spécialistes ont échoué ?

— Il est encore tôt, avança-t-elle prudemment. Le corps a parfois besoin de mois, voire d'années pour se remettre d'un traumatisme.

— Mais vos services ne s'étendent pas jusque-là, n'est-ce pas ? repartit-il avec cynisme. Après deux ou trois jours, vous démissionnerez, votre compte en banque bien garni. Je déteste les gens comme vous qui exploitent la détresse d'autrui. Vous n'avez rien à m'offrir, nous le savons tous les deux.

— Au contraire, je pense pouvoir vous aider. A ce stade de votre rééducation, vous avez besoin d'être supervisé dans vos exercices…

— Supervisé ? Pour qui me prenez-vous ? Je ne suis pas un enfant qu'on surveille sur l'aire de jeux !

— Ce n'est pas ce que j'ai dit. Je suggérais simplement…

— Je ferai les choses à *ma* façon, l'interrompit-il avec force. Je n'ai pas besoin de votre aide. Je n'ai rien demandé. Si vous tenez vraiment à me rendre service, sautez plutôt dans le prochain avion pour Londres.

Lily soutint le regard d'acier posé sur elle. La colère émanant de lui chargeait l'air d'électricité. Son propre sang bouillait dans ses veines, comme sous l'effet d'un flux d'adrénaline.

— Mon salaire n'est pas remboursable, rappela-t-elle. Si je pars maintenant, votre frère perdra beaucoup d'argent.

— Tant que ce n'est pas le mien…

Le choc lui coupa le souffle. Cet homme était-il vraiment prêt à sacrifier une somme que la plupart des gens ne gagnaient pas en un an ? De toute façon, ce n'était pas envisageable. Sa conscience lui interdisait d'accepter un salaire qu'elle n'avait pas mérité. Sans parler de la mauvaise publicité que cela ferait à la clinique… Non, la conviction de cet homme qu'elle était une femme vénale et sans scrupules ne faisait que renforcer sa détermination à rester.

Mais c'était sa résistance qui l'intriguait par-dessus tout. Ne souhaitait-il pas améliorer sa mobilité ? Avait-il simplement renoncé ? Certains patients ne supportaient pas le plus petit handicap, là où d'autres surmontaient des blessures extrêmement graves.

Raoul Caffarelli était en bonne condition physique, ce qui constituait un atout dans le processus de rééducation. Mais son attitude suggérait qu'il n'avait pas encore accepté ce qui lui arrivait. En fait, on aurait dit un loup blessé. Un chef de meute déchu s'isolant pour lécher ses blessures.

Et qui était-elle pour le lui reprocher ? N'avait-elle pas agi exactement de la même façon cinq ans plus tôt ?

Elle redressa les épaules.

— Je n'ai aucun moyen de me rendre à l'aéroport maintenant que votre frère est parti.

— Un de mes garçons d'écurie vous y conduira.

— Je ne vais nulle part.

Un muscle tressaillit sur la mâchoire de Raoul.

— Je ne veux pas de vous ici.

— Le message est clair, merci. Sans me dérouler le tapis rouge, vous auriez tout de même pu faire preuve de courtoisie. A moins que vous ne vous estimiez au-dessus de cela ?

Ils se défièrent mutuellement du regard.

— Mon frère n'avait aucun droit de vous amener ici sans ma permission.

— Est-ce ma faute ? répliqua Lily avec humeur. Le voyage a duré des heures. Je suis fatiguée et affamée. Et, à peine arrivée, je me fais houspiller par un rustre persuadé d'être l'homme le plus malheureux de la terre.

Elle porta une main théâtrale à son cœur.

— Pauvre monsieur Caffarelli ! Comme je vous plains

d'avoir un toit, une famille aimante et de l'argent par-dessus la tête…

Le regard qu'il lui lança était glacial.

— Je veux que vous ayez décampé d'ici demain midi. C'est compris ?

— Vous y perdez plus que j'y gagne, répliqua-t-elle, enhardie par leur joute verbale.

La mâchoire crispée, il appuya sur l'Interphone et lâcha quelques mots en français. Sa voix grave et mélodieuse la fit frissonner. Quel timbre avait-elle lorsqu'il n'était pas en colère ? Et son rire, à quoi ressemblait-il ? Jamais elle n'avait rencontré un homme si captivant à regarder, si intense et ténébreux, comme vibrant d'émotions contenues.

— Dominique va vous escorter à votre chambre, dit-il froidement. Vous partez demain à la première heure.

Quelques minutes plus tard, l'intendante la conduisait vers une chambre au troisième étage, dans un large corridor orné d'œuvres d'art et de statues dont les yeux de pierre semblaient s'attacher à chacun de leurs pas.

— La chambre de M. Raoul est là-bas, dit-elle en désignant une double porte au fond du couloir. Il dort peu, aussi ai-je préféré vous en éloigner.

Elle secoua la tête d'un air peiné.

— Il n'était pas comme cela avant l'accident. C'est la faute de sa fiancée.

— J'ignorais qu'il était fiancé, fit Lily, surprise.

— Plus maintenant. Elle a rompu alors qu'il était encore à l'hôpital.

— Oh…

Dominique eut une moue dédaigneuse.

— Je ne l'ai jamais appréciée. Ni elle, ni aucune autre, d'ailleurs. La fiancée de M. Rafe est une jeune femme adorable. Si seulement M. Raoul pouvait rencontrer quelqu'un comme elle…

Ainsi il avait été abandonné sur son lit d'hôpital par la femme avec laquelle il devait se marier ? Pas étonnant qu'il soit si aigri. Quelle cruauté de la part de cette femme ! L'aimait-elle vraiment ? Aimer signifiait être là pour le meilleur et pour le pire, non ? Comment pouvait-on abandonner quelqu'un à un moment aussi critique ? En tout cas, cela expliquait l'hostilité de Raoul. Il devait profondément souffrir de cette trahison.

Lily jeta un coup d'œil à la chambre dans laquelle elle venait de pénétrer. Spacieuse, elle était décorée dans le style classique français. Un vaste lit à baldaquin, dont les draps brodés d'or s'harmonisaient avec les dorures des murs, en occupait un côté. Un miroir richement encadré surplombait une coiffeuse à l'ancienne et son tabouret tapissé. Un autre mur accueillait une armoire encastrée ainsi qu'une élégante commode à pieds galbés. Quant aux hautes fenêtres ornées de festons, elles donnaient sur un jardin à la française, où des haies artistiquement taillées entouraient une large fontaine.

— Le dîner sera servi à 20 heures, annonça Dominique. Je doute que M. Raoul se joigne à vous. Il passe le plus clair de son temps dans son bureau, maintenant.

— Comment monte-t-il l'escalier ? Je n'ai remarqué aucun dispositif.

— Un ascenseur dessert les quatre étages. Il l'a fait installer quand son grand-père est venu au château après son attaque. Non qu'il l'en ait remercié. Vittorio Caffarelli est l'homme le plus odieux au monde. C'est à peine s'il m'a adressé la parole, et toujours comme à une moins-que-rien.

Lily n'en fut pas particulièrement étonnée. Elle soupçonnait que la dynastie Caffarelli n'était pas aussi glamour qu'elle en avait l'air. Une rapide recherche sur internet lui avait appris que la fortune familiale était née d'une série d'investissements immobiliers aussi judicieux qu'opportuns. Un autre article évoquait l'accident de bateau dans lequel les parents de Raoul s'étaient tués quand lui et ses frères étaient enfants. Ils avaient alors été élevés par leur grand-père, qui les avait rapidement expédiés dans un pensionnat en Angleterre.

Raoul était né avec une cuiller en argent dans la bouche, mais son enfance avait été marquée par la tragédie. Et voilà qu'un nouveau coup dur le frappait. Pour l'instant, aucun détail n'avait filtré dans la presse — ce qui donnait un aperçu du pouvoir des Caffarelli. Mais combien de temps avant qu'un journaliste peu scrupuleux ne s'empare de l'histoire ? Un milliardaire rejeté par sa fiancée après qu'un accident l'eut rendu paralysé… De quoi faire la une des tabloïds.

Elle n'éprouvait que colère et aversion pour Raoul Caffarelli, mais comment s'empêcher de compatir ? Etre rejeté était toujours douloureux. Mais l'être à cause d'une blessure dépassait toutes les cruautés.

Une photo de lui dans son fauteuil roulant devait valoir une fortune auprès des médias. Etait-ce la raison pour laquelle il refusait de voir qui que ce soit ?

— Quel dommage que vous ne restiez pas le mois, dit Dominique. M. Raoul passe trop de temps seul. Votre compagnie lui aurait fait autant de bien que la thérapie.

Lily hésita. A vrai dire, elle aussi regrettait son départ prématuré. Dire qu'à peine quelques jours plus tôt, elle se cherchait des excuses pour ne pas venir…

— C'est sa décision. On ne peut pas le forcer, répondit-elle. S'il émet le désir de travailler avec moi, j'accepterai. Mais je doute que cela arrive.

— Votre arrivée l'a pris de court, assura Dominique. Peut-être changera-t-il d'avis d'ici-là.

L'intendante partie, Lily s'approcha de la fenêtre et admira les champs verdoyants s'étendant à perte de vue. L'endroit était absolument paradisiaque. Mais même au paradis rôdaient le danger et la tentation.

L'ombrageux maître des lieux en était un rappel vivant.

2

Raoul avait prévu de dîner seul dans sa chambre. Mais la tentation de passer une heure ou deux en compagnie de Lily Archer avant son départ fut la plus forte. Mieux valait garder un œil sur elle. Qui sait ce qu'elle manigançait quand il avait le dos tourné ? Peut-être en profitait-elle pour dérober l'argenterie ou ses plus précieux objets d'art ? A moins qu'elle ne fût une journaliste infiltrée au château sous une fausse identité ?

Comme il en voulait à son frère de lui avoir imposé sa présence. Qu'avait-elle à proposer que ses médecins n'avaient déjà essayé ? Il n'avait qu'une envie, se couper du monde. Fuir les gens pendant qu'il s'habituait doucement à l'éventualité de ne jamais remarcher. Le temps seul l'aiderait à accepter ses nouvelles limites et réorganiser sa vie en conséquence. Pourquoi Rafe ne le comprenait-il pas ?

Quant à Lily Archer… Ses efforts pour dissimuler sa beauté ne le dupaient pas. Les vêtements quelconques effaçant la silhouette. Le chignon strict. L'absence totale de maquillage. Tout cela n'était sans doute qu'une ruse destinée à s'attirer la confiance des gens. Ses yeux, pourtant, l'avaient intrigué. Des yeux d'une saisissante nuance de bleu, sombres et voilés, comme s'ils renfermaient un secret. Si le regard était le miroir de l'âme, celle de Lily Archer était sévèrement gardée.

Avec un soupir, il se hissa dans son fauteuil électrique. Bon sang, il détestait cet appareil ! Ce ronronnement au moindre déplacement le faisait se sentir encore plus diminué. Vivement que son bras droit soit guéri. Son plâtre enlevé, il pourrait utiliser un fauteuil manuel et ainsi entretenir la partie supérieure de son corps. Ce serait déjà un début.

Dans le miroir du couloir, il aperçut son reflet. C'était comme contempler un étranger. Comme être prisonnier du corps d'un autre. Une brusque angoisse l'étreignit. Et si c'était tout ce qu'il avait à espérer de l'avenir ? L'idée de passer le reste de sa vie dans ce fauteuil, condamné à voir les gens baisser les yeux, ou pire, les détourner, lui était intolérable.

Mais cela n'arriverait pas. Même s'il devait remuer ciel et terre, il se rétablirait. Et il réussirait de la même manière qu'il avait toujours tout réussi : *par lui-même.*

Il en était à son second verre de vin lorsque Lily Archer fit son entrée. Elle portait une robe beige trop large qui ne flattait vraiment pas son teint. Ses cheveux étaient toujours tirés en arrière. Mais la vive lumière du lustre en révélait cette fois l'éclat chatoyant. Un peu de mascara allongeait ses cils, et une touche de gloss brillait sur ses lèvres.

— Du vin ? proposa-t-il en désignant la bouteille sur la table.

— Non, merci. De l'eau suffira.

— Evidemment, vous ne buvez pas d'alcool.

La jeune femme s'assit à sa gauche, les lèvres pincées. Des lèvres plus charnues que dans son souvenir. Et ces pommettes hautes, ce long cou gracieux, cet adorable nez retroussé… L'éclairage était-il donc si mauvais dans la bibliothèque ? Ses yeux bleus surlignés d'épais sourcils lui donnaient un air mystérieux, que rehaussait encore son teint de porcelaine.

— Je n'ai pas besoin d'alcool pour m'amuser, dit-elle d'un ton sévère.

— Et que faites-vous pour vous amuser, mademoiselle Archer ?

— Je lis, vais au cinéma, sors avec des amis…

— Vous avez un petit ami ?

Une ombre furtive passa sur ses traits.

— Non.

A l'évidence, le sujet était clos. Cette réserve piqua sa curiosité.

— Les Anglais sont-ils aveugles pour laisser une jeune femme comme vous célibataire ?

— Je ne suis pas intéressée par une relation dans l'immédiat, dit-elle en baissant les yeux.

— Nous sommes deux.

Et il vida son verre d'une traite. Elle releva la tête, le regard empreint d'une compassion qui semblait sincère. Mais peut-être se trompait-il. Difficile d'être sûr après une demi-bouteille de vin…

— Je suis désolée pour vos fiançailles, murmura-t-elle. Cette rupture au moment où vous étiez le plus vulnérable a dû être un choc terrible.

Raoul serra les dents. Rafe et Dominique avaient-ils vendu la mèche ? Ou avait-elle lu les détails de sa relation avec Clarissa sur un quelconque forum en ligne ? Se faire plaquer l'avait bien sûr profondément affecté. C'était lui et lui seul qui initiait et mettait un terme à ses relations. Comme ses frères, il aimait avoir le contrôle en toute circonstance. Un Caffarelli ne subissait pas, il dominait.

Toujours.

Et peu importait qui se dressait en travers de sa route

— Je n'étais pas amoureux, dit-il en se servant un nouveau verre de vin.

Elle le regarda avec suprise.

— Alors pourquoi l'avoir demandée en mariage ?

Son expression choquée l'amusa. Un cœur romantique battait-il derrière cette façade sévère ?

— J'ai pensé que c'était le bon moment pour me marier.

Le regard qu'elle posa alors sur lui ne laissait aucun doute sur ce qu'elle en pensait. Elle le regardait comme s'il venait de proférer une énormité.

— Mais… Le mariage est un engagement à vie ! C'est se lier à la personne que l'on aime à l'exclusion de toutes les autres.

— Dans mon milieu, c'est plus une affaire de convenance, expliqua Raoul avec un haussement d'épaules.

— L'amour n'a donc aucune importance ?

— Disons que c'est un bonus.

— Ridicule ! Comment peut-on épouser quelqu'un sans l'aimer ?

Il soutint son regard.

— Combien de couples follement épris se marient et divorcent quelques années plus tard, pleins de haine et d'amertume ? L'amour ne dure pas toujours. Mieux vaut privilégier les points communs. Clarissa est une femme sublime issue du même milieu que moi, une partenaire agréable au lit comme à la ville. Qu'aurais-je pu désirer de plus ?

La jeune femme eut une moue dégoûtée.

— Je comprends mieux pourquoi elle a rompu vos fiançailles. Votre attitude est déplorable. L'amour donne des ailes. C'est la seule raison valable de se marier.

— Une vraie romantique, railla Raoul. Vous vous entendriez à merveille avec Poppy, la fiancée de mon frère.

— Ce doit être une personne charmante.

— En effet. Rafe a de la chance de l'avoir rencontrée.

Elle lui lança un regard lourd de sens.

— Mais vous pensez que leur amour ne durera pas…

— J'ai dit que l'amour ne durait pas *toujours*, rectifia-t-il. Dans leur cas, je ne suis pas inquiet. Poppy l'aime pour l'homme qu'il est, pas pour sa fortune. C'est une perle rare.

— Toutes les femmes ne sont pas des intrigantes, dit Lily, visiblement froissée.

— Pourquoi avoir exigé un salaire payé d'avance et non remboursable ? riposta-t-il.

Elle parut embarrassée.

— Je… J'avais une urgence financière à régler.

— Seriez-vous du genre panier percé, mademoiselle Archer ? Votre style vestimentaire n'en laisse rien deviner.

Il eut le plaisir de voir le rouge lui monter aux joues.

— Navrée si mon apparence vous déplaît, monsieur Caffarelli. Il se trouve que la mode ne m'intéresse pas.

— Toutes les femmes aiment se mettre en valeur.

— Vous jugez donc une femme sur ce qu'elle porte et non sur qui elle est ?

Son expression était devenue glaciale. Une fois de plus, il se demanda à quoi elle ressemblait sous ses vêtements informes. La plupart des femmes n'hésitaient pas à exhiber leurs corps. Mais Lily Archer, avec son style démodé, son visage sans maquillage et ses yeux bleus mystérieux, l'intriguait comme aucune autre femme avant elle. Elle paraissait si guindée, si réservée, comme si elle craignait d'attirer l'attention.

Avait-il été trop prompt à la renvoyer ?

Non, bien sûr que non. Il chassa vivement cette idée.

— Je ne juge pas uniquement sur l'apparence. Mais elle a son importance. Le langage corporel, la manière de parler, de se comporter… sont autant de signaux que nous apprenons à décrypter avant d'accorder notre confiance.

La jeune femme se mordit la lèvre. Elle paraissait si jeune, tout à coup. Presque une adolescente. Pourtant, elle devait avoir dans les… quoi, vingt-cinq, vingt-six ans ?

L'arrivée de Dominique, apportant les entrées, le tira de ses réflexions.

— Puis-je vous servir en vin, mademoiselle Archer ? demanda-t-elle en désignant son verre.

— Mlle Archer ne boit pas, intervint Raoul. Moi-même, je n'ai pas réussi à la tenter.

Une lueur malicieuse s'alluma dans les yeux de l'intendante.

— Peut-être est-elle imperméable à la tentation ?

— Nous verrons.

Dominique déposa les assiettes sur la table et s'éclipsa.

Raoul dévisagea sa compagne. Ses lèvres formaient une

ligne pincée, comme si elle retenait des paroles qu'elle craignait de regretter plus tard. Ses doigts étaient crispés sur son verre et la tension visible dans ses épaules.

— Détendez-vous, mademoiselle Archer. Je n'ai aucune intention de vous débaucher. J'en serais d'ailleurs incapable dans mon état.

— Vous buvez toujours autant ? demanda-t-elle.

— J'aime accompagner mes repas d'un ou deux verres de vin. Cela ne fait pas de moi un alcoolique, répliqua-t-il, sur la défensive.

— L'alcool engourdit les sens et affecte la coordination ainsi que le jugement. Mieux vaut limiter votre consommation le temps que vous récupériez…

— Récupérer quoi ? C'est tout ce qu'il reste de moi depuis que cet imbécile en jet-ski m'a percuté de plein fouet !

— Avez-vous parlé à quelqu'un de ce que vous ressentiez à propos de l'accident ?

Raoul sentit sa patience s'émousser.

— Pas besoin d'un psy. Je suis fou de rage, au cas où cela vous aurait échappé.

— Je comprends votre colère. Mais ne vaudrait-il pas mieux canaliser cette énergie et la consacrer pleinement à regagner votre mobilité ?

A ces mots, une fureur aveugle s'empara de lui. A quoi avaient servi les dernières semaines, sinon à cela ? De quel droit insinuait-elle que sa colère l'empêchait d'avancer ? Ce n'était pas comme si la dompter allait subitement lui rendre ses jambes et sa vie d'avant.

Cette vie-là était terminée.

Finie.

— Avez-vous la moindre idée de ce que cela fait d'être totalement dépendant des autres ?

— Bien sûr. Je travaille tous les jours avec des personnes handicapées et…

— Ne m'appelez pas ainsi ! hurla-t-il en frappant la table du poing.

Soudain très pâle, elle sursauta.

— Je… je suis désolée.

Il regretta aussitôt son éclat. Mais s'excuser était hors de question. Rafe paierait très cher pour l'avoir piégé de la sorte… Quelle ineptie de croire que Lily Archer pouvait réussir là où les plus éminents médecins avaient échoué ! Elle n'était qu'une mystificatrice qui profitait du malheur des autres, et il prendrait un malin plaisir à faire tomber son masque.

— Pourquoi avoir accepté ce travail ?

— Votre frère m'a personnellement contactée, répondit-elle après s'être humecté les lèvres. Ma patronne m'y a également encouragée et le salaire était… hum… attrayant.

— J'ai cru comprendre que Rafe avait dû beaucoup insister…

Elle détourna les yeux.

— Je ne travaille jamais avec des patients masculins.

— Pour quelle raison ?

— Disons qu'ils sont… difficiles à gérer.

— Peu coopératifs, vous voulez dire ?

Elle plongea sa cuiller dans sa soupe, sans la porter à sa bouche.

— Ce genre de blessure est une épreuve pour tout le monde. Homme ou femme. Enfant ou adulte. Mais les patientes féminines acceptent plus facilement leurs limites et l'aide qu'on leur propose.

Raoul l'observa jouer distraitement avec sa nourriture. Ses yeux bleu sombre restaient obstinément baissés. Un pli soucieux barrait son front.

— Votre potage vous déplaît-il ? Voulez-vous que Dominique vous apporte autre chose ?

Elle releva la tête avec un pâle sourire.

— Non, merci. Je n'ai pas très faim. La journée a été longue…

Raoul éprouva une soudaine pointe de culpabilité. Le

moins qu'on puisse dire était qu'il n'avait guère fait honneur au charme légendaire des Caffarelli… Et s'il lui accordait une semaine d'essai ? Il n'avait rien de mieux à faire — et rien à perdre. Sa présence casserait la routine qu'était devenue sa vie auparavant mondaine et trépidante. Si elle était un escroc, il aurait vite fait de la démasquer. Mais si elle avait effectivement quelque chose à offrir, ce serait gagnant-gagnant.

— Dans l'hypothèse où vous resteriez, que proposeriez-vous ?

La jeune femme s'empourpra légèrement.

— Votre frère m'a dit que vous disposiez d'une salle de gym. Je commencerais donc par quelques exercices structurés, en augmentant progressivement la difficulté selon vos progrès.

— Quoi d'autre ?

— J'examinerais votre régime alimentaire.

— Il est équilibré.

Elle coula un regard réprobateur vers le verre de vin presque vide.

— Il y a toujours des possibilités d'amélioration. Prenez-vous des compléments ?

— Comme des vitamines ?

— Vitamine D, huile de foie de morue, glucosamine… Ce genre de chose. Des études ont démontré qu'elles aidaient à la réparation des muscles et des tissus, tout en prévenant la progression de l'ostéoarthrite dans les articulations.

Il s'esclaffa avec dédain.

— De l'arthrite ? J'ai trente-quatre ans, mademoiselle Archer, pas quatre-vingts.

— Mesure préventive, riposta-t-elle. Il n'est jamais trop tôt pour prendre soin de sa santé.

— Quel âge avez-vous ?

Elle fronça les sourcils.

— Je… j'ai vingt-six ans.

— Vous avez hésité.

— Aucune femme n'aime compter ses anniversaires.

— Vous êtes un peu jeune pour vous soucier de cela, observa-t-il. Après trente ans, d'accord. Mais vous n'êtes encore qu'une enfant.

Les traits crispés, elle baissa les yeux sur son assiette.

— Mon père est mort le jour de mes sept ans. Ce n'est pas une date que j'aime célébrer.

Raoul songea à la mort tragique de ses parents, survenue juste avant ses neuf ans. Rafe en avait dix ; Rémy, sept. Les funérailles avaient eu lieu le jour de son anniversaire — le pire de toute sa vie. Il revoyait encore les deux cercueils couverts de fleurs. Le chœur chantant son requiem funèbre. La foule massée autour de lui, accablée de chagrin. Depuis, il ne supportait plus les chorales, ni la vue de fleurs chez lui.

— Je suis désolé, dit-il. Et votre mère ? Est-elle toujours en vie ?

— Oui. Elle vit dans le Norfolk. Je lui rends régulièrement visite.

— Où habitez-vous ?

— A Londres. Mayfair, plus exactement. Mais mon appartement est loin d'être aussi chic que le quartier, se hâta-t-elle d'ajouter. La tuyauterie est en piteux état et le voisinage particulièrement bruyant.

— Vous vivez seule ?

— Oui.

Les yeux bleus de la jeune femme se voilèrent. Mais l'arrivée de Dominique mit un terme à la discussion.

L'intendante fronça les sourcils.

— Vous n'avez pas faim, mademoiselle ? Souhaitez-vous autre chose ? Vous auriez dû me dire que le potage n'était pas à votre goût…

— Oh ! non, c'était délicieux, protesta Lily. Ce doit être le voyage qui m'a fatiguée…

— Je vous ai préparé un coq au vin, continua Dominique. C'est le plat préféré de M. Raoul. Peut-être vous rendra-t-il l'appétit ?

— J'en suis sûre, répondit-elle avec un sourire charmant.

Ce sourire piqua l'intérêt de Raoul. Elle avait de jolies dents blanches bien alignées, et ses yeux avaient littéralement pris vie. Un éclair de désir le traversa. C'était la première fois depuis l'accident que sa libido se réveillait. Au même instant, leurs regards se croisèrent, et ce fut comme si la foudre venait de s'abattre sur lui. Elle était absolument magnifique lorsqu'elle se laissait aller. Son sourire illuminait toute sa personne. Pourquoi diable cachait-elle ainsi ses atouts ?

— J'espère ne pas l'avoir offensée, dit-elle, une fois Dominique partie.

— S'il lui en fallait si peu, elle aurait démissionné dès mon retour, repartit Raoul. On ne peut pas dire que je sois d'agréable compagnie.

— Accepter de nouvelles restrictions demande certains ajustements. Récupérer sa vie d'avant où rien n'échappait à son contrôle n'est pas toujours possible…

Il saisit son verre de vin sans y toucher. C'était plus pour s'occuper les doigts. Il mourait d'envie d'aller caresser la peau de la jeune femme. Etait-elle aussi douce qu'elle en avait l'air ? Et ces lèvres, charnues, voluptueuses… Elles le fascinaient. Si seulement elle voulait bien les desserrer un peu. L'aura de self-control qui émanait d'elle était presque palpable.

Bon sang, voilà qu'il lisait les auras, maintenant !

— Cela sent le vécu, remarqua-t-il. Avez-vous été blessée par le passé, mademoiselle Archer ?

Son visage se ferma.

— Je ne suis pas venue pour parler de moi, mais pour vous aider.

— Contre mon gré.

— Rassurez-vous, je pars demain. Comme vous l'avez exigé.

Une décision qu'il commençait à regretter. Après tout, son frère avait déboursé une fortune pour ses services. Et cette clause de non-remboursement l'exaspérait. C'était trop facile de la laisser s'en aller si vite. Non…

Il l'obligerait à rester et justifier son généreux salaire.

— Et si je vous disais que j'ai changé d'avis ?

— Est-ce le cas ?

— Je suis prêt à vous accorder une semaine d'essai. Après quoi, je réévaluerai la situation.

La méfiance se peignit sur les traits de la jeune femme.

— Vous êtes sûr ?

— Quand commençons-nous ?

— Maintenant.

Et elle lui arracha son verre des mains.

Raoul serra les dents. Il savait qu'il avait tendance à se réfugier dans l'alcool depuis l'accident. Une attitude qui l'avait toujours répugné chez les autres. Mais il n'appréciait guère d'être traité comme un enfant incapable de se maîtriser.

— L'alcool m'aide à dormir, maugréa-t-il.

— Au contraire, cela perturbe vos cycles de sommeil. Dominique m'a dit que vous dormiez mal ?

— Seulement depuis peu.

— Faites-vous des cauchemars ?

— Non.

Le haussement de sourcil de la jeune femme indiquait clairement qu'elle ne le croyait pas. Mais pas question de lui parler des terrifiantes images qui le hantaient. La douleur de l'impact resterait à jamais gravée dans sa chair. Il avait failli se noyer. Fini, l'heure de natation quotidienne. La seule pensée d'être immergé dans l'eau lui donnait à présent des sueurs froides.

— J'ai une liste de compléments alimentaires que j'aimerais que vous preniez, continua Lily Archer. Nous pourrions également introduire quelques exercices aquatiques.

Il agita son bras plâtré.

— Vous croyez que c'est imperméable ? railla-t-il. Nager est hors de question.

— Je pensais plutôt vous faire marcher dans l'eau.

— Logique. Si j'en suis incapable sur la terre ferme, essayons dans une piscine…

La jeune femme ne se laissa pas démonter.

— Vous couvrirez votre plâtre d'un sac en plastique. Bouger dans l'eau vous aidera à retrouver votre centre de gravité.

— C'est ma *vie* que je veux retrouver ! Je me fiche du reste !

Elle pinça les lèvres, comme si elle avait affaire à un enfant récalcitrant.

— Je comprends que ce soit difficile pour vous…

— Evidemment que c'est difficile ! Je ne peux même pas me rendre aux écuries, ni même m'habiller seul !

— Quand vous enlève-t-on votre plâtre ?

— Dans deux semaines.

— Dès que votre bras aura repris des forces, nous entamerons les séances de barres parallèles. C'est ainsi que j'ai procédé avec ma dernière patiente. Après douze semaines, elle marchait sans aucune aide.

Douze semaines ! Il n'avait aucune envie d'attendre aussi longtemps. Il voulait remarcher *maintenant.* Son château ne serait pas transformé en centre de rééducation avec des rampes dans chaque pièce. Il voulait mener une vie normale, sa vie d'avant, celle où il dominait au lieu de subir. Ce qu'il avait perdu le rongeait comme un poison. Pourrait-il encore être heureux désormais ?

Impossible.

Pas dans cet état.

Dominique réapparut avec leurs plats de résistance qu'elle déposa devant eux.

— Voulez-vous que je coupe votre viande, monsieur Raoul ?

— Je ne suis pas un enfant, rétorqua-t-il sèchement.

L'intendante partie, Lily Archer le regarda avec reproche.

— Vous vous comportez pourtant comme tel. Elle essayait seulement de vous aider, inutile de vous montrer si grossier.

— Je refuse d'être traité en invalide.

— Evidemment, c'est plus difficile d'accepter ses limites quand on aime tout régenter…

Il eut un rire narquois.

— Est-ce ainsi que vous me voyez ? Mon aura m'aurait-elle trahi ?

— Vous en montrez tous les signes, répondit-elle posément. Votre corps ne vous obéit plus et cela vous met en colère. Demander de l'aide vous est insupportable. Vous vous laisseriez mourir de faim plutôt qu'accepter qu'on coupe votre viande.

La mâchoire de Raoul se crispa.

— Physiothérapeute *et* fine psychologue…

— Vous avez une forte personnalité et dirigez votre vie d'une main de fer. Pas besoin d'être psychologue pour le deviner.

— Et si je lisais votre aura, moi aussi ?

L'expression de sa compagne s'altéra imperceptiblement.

— Allez-y.

— Vous n'aimez pas attirer l'attention. Vous vous cachez sous des vêtements informes. Vous manquez d'assurance. Je continue ?

— Est-ce un crime d'être discrète ?

— Non, mais ça l'est de dissimuler votre beauté.

Elle s'empourpra.

— Je… je ne pense pas être belle.

— Vous n'aimez pas les compliments, mademoiselle Archer ?

— Seulement lorsqu'ils sont sincères, riposta-t-elle, le menton levé.

Il soutint son regard, captivé par la lutte qui se jouait dans ses yeux. Qu'est-ce qui le fascinait tant chez elle ? Son parfum de mystère ? Cette étrange réserve qui la rendait si distante ? Elle était très différente des femmes qu'il fréquentait d'ordinaire. Et pas seulement par son physique ou son style vestimentaire. Non, c'était autre chose… Elle lui évoquait un faon apeuré, continuellement aux aguets et prêt à s'enfuir au moindre danger.

Percer cette façade promettait d'être très divertissant.

— A quelle heure commencerons-nous le matin ?

— 9 heures ? proposa-t-elle. Un dur travail nous attend, mais vous verrez qu'il se révélera bénéfique.

— Je l'espère. Sans quoi, mon frère devra se trouver un autre témoin.

Elle fronça les sourcils.

— Vous voulez dire que vous n'irez pas à son mariage si vous n'êtes pas sur pied d'ici là ?

— Je gâcherais les photos avec mon fauteuil roulant…

— Mais c'est le jour le plus important de sa vie ! Vous *devez* être présent, que vous marchiez ou non !

Comme s'il allait se donner en spectacle au mariage de son frère. Toute la presse à sensation serait là. Il voyait déjà la légende sous les photos de lui : « Le frère du marié, handicapé à vie suite à un terrible accident. » Non, impossible. Cette perspective le mettait hors de lui.

— Votre travail consiste à me sortir de ce fauteuil. Vous avez une semaine pour faire vos preuves.

— Je ne garantis rien, répondit la jeune femme. Il se peut que la guérison n'arrive jamais…

— Ce n'est pas une option, mademoiselle Archer.

Il crispa les poings sous la table.

— Vous avez réalisé un miracle ? Prouvez-moi que ce n'était pas un coup de chance.

3

Lily picorait son plat du bout des lèvres. Le regard pénétrant de Raoul n'aidait pas à stimuler son appétit. Elle se sentait menacée. Enfin, pas de manière physique. Non, c'était cette façon de l'étudier, de se jouer des défenses qu'elle avait si soigneusement érigées autour d'elle. Ses défenses étaient tout ce qui la faisait tenir. L'idée de voir sa honte étalée au grand jour la terrifiait.

Elle refusait pourtant de s'apitoyer sur son sort. Elle était une survivante, pas une victime. Hélas, le cauchemar de son vingt et unième anniversaire se rappelait si vivement à elle, parfois, que sa carapace se fissurait sous le choc. C'était comme si son âme continuait de saigner, goutte à goutte…

Jusqu'au jour où il n'en resterait rien.

Elle leva les yeux et frémit en croisant le regard de Raoul. Partie dans ses pensées, elle avait totalement perdu la notion du temps. Depuis combien de temps la fixait-il ainsi ?

— Excusez-moi, vous disiez quelque chose ?

— Non.

— Oh… Je croyais.

— Vous aviez l'air ailleurs, remarqua Raoul.

Elle s'efforça de rester impassible.

— Vraiment ?

— Etes-vous une rêveuse, mademoiselle Archer ?

Un rire amer lui monta à la gorge. Il y avait bien longtemps qu'elle avait cessé de rêver. Certaines choses étaient hors de sa portée, elle s'y était résignée. Tout comme elle ne pouvait remonter le temps et changer son passé.

Raoul continuait à la fixer intensément. Elle affecta un air détaché, mais la tension dans son cou et ses épaules commençait à la faire souffrir. Un élancement douloureux lui battait les tempes. Si elle n'y prenait garde, ce serait la migraine assurée, ce qui le rendrait encore plus vulnérable.

Elle posa sa serviette et recula sa chaise.

— Si vous voulez bien m'excuser, j'ai besoin d'aller me rafraîchir.

Il hocha la tête, sans la quitter des yeux.

— Je vous en prie.

La porte de la salle de bains fermée, Lily s'examina dans le miroir. Décidément, elle ne s'y habituerait jamais. Son reflet était celui d'une étrangère. C'était comme si quelqu'un d'autre avait pris possession de son corps. Qu'était devenue l'étudiante extravertie qui aimait rire et faire la fête ? A la place se tenait cette femme terne, sévère, paraissant plus que son âge.

Sa mère souffrait de la voir ainsi, elle le savait. Mais c'était le seul moyen qu'elle avait trouvé pour tourner la page. Elle voulait effacer la Lily d'autrefois. Cette fille-là ne lui avait attiré que des ennuis.

La nouvelle Lily, elle, ne commettrait pas la même erreur.

De retour dans la salle à manger, elle trouva Dominique en train de débarrasser la table.

— M. Raoul s'est retiré pour la nuit, annonça-t-elle.

— Oh…

Une inexplicable déception l'envahit. Après leur échange houleux de l'après-midi, elle ne s'était pas attendue à ce qu'il dîne avec elle. Encore moins à ce qu'il la divertisse… Mais s'éclipser sans même un « bonne nuit » ? Cela frôlait l'impolitesse ! Etait-ce sa façon de lui montrer qu'il contrôlait encore certains aspects de sa vie ? En somme, il la remettait à sa place. Elle n'était qu'une employée, qu'il n'avait même pas choisi d'engager.

— Prendrez-vous un café dans le salon ? s'enquit Dominique.

— Oui, merci.

Elle s'approcha de la table.

— Puis-je vous aider à débarrasser ?

— C'est M. Raoul que vous êtes venue aider, pas moi, répondit l'intendante en souriant. Je vous apporte votre café tout de suite.

Dans la galerie menant dans le salon, Lily peinait à contenir sa nervosité. Pourquoi Raoul avait-il changé d'avis à son sujet ? Il s'était dit prêt à lui accorder une semaine d'essai, avant de procéder à une réévaluation.

Mais que comptait-il évaluer au juste ?

Raoul tentait de se concentrer sur la page Web devant lui. Cette vente annuelle en Irlande était un rendez-vous incontournable des éleveurs de pur-sang. Il n'en manquait aucune édition. Mais comment s'y rendre dans son état ? Il ne pouvait même pas manier son fauteuil à deux mains ! Jamais il ne s'était rendu compte à quel point son bras droit lui servait avant d'en perdre provisoirement l'usage.

Quant à ses jambes…

Il essaya de remuer les orteils. C'était comme si le message de son cerveau leur parvenait en différé. Agrippant sa cuisse, il y enfonça les ongles pour tester ses sensations. Rien à faire. Elles restaient désespérément vagues et diffuses.

Une intense frustration l'envahit. Il se sentait agité, les nerfs à vif. L'avenir ressemblait soudain à un gouffre de ténèbres sans fond. Etait-ce cela qui l'attendait ? De longues nuits solitaires devant un écran d'ordinateur, une bouteille de vin à portée de main ? Il avait de la chance comparé à d'autres, il le savait — en théorie. Dans la pratique, c'était une autre histoire. Il n'acceptait pas d'être assisté, n'était pas *prêt* à l'accepter. Il refusait de passer le reste de ses jours à lever la tête et regarder les gens mener tranquillement leur vie pendant que la sienne restait bloquée sur « pause ».

Lui et ses frères avaient eu la chance d'hériter du physique avantageux de leurs ancêtres Caffarelli. Partout où il allait, les têtes se tournaient sur son passage. Mais tant qu'il serait dans ce fauteuil, personne ne le considérerait plus de la même façon. L'attitude de Clarissa à l'hôpital en était la preuve. C'était à peine si elle avait osé croiser son regard. Alors, que quelques nuits plus tôt, elle criait de plaisir entre ses bras…

Un élan de rage le traversa. Il frappa sa cuisse du poing, comme si ce geste pouvait réveiller les nerfs endormis. Il frappa, encore et encore, jusqu'à ne plus sentir sa main endolorie. Peine perdue.

Des émotions qu'il croyait enfouies remontèrent à la surface. Il n'avait plus pleuré depuis ses huit ans — pas en public, en tout cas. Ni même devant ses frères, en particulier Rafe, qui s'était érigé en modèle de courage et de stoïcisme après la mort de leurs parents. Aux funérailles, il n'avait pas versé une seule larme. Rémy sanglotait sans retenue, et Rafe avait passé un bras réconfortant autour de ses épaules. Mais lui avait repoussé l'étreinte fraternelle, préférant s'isoler. Comme il le faisait toujours… Il n'avait pas besoin de la pitié des autres, ni de leurs platitudes. Seulement d'être seul.

Une solitude que lui refusait Lily Archer.

Il éteignit l'ordinateur et roula jusqu'à la porte. Comme il sortait de son bureau, il aperçut Lily dans le couloir. Elle marchait tête baissée, les bras croisés sur sa poitrine en une attitude rigide. Au ronronnement du fauteuil, elle leva les yeux. Deux cercles rouges apparurent sur ses joues.

— Je… je croyais que vous dormiez.

— Pas encore, répondit-il. Je refuse de me coucher avant 23 heures. Ce qui est encore trop tôt pour moi…

Elle eut une moue désapprobatrice.

— Je n'en doute pas.

— Etes-vous un oiseau de nuit, mademoiselle Archer ?

— Non.

La réponse était définitive. Intéressant. Chaque moment qu'il passait avec elle piquait un peu plus sa curiosité. Quel secret se cachait derrière ces yeux d'un bleu sans fond ? Derrière cette gravité d'institutrice ? Il imaginait sa silhouette sous la robe informe. La taille fine. Les jambes longilignes. Les petits seins haut perchés. A quoi ressemblait-elle en maillot de bain ? De quoi avait-elle l'air nue ?

— Tentée par un dernier verre ?

Elle le regarda comme s'il venait de lui offrir du poison.

— Non.

— Allons, ce n'est pas une goutte d'alcool qui va vous dévoyer.

— Je vous l'ai dit, monsieur Caffarelli. Je ne bois pas.

— Appelez-moi Raoul. Inutile d'être si guindée, dit-il avec un sourire nonchalant.

Elle détourna les yeux.

— Je tiens à garder une distance professionnelle avec mes patients.

— Vous ne les appelez jamais par leur prénom ?

Il pouvait presque la voir se replier sur elle-même, comme un petit animal face à un prédateur.

— Si, parfois.

— Alors que puis-je faire pour vous convaincre ?

— Rien, assena-t-elle froidement.

Un frisson d'excitation le parcourut. Il adorait les challenges — surtout ceux en apparence insurmontables. Relever des défis lui était aussi vital que respirer. C'était inscrit dans ses gènes.

Quelques années plus tôt, une transaction imprudente de leur grand-père avait mis en péril la fortune familiale. Lui et Rémy avaient alors eu droit à un discours énergique de la part de Rafe. *Un Caffarelli gagne toujours*, avait-il conclu.

Depuis, c'était devenu leur credo.

Il dévisagea attentivement la jeune femme. A l'évidence, elle ne l'appréciait pas plus qu'elle n'avait envie d'être là. L'argent était son unique motivation. Cette semaine s'annonçait plus divertissante que prévu, tout compte fait… Il allait prendre un malin plaisir à la taquiner un peu.

— Bonne nuit, mademoiselle Archer.

— Bonne nuit, monsieur Caffarelli.

Elle le dépassa d'un pas pressé et entra dans sa chambre. La porte se referma avec un bruit sec qui résonna longuement dans le silence.

C'était nouveau pour lui de se faire claquer la porte au nez par une femme.

Une nouveauté qu'il n'était pas sûr d'apprécier…

Le lendemain matin, Lily descendit prendre son petit déjeuner dans la cuisine. Elle y trouva Dominique en pleine conversation avec un jeune homme autour d'un café et de croissants chauds.

— Ah, mademoiselle Archer. Voici Sébastien, l'aide de M. Raoul. Ou ex-aide, devrais-je dire.

— Je viens d'être renvoyé, expliqua Sébastien. M. Caffarelli a décidé de se passer de mes services.

— Oh…

— Autant vous prévenir, il est d'une humeur massacrante. Je parie qu'il a encore passé une nuit blanche.

— Ma présence est loin de le réjouir, intervint Lily.

— C'est ce que j'ai cru comprendre.

Il la jaugea du regard, comme pour s'assurer qu'elle était bien de taille face à un patient de la trempe de Raoul.

— Ne vous inquiétez pas. Il aboie plus qu'il ne mord. Mais ses sarcasmes peuvent être cinglants…

— M. Caffarelli ne m'intimide pas le moins du monde, affirma-t-elle avec aplomb.

— Tant mieux.

Sébastien déposa sa tasse vide sur le comptoir et prit congé d'un hochement de tête.

— M. Raoul n'a pas mauvais caractère, déclara l'intendante en nettoyant les miettes sur la table.

Elle interrompit son geste pour fixer Lily.

— Vous ne devez pas avoir peur de lui, mademoiselle Archer. Il ne ferait pas de mal à une mouche.

— Je n'ai pas peur.

Bon, d'accord. Un petit peu, admit-elle en son for intérieur.

Dominique la dévisagea un instant.

— Vous voulez bien lui apporter son café dans son bureau ? Mes pauvres pieds vous en seraient reconnaissants.

— Bien sûr.

Quelques minutes plus tard, Lily se tenait devant la porte, l'oreille tendue. Un clic de souris lui parvint, suivi d'un juron étouffé. Elle attendit encore un peu avant de se décider à frapper.

— Oui ?

Le ton était sec, impatient. Un aboiement plus qu'une invitation.

Elle inspira profondément.

— Dominique m'a demandé de vous apporter votre café…

— Alors qu'attendez-vous ?

Elle poussa timidement la porte et trouva Raoul assis derrière un imposant bureau. Son costume de la veille avait cédé la place à une tenue de sport, qui n'enlevait cependant rien à son aura d'autorité. Au contraire. Le T-shirt ajusté mettait en valeur les larges épaules et dessinait admirablement les pectoraux musclés. Un duvet viril courait sur ses bras, dont le hâle prononcé rappelait son amour pour l'extérieur avant son accident. Elle imagina ces doigts bronzés mêlés aux siens plus pâles. Une foule de papillons remua dans son ventre.

— Vous dormez ?

Tirée de sa rêverie, elle s'approcha du bureau et posa la tasse devant lui.

— Votre café, monsieur.

Il fronça les sourcils.

— « Monsieur » ?

— Vous n'aimez pas qu'on vous appelle ainsi ?

— Vous n'êtes pas une domestique.

— En effet, répliqua-t-elle. Je suis un être humain, comme vous.

Un éclair de colère traversa les prunelles de Raoul.

— Vous et moi n'avons rien en commun, mademoiselle Archer. Pour commencer, vous n'êtes pas confinée dans un fauteuil roulant.

— Non. Mais je suis confinée avec vous dans ce château pour un mois et…

— Une semaine.

— Soit, une semaine.

Un silence tendu s'ensuivit. Elle lança un regard sévère à la tasse qu'il avait repoussée.

— C'est tout ce que vous prenez au petit déjeuner ?

— Je n'ai pas faim.

— Votre corps a besoin d'une alimentation saine, insista-t-elle. Comment voulez-vous qu'il reprenne des forces si vous ne lui donnez pas ce qu'il lui faut ?

— Et votre corps, mademoiselle Archer ? De quoi a-t-il besoin ? repartit-il en la déshabillant insolemment des yeux.

Lily sentit une onde de chaleur la traverser. Quand le regard de Raoul revint errer sur sa bouche, elle réprima une soudaine envie de s'humecter les lèvres.

— C'est de votre corps qu'il est question, monsieur Caffarelli. Pas du mien.

— Mon corps… C'est à peine si je le reconnais.

— La fonte musculaire est courante après une blessure. Nous travaillerons là-dessus.

Il la détailla de nouveau, d'un œil moqueur cette fois.

— Vous comptez rester en robe pour cela ?

— Non. Je porterai un survêtement.

— Et dans la piscine ?

Elle rougit malgré elle.

— Un maillot de bain.

Une lueur s'alluma dans les yeux de Raoul.

— Dans ce cas, il se pourrait que je change d'avis sur les exercices aquatiques. Qui sait quelles délicieuses surprises ils me réservent ?

Lily pinça les lèvres.

— Je vais demander à Dominique de vous préparer une boisson protéinée. Cela vous tiendra lieu de petit déjeuner.

Le regard pénétrant qu'il posa sur elle la fit frissonner.

— Vous êtes toujours aussi autoritaire avec vos patients ?

— Seulement les plus puérils.

Elle crut voir un sourire errer sur ses lèvres.

— Vous ne manquez pas de repartie, mademoiselle Archer.

— Je ne fais que dire la vérité.

— Et cette franchise vous a-t-elle déjà causé des ennuis par le passé ?

Elle fit un effort pour redresser les épaules.

— Pas récemment.

Un bref silence passa.

— Cela ne marchera pas, reprit Raoul.

— Pardon ?

Le trouble de Lily avait cédé la place à la confusion.

— Vous vous croyez maligne, n'est-ce pas ? continua-t-il, un sourire froid aux lèvres. En vous montrant insolente, vous espérez sans doute être renvoyée avant la fin de la semaine d'essai. Seul l'argent compte pour vous, je me trompe ?

Elle tressaillit imperceptiblement.

— Je n'accepte pas d'argent que je n'ai pas mérité, rétorqua-t-elle. Et pour ce qui est d'être insolente, vous me surpassez largement.

Le sourire de Raoul s'élargit.

— Quelle verve surprenante…

— Votre surprise s'explique sans doute par la vacuité des femmes dont vous vous entourez d'ordinaire.

Pendant une seconde, elle crut être allée trop loin. Mais, soudain, il renversa la tête en arrière et éclata de rire — un rire grave et mélodieux qui se répercuta dans sa poitrine. Quelque chose sembla se dénouer en elle.

Attention à ne pas baisser ta garde.

— Je vais chercher votre boisson protéinée, dit-elle en regagnant la porte.

— Mademoiselle Archer ?

Elle fit volte-face.

— Oui ?

Il la dévisagea pendant ce qui lui parut une éternité. Puis, lentement, son sourire s'estompa.

— Fermez la porte derrière vous.

4

La salle de gym était une pièce ensoleillée située dans l'aile est du château. Son équipement ultramoderne aurait ravi n'importe quel sportif. Lily passa pensivement la main sur le tapis de course dernier cri. Raoul le réutiliserait-il un jour à la vitesse maximale ? Il n'était pas du genre à se contenter de moins. Ses jambes musclées étaient faites pour l'effort physique. Mais, sans les exercices de renfort musculaire appropriés, elles ne tarderaient pas à perdre leur endurance.

Et un homme comme Raoul, habitué à courir le danger et les femmes, n'accepterait pas facilement ses nouvelles limites.

Elle songea une fois de plus à son ex-fiancée. Quel genre de personne était Clarissa Moncrief pour le quitter au premier revers ? N'était-ce pas terriblement égoïste et superficiel de sa part ? Raoul prétendait qu'il n'était pas amoureux d'elle. Mais Lily le soupçonnait de chercher à se protéger. Bien sûr qu'il avait souffert de cette rupture. C'était comme être frappé à terre !

Elle avait vu de nombreux couples battre de l'aile après un traumatisme physique. Bien souvent, c'était moins la blessure qui ébranlait les gens que d'être confronté à leur propre mortalité. Une profonde remise en question s'ensuivait presque toujours. Certaines relations n'y survivaient pas. D'autres, au contraire, en sortaient plus fortes, parfois au prix d'un changement radical de carrière ou de mode de vie. C'était une période déstabilisante, pour le patient comme pour son entourage.

Etait-ce la raison pour laquelle Raoul s'isolait dans son château ? Pour prendre du recul ?

Son patient était un homme complexe, elle l'avait compris tout de suite. Son regard pénétrant reflétait une vive intelligence et ce mois à ses côtés s'annonçait éprouvant. Elle ne pouvait se départir de l'impression que cet homme jouait avec elle, l'obligeant à faire ses preuves, la tenant sur des charbons ardents, tout en l'attirant dans sa toile invisible.

Le ronronnement du fauteuil lui fit lever la tête.

— Vous êtes bien équipé, lança-t-elle.

— On me le dit souvent…

Les joues en feu, elle détourna vivement la tête. Usait-il délibérément du double sens ?

— Dois-je rester dans le fauteuil ?

— Pourquoi ne pas vous asseoir sur le banc de musculation ? proposa-t-elle. Commençons par soulever quelques poids légers.

Elle le regarda s'approcher de la machine.

— Avez-vous besoin d'aide pour…

— Non.

Un vif soulagement envahit Lily. La perspective de toucher Raoul l'avait tenue éveillée presque toute la nuit. Comme il se hissait sur le banc, les muscles de son bras gauche se contractèrent, et elle se demanda une fois de plus ce que cela ferait de les sentir sous ses doigts. Ses traits virils étaient un masque de concentration, son corps tout entier tendu dans l'effort. Enfin, il s'assit sur le banc et ramena ses jambes devant lui avec une grimace.

— Avez-vous mal ? demanda-t-elle.

— C'est supportable.

— Inutile de jouer les martyrs. Prendre des antidouleurs adaptés n'est pas un crime.

Il lui lança un regard dur.

— Epargnez-moi la leçon de pharmacologie et dites-moi plutôt ce que je dois faire.

Avec un soupir, elle lui tendit un haltère léger.

— Trente répétitions, par séries de dix.

— Vous *plaisantez* ? s'écria-t-il en regardant l'haltère d'un air méprisant.

— Vous ne pouvez pas d'emblée soulever les mêmes poids qu'avant. Vous risqueriez d'aggraver votre blessure. Il est indispensable d'y aller en douceur.

— Ridicule. Rafe me le paiera…

— Plus tard. Pour l'instant, faites ce que je vous dis.

D'un geste résigné, il saisit l'haltère et commença les répétitions.

— Qu'en dites-vous ? Je m'en sors ? Vous voyez mes biceps bouger ? demanda-t-il, ouvertement sarcastique.

Lily faisait de son mieux pour ne pas se laisser distraire. En particulier par ses biceps… Qu'était devenue la physiothérapeute au professionnalisme sans faille ? Face à ce corps de rêve, elle peinait à rester concentrée sur les aspects cliniques de l'exercice. Elle n'avait plus été aussi proche d'un homme depuis cinq ans — surtout un homme aussi séduisant… Son odeur l'enveloppait tout entière, mélange enivrant d'épices, d'agrumes et de virilité.

— Moins vite, dit-elle, le souffle court. La détente est aussi importante que la contraction.

Une lueur s'alluma dans les yeux de Raoul.

— Je privilégie toujours la détente. Sous toutes ses formes…

Elle ignora le sous-entendu.

— Les jambes, maintenant. Etes-vous capable de les bouger ?

— Un peu.

— Montrez-moi.

Il souleva la jambe droite de quelques centimètres, sans contrôler les tremblements qui l'agitaient. La gauche, elle, remua à peine.

— Je ne suis pas près de courir un marathon, plaisanta Raoul.

Sous la légèreté du ton, elle n'eut aucun mal à percevoir une note d'amertume. C'était comme si cet homme ne s'était toujours défini qu'en fonction de sa force physique. La voir considérablement réduite devait le blesser dans son orgueil et sa virilité.

— Chaque chose en son temps, dit-elle. Commençons par vous faire tenir debout. Pouvez-vous décrire un cercle avec vos chevilles ?

La droite tourna sans difficulté majeure. La gauche, en revanche, fut plus lente à répondre. La frustration se peignit sur les traits de Raoul.

— C'est inutile. Restons-en là.

— Un peu de patience. Les résultats ne sont pas instantanés. Il faut parfois des mois, voire des années…

— Est-ce ainsi que vous gagnez votre vie ? la coupa-t-il d'un ton abrupt. En berçant vos patients de faux espoirs ?

— J'essaie seulement d'être honnête.

— Alors répondez-moi franchement, sans prendre de pincettes. Quelles sont mes chances de rémission ?

Elle s'humecta les lèvres.

— Recouvrer votre mobilité complète est un combat loin d'être gagné.

— Vous voulez dire que je ne remarcherai jamais ?

La poitrine de Lily se serra. Personne ne voulait entendre la mauvaise nouvelle. Des choses terribles arrivaient tous les jours, à des gens qui n'avaient rien fait pour le mériter. La pilule était dure à avaler.

— Il est trop tôt pour se prononcer, dit-elle prudemment.

Il eut un rire méprisant.

— Evidemment. Vous vous ménagez une échappatoire, n'est-ce pas, mademoiselle Archer ? Ainsi, vous gardez l'argent, quoi qu'il arrive.

Elle serra les dents. Elle en avait plus qu'assez de ce jugement à l'emporte-pièce ! Profiter de la vulnérabilité d'autrui était bien la dernière chose dont elle était capable. N'avait-on pas autrefois profité d'elle de la plus odieuse des manières ? Le souvenir de cette nuit resterait à jamais gravé dans sa chair. Elle avait beau s'oublier dans le travail, il continuait à la ronger comme un cancer.

— J'ai dû refuser plusieurs patients pour venir ici. Une compensation financière me paraît la moindre des choses, répliqua-t-elle.

Il la jaugea du regard.

— Dans ce cas, ne gaspillons pas l'argent de mon frère.

— Je suis d'accord.

Elle lui tendit un haltère plus lourd, en ayant soin de ne pas l'effleurer.

Pendant un moment, il coopéra. Mais son impatience était palpable. Ce devait être terriblement humiliant pour lui, si habitué à tout contrôler, de devoir se plier à ses ordres. Il avait besoin d'apprendre la patience et la persévérance. Lentement mais sûrement, tel était le meilleur moyen de surmonter l'adversité.

Elle en était la preuve vivante.

— Cela suffira pour aujourd'hui, annonça-t-elle après une dernière série d'exercices.

Il fronça les sourcils.

— Vous plaisantez ?

— Non.

Elle lui prit l'haltère des mains et frémit en sentant la chaleur laissée par ses doigts.

— Vous êtes assis sans dossier depuis plus de dix minutes. Votre neurochirurgien ne vous l'a-t-il pas déconseillé, à ce stade ?

— Mais je n'ai rien fait. Vous non plus, d'ailleurs, pointa Raoul d'un ton âpre.

— Au contraire. J'ai observé votre posture et l'activité de vos muscles. Votre côté gauche est moins réactif que le droit.

C'est dû à vos disques lombaires abîmés et votre fracture du bras. Vous avez aussi beaucoup de tension dans le cou et les épaules.

— Et que proposez-vous ?

— Pardon ?

Le regard de Raoul s'alluma dangereusement.

— N'allez-vous pas me masser ?

Lily sentit son estomac se nouer. Elle avait pratiqué des centaines de massages, bien sûr. Mais jamais sur un patient masculin. Son professionnalisme était teinté d'une panique grandissante. Soudain, elle s'aperçut que Raoul la fixait étrangement.

— Tout va bien ? demanda-t-il.

— Hum… oui. Il me faudrait une table de massage. Dans la précipitation, je n'ai pas pensé à apporter la mienne. Il reste toujours la location, mais la livraison peut prendre plusieurs jours et…

— J'en ai une.

— Oh.

Evidemment. Quel milliardaire ne disposait pas d'une table de massage ? Peut-être même en possédait-il une dans chaque pièce du château, incrustée d'or et de diamants !

— Elle se trouve dans la salle attenante au sauna et au Jacuzzi.

— Bien sûr, où avais-je la tête…

Le sarcasme avait jailli sans qu'elle puisse le retenir. Raoul la foudroya du regard.

— Ma fortune vous amuse-t-elle, mademoiselle Archer ?

— Non. Je pensais tout haut.

— Abstenez-vous à l'avenir.

Lily redressa le menton. Surtout ne pas détourner les yeux. Ne pas se laisser intimider.

Dans ce duel de volontés, elle était loin de faire le poids. C'était un jeu pour lui. Une occasion d'exercer ce pouvoir qu'il avait en partie perdu. Et il s'amusait à la déstabiliser, éveillant en elle une foule de sensations — certaines qu'elle avait cru enfouies à jamais, d'autres dont elle ignorait jusqu'à l'existence. Chacun de ses regards était une décharge électrique. Il semblait lire en elle comme en un livre ouvert...

Mais elle avait changé. La jeune fille insouciante d'autrefois était devenue une femme raisonnable, équilibrée. Une femme qui gardait la tête sur les épaules et ses émotions sous contrôle, quoi qu'il arrive.

— A quelle heure souhaitez-vous votre massage ?

Les mots résonnèrent à ses oreilles comme un écho lointain. Etait-ce elle qui venait de parler ? La nouvelle Lily n'aurait jamais proposé un massage à un homme. Surtout un homme aussi séduisant que Raoul Caffarelli... Elle attendit anxieusement sa réponse. L'air autour d'eux s'était chargé de tension.

Une tension sexuelle.

Son cœur manqua un battement. Le désir était pour les autres femmes. Il y avait longtemps qu'*elle* n'éprouvait plus rien.

Du moins, jusqu'à aujourd'hui.

— Disons 11 heures ? proposa Raoul. J'ai du travail à terminer.

— Hum... très bien. Je vais préparer la salle. Mais si vous pensez être trop débordé, nous pouvons toujours reporter.

Ou même annuler, pria-t-elle de toutes ses forces.

Une lueur diabolique s'alluma dans le regard de Raoul.

— A tout à l'heure, mademoiselle Archer. J'ai hâte de vous voir en action.

Raoul parti, elle expira longuement. Le défi s'annonçait plus rude encore qu'elle ne l'avait imaginé. Et il ne faisait que commencer.

5

Lily avait les nerfs à fleur de peau quand Raoul entra dans la salle de massage. C'est à peine si elle osa lever les yeux, de peur de trahir sa nervosité.

— Je vous laisse vous dévêtir, dit-elle. Enfin… vous préparer.

Elle sentit le rouge lui monter aux joues.

— Avez-vous besoin d'aide pour vous installer sur la table ?

— Je vous appellerai si c'est le cas.

— Entendu.

Elle quitta hâtivement la pièce, le cœur battant. Lorsqu'elle revint quelques minutes plus tard, Raoul était allongé face contre table. Sa mobilité réduite avait dû le gêner car la serviette censée le couvrir était de travers, dévoilant en partie sa fesse droite.

Seigneur…

Il était entièrement nu sous ce carré de tissu !

— Etes-vous à l'aise ? s'enquit-elle, le souffle haché, tout en replaçant discrètement la serviette.

— Oui.

La cicatrice entre ses disques L5S1 et L4S2, là où le neurochirurgien avait opéré pour décompresser la colonne vertébrale, était encore rouge et légèrement boursouflée. Mais elle s'estomperait avec le temps.

Elle laissa son regard errer un moment sur le corps sublime devant elle — mince, large d'épaules, musclé sans exagération.

Elle aurait pu passer des heures à le contempler. Il y avait si longtemps qu'elle n'avait plus regardé un homme… Raoul Caffarelli avait la perfection d'une statue grecque. Cela faisait presque mal de le savoir paralysé, incapable de se tenir debout.

— Aurais-je surestimé mon état ? ironisa Raoul. Je ne sens absolument rien.

Lily sourit malgré elle.

— Je n'ai pas encore commencé.

— Qu'attendez-vous ?

— Rien. Je me préparais, c'est tout.

Inspirant profondément, elle versa un peu d'huile dans ses paumes pour la réchauffer, puis saisit les pieds de Raoul. C'était un geste basique qu'elle avait effectué des centaines de fois. Mais jamais auparavant elle n'avait eu l'impression d'être traversée par un courant électrique. Raoul tressaillit, comme s'il l'avait senti aussi. Elle inspira de nouveau et glissa les mains le long de son mollet droit, pétrissant les muscles pour les délasser.

— Vous sentez quelque chose ?

— Autre que le supplice que vous m'infligez ?

— Vos muscles sont comme du béton, se justifia-t-elle.

— Question de point de vue…

Un nouveau sourire lui échappa.

— Cessez de geindre et essayez de vous détendre.

Délaissant le mollet, elle s'attela à la cuisse qu'elle massa de bas en haut avec des mouvements fermes. Puis elle passa à l'autre jambe et répéta l'opération. Tout en travaillant, elle ne pouvait s'empêcher d'admirer ce corps viril et athlétique, sans la moindre once de graisse.

Après en avoir terminé avec les jambes, elle baissa légèrement la serviette de manière à accéder aux muscles d'attache. Ils étaient incroyablement tendus et filandreux. Mais après un moment, elle les sentit s'amollir sous ses doigts. Raoul lui-même parut se relaxer, sa respiration de plus en plus lente et régulière.

Elle remonta précautionneusement le long de la colonne vertébrale en évitant les disques endommagés, privilégiant les muscles et les ligaments qui les soutenaient. Comme elle l'avait remarqué lors des exercices, son cou et ses épaules étaient extrêmement raides. Mais ils se détendirent peu à peu sous la pression de ses doigts. Sa peau était chaude, parfumée par l'huile de massage à laquelle se mêlait son odeur puissamment masculine. Un mélange qui semblait fait pour griser ses sens.

Malgré elle, son regard se perdit dans l'amas de boucles noires. Ce côté échevelé le rendait encore plus sexy. Elle brûlait d'y plonger les doigts, de sentir leur douceur sur sa peau. Avant même de s'en rendre compte, elle avait cédé à l'impulsion.

— J'ai des muscles à cet endroit ? demanda Raoul d'une voix traînante.

Que faisait-elle, bon sang ? Dieu merci, il ne pouvait pas la voir rougir.

— Oui, sous votre scalp.

Elle positionna ses doigts de chaque côté de son crâne et appliqua un lent mouvement circulaire de manière à évacuer la tension qu'elle percevait.

— Vous arrive-t-il d'avoir des maux de tête ?

— Parfois.

— Des migraines ?

— Rarement.

— Que faites-vous pour vous relaxer ?

— C'est une question piège ?

Elle poussa un long soupir.

— Je suis sérieuse. Avez-vous une activité pour relâcher la pression ?

— Il y a un mois, j'aurais répondu le sexe…

Elle interrompit son massage et s'essuya les mains en silence, ne sachant que dire.

Raoul tourna la tête vers elle.

— Vous ne trouvez pas le sexe relaxant, mademoiselle Archer ?

Que répondre ? Que c'était au contraire son pire cauchemar ? Il se moquerait d'elle et la ferait passer pour une idiote. Mais lui expliquer la raison de sa peur exhumerait des souvenirs pénibles et, avec eux, une humiliation qu'elle avait mis des années à ensevelir.

— Il y a un mois ? rebondit-elle. Dois-je comprendre que vous ne pouvez plus…

Elle laissa sa phrase en suspens. Perdre ses fonctions sexuelles était un coup dur. Surtout pour un homme dans la fleur de l'âge.

— Cela reste à déterminer, répondit Raoul. Les médecins semblent penser qu'il n'y aura pas de problème.

Incapable du moindre mouvement, totalement muette, Lily le fixa sans rien trouver à répondre. Plus le silence s'éternisait, plus elle sentait son visage s'empourprer.

— Ne prenez pas cet air choqué, mademoiselle Archer. Je ne vous demande pas de me « rééduquer » sexuellement.

— Une chance, car je ne suis pas intéressée.

Quelque chose d'indéfinissable — une lueur de défi peut-être — passa dans le regard de Raoul.

La salle parut soudain rétrécir autour de Lily. Le souffle court, elle coula un regard vers la bouche de Raoul, sans conteste la plus sensuelle qu'elle eût jamais vue. Il y avait des années qu'on ne l'avait plus embrassée. Elle avait presque oublié l'effet que cela faisait.

Les lèvres de Raoul parlaient de volupté et de possession. C'était un homme déterminé à qui rien ni personne ne résistait. Ses baisers, eux, devaient être inoubliables…

— Séduite par ce que vous voyez ?

La voix grave et profonde fit éclater la bulle dans laquelle elle s'était réfugiée. Elle se hâta de baisser les yeux.

— Hum… Je vous laisse vous rhabiller.

Mais avant qu'elle ait pu faire un pas vers la porte, il la retint par le poignet. Le contact de ses doigts sur sa peau provoqua un frisson le long de son échine. Le cœur battant, elle plongea le regard dans le sien. Il était si facile de se perdre dans ces pupilles d'un noir de jais…

Il se mit à lui caresser l'intérieur du poignet. Ce geste léger suffit à déclencher un torrent de lave dans ses veines. Jamais elle n'avait été si sensible à la proximité d'aucun homme. Se retrouver prisonnière contre lui aurait dû la terrifier… Mais non, elle n'éprouvait aucune peur.

Le regard de Raoul s'attarda sur sa bouche, comme s'il contemplait un mets tentant.

— Vous arrive-t-il de sourire, mademoiselle Archer ?

Elle humecta ses lèvres sèches.

— Parfois.

Du pouce, Raoul trouva son pouls sur son poignet et sembla le mesurer.

— Vous semblez tendue…

— Ce n'est pas moi qui viens de recevoir un massage.

Un sourire étira ses lèvres sensuelles.

— C'était un excellent massage. Très professionnel.

— Merci.

Il libéra son poignet, qu'elle s'empressa de ramener à elle. Elle sentait encore la brûlure de ses doigts sur sa peau, comme une marque au fer rouge. Leur chaleur se propageait en elle avec, dans son sillon, un désir aussi brûlant qu'inattendu…

— Pouvez-vous rapprocher mon fauteuil ?

— Oh… Oui, bien sûr.

Elle fit ce qu'il lui demandait, avant de se figer brusquement, hypnotisée par le renflement proéminent apparu sous la serviette. Seigneur…

Grossissait-il encore ?

— Je vous laisse vous rhabiller, balbutia-t-elle.

Raoul regarda la jeune femme quitter précipitamment la salle, un sourire aux lèvres. Quelle étrange créature que cette Lily Archer. L'effrontée ou la timide rougissante, il ne savait quelle facette d'elle il préférait. Car il l'appréciait. Un coup d'œil entre ses cuisses suffisait à le confirmer…

Son sourire s'effaça. Pas question d'avoir une aventure avant d'être de nouveau entier. Il ne supporterait pas qu'une femme couche avec lui par pitié. Quelle humiliation ! Existait-il plus cruelle punition pour un play-boy ?

Il aimait le sexe. Sa libido était impétueuse, mais il savait se maîtriser. C'était toujours lui qui dominait dans ses ébats. En bon amant, il se montrait attentif aux besoins de sa partenaire. Quoiqu'il n'eût rien contre une étreinte rapide sur une table si elle était partante.

Son estomac se tordit à l'idée de ne plus jamais ressentir cette pulsion primitive. Même s'il était capable de faire l'amour, ce serait forcément dans un lit. Dans une chambre. Et inutile de songer à y transporter sa conquête dans ses bras…

Il jura et serra les poings. Il aurait voulu frapper le mur de toutes ses forces. La violence n'était pourtant pas son style. C'était cette frustration qui, comme un poison, contaminait son humeur, son sens de l'humour, jusqu'à ses rares pensées positives. Il devait à tout prix surmonter cela. *Mais comment ?*

Avec précaution, il se laissa glisser en bas de la table. Mais alors qu'il posait la main dans le fauteuil, celui-ci roula hors de portée. Même en tendant le bras, impossible de l'atteindre. Une colère sourde s'empara de lui.

Ce n'est pas ma vie ! aurait-il voulu hurler. *Je refuse de rester ainsi !*

Que faire ? Appeler Lily ? Sa fierté l'en empêchait. Il était encore capable de se hisser dans ce fichu fauteuil sans aide, non ? Prenant appui sur la table, il bougea la jambe gauche. Encore un pas. Juste un. Il y était presque…

Les dents serrées, il fit avancer l'autre jambe. C'est le moment que choisit la première pour se dérober sous lui. La seconde d'après, il s'étalait de tout son long sur le sol, se cognant au passage sur le repose-pieds du fauteuil. Son juron résonna dans le silence.

— Un problème ? s'enquit Lily depuis l'autre pièce.

— Tout va bien, grogna-t-il.

La porte s'ouvrit au moment où il se redressait sur un coude. Les yeux de la jeune femme s'arrondirent de stupeur.

— Mon Dieu, que s'est-il passé ?

— A votre avis ? J'avais envie d'admirer le plafond de cet angle…

Elle s'agenouilla à côté de lui et écarta ses cheveux. L'inquiétude se lisait sur ses traits.

— Vous vous êtes coupé au front.

— Il ne manquait plus que cela…

Elle se releva et alla chercher un mouchoir, qu'elle appliqua sur la coupure à la manière d'une compresse. La douceur de ses gestes fit courir un frisson sur sa peau.

Leurs regards se croisèrent.

Elle était si proche qu'il pouvait sentir son parfum, fleuri et délicatement féminin. Ses yeux étaient deux lacs sombres sous la frange recourbée des cils. Deux lacs sublimés par son teint de porcelaine. Quant à ses lèvres, roses, pulpeuses, elles lui évoquaient un fruit mûr ne demandant qu'à être goûté.

Le désir qui couvait en lui s'enflamma, et il glissa une main sous le chignon serré. Les doigts de Lily se figèrent, mais elle ne recula pas. Au contraire, elle coula un regard vers sa bouche, le souffle court. D'une légère pression sur la nuque, il l'incita à venir à sa rencontre.

Il ne l'embrassa pas tout de suite, taquinant ses lèvres, les savourant du bout de la langue tandis que leurs souffles se mêlaient intimement. Elle poussa un soupir, presque un gémissement, et posa une main timide sur son torse. Sa bouche avait un goût de fraise sauvage, délicieusement tiède et sucrée. Il la couvrit de la sienne, attentif à la réaction de la jeune femme.

En voudrait-elle plus ?

Oui, répondirent ses lèvres, qui s'ouvrirent comme une fleur. Il en prit pleinement possession et approfondit leur baiser, entraînant sa langue dans une lente joute sensuelle. D'abord hésitante, comme par peur de perdre le contrôle, Lily s'agrippa soudain à son T-shirt, et sa bouche se fit avide sous la sienne.

Cette passion débridée qu'il sentait en elle l'excita comme il ne l'avait jamais été. Son sang fusait dans ses veines, bouillant du besoin de plonger dans le doux cocon de ce doux corps féminin. Il imprima à ses baisers un rythme langoureux, arrachant un gémissement à sa partenaire qui se mit à onduler contre lui.

Jamais baiser n'avait été si explosif. Une onde de feu parcourait sa colonne vertébrale et embrasait ses terminaisons nerveuses, même celles endommagées. Il se sentait redevenu adolescent, incapable de contrôler ses pulsions. Il la voulait, *tout de suite*.

Et, à en juger par sa façon de boire à ses lèvres, c'était réciproque.

Soudain, la réalité le rattrapa. Bon sang, à quoi jouait-il ? Il ne pouvait même pas se relever ! Encore moins la transporter jusqu'à la chambre la plus proche… D'ailleurs, elle était son employée. La physiothérapeute censée le remettre sur pied, pas le chevaucher comme une amazone.

Une brusque tension lui noua l'estomac.

Rafe l'avait-il piégé ? Comptait-il sur Lily Archer, ses courbes affolantes et sa sensualité folle pour le remettre en selle ?

— Ça suffit, grogna-t-il, libérant brusquement ses lèvres.

Elle cilla, l'air désorienté.

— O… oui, bien sûr.

Il la regarda se remettre maladroitement debout. Une mèche de cheveux avait glissé de son chignon et barrait son front soucieux. Ses joues étaient rouges, ses lèvres légèrement gonflées. A sa façon d'éviter son regard, il devinait une certaine agitation. Mais peut-être jouait-elle seulement la comédie.

— Mon frère vous a-t-il payée pour cela ?

Les yeux bleu ardoise s'agrandirent de surprise.

— Pardon ?

— Je le connais. Il est prêt à tout pour que je retrouve toutes mes fonctions. Est-ce dans ce but qu'il vous a engagée ? Afin de « tester l'équipement » ?

— Vous vous trompez sur mon compte, répondit la jeune femme, le visage cramoisi.

— Je n'ai pas besoin d'une assistante sexuelle, cracha-t-il en se hissant dans son fauteuil. Coucher avec moi par pitié ne soignera pas mon ego masculin.

Un silence assourdissant s'abattit entre eux.

— Excusez-moi…

La seconde d'après, Lily Archer s'était ruée hors de la pièce, le laissant seul avec son désir. Un désir tel qu'il n'en avait plus ressenti depuis longtemps…

6

Lily était mortifiée, mais aussi en colère. Comment osait-il mettre en doute son statut professionnel ? Pour qui la prenait-il ? Certes, la clinique était réputée pour ses méthodes novatrices. Mais les insinuations de Raoul Caffarelli dépassaient la mesure ! Comme si elle allait accepter de coucher pour de l'argent…

Ou même par amour.

Avant ses vingt et un ans, son corps était sa fierté et elle n'hésitait pas à le mettre en valeur. Mais cette terrible soirée d'anniversaire avait tout changé.

Comment avoir une quelconque intimité avec un homme après ce qui lui était arrivé ? Après avoir été abusée sexuellement par un garçon en qui elle avait toute confiance ? L'humiliation était trop cuisante. Bien sûr, une part d'elle-même avait assimilé ce qu'on répétait en boucle aux jeunes femmes dans sa situation : que ce n'était pas sa faute, que c'était lui le seul coupable de ce qui s'était passé. Mais une autre, plus émotive, l'accablait de mille reproches. Elle aurait dû être plus prudente. Rester avec ses amies. Ne pas boire ce quatrième verre.

Elle aurait dû en parler à quelqu'un.

Cela, elle n'avait jamais pu s'y résoudre. Comment avouer à sa meilleure amie que son frère, passablement ivre, l'avait attirée à l'écart et violée pendant que les autres faisaient la fête dans la pièce d'à côté ?

Elle avait préféré se taire, et sa honte s'était peu à peu enracinée en elle. Ce qui rendait les soupçons de Raoul Caffarelli d'autant plus risibles…

Même à l'époque, elle n'était pas du genre volage. Elle n'avait eu que deux relations dans sa vie : une à dix-neuf ans qui avait duré quatre mois, et une autre de six mois l'année suivante. C'est tout. Elle n'était pas prête pour une relation physique sérieuse.

Toute son enfance, elle avait assisté au défilé des petits amis de sa mère, tous plus minables les uns que les autres. Cela l'avait rendue prudente dans son choix de partenaires. Un peu trop, peut-être… Qui sait si une plus grande expérience ne l'aurait pas protégée de ce qui était arrivé ? Sa jeunesse avait obscurci son jugement, tout comme le fait de connaître son agresseur.

Mais elle était plus mûre, désormais. Plus réfléchie. Et furieuse. Contre Raoul Caffarelli, mais aussi contre elle-même.

Que s'était-il passé ? Elle nettoyait sa coupure et, la seconde d'après, elle s'était retrouvée suspendue à ses lèvres ! Leur douceur contre les siennes, cette façon de l'embrasser, à la fois impérieuse et tout en retenue, avait déclenché une multitude de frissons en elle.

Elle avait aimé ce baiser.

Et alors ? se sermonna-t-elle aussitôt. Embrasser un patient était hors de question ! Surtout un patient aussi dangereusement attirant que Raoul Caffarelli.

D'un pas décidé, elle quitta sa chambre et sortit dans les jardins afin de s'éclaircir les idées.

Il y avait des années qu'elle n'avait plus songé au sexe. La honte était trop profondément ancrée en elle. Pourtant, le baiser de Raoul ne lui avait rien fait ressentir de tel. Au contraire… Sa douceur l'avait totalement désarmée. S'il avait écrasé sa bouche sur la sienne en la tripotant, elle l'aurait violemment repoussé, peut-être même giflé. Mais c'était comme s'il avait perçu sa peur d'être brusquée. La caresse sensuelle de ses lèvres, son exploration lente et mesurée, l'avait tout de suite mise en confiance.

Et cette part d'elle-même muselée depuis si longtemps s'était libérée, réclamant plus. Ce baiser l'avait bouleversée plus qu'elle ne l'avait jamais été.

C'était ridicule. Raoul Caffarelli n'était-il pas un play-boy notoire ? Séduire était comme une seconde nature chez lui. Avant ses fiançailles, les mannequins et autres starlettes se succédaient dans son lit à un rythme effréné…

Chassant cette image, elle se dirigea vers l'enclos où paissaient plusieurs pur-sang. Aucun doute, la propriété était vraiment magnifique. Mais gérer cette branche de l'affaire familiale s'annoncerait compliqué pour Raoul. L'élevage était une activité de terrain. Assister aux ventes et courses pouvait se révéler dangereux pour quelqu'un en fauteuil roulant. Les chevaux n'étaient-ils pas des créatures imprévisibles ? Comment les maîtriser lorsqu'on était incapable de marcher ?

L'un des pur-sang avait levé la tête et la regardait de ses grands yeux débordant d'intelligence. Après un moment, il s'approcha de la barrière. Lily tendit la main pour lui caresser le museau, là où s'étalait une large tache blanche en forme de losange.

— Tu es superbe, tu sais ? Je me demande combien de courses tu as gagnées…

— C'est la jument préférée de M. Caffarelli, intervint un adolescent d'une quinzaine d'années qui sortait des écuries. Elle s'appelle Mardi. Elle a remporté de nombreuses victoires dans sa jeunesse. Pas vrai, ma vieille ?

Il flatta l'encolure de la jument, qui répondit par un petit coup de tête affectueux.

— Elle est magnifique, dit Lily en souriant.

— Vous montez ? demanda le garçon d'écurie.

Elle laissa retomber sa main, son sourire évanoui.

— Plus maintenant. Autrefois, oui. Les week-ends et les vacances, chez une amie qui possédait une propriété à la campagne. Puis nous nous sommes éloignées avec le temps. Je ne suis pas sûre d'être encore capable de monter, aujourd'hui.

Durant les mois qui avaient suivi son anniversaire, Lily avait tenté de préserver son amitié avec Georgina Yalesforth. Mais le risque de tomber sur son frère Heath la terrorisait. Le pire était qu'il semblait ne garder aucun souvenir de ses actions. Lorsqu'elle l'avait revu, quelques semaines plus tard, il l'avait taquinée gentiment comme à son habitude. Apparemment, il était si ivre ce soir-là qu'il avait oublié ce qu'il lui avait fait subir.

Lily avait préféré sacrifier l'amitié de Georgina plutôt que détruire la réputation des Yalesforth. D'ailleurs, que valait la parole d'une fille de sa condition contre celle de cette riche famille d'aristocrates ? Toute l'affaire se serait à coup sûr retournée contre elle.

— Vous devriez remonter en selle, dit le garçon d'écurie. Mardi est une jument placide, qui ne risque pas de partir au galop. Au fait, je m'appelle Etienne.

Elle lui adressa un sourire.

— Lily. Je vais y réfléchir.

— Combien de temps restez-vous au château ?

— Une semaine.

L'adolescent coula un regard soucieux vers l'imposant édifice.

— M. Raoul n'est pas revenu aux écuries depuis son retour, soupira-t-il. Il ne sort jamais du château, pas même dans les jardins. Les chevaux sont toute sa vie, vous savez. Mais il refuse de venir les voir en fauteuil roulant…

— C'est une épreuve difficile pour lui, murmura Lily.

— Est-ce qu'il remarchera un jour ?

— Je ne sais pas.

— Vous devez l'aider, insista le garçon. Il m'a recueilli quand je vivais dans la rue et donné ce travail. C'est comme un père pour moi. Je lui dois tout. S'il vous plaît, guérissez-le. M. Rafe et Dominique pensent que vous en êtes capable.

— Leur confiance et la tienne me flattent, répondit Lily.

Mais, une semaine, c'est beaucoup trop court pour obtenir des résultats.

— Alors restez plus longtemps. Je lui parlerai. Je le convaincrai de vous garder.

Bon courage, pensa-t-elle en regagnant le château. Raoul Caffarelli était peut-être un homme généreux, tout compte fait. Mais il restait avant tout une sacrée tête de mule.

Une heure avant le dîner, Lily rejoignit Dominique dans le jardin aromatique.

— Puis-je vous parler un instant ? demanda-t-elle.

— Bien sûr, répondit l'intendante en se relevant du carré d'herbe où elle cueillait de l'estragon.

— J'ai discuté avec Etienne, tout à l'heure. Il m'a dit que M. Caffarelli ne s'était pas aventuré une seule fois à l'extérieur depuis son retour en fauteuil roulant…

Dominique soupira.

— Hélas, c'est la vérité. Il refuse de sortir tant qu'il ne marche pas. Quand il a une idée en tête, il n'en démord plus.

— Et si nous dînions sur la terrasse qui donne sur le lac ? La soirée est trop belle pour rester enfermé. Ce serait un bon moyen d'attirer M. Raoul dehors, sans pour autant aller trop loin.

Un sourire de conspiratrice se dessina sur les lèvres de l'intendante.

— J'ai justement le menu parfait pour un dîner en plein air, déclara-t-elle. Mais comment allez-vous convaincre M. Raoul ?

Lily se mordit la lèvre. Effectivement, cela s'annonçait difficile…

— Je trouverai bien quelque chose, dit-elle enfin d'un ton résolu.

Raoul passait en revue une pile de factures quand un coup léger fut frappé à sa porte.

— Entrez.

Lily Archer s'avança dans le bureau.

— Je ne vous dérange pas ?

Il se laissa aller dans son fauteuil pour mieux l'étudier. Elle portait ses éternels vêtements informes, et toujours aucune trace de maquillage. Son regard s'attarda alors sur sa bouche. Un éclair de désir le traversa aussitôt de part en part. Bon sang, il n'avait jamais vu de lèvres si appétissantes. Il sentait encore leur douceur satinée sous les siennes, en même temps que sa langue répondait timidement à son baiser. La caresse de cette bouche sur son corps devait être un vrai délice…

Chassant cette pensée, il s'obligea à la regarder dans les yeux.

— Je vous écoute.

— J'ai rencontré l'un de vos garçons d'écurie, aujourd'hui. Etienne.

— Et ?

— Il a une haute opinion de vous.

Raoul haussa les épaules.

— Je paie son salaire.

— Il vous considère comme un père…

— Sans doute parce que son propre père le battait. Quiconque lui manifestant un peu de gentillesse doit passer pour un saint à ses yeux. Or, je n'en suis pas un. Vous êtes bien placée pour le savoir, après ce qu'il s'est passé dans la salle de massage.

Les joues de la jeune femme s'empourprèrent.

— C'était ma faute autant que la vôtre.

— Parce que mon frère vous a payée pour ce genre de service ?

— Non.

Ses lèvres formèrent une ligne crispée.

— Parce que… je ne sais pas. C'est arrivé, c'est tout.

— Et cela ne doit jamais se reproduire. Est-ce bien clair, mademoiselle Archer ?

— Parfaitement.

Un silence tendu tomba dans la pièce.

— Ce sera tout ? J'ai un travail important à terminer avant le dîner.

— Justement, c'est de cela que je voulais vous parler. Du dîner, je veux dire.

Elle se tordit les mains, comme une écolière convoquée dans le bureau du proviseur et incertaine du sort qui l'attendait.

— Alors, allez-y. Inutile de tergiverser.

— Vous ne me facilitez pas la tâche, répliqua-t-elle, visiblement froissée. Pourquoi êtes-vous toujours si infect ? La presse vous décrit comme le plus charmant des frères Caffarelli. Preuve qu'il ne faut pas croire tout ce que disent les journaux…

— Avez-vous terminé ? gronda Raoul.

A sa façon de s'humecter les lèvres, il sentit son désir grimper en flèche. Une lueur hostile brillait dans les yeux de la jeune femme.

— Je suppose qu'il est inutile, à présent, de vous inviter à dîner sur la terrasse…

Il haussa un sourcil.

— Vous m'invitez à dîner dans mon propre château ?

— Non. A l'extérieur. C'est une belle soirée pour dîner dehors et Dominique s'est donné beaucoup de mal.

— Est-ce l'une de vos méthodes révolutionnaires ? Me faire dévorer vivant par les moustiques ?

Elle roula des yeux exaspérés.

— J'ai pensé qu'un peu d'air frais vous ferait du bien. Mais je vois que vous êtes décidé à bouder dans votre coin. Très bien. Je me passerai de votre compagnie.

— Que diriez-vous d'un marché ? lança-t-il alors qu'elle avait déjà atteint la porte.

Elle se retourna, l'air méfiant.

— Quel genre de marché ?

— J'accepte de dîner avec vous sur la terrasse si vous détachez vos cheveux, dit-il en fixant son chignon serré.

— Je ne détache *jamais* mes cheveux.

— A vous de voir, mademoiselle Archer.

Il lui lança un regard de défi.

— Marché conclu ?

7

Raoul s'était juré de ne sortir du château qu'avec ses propres forces, aussi avait-il eu recours au fauteuil manuel. Certes, c'était plier un peu les règles, et parvenir jusqu'à la terrasse lui avait pris deux fois plus de temps. Mais il était curieux de voir si Lily Archer relèverait son défi.

Une fois installé à la table, que Dominique avait ornée d'une nappe blanche, de fleurs et de bougies pour l'occasion, il attendit donc l'arrivée de la jeune femme.

Un bruit de pas légers lui fit tourner la tête. Ses cheveux étaient plus longs qu'il ne l'avait imaginé. Ils tombaient en une cascade soyeuse sur ses épaules et jusqu'au milieu de son dos, avec une souplesse que dissimulait son chignon habituel. Elle était aussi sexy qu'il l'avait soupçonné…

— Vos cheveux sont magnifiques, dit-il comme elle prenait place à table.

— Merci.

Il ne pouvait détacher les yeux d'elle. Elle lui évoquait une héroïne d'un roman de Tolstoï ou des sœurs Brontë : pâle, discrète, avec cette aura de mystère si captivante.

— Quand les avez-vous détachés pour la dernière fois ?

— Je ne sais plus…

Il aurait voulu plonger les doigts dans cette crinière chatoyante. Un léger parfum de jasmin s'en dégageait, qui imprégnait l'air autour d'eux.

— Vous devriez les laisser libres plus souvent.

— A vrai dire, je pensais les couper.

— Ne faites pas cela.

Elle haussa les épaules et porta son verre d'eau à ses lèvres. Elle était si guindée, si réservée… Tout en elle le fascinait. Son élan de passion dans la salle de massage avait éveillé ses instincts les plus primitifs. Sa bouche sur la sienne avait trahi ce que son attitude cherchait à taire.

Elle le désirait.

Quel genre d'amante était-elle ? Elle semblait peu sûre d'elle, encore moins expérimentée. Etre vierge à vingt-six ans n'était pas commun, mais pas non plus impossible. Ne disait-elle pas ne pas être intéressée par une relation ? Ou bien était-ce parce qu'elle sortait d'une séparation difficile ?

Cachait-elle un cœur brisé ? Cela expliquerait son extrême discrétion — une façon de faire profil bas le temps de se remettre. Sa douceur lorsqu'elle avait évoqué sa rupture avec Clarissa suggérait une réelle empathie. Oui, cette femme était à l'évidence sensible, attentive aux sentiments d'autrui.

La terrasse résonnait du gazouillis des oiseaux, et une agréable odeur d'herbe coupée embaumait l'air. Une odeur qu'il avait l'impression de ne plus avoir respirée depuis une éternité. Pourtant, cela faisait à peine quelques semaines…

Son estomac se noua à l'idée de passer le reste de sa vie enfermé. Supporterait-il pareille restriction ? Il ne se sentait vivant que lorsqu'il dépassait ses limites physiques. Rien ne l'épanouissait comme escalader un pic ou dévaler à ski une pente vertigineuse. Le rush d'adrénaline, le temps qui se figeait au moment d'affronter sa peur…

— Parlez-moi de votre vie à Londres.

— Cela risque de vous ennuyer, dit la jeune femme.

— Ne croyez pas ce que racontent les journaux, mademoiselle Archer. Comparé à mon jeune frère, Rémy, je suis plutôt conservateur. N'étais-je pas sur le point de me marier ?

Elle releva la tête.

— Votre fiancée vous manque-t-elle ?

Clarissa ? C'était à peine s'il parvenait à se rappeler ses traits. Ou la couleur de ses yeux — gris ? Bleu pâle ? Il ignorait même si sa blondeur était naturelle ou le résultat d'une coloration.

— Etre dans une relation me manque, oui. Je n'ai jamais été célibataire aussi longtemps. Mais elle… pas vraiment.

Pas du tout, pour être exact.

Lily fronça les sourcils.

— N'est-ce pas étrange de ne pas regretter la femme que vous vous apprêtiez à épouser ?

— Je mets un point d'honneur à ne pas trop m'attacher, répondit Raoul. Les gens ne sont pas dignes de confiance. Aussi proches de vous qu'ils soient, ils vous laisseront toujours tomber pour servir leur intérêt si l'occasion se présente.

Ou mouraient dans un accident en vous laissant seul et perdu…

Il écarta ce souvenir douloureux.

— Vos frères sont là pour vous, objecta Lily. Rafe semblait très inquiet à votre sujet. Il a beaucoup insisté pour me faire venir.

— Rafe est distrait par son bonheur tout neuf. Il me veut guéri avant de se marier et fonder une famille. Quant à Rémy, il ne réapparaît que quand cela l'arrange. Ne vous laissez pas berner par ses manières policées.

— Quelle branche de l'affaire familiale gère-t-il ?

— La partie investissement et actionnariat. Il rachète également des entreprises en difficulté, qu'il revend pour le profit après les avoir relancées. Il y a quelques années, notre grand-père a perdu l'une de nos principales sociétés dans une fusion qui a mal tourné. Depuis, Rémy s'est juré d'obtenir justice. Telle qu'il la conçoit, du moins…

— Vous l'en croyez capable ?

Raoul hésita.

— Rafe et moi craignons que cette histoire ne lui explose

à la figure. Henri Marchand, l'homme qui a dupé mon grand-père, est extrêmement rusé, et sa fille plus encore. Rémy et Angélique se haïssent. Je n'ose imaginer les conséquences si leurs chemins venaient à se recroiser.

— Pourquoi une telle hostilité ?

— Qui sait ? Peut-être ne la hait-il pas autant qu'il le croit, même s'il refuse de l'admettre. Si vous me trouvez têtu, attendez de rencontrer Rémy.

— L'obstination semble être un trait de famille…

— Seuls les plus obstinés réussissent. Définir un objectif et tout mettre en œuvre pour l'atteindre est le seul moyen d'avancer. Qui ne tente rien n'a rien.

— A condition que l'objectif soit réaliste. Tout le monde ne peut pas devenir une star d'Hollywood ou un entrepreneur multimillionnaire, même en le souhaitant de toutes ses forces.

Il lui adressa un sourire sardonique.

— Vous n'aimez pas prendre de risques, mademoiselle Archer ?

— Je dois vous paraître bien timorée, n'est-ce pas ?

— Vous arrive-t-il de sortir de votre zone de confort ?

— Pas si je peux l'éviter, répondit-elle en détournant les yeux.

Dans la lumière dorée du soir, ses longues mèches brunes donnaient une beauté éthérée à son visage en forme de cœur. Même au naturel, dans ces vêtements informes, elle était absolument éblouissante.

Il laissa son regard s'égarer vers la courbe sensuelle de sa bouche. Malgré lui, une brusque chaleur l'envahit au souvenir de leur baiser langoureux. Au même instant, elle leva les yeux. Comme si elle lisait en lui, ses joues prirent une teinte rosée, et la pointe de sa langue courut sur ses lèvres charnues.

A cette vue, son corps s'embrasa d'un coup. Il se sentit prendre vie, vibrant d'excitation. Il la voulait, brûlait de la faire sienne… Mais c'était impossible ! Si son grand-père couchait volontiers avec ses employées, lui tenait à être sur un pied d'égalité avec ses partenaires. A cet égard, Clarissa Moncrief représentait l'épouse idéale. Sa fortune écartait tout risque de vénalité, puisqu'elle était aussi riche que lui, sinon plus.

Mais, pour être honnête, leur dernière étreinte ne l'avait pas vraiment marqué. Ni les précédentes, d'ailleurs. Bien sûr, il s'était assuré de la satisfaire. Donner du plaisir dans ses relations sexuelles était aussi important pour lui qu'en recevoir, même si cela tendait à devenir mécanique.

Quel goût avaient les baisers de Clarissa ? L'avait-elle jamais dévoré des yeux, le regard brillant de désir ? Il ne s'en souvenait pas. Mais qu'importait après tout. Trop d'hommes s'étaient laissé aveugler par leur passion. Il n'avait aucune intention d'ajouter son nom à la liste.

Dominique apparut avec leurs entrées. Elle semblait aux anges et échangea un regard complice avec Lily avant de poser les assiettes sur la table.

— Quelle magnifique soirée. Parfaite pour un dîner romantique en plein air…

Il attendit qu'elle s'éloigne avant de fusiller Lily du regard.

— Romantique ?

— Mon but était de vous faire sortir du château une heure ou deux. Rien de plus.

— Mes employés complotent donc contre moi ?

— Pas du tout. Ils tiennent beaucoup à vous, surtout Etienne.

Raoul tourna les yeux vers l'enclos des pur-sang, où le garçon d'écurie remplissait l'auge de foin. Cet adolescent chétif qu'il avait découvert faisant la manche sur un trottoir de Paris s'était révélé un précieux atout. Etienne avait grandi dans la misère et la maltraitance. Il avait fallu des mois à Raoul pour surmonter sa méfiance et briser l'armure dont il s'était cuirassé. Aujourd'hui, le jeune garçon s'occupait des écuries comme personne, manifestant une profonde affinité avec les chevaux. Sans doute les préférait-il aux humains. En cela, ils se ressemblaient.

Les chevaux étaient des créatures imprévisibles, tantôt

farouches, dociles ou obstinées. Mais, en gagnant leur confiance, on gagnait aussi leur fidélité. Rien n'était plus gratifiant que de voir un poulain rétif acquérir l'étoffe d'un champion. Il avait vendu ses yearlings dans le monde entier et dressé d'innombrables champions. Il les avait accompagnés de leurs premiers pas jusqu'à leurs victoires aux courses les plus prestigieuses.

Comment accepter de conduire ses affaires depuis le banc de touche ?

Regarder une course cloué dans un fauteuil roulant serait la pire des tortures. Personne ne restait assis au moment où le vainqueur passait la ligne d'arrivée. Spectateurs, entraîneurs, propriétaires, tous bondissaient sur leurs pieds dans un tonnerre de cris et d'applaudissements. C'était l'instant que chacun attendait, celui qui lui donnait toujours des frissons.

Jamais il ne pourrait s'en passer.

— Etait-ce votre plan ? demanda-t-il froidement. M'attirer ici pour me donner envie de retourner aux écuries ? Eh bien, c'est raté. Je ne m'y rendrai que sur mes deux pieds, et ce n'est pas un dîner sur la terrasse qui me fera changer d'avis.

— Beaucoup de personnes dirigent des affaires florissantes malgré leurs limites physiques, observa Lily.

— Que les choses soient claires, mademoiselle Archer. Je préférerais vendre mon élevage plutôt que le diriger depuis ce fauteuil.

— Etienne affirme que les chevaux sont votre passion.

— J'ai d'autres passions…

Délibérément, il laissa son regard glisser sur elle jusqu'à ce qu'elle s'empourpre.

— Je n'en doute pas, dit-elle d'un ton acide.

— Vous réprouvez le fait d'assouvir ses passions ? s'enquit-il, un sourire aux lèvres.

Elle lui retourna une expression parfaitement composée. Un peu trop, peut-être.

— Pas si elles ne blessent personne.

— Avez-vous été blessée en amour, mademoiselle Archer ?
— Je n'ai jamais été amoureuse.
— Mais vous avez été blessée…
— Comme tout le monde.

Il la regarda boire une gorgée d'eau, l'air de rien. Sous cette armure de self-control se cachait une jeune femme sensuelle et passionnée. Il en avait eu un aperçu lors de leur baiser, l'avait senti dans leurs souffles mêlés et le duel fiévreux de leurs langues, dans l'érotisme vibrant de ce contact chargé de désir.

Et il brûlait de le sentir encore.

Cela l'agaça. Mettre Lily Archer dans son lit était hors de question. La tentation s'expliquait uniquement par le fait qu'il n'avait plus fait l'amour depuis des semaines. Ou peut-être par le défi qu'elle représentait… Elle n'avait jamais caché son aversion pour lui et son mode de vie. La faire changer d'avis serait distrayant.

Oublie cela.

Il n'avait pas besoin de ce genre de complication. Son corps réclamait peut-être une aventure, mais son esprit était ailleurs. Entamer une liaison sur un coup de tête ne lui ressemblait pas. Il ne perdait jamais le contrôle de ses émotions. Même si une part de lui-même aimait l'idée de tomber un jour amoureux…

Lui et ses frères avaient eu la chance d'avoir des parents très épris l'un de l'autre. Et cet amour était devenu leur modèle. Un modèle sans doute irréaliste, car aucune de ses relations n'avait jamais approché ce qu'était la leur : un engagement profond, fondé sur des sentiments sincères et réciproques. Bien sûr, il leur arrivait aussi de se disputer, parfois avec véhémence. Mais les conflits étaient toujours résolus, et leur amour en sortait plus fort.

Tomber amoureux de Poppy Silverton avait donné une nouvelle dimension à la vie de Rafe. Lui, le drogué du travail, parlait à présent d'une lune de miel prolongée, et même d'avoir des enfants. Son frère ferait un excellent père, Raoul en était convaincu. Il avait toujours été très protecteur envers lui et

Rémy, faisant passer leurs intérêts avant le sien, allant jusqu'à s'accuser de leurs bêtises pour les protéger des terribles colères de leur grand-père.

Ces vingt-cinq dernières années, Rafe avait été le ciment du clan Caffarelli. Le moment était venu pour lui de fonder sa propre famille. Rencontrer Poppy dans un petit village perdu d'Angleterre l'avait transformé, et il assumait aujourd'hui son amour avec la force et la détermination qu'il mettait autrefois à l'éviter.

N'était-ce pas ce que lui aussi désirait ?

Il imagina sa vie telle qu'elle pourrait être : une belle épouse, deux ou trois enfants, un chien…

Un fauteuil roulant.

Tout son corps se contracta à l'idée de ne jamais accompagner ses enfants dans leurs premiers pas, ni sur le chemin de l'école. De ne jamais les soulever dans ses bras, jouer au football avec eux, leur apprendre à nager, comme son père l'avait fait avec lui et ses frères. S'il avait une fille, il serait incapable de la mener à l'autel le jour de son mariage. Et comment apprendrait-il à son fils à devenir un homme, cloué sur une chaise roulante ?

Il refusait de devenir père s'il ne pouvait l'être complètement. Ironie du sort, ce bonheur lui était refusé au moment précis où il s'en découvrait l'envie…

Bien sûr, se lamenter ne l'avancerait à rien, sinon à finir aigri comme son grand-père. Mais comment se résoudre à une existence privée de ces joies les plus élémentaires ? Il serait toujours celui qui reste assis pendant que les autres dansent, rient, s'amusent. Celui qu'on plaint et évite au cas où son revers de fortune soit contagieux.

— Avez-vous mal ?

La voix de Lily le tira de ses sombres pensées.

— Pourquoi cette question ?

— Vous fronciez les sourcils. J'ai pensé que vous étiez peut-être mal installé. Vous êtes resté longtemps assis, aujourd'hui.

— Comment suis-je censé travailler sur mon ordinateur autrement qu'assis ? pesta-t-il, en proie à une vive frustration.

— N'avez-vous pas un ordinateur portable ? demanda Lily. Vous pourriez travailler allongé en le posant sur vos genoux. Cela soulagerait vos disques endommagés.

— Mon lit est pour dormir ou faire l'amour. Même si je n'y fais plus ni l'un ni l'autre depuis quelque temps…

Il passa une main lasse dans ses cheveux.

— Je ne sais plus quand j'ai dormi plus de deux heures d'affilée pour la dernière fois…

— Avez-vous essayé les somnifères ?

— Je refuse de devenir dépendant aux médicaments, répondit-il sèchement. Tout comme à l'alcool, d'ailleurs, si cela peut vous rassurer. Les rares fois où j'ai été ivre, j'ai détesté perdre le contrôle.

— Je cherchais seulement à vous aider…

— Savez-vous ce qui m'aiderait, mademoiselle Archer ? Etre physiquement actif. C'est la seule chose qui me fasse me sentir vivant.

La compassion dans le regard de Lily lui fit regretter sa dureté.

— Je suis désolée, murmura-t-elle.

— Ce serait plutôt à moi de m'excuser, grogna-t-il avec un geste irrité.

Sauf qu'il ne présentait *jamais* d'excuses. Il n'avait pas demandé qu'elle vienne. En quoi cela l'aidait-il qu'elle soit témoin de sa souffrance et de sa frustration ? Il avait besoin d'être seul, rien d'autre.

— Je crains de ne pas être de très agréable compagnie, ajouta-t-il après un instant.

— Je ne suis pas là pour être divertie, répondit la jeune femme.

— Non. Vous êtes là pour l'argent, n'est-ce pas ?

Exactement comme les domestiques de son grand-père, feignant de se soucier de son bien-être dans le seul but de toucher leur salaire. Son empathie n'était qu'un masque destiné à l'amadouer. Elle était comme les autres : prête à tout pour s'emplir les poches.

La compassion céda la place à une froideur hostile dans les yeux bleus de la jeune femme.

— Contrairement à vous, monsieur Caffarelli, je ne possède pas des millions sur mon compte en banque. Donc, oui, je suis là pour l'argent. Et pour être franche, sans le salaire que me paie votre frère, je ne passerais pas une minute de plus en votre compagnie.

Elle se leva de table, jetant sa serviette comme on jette un défi.

— Asseyez-vous, mademoiselle Archer.

— Pour que vous continuiez à vous défouler sur moi ? Sans façon. Je préfère passer le reste de la soirée seule.

Raoul serra les dents devant cette soudaine mutinerie.

— Vous ferez ce que je vous dis, c'est compris ? *Asseyez-vous.*

— Je comprends mieux pourquoi votre fiancée vous a quitté, riposta-t-elle, le regard flamboyant. Ce n'est pas l'accident, le problème, mais votre propension à traiter les gens comme des chiens.

Bon sang, avait-il jamais rencontré jeune femme plus insolente ? Il avait l'habitude que son entourage — en particulier féminin — se plie à ses quatre volontés. Lily Archer, elle, était aussi rebelle qu'obstinée, et un peu trop encline à exprimer ses opinions. Sa présence lui rappelait à chaque instant ce qu'il avait perdu, et elle n'hésitait pas à remuer le couteau dans la plaie. A quoi pensait Rafe en la lui imposant ? Plus vite elle s'en irait, mieux il se porterait. Tant pis pour l'argent.

— Disparaissez de ma vue.

— Exactement ce que je disais ! s'exclama-t-elle. Vous changez d'avis comme de chemise. Vous êtes lunatique et imprévisible. Aucune femme saine d'esprit ne supporterait un tel caractère, quelle que soit votre fortune.

— Je vous veux partie demain matin, gronda-t-il.

— Parfait. Je monte de ce pas faire mes valises.

Elle esquissa un sourire faussement poli. C'était ce qu'elle attendait depuis le début, pensa-t-il. Et il était tombé dans le panneau…

Dominique apparut avec le plat de résistance au moment où elle quittait la terrasse. Le découragement se peignit sur les traits de son intendante.

— Que s'est-il passé ? Je croyais que vous vous entendiez à merveille…

Raoul fit pivoter son fauteuil d'un geste brusque.

— Pas de questions, ou je vous renvoie sur-le-champ.

8

Lily n'arrivait pas à dormir — moins à cause de la chaleur estivale que des pensées qui tournaient en boucle dans son esprit. Ses valises étaient prêtes, mais une part d'elle-même hésitait à céder à la solution de facilité.

Partir ne signifiait-il pas admettre sa défaite ?

Avec son caractère borné et ses manières autoritaires, Raoul Caffarelli était un challenge. Mais derrière cette façade peu amène se cachait un homme bon, elle en était convaincue. Ce qu'il avait fait pour Etienne le prouvait. Il traitait son personnel avec respect et n'avait pas eu un mot de reproche contre son ex-fiancée malgré leur rupture douloureuse. Simplement, il peinait à accepter sa situation.

Comme elle comprenait sa colère et son amertume ! Bien plus qu'il ne l'imaginait. Elle aussi avait maudit la terre entière après ce qu'il lui était arrivé. Malgré sa solitude, elle avait repoussé quiconque tentait de se rapprocher d'elle.

Ne se comportait-il pas de la même façon ?

Et si elle était *vraiment* capable de l'aider ? L'abandonner à son sort semblait un tel gâchis. Comme tout homme avide de réussite, il avait tendance à en faire trop. Mais il était en excellente condition physique et avait plus de sensations dans les jambes qu'Halimah Al-Balawi au début de sa thérapie. Oui, elle pourrait sans doute l'aider si seulement il lui en laissait l'occasion.

Hélas, sa décision semblait prise. Difficile d'imaginer cet homme implacable changeant d'avis.

Lily soupira. Au moins, elle gardait l'argent. N'était-ce pas le plus important ? Rentrer si tôt à Londres serait bien sûr embarrassant, mais était-ce sa faute ? Raoul Caffarelli aurait épuisé la patience d'un ange ! Or, elle était loin d'en être un — surtout en sa présence. Cet homme avait le don de faire ressortir les pires facettes de son caractère.

Il était si fruste, si arrogant… Oui, partir était encore le mieux à faire, et elle s'en réjouissait.

Bien sûr qu'elle s'en réjouissait.

Elle n'avait pas demandé à venir après tout. Sa vie était à Londres, point. Son quotidien pouvait paraître monotone parfois, mais au moins n'y affrontait-elle aucun milliardaire aussi séduisant qu'ombrageux.

D'un geste agacé, elle repoussa ses couvertures, et s'approcha de la fenêtre. Elle n'avait jamais remarqué la piscine dans un coin reculé des jardins. L'eau scintillait sous les pâles rayons de la lune, promesse de fraîcheur bienvenue dans cette chaleur étouffante.

Depuis combien de temps n'avait-elle pas nagé ? Son travail dans la piscine d'hydrothérapie de la clinique n'avait pas grand-chose à voir avec de la natation. La plupart du temps, elle restait debout dans l'eau, guidant ses patients dans leurs exercices. Son maillot de bain était un modeste une pièce, assorti d'un haut de plongée à manches longues. Elle prétendait que c'était pour protéger sa peau du chlore. Comment avouer qu'elle ne supportait plus d'exhiber son corps, en particulier à la vue des hommes ?

Mais un bain de minuit par cette chaude nuit d'été, dans un jardin isolé et seulement éclairé par la lune… La tentation était trop forte. Raoul refusant de sortir du château, il ne risquait pas de la surprendre. Ce serait son ultime pied de nez. Une façon d'avoir le dernier mot. Elle profiterait de sa piscine sans son autorisation et savourerait chaque seconde de cet acte de rébellion.

Décidée, elle extirpa de son sac son maillot de bain une pièce et son haut de plongée. Etait-ce son imagination ou le néoprène semblait-il plus rêche que d'habitude ? Après une hésitation, elle opta finalement pour des sous-vêtements assortis, ainsi qu'un T-shirt à manches longues en coton léger. Quitte à nager, autant en profiter au maximum, non ?

Une fois en tenue, elle se munit d'une serviette et sortit sur la pointe des pieds, à l'affût du moindre bruit. Mais, à part le tic-tac de l'horloge ancienne au second palier, rien ne venait troubler le silence.

Les dalles menant à la piscine étaient encore tièdes, chauffées tout l'après-midi par le brûlant soleil d'août. Par contraste, l'eau était délicieusement fraîche lorsqu'elle y trempa un orteil. Assise sur le rebord de la piscine, elle glissa d'abord les deux jambes dans l'eau, avant de s'immerger tout entière. Grisée par une merveilleuse sensation de liberté, elle plongea jusqu'au fond du bassin, et se mit à nager avec des ondulations de sirène, ses cheveux flottant autour d'elle.

Puis elle remonta à la surface et entama une série de longueurs. Bercée par les mouvements rythmiques de ses bras et de ses jambes, elle ne tarda pas à perdre toute notion du temps. Plus rien ne comptait que la fraîcheur liquide sur sa peau, et la contraction de ses muscles tandis qu'elle fendait l'eau avec fluidité. Elle se sentait à la fois forte et incroyablement légère. Son corps était revigoré, son esprit au repos. La fatigue physique avait du bon après ces deux jours d'inactivité.

Une dernière longueur, et elle s'agrippa au rebord du bassin. Apaisée, elle écarta ses cheveux mouillés de ses yeux et sursauta : à quelques mètres à peine du bord de la piscine, Raoul l'observait depuis son fauteuil roulant, le regard insondable.

— Depuis combien de temps êtes-vous là ? s'exclama-t-elle.

— Un certain temps.

— J'imagine que vous me trouvez piètre nageuse…

— Au contraire, vous sembliez comme un poisson dans l'eau. Mais ce T-shirt ne vous gêne pas ?

Elle le défia du regard.

— Je n'aime pas nager en public.

— Cette piscine n'est pas un lieu public, observa Raoul avec un haussement de sourcil.

— Vous êtes bien là, vous.

— Votre but n'était-il pas de me faire sortir du château ?

Lily détourna brièvement le regard. Les yeux de Raoul sur son corps étaient comme une caresse qui embrasait ses sens. Elle pressa les bras sur sa poitrine, comptant sur la faible lumière pour dissimuler sa silhouette.

— Je commence à avoir froid. J'aimerais sortir.

— Et alors ?

— Alors partez, s'il vous plaît.

Il la détailla lentement du regard, s'attardant sur la courbe de ses seins, bien trop visibles sous le tissu mouillé de son T-shirt. Une vague de chaleur l'envahit.

— Aux dernières nouvelles, c'était encore *mon* château et *ma* piscine, répondit-il. Si quelqu'un est en tort ici, c'est vous.

Lily pinça les lèvres.

— Je ne sors pas tant que vous êtes là.

— Et je ne pars pas tant que vous n'êtes pas sortie, répondit-il, un sourire insolent aux lèvres.

Lily frissonna. L'eau ne lui avait pas paru si froide avant qu'il ne lance son défi. Mais, à présent, sa peau était hérissée de chair de poule. Quant à son T-shirt, il moulait ses formes plus qu'il ne les dissimulait.

— Pouvez-vous me passer ma serviette ? demanda-t-elle.

Un compromis, en quelque sorte. Hors de question de céder à son chantage.

— Faites une longueur sans le T-shirt.

— Pardon ?

Il planta son regard dans le sien.

— Enlevez-le.

Son ton autoritaire fit naître un frisson en elle.

— Seulement si vous me rejoignez dans l'eau, le défia-t-elle.

Et elle regretta aussitôt sa bravade. A quoi diable pensait-elle ? Il adorait les défis ! Ne l'avait-elle donc pas encore compris ?

— Bien joué, murmura-t-il, un sourire aux lèvres. Excellente tactique.

— Alors ? Vous acceptez ?

Pitié, faites qu'il refuse !

A sa grande consternation, il approcha son fauteuil du bord de la piscine et commença à déboutonner sa chemise. Malgré elle, elle sentit sa respiration s'accélérer à mesure que le torse athlétique de Raoul apparaissait sous ses yeux. Il jeta le vêtement à terre avec désinvolture, puis s'attaqua à sa boucle de ceinture.

Seigneur… Il n'allait pas *vraiment* la rejoindre dans l'eau ?

— Hum, ce n'est sans doute pas une bonne idée. Et si vous mouillez votre plâtre ?

— J'en ferai poser un nouveau, dit-il avec un haussement d'épaules. De toute façon, il est bientôt temps de l'enlever.

— Vous ne pouvez pas ignorer les ordres du médecin et faire comme bon vous chante !

— L'hydrothérapie ne fait-elle pas partie de votre programme ?

— Vous avez annulé mon contrat, lui rappela-t-elle. Je ne suis plus votre physiothérapeute. Rien ne m'oblige à… Hé ! Qu'est-ce que vous faites ?

— Je me déshabille.

Elle plaqua les mains sur ses yeux.

— Vous ne pouvez pas faire cela !

— Je nage toujours nu chez moi. Cette piscine est totalement privée.

— Mais je suis là, moi !

— Et ?

Elle coula un regard entre ses doigts.

— Je n'ai aucune envie de vous voir nu…

— Alors ne regardez pas.

Comment pouvait-elle ne *pas* regarder ? Il semblait tout droit sorti de l'antiquité grecque avec sa silhouette sculptée ! Tout en lui soulignait l'homme dans la force de l'âge, ferme, robuste, incroyablement viril à en croire le boxer noir qui moulait son corps.

Allait-il le retirer aussi ?

Elle écarta encore un peu les doigts. Les muscles du bras gauche de Raoul se contractèrent sous son poids comme il se hissait hors du fauteuil. Le boxer, lui, resta en place. L'enlever était compliqué dans sa position. Mais qui sait si dans l'eau…

Elle laissa échapper un petit cri quand Raoul entra dans le bassin. L'eau déplacée par son corps se mua en caresse liquide sur ses seins. Ses tétons se dressèrent comme s'il les avait lui-même touchés, durs et sensibles au point de tendre la dentelle mouillée de son soutien-gorge.

Raoul arborait les biceps et les larges épaules d'un nageur accompli. Une généreuse toison couvrait son torse musclé, disparaissant sous le boxer en une tentante invitation. Lily oublia un instant de respirer. Son cœur battait à tout rompre, et un désir brûlant prenait vie en elle, un désir qu'elle avait cru éteint à jamais…

Les remous de l'eau l'arrachèrent à sa rêverie. Raoul avait commencé à se déplacer le long du bord, son bras plâtré maintenu à la surface. Enfin, il lâcha prise et se laissa flotter. Sa tête et ses épaules dépassaient largement au-dessus de l'eau. Pour la première fois, elle put se faire une idée de sa taille : debout pieds nus, elle ne lui arriverait pas même au menton.

— Comment vous sentez-vous ? s'enquit-elle.

— Mouillé.

La pénombre dissimulait son expression, mais elle percevait une légère tension dans sa voix. Etre dans l'eau ravivait-il des souvenirs pénibles ? Un accident de ski nautique s'accompagnait certainement de la peur de se noyer. Les secours étaient-ils intervenus rapidement ? Combien de temps s'était-il débattu sous l'eau avec son bras cassé et sa colonne vertébrale endommagée ?

Mais, pour ce genre d'homme, un défi était un défi. Et il ne semblait pas prêt à renoncer.

Elle le rejoignit en battant l'eau avec ses pieds pour se maintenir à flot.

— Avez-vous besoin d'un coup de main ?

— Une paire de jambes me serait plus utile, maugréa-t-il. Les miennes ne semblent pas très fonctionnelles.

— Pouvez-vous les bouger ? L'eau aide parfois à prendre conscience de son corps.

— J'en ai pleinement conscience, merci.

Cette fois, elle vit l'éclat de désir dans ses yeux malgré la pénombre. Elle aussi avait conscience de son corps. Un peu trop, même… Le contact de la jambe de Raoul contre la sienne propagea une dangereuse chaleur dans tout son corps.

— Vous avez réussi à me faire sortir du château et à me mettre dans l'eau. Quelle est l'étape suivante ? questionna-t-il, les yeux rivés à sa bouche.

— Vous me présentez des excuses.

Il arqua un sourcil.

— Pour… ?

— M'avoir ordonné de disparaître de votre vue.

La mâchoire crispée, il la fusilla du regard.

— Je n'ai jamais demandé que vous veniez…

— Il y a d'autres façons de signifier à quelqu'un que l'on souhaite se passer de ses services qu'en le chassant de table comme un enfant mal élevé.

— Vous aviez dépassé les bornes.

— Parce que j'ai osé critiquer votre personnalité ?

— Non.

Son regard se durcit.

— Parce que vous avez refusé de m'obéir.

— Votre fortune vous a peut-être habitué à ce qu'on se plie au moindre de vos ordres. Mais, pour moi, le respect se mérite, il ne s'achète pas. Personne ne m'obligera à faire quoi que ce soit contre ma volonté.

— Et vous n'obtiendrez aucune excuse de moi, mademoiselle Archer.

Elle soutint son regard.

— Peu importe, dit-elle enfin. Demain, je serai partie, comme vous l'avez exigé. Et vous n'imaginez pas à quel point j'en suis heureuse.

— Oh ! j'imagine très bien, répliqua Raoul avec un rictus moqueur. C'est ce que vous attendiez depuis le début, n'est-ce pas ? En vous renvoyant, je joue votre jeu.

— Vous n'êtes pas le genre de patient que je préfère.

— Parce que je suis un homme ?

— Non. Parce que vous êtes grossier et arrogant.

L'air nocturne se chargea d'électricité comme ils se défiaient du regard. Lily était plus que jamais consciente que l'eau qui entourait le corps de Raoul frôlait également le sien, créant entre eux une intimité aussi troublante qu'excitante.

— Pourquoi portez-vous un T-shirt ?

La question posée à brûle-pourpoint la déstabilisa.

— Je… j'ai la peau très sensible.

— La lune n'a pas de rayons UV.

— Très drôle.

En proie à un malaise grandissant, elle recroisa les bras sur sa poitrine.

— Me cachez-vous quelque chose, mademoiselle Archer ?

— Non, rien.

Les yeux de Raoul se plissèrent.

— Vous n'êtes guère convaincante. Dites-moi ce qu'il vous est arrivé.

Lily pinça les lèvres. Elle n'avait aucune envie d'évoquer son passé ; surtout pas avec cet homme. Tout cela était derrière elle. Mais il y avait une telle douceur dans la voix de Raoul, une telle sollicitude, qu'elle se sentit fléchir.

— Avez-vous eu un accident ?

— Non.
— Une relation difficile ?
Elle eut un petit rire sans joie.
— En quelque sorte…
— Souhaitez-vous en parler ?
— Non.
Il la dévisagea longuement, de ce regard pénétrant qui semblait lire en elle. Cette perspective la terrifiait.
— J'aimerais sortir, dit-elle avec hauteur. Dois-je vous demander la permission ou comptez-vous continuer à me regarder grelotter ?
— Vous n'avez pas froid, remarqua Raoul. Vous êtes effrayée.
— Je n'ai pas peur de vous.
— Tant mieux. Comment pourrions-nous travailler ensemble si c'était le cas ?
Elle cilla, incrédule.
— Vous voulez travailler avec moi ?
— Oui.
— Mais… je croyais que…
— J'aimerais que vous restiez le mois, la coupa-t-il. Je vous paierai le double de ce que vous rémunère mon frère.
La stupéfaction la laissa sans voix. Qu'est-ce qui avait bien pu le faire changer d'avis ? La plupart des gens étaient découragés lorsqu'ils ne parvenaient pas à percer les défenses dont elle s'entourait et prenaient leurs distances. Raoul, lui, adoptait l'attitude inverse. Pourquoi ?
Quelle importance ? lui souffla son côté pragmatique. *Pense à l'argent ! Deux ans de salaire pour un mois de travail !*
— Je ne comprends pas…
— J'ai envie d'apprendre à vous connaître, Lily Archer. Je parie que personne n'a encore jamais accompli cet exploit.
Elle le considéra avec méfiance.
— Je suppose que vous me voyez comme une sorte de défi…
— Non.

Son regard la transperça de part en part.

— Je vous vois comme une tentation irrésistible.

Et, avant qu'elle ait pu esquisser le moindre geste, il couvrit sa bouche de la sienne.

9

Les lèvres de Raoul sur les siennes, leur goût tiède et mentholé… Lily se sentit chavirer. Chaque fibre de son corps vibrait de plaisir tandis que leurs langues s'entremêlaient en une danse érotique fiévreuse. Ce baiser était plus possessif que le précédent, plus déterminé.

Et plus irrésistible encore.

Grisée par l'érection de Raoul pressée contre son ventre, elle l'enlaça farouchement. Cette pulsion primitive faisait écho à celle qui couvait en elle. Un désir douloureux s'éveillait dans sa chair, palpitant entre ses cuisses au rythme effréné de son pouls.

Avait-elle déjà éprouvé pareille attraction sexuelle ? Si oui, ni elle ni son corps ne s'en souvenaient. C'était comme si elle désirait pour la première fois. Tout son corps prenait feu au plus léger contact. Assouvir ce besoin devenait une nécessité absolue, et elle s'abandonna contre Raoul, mêlant ses jambes aux siennes.

Homme contre femme. Peau sombre contre peau blanche.

Elle voulait plus.

Elle voulait sentir ses mains et sa bouche sur ses seins. Mais comment communiquer son désir ? Cela faisait si longtemps… Avec un petit gémissement, elle se lova contre lui. Alors il l'embrassa de nouveau, d'abord lentement, puis avec une fougue ne laissant aucun doute sur le besoin qui l'habitait. Oui, il partageait son désir. Le cœur battant, elle lui rendit son baiser passionnément.

Sans qu'elle sache comment, ils se retrouvèrent sur l'échelle, lui assis, elle debout entre ses cuisses. Il avait posé la main sur l'un de ses seins, dont il agaçait doucement la pointe durcie tout en savourant ses lèvres, suçant et mordillant jusqu'à la rendre folle d'excitation. Son appréhension s'était évanouie, chassée par le besoin impérieux de s'unir corps et âme à cet homme.

Soudain, il détacha ses lèvres des siennes.

— J'ai envie de vous faire l'amour, murmura-t-il dans un souffle brûlant.

Ces mots agirent comme un détonateur. Qu'était-elle en train de faire ? Où étaient passés son sang-froid et son professionnalisme ? Que lui prenait-il d'embrasser Raoul Caffarelli comme si sa vie en dépendait ? Avoir une aventure d'un soir ne lui ressemblait pas. Le sexe sans sentiments, ce n'était pas pour elle. Cela allait à l'encontre de tout ce que la vie lui avait appris.

Elle s'arracha à son étreinte et baissa les yeux.

— Désolée. Je… je ne suis pas prête. Je n'aurais jamais dû vous donner l'impression que j'étais… hum… intéressée. Je ne suis pas si… directe, d'habitude.

— Vous n'avez pas à vous excuser, dit Raoul avec douceur.

Elle releva la tête.

— Vous n'êtes pas fâché ?

— Pourquoi le serais-je ?

— Vous avez dit que vous vouliez me faire l'amour…

— C'est le cas. Mais rien ne presse. J'ai beau être intransigeant dans certains aspects de ma vie, jamais je ne forcerais une femme à coucher avec moi. C'est indigne d'un homme qui se respecte.

Ebahie, Lily le dévisagea. Cet homme avait une telle maîtrise de soi. Il n'y avait ni colère, ni rancune dans sa voix. Il ne cherchait pas à l'agripper pour assouvir son désir à tout prix…

Des émotions qu'elle croyait sous contrôle la submergèrent

avec une violence inattendue. Incapable de retenir les larmes qui lui montaient aux yeux, elle enfouit le visage entre ses mains.

— Hé, murmura Raoul, d'un ton bienveillant.

Elle essuya ses joues ruisselantes du revers de la main.

— Je suis désolée. Vous devez me trouver idiote…

— Pas du tout.

— Vous êtes le premier homme que j'embrasse depuis cinq ans, avoua-t-elle. Jusqu'à aujourd'hui, je fuyais délibérément toute proximité…

— Avez-vous été… violée ?

La voix de Raoul vibrait d'indignation, ce qui la réconforta étrangement.

— Oui.

Un muscle tressauta sur sa mâchoire, comme s'il peinait à contenir une violente colère.

— Le coupable a-t-il été arrêté ?

— Je n'ai pas porté plainte.

— Et s'il s'attaquait à d'autres femmes ?

Elle détourna le regard.

— J'y ai souvent pensé, mais… c'était compliqué.

— Ce type mérite d'aller en justice, Lily. Quand les faits sont anciens, c'est toujours plus difficile à prouver, mais je connais un très bon avocat. Il n'est pas trop tard.

— Je ne peux pas.

— Mais pourquoi ? s'exclama-t-il, presque avec emportement. Il vous a blessée, bon sang ! Il doit payer pour son crime. Sauriez-vous le décrire ? De nos jours, la police dispose d'un excellent système de reconnaissance faciale. Elle sera capable de le retrouver s'il a récidivé.

Lily poussa un soupir.

— Ce n'est pas un récidiviste. Enfin, je ne pense pas… C'était le frère de ma meilleure amie, diplômé en droit comme son père et son grand-père avant lui.

— Vous le *connaissez* ?

— La plupart des agressions sexuelles sont commises par

un proche de la victime, murmura-t-elle d'une voix absente, consciente de répéter une déclaration de police maintes fois entendue. Il était comme un grand frère pour moi, je ne me suis pas méfiée. Je n'ai compris la menace que trop tard. Nous avions bu tous les deux, je croyais à un flirt innocent. Mais, soudain, il est devenu agressif et…

Elle secoua la tête. Incapable de prononcer les mots.

— Je n'ai rien pu faire. Il était trop fort et moi… J'aurais dû être plus prudente, je le sais. Facile à dire avec le recul…

— Vous vous blâmez pour *son* incapacité à maîtriser ses pulsions ? s'écria Raoul d'une voix incrédule. C'est lui le coupable, pas vous ! Il aurait *dû* s'apercevoir que vous n'étiez pas consentante !

Elle ne put réprimer un sourire.

— Malgré votre réputation de play-boy, vous êtes plutôt vieux jeu…

— J'estime que les femmes méritent respect et protection, répondit-il avec sérieux.

Son regard erra sur le T-shirt à manches longues.

— Est-ce pour cette raison que vous dissimulez votre corps sous des vêtements informes ?

— Oui…

— Vous n'avez pas à avoir honte de votre beauté, Lily. C'est à l'ordure qui a profité de vous de faire profil bas.

— Je n'ai pas trouvé d'autre moyen d'aller de l'avant, expliqua-t-elle. Peut-être n'était-ce pas le meilleur, mais…

— D'autres femmes dans la même situation ne s'en sortent pas aussi bien. Certaines sombrent dans la drogue ou dans l'alcool. Vous, au contraire, avez fait face avec courage, l'interrompit Raoul.

— Je déteste mon corps, murmura-t-elle. J'aimerais tant revenir en arrière. Effacer le passé…

— Chacun a ses blessures, Lily. Certaines sont plus visibles que d'autres, mais toutes nous rappellent ce que la vie nous a appris.

Lily se perdit dans son regard, à la fois résolu et empreint de douceur.

Comment sa fiancée avait-elle pu le quitter ? Il était si noble — fier mais droit, doté d'un réel sens de l'honneur. Quelle femme ne rêverait d'être aimée et protégée par un tel homme ?

Mais il n'était pas amoureux de sa fiancée, n'est-ce pas ? Du moins le prétendait-il. Certains hommes étaient incapables d'aimer. Tout comme certaines femmes, d'ailleurs, dont elle faisait encore partie jusqu'à très récemment.

Une minute…

Etait-elle amoureuse de Raoul Caffarelli ?

Impossible. Elle perdait complètement la tête…

— Je suis restée dans l'eau trop longtemps. Je ferais mieux de sortir, dit-elle en frissonnant. Avez-vous besoin d'aide pour regagner votre fauteuil ?

— Non. J'aimerais essayer les exercices aquatiques que vous m'avez suggérés.

— Votre plâtre est-il encore sec ?

— Pour l'instant.

Elle sortit du bassin et coula un regard par-dessus son épaule. Il n'avait pas bougé d'un pouce, ses yeux noisette rivés sur elle. Il semblait parfaitement normal, appuyé avec nonchalance contre le bord de la piscine. Savoir que ses jambes ne le soutenaient plus lui donna un pincement au cœur. Peut-être était-ce ses limites qui lui permettaient de la comprendre ? Ou peut-être était-il simplement un homme merveilleux qui ne méritait pas ce qui lui arrivait…

Quoi qu'il en soit, elle n'oublierait jamais cette soirée. Il l'avait écoutée sans la juger, l'avait désirée sans lui manquer de respect. Pour la première fois en cinq ans, elle s'était sentie belle et n'en avait éprouvé aucune honte.

C'était à lui qu'elle le devait.

*
* *

Raoul bouillonnait de rage à la pensée de ce qu'avait subi Lily. Il brûlait de saisir la justice, de changer le passé et réparer le mal qu'on lui avait fait. Dire qu'elle s'était débattue seule si longtemps, dissimulant son corps, vivant comme une ombre par peur d'une nouvelle agression... Dès leur première rencontre, sa stupéfiante beauté l'avait frappé. Mais c'était sa beauté intérieure qui le touchait le plus. Elle était douce et généreuse, à la fois compatissante et pleine de vie.

Et lui qui l'avait accusée de ne penser qu'à l'argent... Comment avait-il pu se fourvoyer à ce point ? Son attitude l'emplissait de honte. C'était parce qu'elle se sentait menacée qu'elle avait cherché à écourter son séjour au château. Sans doute l'avait-il terrifiée avec ses manières de rustres et ses remarques blessantes. Pourtant, malgré sa peur, elle était attirée par lui, il le savait.

Ce baiser... Oui, elle l'avait embrassé sans réserve, comme si l'espace d'un instant elle avait agi par instinct, s'autorisant à être la femme qu'elle était réellement. Que faudrait-il pour libérer cette passion une bonne fois pour toutes ? Pour la faire sortir de sa coquille et vivre sa vie telle qu'elle était censée être vécue ?

Etait-il l'homme de la situation ?

Comment l'aider alors qu'il était incapable de s'aider lui-même ? Ses jambes refusaient de le porter et le condamnaient à ce maudit fauteuil. Il n'avait rien à lui offrir, sinon une aventure d'un soir. Et, dans quelques années, elle raconterait à ses amies comment elle avait couché avec un type en chaise roulante... Quelle anecdote croustillante !

Si seulement ils s'étaient rencontrés avant son accident... Peut-être, alors, auraient-ils pu donner libre cours à leur attirance mutuelle. Mais, dans son état, comment être sûr qu'elle n'agissait pas par pitié ? Ou qu'elle le désirait *vraiment* et ne cherchait pas uniquement à se redonner confiance ?

Bon sang, qu'importait après tout ? Le sexe était le sexe. Une expérience physique, sans impact émotionnel. Il avait eu des dizaines de maîtresses, sans jamais songer à autre chose qu'à la dimension charnelle de leur échange. Non qu'il n'aimât pas les femmes à qui il faisait l'amour…

Simplement, il refusait de s'attacher. Il avait été très proche de ses parents, jusqu'à cet accident tragique qui les lui avait brusquement ravis. Du jour au lendemain, sa vie et celle de ses frères avaient volé en éclats. Tout ce qui leur était précieux leur avait été arraché, y compris le toit au-dessus de leurs têtes. La modeste villa dans laquelle leur mère tenait à ce qu'ils grandissent, loin des privilèges de la fortune, avait été vendue par leur grand-père quelques jours à peine après les funérailles.

Bien sûr, Vittorio ne les avait pas consultés. Il avait pris les choses en main sans se soucier de leurs larmes, ni de leur colère. Depuis, Raoul avait appris à museler ses émotions. Garder le contrôle, ne jamais être vulnérable ; tel était le principe qui régissait sa vie. Et il n'en changerait pas.

Maintenant moins que jamais.

10

Dominique affichait un sourire radieux lorsque Lily entra dans la cuisine le lendemain matin pour le petit déjeuner.

— Vous avez réalisé un miracle, mademoiselle Archer.

— Oui, enfin… Il a seulement accepté que je reste le mois. Mieux vaut ne pas vous faire trop d'espoirs…

— Pas cela. Regardez.

La gouvernante désigna la fenêtre, et Lily tourna les yeux dans la direction qu'elle indiquait. Raoul était devant l'étable dans son fauteuil roulant, en pleine discussion avec Etienne qui tenait l'un des chevaux par sa longe. C'était un animal imposant, renâclant et claquant des sabots, signe d'un tempérament fougueux. Mais, après un moment, il parut se calmer et frotta son museau contre la main tendue de Raoul, avant de lui donner un petit coup de tête affectueux. Même à cette distance, elle apercevait le sourire sur le visage de Raoul. Une profonde émotion l'envahit.

— Vous lui faites du bien, déclara Dominique, visiblement émue elle aussi. Cela me fendait le cœur de le voir rester enfermé ainsi. Il a dressé cet étalon lui-même, vous savez. Sa semence est très prisée.

— Il est magnifique.

— Je parlais du cheval, dit l'intendante avec un sourire espiègle.

Lily s'empourpra.

— Moi aussi.

— Etienne m'a dit que vous montiez, continua Dominique en lui servant une tasse de café.

— Plus maintenant. Je suis sûre que je tomberais au premier pas…

— Oh ! c'est comme le vélo. Cela ne s'oublie pas.

— Je dois être l'exception qui confirme la règle, répondit Lily en souriant.

— Simple question de confiance. Il suffit d'avoir le bon cheval au bon moment, vous ne croyez pas ?

— Le cheval est un animal dangereux. Aussi entraîné qu'il soit, il peut toujours revenir à ses instincts primaires.

Dominique la dévisagea pensivement.

— Tous les chevaux ne sont pas ainsi, mademoiselle Archer.

Lily reposa sa tasse sur le comptoir et se dirigea vers la porte.

— Peut-être pas. Mais tous ceux que j'ai connus l'étaient…

Raoul était déjà installé à soulever des haltères quand il vit Lily pénétrer dans le gymnase. Prendre l'air plus tôt dans la matinée lui avait fait du bien, même s'il lui répugnait de l'admettre. Ce genre de compromis avec les règles qu'il s'était fixées avait beau défier tous ses principes, l'incident de la piscine lui avait fait prendre conscience que son attitude était contre-productive. Certes, se rendre aux étables lui avait coûté. Mais Etienne l'avait aidé et ses chevaux, en particulier Mardi et Tempête, son étalon, l'avaient largement récompensé de ses efforts.

— Etienne m'a dit que vous étiez une ancienne cavalière, lança-t-il à Lily quand elle s'approcha de lui.

— Pas vraiment.

— Aimeriez-vous monter pendant que vous êtes ici ?

L'expression de la jeune femme se ferma.

— Non, merci.

— J'ai une jument très calme qui…

— Vous ne faites pas l'exercice correctement.

Elle saisit un haltère léger et effectua une série de répétitions.

— Comme ceci, vous voyez ? C'est une perte de temps et d'efforts si vous ne travaillez pas les bons muscles.

Il ne prêta aucune attention à sa démonstration.

— Que se passe-t-il ?

— Rien.

— Vous êtes contrariée.

Elle reposa l'haltère si brutalement que les masses s'entrechoquèrent dans un bruit métallique.

— Je suis ici pour *votre* rééducation, monsieur Caffarelli. Pas la mienne.

— J'ai pensé que vous aimeriez avoir un peu de temps à vous pour vous relaxer, insista-t-il. Ce doit être pénible d'être confinée dans ce château avec moi.

Elle ne répondit pas immédiatement.

— Non, murmura-t-elle enfin, la voix à peine audible. Ce n'est pas pénible.

— Vous appréciez donc mes sarcasmes ?

— Je crois que vous repoussez les gens pour ne pas qu'ils voient à quel point vous souffrez.

Il leva les yeux au ciel.

— C'est reparti pour la leçon de psychologie… Est-ce inclus dans la thérapie ou dois-je payer un supplément ?

— C'est cadeau, répliqua-t-elle du tac au tac.

— Alors je m'en passerai. Je m'en sortais à merveille avant votre arrivée.

Elle croisa les bras en une attitude de défi.

— Bien sûr. Raison pour laquelle vous vous terriez dans ce mausolée avec seulement votre intendante pour vous nourrir par l'entrebâillement de la porte. Oh oui, en effet, tout allait pour le mieux.

Il la foudroya du regard.

— Parce que *vous* êtes un exemple ? Pourquoi ne pas

vous regarder dans la glace pour changer, et voir comment les gens vous perçoivent ?

Elle se raidit comme sous l'effet d'une gifle, mais se reprit presque aussitôt.

— Par « les gens », je suppose que vous parlez de vous ?

— Pour ma part, je vois une jeune femme passionnée, mais qui a peur de le montrer. Vous vous êtes brûlé les ailes et vous n'osez plus prendre votre envol. Les autres, j'en suis sûr, voient une personne froide, sévère, renfermée. Ce n'est pas vous, Lily. Jamais vous ne serez heureuse en réprimant qui vous êtes.

Les lèvres de la jeune femme se crispèrent.

— Ce n'est pas à vous de me dire comment mener ma vie, répliqua-t-elle sèchement.

— Quelles chances avez-vous de me remettre sur pied si vous en êtes incapable pour vous-même ?

Elle ouvrit la bouche comme pour lui répondre avant de se raviser, le visage cramoisi.

— Vous avez raison, je ne suis pas la thérapeute qu'il vous faut. Je ferais mieux de m'en aller.

— C'est votre spécialité, n'est-ce pas ? Fuir quand la situation devient inconfortable. Eviter le problème ne le résoudra pas.

— Et vous ? Comment comptez-vous résoudre *vos* problèmes ? riposta la jeune femme. En décourageant quiconque tente de vous aider ? J'ai essayé et, croyez-moi, ce n'est pas la solution.

Il exhala un profond soupir.

— Repartons de zéro, vous voulez bien ? Imaginons que mon frère ne vous ait pas engagée. Nous sommes simplement deux personnes qui cherchent à s'entraider. Qu'en dites-vous ?

Elle le dévisagea longuement.

— Je ne suis pas sûre de comprendre où vous voulez en venir…

— Soyez vous-même, c'est tout ce que je demande. J'aimerais connaître la *vraie* Lily Archer.

En prononçant ces mots, il s'aperçut qu'il les pensait.

Il voulait tout connaître d'elle. La comprendre et l'aider à retrouver la vie qui lui avait été volée. Lily Archer était une belle et douce jeune femme cruellement traitée par la vie. Elle avait besoin de reprendre confiance en elle et en l'humanité.

N'était-il pas l'homme tout indiqué pour cela ?

Qu'était-il en train de se raconter ? Avait-il perdu la tête ? Il était déjà incapable de s'aider lui-même !

Il refusa d'écouter la voix qui venait de s'élever en lui. Pour une fois, il suivrait son instinct. Passer du temps avec lui aiderait Lily à se sentir mieux dans son corps. A baisser sa garde et sortir de sa réserve. A profiter un peu plus de la vie. De son côté, elle ferait son possible pour lui rendre l'usage de ses jambes.

En somme, c'était un accord donnant-donnant.

Elle se mordit la lèvre, visiblement indécise.

— Vous risquez d'être déçu…

— Ou agréablement surpris. Vous aussi, d'ailleurs. Il paraît que je peux être charmant quand je veux, dit-il avec son sourire le plus angélique. Alors, qu'en dites-vous ? On fait la paix ?

Elle saisit timidement la main qu'il lui tendait.

— On fait la paix.

Lily passa les quinze jours suivants à travailler avec Raoul dans la salle de gym, en particulier sur les barres parallèles. A plusieurs reprises, elle l'avait surpris en train de s'exercer tout seul. Depuis qu'on lui avait retiré son plâtre, il passait également beaucoup de temps dans la piscine, sans qu'elle trouve le courage de l'y rejoindre. Cela l'inquiétait qu'il dépasse ainsi ses limites physiques. Elle n'avait pas envie de le quitter en pire état qu'à son arrivée.

Le quitter.

Cette idée la mettait mal à l'aise chaque fois qu'elle y pensait. C'était pourtant une mission comme une autre. Elle n'était pas censée s'attacher à un patient. Seulement l'aider à regagner sa mobilité avant de passer au suivant. Elle n'était pas non plus censée rêver de leurs baisers, avec l'espoir secret qu'il l'embrasse de nouveau ou la frôle sans qu'il s'agisse d'un accident.

Depuis l'épisode de la piscine, il observait une distance polie, dînant la plupart du temps dans son bureau. Mais son regard sur sa bouche lorsqu'il lui parlait ne lui avait pas échappé — il la désirait. Elle ne valait pas mieux. Le matin même, alors qu'il avait perdu l'équilibre aux barres parallèles, elle s'était précipitée pour le soutenir. Et quand le souffle mentholé de Raoul avait balayé ses lèvres, son cœur s'était affolé à l'idée qu'il s'en empare.

Mais non.

Le regard plongé dans le sien, il s'était contenté de murmurer, un sourire narquois aux lèvres :

— C'était moins une… J'étais à deux doigts de m'étaler de tout mon long.

— Non. Je serais intervenue.

Il l'avait dévisagée un moment.

— Que diriez-vous de dîner ensemble, ce soir ?

— Vous n'avez pas un travail urgent à finir ou dix mille e-mails à envoyer ?

— Dominique m'a dit que vous vous sentiez seule dans la grande salle à manger…

— Pas du tout, avait-elle vivement protesté, consciente de paraître sur la défensive.

— Je vais lui demander de nous préparer un pique-nique.

— Un *pique-nique* ?

— Vous n'aimez pas cela ?

— Si, au contraire. C'est juste que…

— Alors rendez-vous au lac. Il y a une clairière sur la rive ouest qui nous protégera du vent.

— Vous ne voulez pas que je pousse votre fauteuil jusque là-bas ?

Il lui avait jeté un regard tranchant.

— Non.
— Mais comment…
— J'ai un moyen.

Le « moyen » s'avéra avoir quatre jambes, une crinière et l'air passablement rétif. Lily attendait, assise sur la nappe à carreaux fournie par Dominique avec le pique-nique lorsqu'elle vit arriver Raoul, chevauchant son étalon. Il tenait une jument par les rênes, elle aussi munie d'une selle.

Bon sang, à quoi pensait-il ? Et s'il tombait de sa monture ? Lily bondit sur ses pieds, manquant trébucher sur le panier du pique-nique.

— Avez-vous perdu la tête ?

L'étalon souffla des naseaux et trépigna. Mais Raoul resta fermement en selle, calmant l'animal par de douces paroles qu'il lui murmurait à l'oreille. La jument, elle, observait avec gourmandise la baguette posée sur la nappe.

— Je croyais que vous aimiez les chevaux, dit Raoul.

— C'est le cas. Mais vous n'êtes pas censé monter !

— Pourquoi ?

— Parce que vous pourriez tomber !

— Aucun risque, assura-t-il en flattant l'encolure du cheval. N'est-ce pas la solution idéale ? Quatre jambes puissantes au lieu de deux qui bougent à peine.

Lily couva l'étalon d'un regard dubitatif. Il paraissait nerveux et caractériel. Raoul jouait avec le feu. Une chute endommagerait un peu plus sa colonne vertébrale, ne le savait-il pas ? Malgré elle, cette perspective la rendait malade d'anxiété. N'avait-il pas eu son lot de tragédies ?

— Vous cherchez les ennuis, le sermonna-t-elle. C'est beaucoup trop tôt ! Vous risquez d'aggraver votre état. Si vous tombez et que vous vous cassez les deux jambes, ne venez pas me trouver…

— Raison de plus pour me superviser, lança-t-il en lui

tendant les rênes de la jument. Accompagnez-moi et veillez à ce que je reste sage.

— Vous, sage ? Vous ignorez la définition de ce mot. Quant à cet étalon…

Il sourit, le regard brillant.

— Ne vous inquiétez pas. Sous ses airs de dur à cuire, c'est une vraie guimauve.

Après une longue hésitation, Lily saisit les rênes de la jument. L'odeur de cuir et de cheval la ramena instantanément en arrière, à une époque où tout était en ordre dans sa vie — une époque heureuse.

— Doucement, murmura-t-elle en caressant le flanc de la jument. Gentille fille.

Elle parvint à se mettre en selle sans basculer de l'autre côté comme elle le redoutait.

— Vous avez une bonne assise, commenta Raoul.

— Espérons que je la garde…

Avec soulagement, Lily ne tarda pas à constater qu'elle avait trouvé son rythme. Mardi, la jument, était aussi douce qu'un agneau, sa démarche sûre et régulière. L'étalon, lui, caracolait et s'ébrouait, sans que Raoul peine pour autant à garder son équilibre. Au contraire, il semblait apprécier la balade. Jamais elle ne l'avait vu si détendu et souriant. Son sourire le rajeunissait, l'auréolant d'une insouciance qu'elle ne lui connaissait pas. A le voir ainsi, viril et sexy en diable, personne n'aurait soupçonné qu'il était incapable de marcher.

C'était l'homme le plus troublant, le plus droit qu'elle ait jamais rencontré. Au cours des deux semaines qu'ils venaient de passer ensemble, il avait gardé ses distances avec elle, respectant sa décision de ne pas s'engager dans une relation physique. Il l'avait laissée libre de ne pas évoquer son passé. Libre d'être elle-même. A ses côtés, elle s'était sentie…

En sécurité.

Son cœur se serra à l'idée de rentrer bientôt à Londres. De retrouver ses patientes habituelles. De passer ses soirées devant de stupides feuilletons télévisés ou à lire des romans remplis d'aventures qu'elle-même ne vivrait jamais.

Comme tomber amoureuse, par exemple.

Elle se mordit la lèvre. Peut-être n'avait-elle pas besoin de roman pour cela…

N'était-elle pas déjà un peu amoureuse de Raoul ?

Bien sûr, c'était de la folie.

Jamais il ne se serait retourné sur une fille comme elle si elle n'avait pas été sa physiothérapeute, confinée avec lui dans son château. Les photos de son ex-fiancée, Clarissa Moncrief, qu'elle avait trouvées sur internet étaient éloquentes. Comparée à cette sublime blonde aux jambes interminables et au sourire éclatant, elle était si terne et banale.

Certes, Raoul l'avait embrassée. Mais que signifiaient deux baisers ? Il avait embrassé des centaines de femmes ! C'était un charmeur et un don Juan. Avant sa relation avec Clarissa, il n'était jamais resté plus d'un mois ou deux avec la même partenaire. Sans doute aurait-il fait d'elle sa maîtresse dans la piscine si elle lui avait donné le feu vert. Son intérêt pour elle venait de leur cohabitation forcée, voilà tout.

— Que diriez-vous de galoper jusqu'au bosquet ? proposa Raoul.

Sa voix grave et profonde la ramena à la réalité.

— Mardi en est-elle capable ?

— Si vous l'y encouragez …

Elle serra les cuisses contre les flancs de la jument, qui passa au trot puis au galop. Quel bonheur de se laisser griser par la vitesse, le visage fouetté par le vent ! Cela lui rappelait tant l'époque heureuse où tous les espoirs semblaient permis.

Après quelques secondes, Raoul s'élança à son tour et la dépassa. Il semblait totalement dans son élément, chevalier ténébreux chevauchant son plus beau destrier.

— Tout va bien ? demanda-t-il une fois arrivé au bosquet, attendant qu'elle le rattrape.

Elle ne put retenir le large sourire qui lui venait aux lèvres.

— C'était génial !

— Vous êtes très belle quand vous souriez.

Et elle se *sentait* belle lorsqu'il la regardait ainsi, ses yeux brûlant de désir posés sur ses lèvres. C'était comme un baiser, qui ne manquait jamais de mettre ses sens en fusion.

— Avez-vous faim ?

— Je suis affamée !

— Alors laissez-moi mettre pied à terre.

— Comment allez-vous…

Elle n'avait pas terminé sa question qu'il émit un claquement de langue. Aussitôt, l'étalon plia les jambes de devant et s'inclina au sol. Raoul en profita pour se dégager de la selle et se laissa glisser sur la nappe à carreaux. L'espace d'une seconde, il sembla à Lily que tout son poids reposait sur sa jambe gauche — mais peut-être était-ce son imagination. Il donna un ordre à l'étalon, qui s'éloigna aussitôt dans la clairière.

— Impressionnant ! s'exclama-t-elle, admirative. Depuis quand sait-il faire cela ?

— Je lui ai appris il y a longtemps, sans savoir à quel point ça me serait utile un jour.

Lily perçut une note d'amertume dans sa voix. Raoul avait progressé ces deux dernières semaines. Mais même des progrès pouvaient être démoralisants s'ils n'étaient pas aussi rapides qu'il l'avait espéré. Combien de patients avait-elle vus se décourager au cours de leur rééducation ? Accepter ses limites était l'étape finale, et la plus difficile. Certains ne la surmontaient jamais, dévastés par leur incapacité à accomplir ce qui leur était autrefois naturel.

— Vous vous en sortez très bien, assura-t-elle. Avez-vous remarqué que votre jambe gauche soutenait votre poids, à l'instant ? Je suis certaine de ne pas avoir rêvé.

Il incurva les lèvres, à mi-chemin entre la grimace et le sourire.

— Non, vous n'avez pas rêvé. J'arrive à tenir debout

quelques secondes. De là à marcher au côté de mon frère à son mariage…

— L'important est que vous y soyez, assura-t-elle en descendant de cheval à son tour. Vous n'avez pas le choix. Rafe et Poppy seraient profondément déçus si vous ne veniez pas.

L'air perdu dans ses pensées, Raoul joua distraitement avec un brin d'herbe.

— Aux funérailles de nos parents, Rafe et moi nous tenions côte à côte, épaule contre épaule. C'est la chose la plus difficile que j'aie jamais eue à faire, expliqua-t-il. J'ai mis mes propres émotions en sourdine pour le soutenir. Depuis, j'ai juré que je serais toujours là pour lui et Rémy. C'est à cela que servent des frères, ils se soutiennent en toute circonstance.

— Vous n'avez pas besoin d'être épaule contre épaule avec quelqu'un pour le soutenir. Il existe de nombreuses façons de montrer à une personne qu'on tient à elle.

Comme l'inviter à un pique-nique, en organisant une balade à cheval pour lui redonner confiance…

Assez. Hors de question de commencer à se bercer d'illusions.

— Rafe compte sur moi, reprit Raoul. Rémy, lui, est trop imprévisible. Il était très jeune quand nos parents sont morts. En essayant de le protéger, nous l'avons trop gâté. Résultat, il croit que tout lui est dû.

— Vous avez fait votre possible dans des circonstances dramatiques. Personne n'a le droit d'exiger plus.

— Je ne peux pas laisser tomber Rafe, mais je ne supporte pas l'idée de n'être qu'à moitié là…

Lily couvrit sa main sur la nappe et la serra dans la sienne.

— Vous serez là en entier, Raoul. Ne le comprenez-vous pas ? Vous êtes bien plus que votre enveloppe physique.

Il saisit sa main et la porta à son menton qu'ombrait un début de barbe. Le contact rugueux sous ses doigts provoqua un frisson de désir en elle.

— Si seulement je vous avais rencontrée avant mon accident…

Le cœur de Lily s'affola.

— Pourquoi ?

— J'aurais pu tomber amoureux de vous.

— Qu'est-ce qui vous en empêche maintenant ?

Seigneur, était-ce bien elle qui venait de parler ? Que cherchait-elle ? A détruire le peu d'estime de soi qu'il lui restait ? Il n'avait aucune raison de tomber amoureux d'elle. Elle était un papillon de nuit insipide, pas un splendide papillon exotique.

Pourtant, les doigts de Raoul sur les siens semblaient dire le contraire…

— Raison. Rationalité. Responsabilité, soupira-t-il.

— Les trois R.

— Vous vous êtes renseignée sur mes frères et moi, à ce que je vois.

Lily renonça à nier.

— Riches. Roués. Ravageurs. C'est ainsi que la presse vous décrit depuis des années.

— L'un d'entre nous est « Rangé », à présent. Deux, si l'on me compte aussi.

Pensait-il à son ex ? Même s'il n'était pas amoureux de Clarissa, le sexe lui manquait certainement. C'était un homme, après tout, avec ses besoins physiques. Un homme viril. Puissant.

Irrésistible.

Son regard vert noisette happa le sien, et elle sentit une myriade de papillons virevolter dans son ventre.

— Je crois que je ne suis jamais resté aussi longtemps sans faire l'amour…

Les joues de Lily s'embrasèrent.

— C'est un record, j'imagine. Combien de temps cela fait-il ? Six, sept semaines ?

Impensable ! Voilà qu'elle discutait de sa vie sexuelle, à présent ! Elle avait dû perdre la tête.

— Neuf, rectifia-t-il avec un grand sourire.

— Autant dire une décennie pour un play-boy comme vous. Un siècle, même.

— J'imagine que cela fait encore plus longtemps, pour vous...

Lily baissa les yeux sur leurs mains jointes. La sienne paraissait minuscule dans celle de Raoul, presque diaphane contre sa peau bronzée. On eût dit une incarnation physique des différences entre leurs deux mondes.

Le sien était terne et monotone.

Celui de Raoul, excitant et coloré.

Le silence entre eux devenait suffocant.

— Avez-vous... ?

— Je n'ai pas...

Ils avaient parlé en même temps.

— Vous d'abord, dit Raoul.

— Je n'ai plus fait l'amour depuis mon agression, avoua-t-elle. A vrai dire, je n'étais pas non plus une experte avant. Je n'ai eu que deux relations dans ma vie, sans jamais ressentir cette flamme dont tout le monde parle.

Comme celle qu'elle ressentait maintenant au contact de ses doigts sur sa main.

— Il faut croire que je n'ai pas un tempérament exalté, conclut-elle. Sur le plan sexuel, je suis plus vanille que fruits de la passion...

— J'adore la vanille. C'est simple, subtil, élégant. Une saveur qui se marie avec toutes les autres.

Lily planta son regard dans celui de Raoul. Si seulement il pouvait lire dans ses yeux... Ne voyait-il pas à quel point elle le voulait ? Son corps tout entier se consumait pour lui, vibrant et palpitant de désir contenu. Elle se sentait comme un volcan sur le point d'exploser. C'était une sensation puissante, irrésistible, qui allait à l'encontre de tout ce à quoi elle s'était accrochée jusque-là. Orgueil et prudence n'avaient soudain plus aucune importance.

Elle voulait se sentir femme.

Etre sienne.

Sous son regard, c'était comme si le monde cessait de tourner. Dans ses prunelles assombries, elle lisait le même besoin primitif qui bouillait en elle.

— J'ai envie de toi, s'exclamèrent-ils en même temps.

— Tu es sûre ? souffla Raoul.

Bouleversée par la douceur apparue dans son regard, elle lui caressa la joue.

— Sûre et certaine. Je veux que tu me fasses l'amour. Que tu remplaces les souvenirs qui me hantent par de nouveaux souvenirs.

Des souvenirs qu'elle chérirait quand tout serait fini, dans à peine deux semaines…

Il encercla son visage de ses mains, le front soucieux, comme en proie à un terrible conflit intérieur.

— Je ne suis pas l'homme qu'il te faut, Lily…

— Au contraire. Tu es l'homme idéal. Ce sera un peu notre première fois à tous les deux.

— Je n'ai rien d'autre à t'offrir que ceci…

Sa bouche effleura la sienne, dans un souffle intime qui la fit frémir de désir.

— Es-tu prête à l'accepter ?

— C'est tout ce que je veux.

Menteuse. Elle voulait plus. Elle voulait le conte de fées et le « happy end ».

— Je veux me sentir vivante. Je veux me laisser emporter par la passion…

— Moi aussi, murmura-t-il d'une voix torturée. Tu n'as pas idée à quel point j'en ai envie…

Elle posa sur ses lèvres un baiser léger.

— Montre-moi.

11

Raoul avait une vie sexuelle bien remplie depuis ses dix-sept ans. Il aimait les femmes, connaissait leur corps par cœur, savait ce qui les rebutait ou les excitait. L'art de la séduction n'avait aucun secret pour lui. Il maîtrisait chaque geste, chaque caresse capable de faire vibrer sa partenaire. Il savait qu'il avait une réputation d'amant hors du commun.

Mais, avec Lily, il avait l'impression de tout reprendre de zéro. Il se sentait maladroit, empêtré. Il hésitait, tâtonnait par crainte de l'effaroucher ou de lui faire mal.

La bouche de la jeune femme avait la douceur du velours sous la sienne, avide et pourtant hésitante, comme si elle cherchait encore ses marques avec lui. Elle réapprenait les étapes, goûtait par petites touches, apprivoisait ses sensations. Bon sang, cette timidité empreinte de passion contenue le rendait fou de désir ! Lily noua les bras autour de son cou, gémissante de plaisir sous ses baisers, attisant encore le feu qui couvait en lui.

Mais il devait à tout prix se contrôler. La jeune femme était loin d'être prête pour lui. Il le devinait à ses gestes heurtés, à sa façon de s'agiter entre ses bras, comme un cheval à l'approche d'un obstacle trop haut.

— Je ne te ferai pas mal, Lily. Fais-moi confiance.

Elle esquissa un sourire timide.

— J'ai confiance en toi.

— Si tu veux arrêter, dis-le-moi.

— Je ne veux pas que tu t'arrêtes…

Elle ondula du bassin contre lui, un mouvement plus instinctif que conscient qui attisa encore son désir.

— Fais-moi l'amour, Raoul.

Avec douceur, il couvrit un de ses seins de la main, frôlant le téton qui se dressait fièrement contre sa paume, avide de caresses. Comme il détestait cette barrière du tissu ! Il voulait Lily nue dans ses bras, sentir sa peau satinée contre la sienne pousser plus avant son exploration sensuelle. Aventurant une main sous le T-shirt de la jeune femme, il guetta fébrilement sa réaction.

C'était à elle de dicter ses termes.

Loin de le repousser, elle se cambra contre lui, comme pour lui offrir ses seins. Alors, il souleva son T-shirt, exposant ses mamelons roses avant de les aspirer entre ses lèvres. La jeune femme ondulait et gémissait entre ses bras tandis qu'il les savourait tour à tour.

Soudain, elle se dégagea.

— Ne devrais-je pas… me déshabiller ?

Sa gaucherie était si attendrissante. Elle était si adorable… La plupart de ses partenaires s'étaient déjà dénudées avant même d'atteindre la chambre. Elles s'exhibaient dans des tenues moulantes ne laissant rien à l'imagination, réclamaient ce qui leur procurait du plaisir, sans pudeur ni retenue.

Touche-moi ici. Plus fort. Plus vite. Plus lentement.

Tout était devenu si mécanique…

Avec Lily, tout serait différent, il le devinait.

— Laisse-moi faire.

Il lui retira son T-shirt d'un geste malhabile. Bon sang, il avait l'impression d'être redevenu adolescent ! Son souffle s'accéléra devant la taille fine, les abdominaux d'acier, les seins fermes et harmonieux.

— Magnifique…

Elle se mordit la lèvre.

— Ils paraissent plus gros avec un Wonderbra. C'est un peu de la publicité mensongère…

— Tu as des seins admirables, dit-il en effleurant son ventre plat, avant de laisser glisser sa main entre ses cuisses.

Elle frissonna sous sa caresse.

— J'aime tes mains. Elles sont… délicates.

— Et j'aime ton corps.

Comme elle baissait les yeux, il lui releva le menton et l'obligea à le regarder.

— Je le pense, Lily. Tu es splendide. Tu n'as pas à en avoir honte.

— J'ai parfois l'impression de vivre dans le corps d'une autre, murmura-t-elle. Depuis ce qui est arrivé, je ne le reconnais plus. Il m'arrive même de le haïr.

Comme il comprenait ce qu'elle ressentait ! Lui-même n'avait qu'une envie : tourner la page. Aller de l'avant. Au lieu de quoi, il se retrouvait pris au piège de son propre corps, un corps qui n'était plus lui. Ils étaient *tous les deux* pris au piège. Mais quel choix avaient-ils ?

Il écarta tendrement une mèche de son front.

— Et moi, crois-tu que j'aime mon corps ? Toutes les nuits, je reste éveillé, terrifié à l'idée de ne jamais remarcher. Tu as été marquée dans ta chair, mais il ne tient qu'à toi de ne pas laisser le passé te ronger.

Une leçon qui valait aussi pour lui…

— J'aimerais être… normale, soupira la jeune femme.

— Tu *es* normale.

Elle promena un doigt sur ses lèvres en une envoûtante caresse.

— Fais-moi oublier tout ce qui n'est pas *ici et maintenant*.

Ici et maintenant, c'était la douceur enchanteresse de la bouche de Lily sur la sienne. Il l'enlaça étroitement, et elle se moula contre lui à la perfection, comme une clé qui aurait trouvé sa serrure. C'était si bon de la serrer dans ses bras, de sentir les courbes de son corps épousant les siennes. Une agréable sensation de plénitude se répandait en lui. Il avait beau tenter de s'en défaire, elle revenait à la charge. Tout était si parfait, si… *juste.*

Il aurait voulu que ce sentiment dure éternellement.

Lily se laissait peu à peu emporter par la tendresse de Raoul. Ses mains sur elle avaient la légèreté d'un courant d'air. Il prenait son temps, lui retirait ses vêtements un à un. Chaque centimètre carré de peau qu'il dénudait recevait un doux baiser.

Puis il l'aida à se débarrasser de son pantalon, sans cesser de l'embrasser. Des lèvres, il traçait un chemin de feu sur son ventre. Une délicieuse volupté l'envahissait, tandis que la langue de Raoul délaissait son nombril pour venir caresser la lisière de sa petite culotte.

Assaillie par le doute, elle se raidit soudain. Et s'il la comparait à son ex-fiancée ? Clarissa Moncrief avait des jambes de déesse, soigneusement exfoliées et dorées à l'autobronzant. Les siennes étaient pâles et banales. Tout comme sa culotte en coton blanc, achetée au supermarché… D'une seconde à l'autre, il allait reculer de dégoût. Trouver un prétexte pour tout arrêter, elle en était sûre.

Seigneur, que lui avait-il pris de le supplier de lui faire l'amour ? C'était si pathétique…

— Hé, susurra-t-il d'une voix rauque. Tu es la plus belle femme que j'aie jamais vue. J'aime ta fraîcheur, ton naturel…

Il lui caressa les cuisses, en longs mouvements délicats qui l'aidèrent à se relaxer. Puis il posa les lèvres sur l'intérieur de sa cuisse. Le souffle de Lily se bloqua dans sa gorge. Déjà, il embrassait l'autre cuisse, toujours plus proche du cœur palpitant de sa féminité.

— Je veux…

Que voulait-elle ? Elle ignorait comment obtenir la libération que son corps réclamait. Jamais elle n'avait éprouvé un désir si intense. Il montait en elle, dans un brûlant crescendo qui la mettait au supplice.

Raoul fit courir un doigt sur son sexe à travers sa culotte, et elle s'arqua en gémissant, frissonnante d'anticipation.

— Je te veux, *toi*.

Répondant à sa prière, il la débarrassa du sous-vêtement gênant et reprit sa caresse. Le contact de ses doigts sur son sexe la fit chavirer. Puis il remplaça ses doigts par sa bouche, la goûtant, explorant son intimité avec une éblouissante maîtrise. Inondée d'exquises sensations, elle s'agrippa à ses cheveux comme à une bouée de sauvetage, jusqu'au moment où le plaisir déferla en elle en puissantes vagues successives. Son cri déchira l'air, un cri qui ressemblait à un sanglot tant sa propre passion la bouleversait.

— Seigneur, tu es doué, murmura-t-elle, se sentant ridicule.

Il lui sourit.

— Toi aussi.

Elle posa une main timide sur son torse. Sans s'en rendre compte, elle avait déboutonné sa chemise pendant qu'il la propulsait vers l'extase. Mais il ne s'était pas déshabillé pour autant. Etait-ce volontaire de sa part ? La préservait-il du choc que lui causerait sa nudité ?

— J'aimerais te toucher…

Il couvrit sa main de la sienne.

— Une autre fois.

Une autre fois ?

Ses mots lui firent l'effet d'une gifle. N'avait-il pas envie de lui faire l'amour ? Etait-elle si hideuse ? Pourtant, elle avait senti son érection. Elle la sentait encore, pressée contre sa cuisse…

Ce n'est pas toi qu'il désire. C'est son ex. La parfaite, la sublime Clarissa Moncrief.

Elle dégagea sa main d'un mouvement brusque et commença à rassembler ses vêtements.

— Bien sûr, dit-elle. Je ne voudrais pas te forcer. Ce serait ridicule, n'est-ce pas ?

— Je n'ai pas de préservatif sur moi.

Elle s'interrompit net.

— Oh…

— Je doute que Dominique en ait glissé dans le panier du pique-nique, ajouta-t-il avec un sourire navré.

— Elle l'aurait fait si tu le lui avais demandé, rétorqua-t-elle en achevant de se rhabiller.

Raoul fronça les sourcils.

— Tu crois que c'est dans ce but que j'ai organisé cette sortie ?

— L'idée était de me remettre en selle, non ? Au sens propre comme au figuré. D'une pierre deux coups.

— Tu te trompes, Lily. Je n'avais pas prévu de coucher avec toi…

— Oh ! non. Seulement de me… « rendre service », grinça-t-elle avec cynisme.

Le visage fermé, Raoul la fusilla du regard.

— Si tu imagines que je coucherais sans protection avec une jeune femme vulnérable, alors tu es…

— Cinglée ?

— Ne me fais pas dire ce que je n'ai pas dit, s'exclama-t-il dans un effort visible pour garder son calme.

— Mais tu le penses, non ? Tout le monde me trouve bizarre…

Elle darda sur lui un regard noir.

— Pour ta gouverne, je ne suis *pas* vulnérable.

— Oh que si, tu l'es. Tu as même si peur que tu repousses quiconque chercherait à t'aider.

— C'est toi qui dis ça ?

— Je t'ai bien ouvert ma porte…

— A contrecœur.

Un silence tendu tomba entre eux.

— Tu m'as aidé, Lily. Enormément, même.

Malgré elle, ces quelques mots, prononcés d'un ton bourru, dissipèrent sa colère.

— Vraiment ?

— Tu avais raison. Je *dois* être là pour le mariage de Rafe, fauteuil ou non.

Une vague d'émotion inattendue submergea Lily. Elle cilla pour refouler les larmes qui lui montaient aux yeux. Au moins, elle avait rempli sa mission vis-à-vis de Rafe Caffarelli : Raoul serait présent à son mariage. Se montrer en public serait certainement une épreuve pour lui, mais aussi un grand pas en avant.

— Je suis contente pour toi, et pour Rafe et Poppy.

— M'accompagneras-tu ?

— Moi ? Ce n'est pas ma place de…

— Je te veux à mes côtés.

Dans sa voix perçait une note autoritaire.

— Tu es ma physiothérapeute. Je risque d'avoir besoin de toi pour masser un muscle endolori ou soulager mon ego.

— *Soulager ton…*

— Alors, tu acceptes ?

Lily hésita. Un mariage familial ? C'était si… personnel. Supporterait-elle d'assister avec lui au bonheur d'une autre — ce bonheur dont elle rêvait si désespérément pour elle-même ?

— Je ne sais pas…

— Il te reste dix jours pour te décider.

Lily scruta attentivement le visage de Raoul. Avait-il une raison secrète d'insister à ce point ? Ce serait une cérémonie publique et très médiatisée. La presse serait partout. Déjà, les spéculations sur sa rupture avec Clarissa Moncrief allaient bon train. Cherchait-il à détourner l'attention en la faisant passer pour sa nouvelle conquête ?

— Je devrai rentrer à Londres directement après. J'ai des patients qui attendent mon retour.

— Je ne te retiendrai pas plus longtemps que ton contrat ne le prévoit. Après le mariage, tu es libre de partir.

Une étrange déception envahit Lily. Depuis le début, il ne voulait pas de sa présence. Alors pourquoi l'entendre planifier son départ lui serrait-il le cœur ?

— Parfait.

— Si nous attaquions le pique-nique ? Dominique n'a peut-être pas prévu de préservatifs, mais il y a tout ce qu'il faut pour un excellent repas.

Lily se rassit sur la nappe. Son bel appétit s'était envolé, mais elle se força néanmoins, sans vraiment prêter attention à ce qu'elle mangeait. La conversation était guindée, artificielle. Elle percevait l'impatience de Raoul d'en finir avec cette soirée. Même les chevaux étaient agités, piaffant et fouettant l'air de leur queue, les oreilles dressées au moindre bruit.

Enfin, le repas s'acheva. Comme elle faisait mine de ranger les reliefs du pique-nique dans le panier, Raoul l'interrompit.

— Laisse. Etienne s'en chargera.

— Très bien. As-tu besoin d'aide pour…

Son regard d'acier la réduisit au silence.

— Inutile. Ramène Mardi aux écuries, où quelqu'un la dessellera. J'attends Etienne.

Raoul se noyait. L'eau l'entourait de toute part. Ses jambes ne répondaient plus. Ses poumons étaient sur le point d'éclater. Il luttait et se débattait dans cette prison liquide. Sauf que ce n'était pas de l'eau, mais… du tissu ? Il donna un coup et perçut un cri étouffé.

Son sang se glaça.

Il ouvrit les yeux. Il était dans sa chambre. Lily se tenait à côté de lui, assise sur le bord du lit. Elle le fixait d'un air affolé, une main à son menton.

— Tu es blessée ?

A cette pensée, son estomac se contracta étrangement.

— Dis-moi que je ne t'ai pas fait de mal…

— Non. Pas vraiment.

Elle retira sa main, révélant une marque rouge là où il l'avait heurtée. Il l'effleura doucement du pouce.

— Désolé. Je fais parfois de terribles cauchemars. J'aurais dû te prévenir.

— Je t'ai entendu crier…

— Je t'ai réveillée ? demanda-t-il, laissant son pouce s'égarer sur sa lèvre inférieure, si douce contre sa peau.

— Je ne dormais pas.

Il se noya dans son regard. Elle paraissait si jeune, si… naturelle. Sans prétention. Ses cheveux bruns cascadaient librement sur ses frêles épaules. Une fragrance de jasmin et de chèvrefeuille s'en échappait, à la fois familière et exotique.

— Pourquoi n'arrivais-tu pas à dormir, Lily ?

Elle baissa les yeux.

— Oh ! tu sais, c'est une de ces nuits…

— Oui. Je vois.

D'un pouce caressant, il traça le contour de ses lèvres, qui esquissèrent un sourire incertain.

— Je ferais mieux de retourner me coucher…

— Reste.

Elle cligna des yeux.

— Tu veux que je reste ?

— Parle-moi. Tiens-moi compagnie. Distrais-moi.

— Ce n'est pas vraiment le travail d'une physiothérapeute…

Il enchaîna son regard au sien.

— Alors, reste pour une autre raison.

— Quelle autre raison ? souffla-t-elle.

Lentement, il approcha son visage du sien.

— Trouves-en une, chuchota-t-il, avant de s'emparer de sa bouche.

C'était une très bonne raison. Excellente, même. En fait, Lily ne pouvait imaginer meilleure raison de se trouver ici, dans la chambre de Raoul, les lèvres unies aux siennes : c'était le seul endroit où elle avait envie d'être.

Il l'attira dans ses bras, tout contre lui. Un frisson la parcourut comme il approfondissait encore leur baiser. Il glissa la langue entre ses lèvres, l'enroula fiévreusement à la sienne, et elle s'abandonna tout entière. Déjà, il la renversait dos sur le lit, son poids réparti sur ses deux coudes, comme pour ne pas l'écraser.

— Tu es délicieuse, susurra-t-il contre sa bouche.

Elle l'embrassa avec passion, cette passion qu'il avait allumée quelques heures plus tôt lors du pique-nique. Non, bien avant cela... Dès leur première rencontre, elle avait senti une étincelle entre eux. Un puissant magnétisme les liait, comme deux aimants irrésistiblement attirés l'un vers l'autre.

Jamais son corps n'avait été si vivant. Raoul avait éveillé en elle des sensations endormies qui avaient explosé en un véritable feu d'artifice. Plus rien n'existait que ce désir ardent.

Les mains de Raoul parcouraient chaque centimètre de son corps, dessinaient ses courbes, la tourmentaient de caresses expertes, promesse de plaisirs plus divins encore. Sa peau frémissait d'impatience, les pointes de ses seins douloureusement dressées. Elle voulait plus. Elle voulait sentir sa langue explorer sa peau nue.

Comme s'il lisait dans ses pensées, il souleva son haut de pyjama. Ses paumes étaient chaudes sur sa taille. Il happa un sein entre ses lèvres, et un gémissement de plaisir lui échappa. Chaque nouvelle caresse la plongeait dans un océan de voluptés insoupçonnées. Les gestes de Raoul étaient doux mais déterminés, lui arrachant une réponse sensuelle dont elle ne se serait jamais crue capable. Elle ondulait sous lui, avide de sa nudité, pressée d'assouvir le besoin qui la ravageait.

— Je ne veux pas te brusquer, murmura-t-il.

— Tu ne me brusques pas.

Elle l'embrassa une fois, deux fois, trois fois.

— J'ai envie de toi. Maintenant.

Il esquissa un sourire joueur.

— Au moins, cette fois, je suis préparé.

— Tout à l'heure, au bord du lac… J'ai cru que tu ne me désirais pas.

— Qu'est-ce qui a bien pu te faire penser cela ?

Elle évita son regard, les yeux rivés sur sa barbe naissante.

— Je n'ai pas l'habitude qu'un homme refuse de…

— Nous ne sommes pas tous des égoïstes irresponsables, murmura Raoul en lui relevant le menton.

Elle effleura du doigt sa lèvre inférieure, encore hésitante.

— Mais tu es toujours sorti avec de sublimes mannequins…

— Certaines de mes plus belles partenaires étaient aussi les plus ennuyeuses. Toi, tu es magnifique et captivante. C'est toute ta personne qui me plaît, pas seulement ton apparence.

Il prit ses lèvres dans un baiser langoureux qui balaya ses derniers doutes. Seules comptaient les sensations qu'il lui faisait éprouver. Avec lui, elle se sentait bien. Vivante.

Elle promena une main sur son torse, ses abdominaux d'acier. Lentement, elle laissa glisser ses doigts plus bas jusqu'à son sexe érigé. Une vague de chaleur la submergea. Il était si dur, si imposant… Plus elle l'explorait, plus elle le trouvait beau. C'était nouveau pour elle. Jamais un homme ne lui avait fait un tel effet. Elle effleura du doigt son sexe dressé. Le même désir irrépressible faisait palpiter leurs deux corps, elle le sentait.

— Je te veux en moi…

— Et je veux être en toi.

D'un geste fébrile, il enfila un préservatif. Il lui écarta gentiment les cuisses et elle noua une de ses jambes autour de ses hanches, sans cesser de l'embrasser. Son érection se pressait contre elle, vibrant de désir contenu. Attendait-il sa permission ?

— Je vais y aller lentement…

Elle se cambra contre lui. Lentement ? Elle ne voulait pas

qu'il aille lentement ! Elle le voulait là, tout de suite. D'un coup. Elle voulait sentir en lui cette même urgence qui la tenaillait.

Avec une infinie délicatesse, il la pénétra et s'immobilisa aussitôt.

— Tout va bien ?

— Je veux plus…

Elle lui agrippa les fesses pour l'encourager.

— Maintenant.

Il s'enfonça un peu plus, toujours en gardant le contrôle.

— Plus nous prenons notre temps, plus tu éprouveras du plaisir…

— Je suis prête !

Tellement prête… Elle l'embrassa avec fougue. Alors il plongea en elle d'une longue poussée. Elle se mit à bouger en rythme, consciente de chaque mouvement, chaque vibration, leurs langoureux va-et-vient l'emportant toujours plus loin vers l'abîme. C'était si bon ! Raoul glissa les doigts entre ses cuisses pour une ultime caresse. Un puissant orgasme la submergea alors, et elle eut l'impression d'exploser en un million d'étoiles, secouée de spasmes de plaisir, avant de retomber sans forces entre ses bras.

— Waouh…

C'est tout juste si elle parvenait à articuler un son. Raoul écarta ses cheveux de son visage avec une étonnante tendresse.

— Tu l'as fait.

— Non, c'est *toi*, dit-elle, un doigt pointé sur son torse.

— Il faut être deux.

— Mais toi, tu n'as pas encore…

Elle l'attira plus étroitement contre elle.

— Bientôt.

Il reprit leur danse érotique, en longs mouvements cadencés, pour le plus sulfureux des corps à corps. Jamais elle n'aurait cru possible de vivre si vite un second orgasme. Pourtant, en quelques secondes, elle s'envolait au septième ciel, cramponnée à ses épaules. Il enfouit son visage dans son cou et, d'un dernier et puissant coup de reins, s'abandonna avec elle à la jouissance.

Un long moment s'écoula avant qu'ils ne retrouvent la force de bouger.

Raoul se leva, alla jeter le préservatif, puis s'assit au bord du lit. Dos tourné. Lily sentit son cœur se serrer. Pensait-il à son ex-fiancée ? Comparait-il sa prestation à la sienne ?

— Je ferais mieux de partir, dit-elle. Que penserait Dominique si elle me surprenait à me glisser dans ma chambre à l'aube ?

— Ne pars pas.

Il s'était retourné, et la fixait de son regard indéchiffrable.

— Tu veux que je reste toute la nuit ?

— Pas seulement cette nuit. *Toutes* les nuits jusqu'à ton retour à Londres.

Il lui proposait une relation ! Non… une liaison temporaire. *Extrêmement* temporaire.

— Je suis flattée, mais…

— Mais tu veux plus, acheva-t-il.

C'était une affirmation, pas une question.

— Le problème est que je n'ai rien d'autre à offrir.

Lily se mordit la lèvre. N'était-elle pas pathétique à réclamer plus ? Quelles chances pour qu'un homme comme Raoul Caffarelli tombe amoureux d'une banale physiothérapeute comme elle ? C'était sa nature fleur bleue qui la poussait à espérer…

Il ne lui offrirait rien d'autre qu'une passade, elle le savait. Un avenir sur ses deux jambes lui importait plus qu'un avenir à deux. Etait-elle prête à risquer son cœur pour un espoir incertain ? Certes, il avait progressé ces deux dernières semaines. Mais rien ne garantissait un rétablissement total.

Il valait deux fois — quatre fois ! — les hommes valides qu'elle avait croisés dans sa vie. Ses limites physiques ne le diminuaient en rien. Il avait tellement à offrir…

Pourquoi ne le comprenait-il pas ?

Parce que c'était une fichue tête de mule, voilà pourquoi !

Il réfléchissait en « tout ou rien », incapable de nuances ou de compromis.

Et si elle acceptait ? Deux semaines à ses côtés lui laisseraient des souvenirs mille fois plus agréables que ceux avec lesquels elle était arrivée. Raoul était un amant fantastique et un homme respectable. Prévenant. Généreux.

L'homme dont elle était tombée amoureuse…

Raison de plus pour refuser.

Maintenant.

Sans hésiter.

— Je reste.

12

— Tout se passe bien avec Mlle Archer ? s'enquit Rafe au téléphone quelques jours plus tard.

— Oui.

— Juste « oui » ?

— Que veux-tu que je te dise ?

— Donc vous arrivez à communiquer ?

Raoul n'avait aucune envie de discuter de sa relation avec Lily — si « relation » était le terme adéquat. Tout ce qu'il savait, c'était qu'il appréciait sa compagnie. C'était la femme la plus douce et la plus attentionnée qu'il ait jamais connue. Il aimait la voir se frotter les yeux au petit matin et lui sourire timidement. Il aimait la regarder dormir, son corps tiède blotti contre le sien. On aurait dit la Belle au bois dormant, resplendissante de beauté dans son sommeil.

Mais, par-dessus tout, il aimait la passion qui l'animait lors de leurs ébats. Au fil des nuits, elle avait gagné en assurance. Aucune amante ne l'avait à ce point surpris et subjugué. Avec elle, il réapprenait le sens du mot « sensualité », conscient de son propre corps dans ses moindres détails. Ses caresses étaient magiques. C'étaient ces caresses qui l'avaient aidé à améliorer sa mobilité, il en était convaincu.

Il se sentait *plus fort*.

— Vous vous parlez, n'est-ce pas ?

La voix de Rafe l'arracha à ses réflexions.

— Evidemment qu'on se parle. Et ce mariage, alors ? Où en sont les préparatifs ?

— Tu changes du sujet, Raoul… Y a-t-il quelque chose que je devrais savoir ?

Raoul maudit sa maladresse. Donner le change à son frère n'était pas chose aisée — même au téléphone.

— Non. Rien du tout.

— Ne me dis pas que tu couches avec ton employée ?

Sa mâchoire se crispa.

— Lily n'est pas mon employée. Elle…

— Oh ! c'est « Lily », maintenant ? le coupa Rafe d'un ton railleur. Eh bien, j'avoue ne pas l'avoir vu venir. Elle n'est pas vraiment ton genre, comparée à…

— Ferme-la, tu veux ?

— Hé, du calme ! Tu en veux encore à cette bimbo de t'avoir largué ? Tourne la page, Raoul. A ton âge, il serait temps de chercher l'amour. Le *vrai*.

— Je n'ai aucune intention de tomber amoureux.

— C'est aussi ce que je disais. Et regarde-moi … Je suis l'homme le plus heureux du monde ! J'ai encore du mal à réaliser que, dans une semaine, je serai marié à Poppy.

— Ecoute, Rafe, je suis content pour toi. Sincèrement. Mais ne t'attends pas à ce que je suive le même chemin. C'est plutôt Rémy qui aurait besoin de se faire passer la bague au doigt.

— Tu l'as vu, récemment ? demanda Rafe. Est-ce qu'il t'a appelé ou contacté d'une quelconque manière ?

— Pas depuis sa dernière visite, la veille du jour où tu as amené Lil… Mlle Archer. Pourquoi ? Il a encore fait des siennes ?

— Je ne sais pas…

L'inquiétude perçait dans la voix de Rafe.

— Il s'est engagé dans un véritable bras de fer avec Henri Marchand. L'enjeu serait l'une de ses propriétés en Ecosse. J'ai entendu dire que Marchand recherchait désespérément des fonds après une série de mauvais investissements…

— Bien fait pour lui.

— Oui, enfin… J'espère seulement que Rémy sait ce qu'il fait, soupira Rafe. Il vise aussi la chaîne d'hôtels Mappleton, dont il prépare l'acquisition depuis des mois. S'il l'emporte, ce sera le plus beau coup du groupe Caffarelli. Hélas, Robert Mappleton est un homme ultraconservateur. Il paraît qu'il refuse de faire affaire avec un play-boy comme Rémy.

— J'imagine mal Rémy se marier pour un simple contrat, remarqua Raoul.

Rafe s'esclaffa au bout du fil.

— En parlant de mariage, tu seras là au mien ?

— Je ne manquerais cela pour rien au monde.

Lily cueillait des fleurs pour la cheminée du salon quand Raoul la rejoignit dans le jardin. A leur session du matin, il avait réussi à tenir debout une minute complète. Il avait même effectué trois pas — quatre, en comptant celui juste avant qu'il se rattrape aux barres. C'était un énorme progrès. Bien sûr, il était trop tôt pour vraiment se réjouir. Mais elle ne pouvait réprimer un regain d'optimisme.

La fatigue de Raoul, cependant, l'inquiétait. Il avait les traits tirés à force de si peu dormir. Il souffrait, elle le savait, mais il refusait de prendre le moindre antalgique. Plusieurs fois, elle s'était réveillée au milieu de la nuit et l'avait surpris en train de la regarder, les sourcils froncés. Etait-ce la douleur qui l'accablait ? Ou la présence dans son lit d'une autre femme que celle qu'il aimait encore ?

— Tu voulais me…

— Toujours, l'interrompit-il, un sourire provocant aux lèvres.

Toujours ? Ce n'était pas ce qu'il lui avait offert. Leur aventure touchait à sa fin, elle s'y était résignée. Dans quelques jours, elle rentrerait à Londres et elle ne le reverrait sans doute jamais…

Son cœur se contracta douloureusement.

— Dominique est au courant.

— Que je te veux ?

— Que nous couchons ensemble, dit-elle en roulant des yeux. J'ai bien essayé de nier, mais cela fait plus d'une semaine que mon lit n'est pas défait…

— Et cela t'ennuie ?

— Bien sûr que cela m'ennuie ! On dirait le cliché de la soubrette s'offrant du bon temps avec le seigneur du château… Je me sens honteuse.

— Pourquoi ?

Elle déposa dans son panier les roses qu'elle venait de cueillir.

— Dominique croit à une sorte de conte de fées entre nous, soupira-t-elle. Je pense que tu devrais lui parler. Lui expliquer ce qu'il en est vraiment.

Les traits de Raoul se durcirent.

— Je n'ai pas à me justifier devant mon personnel, assena-t-il froidement.

Alors explique-moi ! Que suis-je pour toi ? aurait-elle voulu crier. Au lieu de quoi, elle coupa une autre rose qu'elle jeta dans le panier avec humeur.

— Très bien. Mais ne compte pas sur moi pour t'accompagner au mariage de Rafe. Ce serait pousser les choses trop loin.

— Je te veux à mes côtés.

— Pourquoi ? Pour montrer à tout le monde que tu as remplacé ton ex-fiancée ?

— Clarissa n'a rien à voir là-dedans !

— Bien sûr que si ! Tu n'es absolument pas prêt pour une relation.

La mâchoire de Raoul se crispa.

— J'ai déjà tout organisé. Tu ne peux pas ne pas venir.

— Je n'ai rien à me mettre.

— C'est également arrangé.

— Tu m'as acheté des vêtements ? Comment as-tu *osé* ? s'emporta-t-elle, mortifiée. Est-ce donc ce que je suis ? Une maîtresse de bas étage que tu entretiens ?

Un éclair de colère passa dans les yeux de Raoul.

— Tu n'es pas ma maîtresse.

— Non, évidemment. Je ne suis que ta physiothérapeute avec bonus.

— Je refuse d'avoir cette conversation.

— Très bien. Alors restons-en là.

Elle détourna la tête et fit mine de cueillir une nouvelle rose.

— Que se passe-t-il, Lily ? demanda Raoul en soupirant. Pourquoi cette soudaine hostilité ? Tu savais très bien dans quoi tu t'engageais. Je ne t'ai rien promis.

Lily déposa la fleur dans son panier. L'amour, comme cette rose, était une chose magnifique. Et comme ses épines, il faisait parfois mal, songea-t-elle amèrement.

Bon sang, comment avait-elle pu se bercer ainsi d'illusions ? Plusieurs nuits, elle avait surpris son regard sur elle alors qu'il la croyait endormie. Un regard si empli de tendresse qu'elle s'était prise à espérer qu'il lui ouvre son cœur. Quelle idiote…

— Non, en effet. Tu ne m'as rien promis.

— Ne nous fâchons pas, Lily. S'il te plaît…

Sa voix avait perdu sa dureté, trahissant une secrète vulnérabilité.

— Pas maintenant…

Lily se sentit fléchir. A quoi bon gâcher leurs dernières heures ensemble par une dispute ? Il avait pris sa décision. Elle n'avait d'autre choix que l'accepter.

La petite église anglaise était envahie de somptueux bouquets multicolores. Raoul se crispa tandis qu'il remontait la nef en fauteuil. Le parfum capiteux des fleurs lui donnait la nausée. Tout cela ravivait un peu trop le souvenir des funérailles de ses parents. Par chance, il n'y avait pas de chorale…

Il aperçut Lily assise parmi la foule. Elle portait la tenue de créateur qu'il lui avait achetée pour l'occasion. La robe rose pâle, d'une coupe simple mais raffinée, épousait ses formes à la perfection. Des formes que *lui* préférait nues, mais c'était son opinion. Ses cheveux étaient relevés en un ravissant chignon. Un soupçon de maquillage complétait le tout, rehaussant son teint d'albâtre et le bleu profond de ses yeux.

Rafe attendait devant l'autel, très élégant quoique visiblement nerveux. Quant à Rémy, personne ne savait quand il arriverait — s'il arrivait un jour.

— Comment te sens-tu ? demanda Rafe alors que Raoul prenait place à côté de lui.

— Ce n'est pas plutôt à moi de te poser cette question ?

— Content que tu sois là.

— Moi aussi.

Rafe déglutit nerveusement et se tourna vers la nef.

— Je suis un peu stressé…

— Ça se voit, commenta Raoul. Tu n'arrêtes pas de tirer sur ta manche.

Son frère lâcha aussitôt sa veste. Au même instant, Rémy apparut sous la voûte d'entrée de l'église. Il les rejoignit sans se presser, tout en nouant nonchalamment son nœud papillon.

— Salut, les gars. Vous m'attendiez ?

— Il était temps, grommela Rafe.

Rémy, pour toute excuse, lui décocha son sourire le plus éclatant.

— Raoul, tu as l'air en forme. Alors ça y est, tu marches ?

— Presque, répondit Raoul avec un rictus forcé.

Le silence se fit comme les premières notes du canon de Pachelbel s'élevaient dans l'église.

— Et voici la mariée, murmura Rafe, la voix rauque d'émotion.

Poppy s'avançait dans la nef, resplendissante dans sa robe de tulle blanc, le regard débordant d'amour. Elle n'avait d'yeux que pour Rafe. Raoul sentit l'étau autour de sa poitrine se resserrer d'un cran.

Connaîtrait-il cela aussi ? Une mariée s'avancerait-elle un jour vers lui avec ce même regard ?

— Mes bien chers frères, si nous sommes réunis aujourd'hui…

Les vœux sacrés résonnaient comme une condamnation à ses oreilles. S'aimer pour le meilleur et pour le pire. Dans la richesse ou la pauvreté.

Dans la santé ou la maladie.

Son frère avait-il conscience de ce qu'il promettait ? Et Poppy ? Jusqu'à quel point un couple pouvait-il endurer la maladie ? Lier une personne à soi quoi qu'il arrive était de l'égoïsme pur. La vie jouait parfois des tours cruels. Il était bien placé pour le savoir. Quel droit avait-il de demander à une femme…

Non. Pas « une femme ». Lily.

Quel droit avait-il de demander à Lily de rester à ses côtés ? Il ignorait quel serait son état dans une semaine, deux mois ou dix ans. Etait-ce juste de la retenir dans ces conditions ?

— Vous pouvez embrasser la mariée.

Raoul se força à se concentrer sur la scène qui se déroulait sous ses yeux. Il était sincèrement ravi pour son frère. Rafe était quelqu'un de bien, qui avait trop souvent sacrifié ses intérêts pour ceux de la famille. Il méritait d'être heureux après tout ce qu'il avait fait pour lui et Rémy.

Mais, bon sang, assister à son mariage dans cet état… *dans cette fichue chaise roulante* !

Ses yeux se posèrent sur les mariés. Rafe souriait comme s'il venait de gagner à la loterie. Quant à Poppy, elle le regardait avec tant d'amour qu'il en éprouva une pointe de jalousie.

Lui aussi avait envie d'être aimé ainsi.

Lily l'aimait-elle ?

Devait-il prendre le risque de chercher la réponse ?

Un tonnerre d'applaudissements résonna tandis que les mariés sortaient de la nef. En tant que témoin, Raoul les suivait. Il sentait les regards posés sur lui. Dès demain, sa photo serait dans tous les journaux d'Europe. Cette perspective lui donnait des sueurs froides. Que lui avait-il pris de venir ?

Rémy aurait fait un aussi bon témoin — meilleur, même. Lui, au moins, tenait debout…

Il croisa le regard de Lily. La confusion qu'il y décela lui transperça le cœur. Il avait franchi avec elle une ligne interdite, il le savait. Mais cela avait été plus fort que lui. Son tempérament de feu, sa façon de lui tenir tête malgré sa réticence à le soigner, l'avaient totalement ensorcelé.

Il se força à détourner les yeux. Il lui parlerait plus tard, lorsqu'ils seraient seuls. Lui demanderait si elle pouvait l'aimer — non… Si elle l'*aimait.*

Il *devait* savoir.

— Quel bonheur de vous rencontrer ! s'exclama Poppy en serrant chaleureusement Lily dans ses bras. Rafe m'a raconté tout ce que vous aviez fait pour Raoul.

Lily se sentit rougir.

— Oh ! ce n'est pas grand-chose…

— Il va beaucoup mieux, insista la jeune mariée. Si vous saviez combien cela nous touche, Rafe et moi, qu'il soit là aujourd'hui ! Il semblait si déterminé à nous faire faux bond…

— En effet, il peut se montrer très têtu…

Poppy lui adressa un clin d'œil complice.

— C'est un trait de famille. Je sais de quoi je parle. Avez-vous rencontré leur grand-père, Vittorio ?

— Non. Je l'ai seulement aperçu à la cérémonie.

— Evitez-le comme la peste. Il est d'une humeur exécrable. Personnellement, il me fait peur…

L'arrivée de Rafe interrompit leur conversation. Le visage de Poppy s'illumina comme il déposait un baiser sur ses lèvres.

— Ma chérie, dis-moi que c'est le moment où nous nous éclipsons. Mes muscles me font mal à force de sourire.

— Nous n'irons nulle part avant la danse des mariés, répondit-elle en lui prenant le bras. D'ailleurs, l'orchestre s'impatiente.

Elle sourit à Lily.

— Si vous voulez bien nous excuser... Je crois que c'est à nous.

Raoul en était à son troisième verre de vin quand la musique commença. Il n'avait qu'une envie, que s'estompent tous ces visages souriants autour de lui. Tout le monde semblait si heureux...

Les mariés s'élancèrent sur la piste. Les regarder virevolter était un spectacle véritablement enchanteur. Rafe conduisait, élégant et sûr de lui, tandis que Poppy se laissait entraîner avec une grâce toute féminine. Ils dansaient en parfaite harmonie, sans le moindre faux pas.

L'estomac de Raoul se contracta. Lui ne serait jamais capable de danser la première valse — ni aucune autre, d'ailleurs. Il n'avait déjà pas l'étoffe d'un témoin ; comment pourrait-il être un marié digne de ce nom ? Cette soudaine réalisation acheva de lui miner le moral.

Il s'éloignait de la piste quand des bribes de conversation lui parvinrent de derrière un pilier. Il s'immobilisa. Deux femmes étaient en train de parler de lui.

— Qui est la jeune brune avec Raoul Caffarelli ? Sa nouvelle maîtresse ?

— Rien à voir avec la précédente...

— Il paraît que c'est sa physiothérapeute, continua la première. Qui aurait cru qu'il finirait comme Vittorio ?

Raoul étouffa un juron. Etre comparé à son grand-père était vraiment la pire des insultes possibles.

— Coucher avec une employée, s'esclaffa la seconde. Cette fille n'en a clairement qu'après son argent. Qui voudrait d'un mari en fauteuil roulant, même aussi séduisant ?

— Tout dépend de ce qu'il est encore capable de faire au lit...

Les deux femmes échangèrent un rire gras. Au bord de la nausée, Raoul serra les poings.

— Peu importe, reprit la seconde. Pense à toutes les compensations qu'offre sa fortune ! Les bijoux, les vêtements haute couture, les vacances de luxe, sans parler du somptueux château en France… La belle vie, quoi.

— Pas étonnant que sa physiothérapeute lui ait mis le grappin dessus, renchérit la première. Le pauvre… Elle ne l'aime pas, mais que veux-tu ? Pour un handicapé, mieux vaut être mal accompagné que seul. Dire que c'était le plus sympathique des trois…

Raoul s'éloigna, écœuré. Ainsi, cela avait déjà commencé — les ragots, les médisances, les conjectures. Et ce serait mille fois pire après la publication des photos de la cérémonie ! Comment sa vie s'en était-elle trouvée réduite à cela ? « Le pauvre frère invalide »… Les gens qui se gaussaient, compatissaient, avaient *pitié* de lui…

Rémy se matérialisa devant lui, un verre de whisky à la main.

— Tu ne vas pas voir les mariés danser ?

— Et toi, tu n'as trouvé personne avec qui mettre le feu à la piste ?

— La demoiselle d'honneur, Chloé, est mignonne. Hélas, Poppy l'a mise en garde contre moi. Impossible de tenter une approche…

— Pauvre Rémy.

Son frère éclata de rire.

— Et toi, alors, avec ta thérapeute ?

— Ce n'est *pas* ma thérapeute, gronda Raoul.

Son frère recula, comme s'il avait pointé une épée sur lui.

— Hé, du calme ! J'ai touché un point sensible ou quoi ?

— Elle rentre à Londres après-demain.

— Pourquoi ?

— Parce que son contrat est terminé.

Rémy fronça les sourcils.

— Mais elle t'a aidé. Tu as passé des semaines en rééducation sans obtenir le moindre résultat. Un mois avec elle et te voilà presque sur pied ! Pourquoi tout arrêter ?

— Je ne suis pas sur pied.

Une minute debout sans appui était à dix mille lieues d'être sur pied…

— Il y a même de grandes chances que je ne remarche jamais.

— Tu n'en sais rien. D'après les médecins, la guérison peut prendre des semaines, des mois, voire des années. C'est une question de temps.

— Justement. Je refuse d'attendre.

— Alors, quoi ? Tu vas la laisser partir ?

— Elle n'a rien à m'offrir.

— Ce n'est pas que disent Dominique et Etienne…

Raoul le fusilla du regard.

— Ne me dis pas que tu es allé cancaner avec mon personnel ?

— Ils sont comme ta famille, non ? se défendit son frère. Ils s'inquiètent pour toi, tu sais.

— Je ne les paie pas pour s'inquiéter.

— Lily non plus et, pourtant, elle aussi s'inquiète. Elle tient beaucoup à toi.

— Qu'en sais-tu ? Tu ne lui as jamais parlé.

— Peut-être, mais tous ceux qui l'ont rencontrée disent que c'est une femme douce et généreuse. Comme Poppy. Il faudrait vraiment être idiot pour ne pas lui courir après…

— Ou être cloué dans un fauteuil roulant.

Rémy reposa son verre avec brusquerie.

— Tu vas lui briser le cœur, Raoul. Réfléchis bien avant de commettre l'irréparable.

Raoul éclata d'un rire cynique.

— Tu plaisantes, j'espère ! Tu ne restes jamais plus d'une semaine avec la même femme. Ce qui fait une moyenne de… quoi ? Cinquante-deux cœurs brisés par an ?

Rémy le foudroya du regard.

— C'est de toi qu'on parle, pas de moi.

— Je sais ce que je fais.

— On croit toujours savoir ce qu'on fait…

Raoul dévisagea attentivement son frère.

— Ça va, de ton côté ?

— Très bien, assura Rémy avec un sourire exagéré. Comme toujours.

— Rafe m'a dit que tu t'attaquais à Henri Marchand…

— Je gère.

— Sûr ?

— Absolument.

Raoul en doutait. Quelque chose dans l'expression de son frère trahissait une inquiétude latente. Henri Marchand était un homme retors et sans pitié. Il aurait vendu sa grand-mère pour quelques pièces. Quant à sa fille unique, Angélique, Dieu seul savait quel prix *elle* valait… Il espérait de tout cœur que Rémy n'aurait jamais à le découvrir.

— Si tu as besoin de discuter…

— Je dois filer, l'interrompit son frère. J'ai des affaires sur le feu.

— Quoi, tu ne restes pas pour le lancer du bouquet ?

— Je ne suis pas concerné.

Il lui donna une bourrade fraternelle dans l'épaule.

— C'est toi, le prochain sur la liste. *Ciao !*

De retour après être allée se rafraîchir, Lily trouva la salle en effervescence. Toutes les jeunes femmes de l'assemblée se tenaient prêtes à se disputer le bouquet. Feignant le désintérêt, elle resta à l'écart.

Isolée dans son coin, elle se sentait extrêmement seule, tout à coup.

— Je l'ai !

— Non, c'est moi !

— Poussez-vous ! Il est pour moi !

La horde déchaînée se rapprochait dangereusement. Lily

tenta vainement de s'échapper, les bras devant elle pour se protéger. Soudain, le bouquet lui tomba dans les mains.

— Oh…

Toutes les têtes se tournèrent vers elle. Il y eut une seconde de flottement, puis la foule éclata en applaudissements.

— Il n'est pas pour moi, protesta-t-elle, abandonnant le bouquet aux mains avides de sa voisine. Excusez-moi…

Raoul l'intercepta au moment où elle s'éclipsait de la salle. Son expression était aussi dure et ombrageuse que lors de leur toute première rencontre.

— C'était prémédité ?

— Pardon ?

— Le bouquet, grinça-t-il, les lèvres pincées en une ligne amère. Pas très subtil, comme ruse…

— Quelle ruse ? De quoi parles-tu ?

Lily sentait la nervosité la gagner.

— Ne fais pas l'innocente. En attrapant le bouquet devant tout le monde, tu espérais me pousser à te demander de rester, n'est-ce pas ?

— *Quoi ?*

— C'est peine perdue, Lily. Ton contrat touche à sa fin. Aussi je te demande… Non, j'*exige* que tu t'en ailles.

Une colère sombre perçait dans sa voix. Mais ce n'était rien à côté de la blessure que lui infligeaient ses mots. Elle ne s'attendait pas à ce qu'il lui demande de rester, non. Mais pas davantage à ce qu'il l'accuse d'une telle bassesse. La connaissait-il donc si peu après un mois passé à ses côtés ?

— Tu veux que je m'en aille *maintenant* ?

— Ce serait stupide de revenir en France pour quarante-huit heures, assena-t-il froidement. Considère ta mission avec moi terminée.

Son cœur se serra douloureusement. Mais hors de question de trahir sa tristesse. Elle ne lui ferait pas ce plaisir. Il aurait pu s'y prendre autrement, laisser les choses ouvertes entre eux… Mais non. Il fallait qu'il gâche tout. Qu'il l'efface de sa vie, purement et simplement.

— Donc, c'est un au revoir ?

— En effet.

Une réponse glaciale. Définitive. Au prix d'un immense effort, elle s'obligea à sourire.

— Tu es quelqu'un de bien, Raoul. J'espère sincèrement que tu remarcheras un jour. Mais sache que beaucoup de femmes seraient très heureuses avec toi tel que tu es maintenant.

Une ombre passa dans les yeux de Raoul. Elle retint son souffle, prise d'un fol espoir. Allait-il changer d'avis ? Le silence s'éternisait…

Lorsqu'il reprit la parole, ses traits avaient retrouvé leur impassibilité.

— Au revoir, Lily.

Et il s'éloigna sans un regard en arrière.

13

Deux semaines plus tard, Raoul prenait son petit déjeuner sur la terrasse, dans son château de Normandie.

— Des nouvelles de nos jeunes mariés ? s'enquit Dominique en lui servant son café.

— Ils sont rentrés hier de leur voyage de noces.

Il y eut un bref silence.

— Et de Mlle Archer ?

Raoul se tendit.

— Je ne suis qu'un ancien patient. Elle a fait ce qu'elle a pu et cela n'a pas suffi. Pourquoi aurais-je des nouvelles ?

— L'amour est une chose étrange, murmura Dominique d'un air pensif. Il vous tombe dessus sans crier gare ou s'insinue doucement dans votre cœur. La seule erreur est de lui tourner le dos, car il n'y a pas toujours de seconde chance.

— Est-ce un moyen détourné de hâter votre retraite ? grogna Raoul avec humeur. Je croyais que vous comptiez travailler jusqu'à soixante ans…

— Vous l'aimez, c'est évident.

— Vous êtes mon intendante, pas mon coach sentimental. Je ne vous paie pas pour commenter ma vie privée.

— Mlle Archer ne voit pas le fauteuil roulant quand elle vous regarde. Tout comme vous avez su voir la personne qu'elle est vraiment.

La gorge de Raoul se serra. Depuis son retour, il luttait

contre un sentiment croissant de solitude. Sans Lily, le château avait quelque chose d'oppressant. Les journées lui semblaient interminables — et les nuits plus encore. Mais quel droit avait-il de la vouloir à ses côtés ? Ce serait la condamner à une vie entière de dévouement !

En la voyant attraper le bouquet au mariage de Rafe et Poppy, il avait paniqué. Comme toujours lorsqu'il se sentait pris au piège, il n'avait eu plus qu'une idée : se fermer. S'isoler. Quitte à se montrer cruel.

La pression lui avait fait perdre son sang-froid. Tous ces visages souriants, ces gens qui le fixaient dans l'attente qu'il revendique publiquement Lily comme sienne… Comme s'ils assistaient à un spectacle. Mais il n'était pas une bête de cirque ! Il avait besoin de temps pour réfléchir à ce qu'il lui demanderait. A ce qu'il voulait.

Tout — l'engagement, le dévouement, l'espoir de fonder une famille. Il voulait tout cela, et plus.

Il la voulait, *elle*.

Ce besoin était un feu ardent qui le dévorait de l'intérieur. Mais comment pourrait-il l'épouser, la forcer à gâcher sa vie à ses côtés ?

Et si elle trouvait quelqu'un d'autre ? Qui sait sur quel spécimen elle risquait de tomber ? Une brute, un égoïste insensible qui détruirait le peu d'estime d'elle-même qu'il lui restait. Qu'adviendrait-il alors de la Lily sensuelle et passionnée qu'il connaissait ? A vrai dire, l'idée même qu'un autre la touche lui était insupportable.

Parce qu'il l'aimait.

Oui, il avait été séduit au premier regard.

Il l'aimait et l'aimerait toujours, fauteuil ou non.

Etait-il trop tard pour lui avouer ses sentiments ? Et si elle ne lui pardonnait pas de l'avoir publiquement rejetée ? Il n'aurait pu choisir pire moment pour rompre. Toute la salle avait assisté à son humiliation. Elle était restée admirablement stoïque, mais…

Rémy avait-il raison ? Avait-il brisé son cœur ? Commis l'irréparable ?

— Je pars dès aujourd'hui pour Londres, annonça-t-il tout à coup.

Le visage de Dominique s'illumina.

— Votre valise est prête. Je l'ai préparée il y a deux semaines.

— Vous avez fait *quoi* ?

— Oh ! je savais que vous reprendriez vos esprits. Vous êtes un homme bien, monsieur Raoul, et le seul capable de rendre Lily heureuse.

Elle se fendit d'un large sourire.

— J'ai tout de suite su que vous étiez faits l'un pour l'autre.

Lily classait une pile de dossiers quand Valérie fit irruption dans son bureau.

— Tu es encore là ? Tu aurais dû partir il y a une heure ! A force d'enchaîner les heures supplémentaires, tu vas finir par tomber d'épuisement !

— Ça ne me dérange pas.

Au contraire, le travail lui apportait une distraction bienvenue. Elle n'avait rien d'autre à faire sinon rester chez elle et pleurer toutes les larmes de son corps.

— A-t-il appelé ?

— Qui cela ?

— Tu le sais très bien.

Elle poussa un profond soupir.

— Non. Et il ne le fera pas. Il est bien trop têtu. Quand il a pris sa décision, rien ni personne ne peut le faire changer d'avis.

Valérie eut une moue compatissante.

— Il a un effet positif sur toi. J'ai remarqué le changement, tu sais. Les vêtements, la coiffure, le maquillage… Tu es superbe !

— Merci.

Elle esquissa un pâle sourire.

— J'y vais, dit Valérie. Dieu merci, c'est le week-end. La semaine a été longue.

Les *deux* dernières semaines avaient été longues. Interminables, même... Lily rangea un dernier dossier avant d'enfiler sa veste.

Quelques minutes plus tard, elle prenait le chemin de chez elle, à pied malgré la fraîcheur automnale. C'était un autre moyen de passer le temps. Il fallait bien compter une heure, mais mettre un pied devant l'autre en laissant vagabonder son esprit avait quelque chose d'apaisant.

Sauf quand ses pensées s'égaraient vers Raoul.

Autant dire presque tout le temps.

Elle commençait même à avoir des visions. A peine deux jours plus tôt, elle avait aperçu un homme aux cheveux noirs dans un fauteuil roulant, à Piccadilly Circus. Son cœur s'était mis à battre la chamade. Ce n'était qu'après avoir cligné des yeux qu'elle avait réalisé son erreur.

Etait-ce ce qui l'attendait ? Une vie à espérer le voir apparaître à chaque coin de rue ?

— Lily.

Voilà qu'elle entendait des voix, maintenant. Peut-être était-elle *vraiment* en train de devenir folle.

— Lily, attends.

Elle fit volte-face et son cœur manqua un battement. Elle cligna des yeux... Non, elle ne rêvait pas. C'était bien Raoul, les traits tirés, mais plus séduisant que jamais avec ses cheveux en bataille. Une paire de béquilles était accrochée à l'arrière du fauteuil roulant.

— Raoul...

Sa voix s'étrangla dans sa gorge.

— Pas de cheval blanc, lança-t-il avec un sourire penaud. Je parie qu'on n'a jamais vu de prince charmant chercher sa belle en fauteuil roulant...

— Non, parvint-elle à articuler.

— Me pardonneras-tu jamais de t'avoir chassée comme je l'ai fait ?

Ses yeux brillaient d'un éclat qui fit naître en elle une fragile bulle d'espoir.

— Tu me présentes des excuses ?

— On dirait bien…

— Je te pardonne, Raoul.

Il expira profondément, comme s'il avait retenu sa respiration tout ce temps.

— J'ai eu tort de réagir ainsi. C'est une de mes mauvaises habitudes. Repousser les gens, les blesser avant d'être blessé moi-même…

— Moi aussi, j'étais comme cela, souffla Lily.

— Au mariage, j'ai surpris une conversation à notre sujet. C'était horrible. Je n'ai pas supporté que l'on te croie avec moi par pitié. Sans parler des regards sur nous, de la pression…

Il poussa un soupir.

— Quand je t'ai vue avec le bouquet, j'ai paniqué.

— Je n'ai pas fait exprès. Il m'est littéralement tombé dessus !

— Comme l'amour, alors. Selon une experte en la matière, il s'insinuerait dans nos cœurs ou nous tomberait dessus sans crier gare. En ce qui me concerne, je crois que c'est un peu des deux.

Lily sentit son cœur battre plus vite.

— Qu'essaies-tu de…

— Je t'aime, Lily. Je n'ai jamais prononcé ces mots, mais j'avais besoin de te le dire.

Les larmes lui montèrent aux yeux. Elle tomba à genoux devant lui et se lova dans ses bras, la tête blottie contre son torse.

— Je t'aime aussi, Raoul.

— C'est à moi de m'agenouiller, plaisanta-t-il en lui caressant les cheveux. Nous sommes en train de massacrer le conte de fées, là.

Elle leva les yeux vers lui.

— Je n'arrive pas à croire que tu sois là. D'une seconde à l'autre, je vais me réveiller et découvrir que tout cela n'est qu'un rêve…

— C'est toi, mon rêve, murmura-t-il. Un rêve devenu réalité. Je ne suis pas le mari idéal, celui qui descend les poubelles et change l'ampoule du plafonnier. Mais je peux payer des gens pour le faire à ma place. Lily Archer… veux-tu m'épouser ?

— Oui !

Elle se jeta à son cou, les joues ruisselantes de larmes.

— Oui ! Oui ! Mille fois oui !

— Tu es la plus belle chose qui me soit arrivée, reprit-il en lui caressant tendrement la joue. Je déteste ce maudit fauteuil roulant. Mais, sans lui, je ne t'aurais jamais rencontrée. Et que serait ma vie sans toi ? Alors que je ne jurais que par la force physique, tu m'as appris à accepter et libérer mes émotions. Regarde…

Il s'essuya les yeux du revers de la main.

— J'arrive même à pleurer, maintenant.

Elle déposa un baiser sur chacune de ses larmes.

— Je t'aime. Je t'aime. Je t'aime.

— Je ne peux pas te soulever dans mes bras, mais que dirais-tu de venir sur mes genoux ?

Lily ne se fit pas répéter l'invitation.

— Et maintenant ? demanda-t-elle, les bras noués autour de son cou.

— Maintenant ?

Il l'embrassa avec fougue.

— Nous nous marions, avons beaucoup d'enfants, et sommes heureux jusqu'à la fin des temps.

MELANIE MILBURNE

Une amoureuse indomptable

INTÉGRALE
INDOMPTABLES HÉRITIERS

Traduction française de
ANNE-LAURE PRIEUR

SAGAS

HARLEQUIN

Titre original :
NEVER GAMBLE WITH A CAFFARELLI

Ce roman a déjà été publié en 2014

1

— Comment ça, « perdu » ? s'exclama Angélique, horrifiée.

Son père haussa les épaules. Mais le mouvement de sa pomme d'Adam contredisait cette apparente désinvolture — comme s'il peinait à déglutir. La perte de leur château écossais dans une partie de poker à Las Vegas était certainement une pilule difficile à avaler…

— J'étais en veine, se défendit Henri Marchand. Les deux premières heures, je n'ai cessé de gagner. Alors j'ai augmenté l'enjeu. C'est là que Rémy Caffarelli a sorti sa meilleure main…

Angélique sentit son sang se glacer.

— Rémy Caffarelli ? Ne me dis pas que c'est lui qui a gagné Tarrantloch !

Rémy Caffarelli était son pire ennemi. Elle évitait cet homme comme la peste — évitait même de penser à lui !

— Je vais le lui reprendre, assura son père, avec cette confiance propre aux parieurs. Attends que je lui propose une nouvelle partie. Il ne résistera pas à…

— Pour perdre plus encore ? le coupa-t-elle, excédée. Ne vois-tu pas qu'il t'a piégé ? Depuis que tu as saboté son projet hôtelier en Espagne, il t'a dans le collimateur…

— Cette fois, je gagnerai. On verra s'il fait encore le malin quand je lui aurai fait cracher sa fortune.

Angélique eut une grimace écœurée. Comment son père avait-il pu perdre le splendide domaine ancestral de sa mère ?

Il ne lui appartenait même pas ! Tarrantloch faisait l'objet d'un fidéicommis et devait lui revenir à *elle* lors de ses vingt-cinq ans — soit dans à peine quelques mois ! C'était *son* refuge. Le seul endroit au monde où elle pouvait être elle-même, loin des flashs des appareils photo. Et à présent…

Envolé. Perdu dans une sordide partie de poker.

Oh ! comme Rémy devait jubiler ! Elle imaginait déjà son sourire suffisant et la lueur de triomphe dans ses yeux noisette.

Son sang ne fit qu'un tour.

Dans quelques jours, l'Europe entière saurait comment il avait plumé le vieil Henri Marchand…

La rivalité opposant son père aux Caffarelli remontait à près de dix ans. Henri et Vittorio, le grand-père de Rémy, étaient alors partenaires en affaires et d'excellents amis. Mais un désaccord était survenu entre eux, et Henri s'était retiré à la dernière minute d'un ambitieux projet de développement qu'il finançait pour le compte de Vittorio. L'empire des Caffarelli s'en était trouvé sévèrement ébranlé. Depuis, les deux hommes ne s'étaient plus jamais adressé la parole.

L'attitude de Rémy n'étonnait guère Angélique. Si quelqu'un devait venger leur famille, c'était bien lui. Des trois frères Caffarelli, il était le plus proche de son grand-père. Du moins, en affaires, car leur relation ne pouvait pas être qualifiée d'affectueuse. Elle le soupçonnait de chercher à gagner le respect et l'approbation de Vittorio. Un exploit que ni Rafe ni Raoul n'avaient su accomplir malgré leurs réussites respectives…

Mais sa propre mésentente avec Rémy datait d'avant cette brouille. Leurs huit ans d'écart n'y étaient sans doute pas étrangers. Elle le considérait comme un gosse de riche pourri gâté. Lui se moquait de son besoin permanent d'attention. Il était vrai qu'elle n'avait jamais eu un caractère facile. Surtout après le décès de sa mère…

Elle reporta son attention sur Henri, qui noyait sa défaite dans une généreuse dose de cognac.

— Maman doit se retourner dans sa tombe, et tous ses

ancêtres avec elle. Comment as-tu pu être aussi… aussi… *stupide* ?

Le regard de son père se durcit.

— Attention, gronda-t-il. Je suis ton père. Tu me parles sur un autre ton, compris ?

— Sinon quoi ? s'emporta Angélique. Que vas-tu faire ? M'insulter comme maman ? Me harceler verbalement jusqu'à ce que je craque ?

Le silence qui suivit vibrait de tension.

Contrarier son père était dangereux, elle le savait. Toute son enfance, elle avait vécu dans la crainte de provoquer sa colère. Le plus dur avait été de voir sa mère perdre toute estime de soi, jusqu'à n'être plus que l'ombre de la femme qu'elle avait été… Oh ! il n'avait jamais levé la main sur elles, non. Mais la menace était omniprésente, comme une épée de Damoclès suspendue au-dessus de leurs têtes.

Les premières années, elle s'était pliée en quatre pour le satisfaire. Hélas, ce n'était jamais assez. Rien de ce qu'elle faisait n'était à la hauteur des exigences du grand Henri Marchand.

Alors, à dix-sept ans, elle avait retourné sa veste et, dès lors, n'avait plus cherché qu'à le mortifier. C'était la raison pour laquelle elle avait embrassé la carrière de mannequin pour maillots de bain, certaine que la vue de son corps étalé sur tous les panneaux publicitaires d'Europe le rendrait fou de rage. Elle allait même jusqu'à cultiver délibérément le scandale, attitude qui lui avait rapidement valu une réputation sulfureuse.

— Méfie-toi ou je te déshérite, proféra son père entre ses dents.

Vas-y, ne te gêne pas, faillit-elle rétorquer. Mais la fortune dont il menaçait de la priver était en réalité celle de sa défunte mère. Et elle était bien décidée à reprendre ce qui lui appartenait de droit.

A commencer par Tarrantloch.

*
* *

Dharbiri était la retraite préférée de Rémy. Talib Firas Muhtadi, un ancien camarade d'université, était le prince couronné de cette province, vaste désert s'étalant à perte de vue. Rémy aimait cet océan de dunes dorées balayées par les vents, ses couchers de soleil aux couleurs flamboyantes... Mais surtout, il aimait la sensation d'isolement que lui procurait l'endroit. Ses lois et coutumes quasi féodales contrastaient singulièrement avec son propre mode de vie.

Pas d'alcool. Pas de jeux d'argent. Pas de femme sans chaperon.

Oh ! il n'aurait échangé son existence trépidante contre aucune autre. Simplement, il éprouvait parfois le besoin de se déconnecter et recharger ses batteries. Dharbiri était le lieu idéal pour cela.

L'air torride du désert le changeait de la bise soufflant en Italie, d'où il arrivait après un bref séjour chez son grand-père. Là-bas, l'automne avait repris ses droits. Vittorio, cependant, restait le même vieux grincheux en toutes saisons, aigri jusqu'à l'os. Rémy aimait le pouvoir que lui conféraient ses visites inopinées. Il savait à quel point son grand-père détestait le voir débarquer à l'improviste et repartir aussitôt sans même un « au revoir ».

S'il adorait l'Italie, Rémy ne s'y sentait pas vraiment chez lui. Son héritage franco-italien et ses années de pensionnat en Angleterre avaient fait de lui un citoyen du monde. Il vivait entre deux suites d'hôtel, sans savoir où il serait la semaine suivante. Le monde entier était son terrain de jeu, et il le parcourait au gré des opportunités juteuses s'offrant à lui.

C'était sa spécialité : renifler les bonnes affaires. Négocier l'inégociable.

Un Caffarelli gagne toujours.

Y compris contre Henri Marchand. Un sourire s'épanouit sur ses lèvres. Cette partie de poker à Las Vegas avait été un coup de maître ! Enfin, il avait frappé ce traître là où ça faisait mal ! Jamais victoire n'avait été si douce, ni si complète.

Tarrantloch était l'un des domaines les plus prestigieux d'Ecosse. Un château splendide isolé dans les Highlands. Bref, la garçonnière idéale. Un endroit où il se sentirait chez lui, pourrait chasser et organiser des fêtes mémorables qui se prolongeraient tout le week-end. Il lui tardait d'en prendre possession, mais il ne voulait pas paraître trop impatient.

Raison pour laquelle il s'était retiré à Dharbiri.

Mieux valait laisser Henri Marchand croire à une transaction comme une autre — et plus encore sa fille, Angélique. Il serait toujours temps de narguer cette petite peste. Oh ! comme il avait hâte de la revoir. Leur prochaine rencontre promettait d'être jubilatoire…

Si trouver pour un vol pour Dharbiri n'avait pas été chose aisée, accéder à la suite de Rémy s'annonçait aussi simple que passer un contrôle de sécurité muni d'une kalachnikov…

Angélique serra les dents. Avait-elle vraiment l'air d'une menace à la sécurité de qui que ce soit ?

— Je dois absolument parler à M. Caffarelli, répéta-t-elle pour la énième fois. C'est très urgent. Il s'agit d'une… hum… crise familiale.

C'était la vérité — une crise concernant *sa* famille.

Le réceptionniste arqua un sourcil dubitatif. Sans doute avait-il l'habitude de repousser des hordes d'admiratrices prêtes à donner un rein — ou Dieu sait quoi ! — pour quelques minutes avec le sublime Rémy Caffarelli. Comme si *elle* allait tomber aussi bas…

— M. Caffarelli n'est pas disponible, répondit-il sans dissimuler son dédain. Il dîne en compagnie du prince et de son épouse. Or, le protocole stipule clairement que seule une crise politique de la plus extrême gravité peut interrompre le dîner du prince.

Angélique s'empêcha de lever les yeux au ciel. Très bien. Dans ce cas, il ne lui restait qu'à se faufiler entre les mailles du filet.

Un sourire lui vint aux lèvres.

Ruser était justement sa spécialité.

Il ne lui fallut pas longtemps pour corrompre une jeune femme de chambre qui avait reconnu sa photo dans un magazine. Accéder à la suite de Rémy ne lui coûta pas plus qu'un autographe…

… assorti d'un chapelet de recommandations afin qu'elle ne soit vue de personne d'autre que Rémy. Apparemment, une femme socialisant avec un homme sans chaperon était un comportement très mal perçu à Dharbiri. Malgré son agacement, elle opta pour la sécurité et balaya la pièce du regard en quête d'une cachette.

Derrière les rideaux ? Non, on l'apercevrait de l'extérieur.

La salle de bains ? Non plus. Une femme de chambre risquait à tout moment de faire irruption pour ranger le désordre laissé par Rémy.

Son regard se posa sur la vaste penderie occupant tout un mur de la chambre. Un peu cliché, peut-être, mais…

Parfait !

2

A peine passait-il le seuil de sa suite qu'un étrange malaise assaillit Rémy.

Quelque chose était différent.

Il avait interdit à la femme de chambre de mettre les pieds dans sa suite, car il détestait que l'on soit aux petits soins pour lui. Avait-on négligé ses ordres ? Refermant la porte, il s'immobilisa et promena les yeux dans la pièce.

Son ordinateur portable était toujours ouvert sur son bureau, l'écran de veille le même qu'avant dîner.

La canette de soda qu'il avait entamée se trouvait là où il l'avait laissée. Un anneau de condensation s'était même formé autour de sa base.

Par la porte de la chambre ouverte, il apercevait le lit gigantesque et son couvre-lit légèrement froissé là où il s'était assis pour prendre un appel. La serviette qu'il avait utilisée après sa douche gisait toujours sur le sol, entre plusieurs vêtements éparpillés.

Rien d'anormal. Un effet du décalage horaire, sans doute…

Avec un soupir, il retira sa veste et desserra son nœud papillon. Toute la soirée, il s'était senti un peu engoncé dans son smoking. Mais les règles étaient les règles et il s'y pliait volontiers. Ici, il n'était plus le benjamin du clan Caffarelli. Personne ne le comparait à ses aînés ou à son grand-père aux exigences impossibles à satisfaire. A Dharbiri, il était aussi libre qu'un faucon du désert.

Libre de se relaxer quelques jours dans l'une des destinations les plus agréables au monde.

Un sourire lui vint aux lèvres.

La vie était belle quand il en tenait les rênes…

Angélique n'en pouvait plus de retenir son souffle. Il était vital que Rémy soit bien *dans* la suite pour qu'elle sorte du placard — et d'humeur amène, de préférence. S'il ne se hâtait pas, elle allait finir par étouffer !

Non qu'il y eût beaucoup de vêtements à l'intérieur de la penderie… La plupart traînaient par terre dans la chambre ou débordaient pêle-mêle de son sac de voyage. La salle de bains n'était pas mieux. Elle avait aperçu une serviette humide étalée sur le sol.

Ce désordre la confortait dans son opinion : Rémy Caffarelli n'était qu'un play-boy pourri par l'argent, habitué à ce que des domestiques exaucent tous ses caprices !

Bon, d'accord, elle aussi avait grandi dans l'opulence. Mais au moins, elle était ordonnée et sa cuisine valait celle d'un chef cinq étoiles. Rémy, lui, ignorait certainement comment faire cuire un œuf. Ou même bouillir de l'eau…

Ses poings se crispèrent. Pour l'heure, c'était *elle* qu'il faisait bouillir !

Elle l'entendit se déplacer dans la suite. Il y eut un petit bruit — celui d'une canette que l'on ouvre. Un soda, sans doute. L'alcool était interdit dans la région. Quiconque en consommait ou en introduisait par contrebande s'exposait à de lourdes sanctions, lui avait appris la femme de chambre.

D'autres sons lui parvinrent. Des doigts tapant sur un clavier. Le rire de Rémy, comme si quelque chose — un e-mail ou un article en ligne — l'avait amusé. Des papillons s'agitèrent dans le ventre d'Angélique.

Il avait un rire *très* sexy. Son sourire l'était tout autant. Et sa bouche… Elle avait passé son adolescence à rêver de cette bouche.

Assez! Le moment était mal choisi pour fantasmer sur la bouche de Rémy. Ou toute autre partie de sa fabuleuse anatomie…

Alors qu'elle s'apprêtait à quitter sa cachette, un coup sec fut frappé à la porte. Son cœur bondit dans sa poitrine.

Attendait-il quelqu'un ?

L'une de ses admiratrices, peut-être ? Mon Dieu, faites qu'elle n'ait pas à endurer ses cris de bête pendant qu'il faisait l'amour à une quelconque bimbo…

— Monsieur Caffarelli ? s'enquit une voix aux accents officiels. Pouvons-nous vous parler un instant ?

Angélique entendit le bruit d'une porte que l'on entrebâille, suivi de la voix de Rémy.

— Oui ?

Le visiteur s'éclaircit la gorge, comme s'il hésitait à délivrer son message.

— Hum… Nous avons eu vent qu'une jeune femme se cacherait dans votre suite.

— Pardon ?

— Comme vous le savez, monsieur Caffarelli, les lois de notre royaume n'autorisent aucune femme célibataire à côtoyer un homme sans chaperon, à moins qu'elle soit sa sœur ou son épouse. Nous avons des raisons de croire qu'une jeune femme n'appartenant à aucune de ces deux catégories se trouve actuellement dans votre chambre.

— Avez-vous perdu la tête ? s'exclama Rémy. Je connais les règles. Depuis le temps que je viens à Dharbiri, vous devriez savoir que jamais je n'insulterais le cheikh Muhtadi.

L'incrédulité faisait ressortir son accent français, dont les intonations mélodieuses firent courir un frisson sur la peau d'Angélique.

— Une employée a avoué en larmes avoir permis à une

jeune femme de s'introduire dans votre suite, expliqua le visiteur. Nous aimerions vérifier la véracité de ses dires.

— Faites, répondit Rémy, avec une assurance qui confinait à l'arrogance. Vous ne trouverez personne d'autre que moi.

Angélique entendit la porte s'ouvrir à la volée. Son cœur se mit à battre la chamade. Elle retint son souffle et se tassa au fond de la penderie, comptant sur l'ombre pour dissimuler sa présence. Elle ferma même les yeux, comme lorsqu'elle jouait à cache-cache enfant, certaine de ne pas être vue si elle-même ne voyait rien.

Des pas décidés arpentaient la suite. Des portes étaient ouvertes, puis refermées. Les rideaux furent écartés. Pas même les tiroirs n'échappèrent à la fouille. Comme si elle pouvait tenir dans un *tiroir*…

— Vous voyez ? dit Rémy avec une irritation perceptible. Il n'y a que moi.

— Le placard, lança l'officiel à son collègue. Vérifie le placard de la chambre.

Rémy eut un rire incrédule.

— Vous plaisantez ? Vous croyez vraiment que je ferais quelque chose d'aussi cliché ?

La porte de la penderie coulissa. A cours d'échappatoire, Angélique agita une main.

— Surprise !

Rémy n'en croyait pas ses yeux. Il cilla plusieurs fois. Mais non, il ne rêvait pas. C'était bien Angélique Marchand, accroupie dans sa penderie.

Il la foudroya du regard.

— Qu'est-ce que tu fiches ici ? Dans *ma* chambre ? Mon *placard* ?

Elle s'extirpa de la penderie avec la même grâce féline que si elle défilait sur un podium, exhibant ses longues jambes fuselées et ses petits seins hauts et fermes moulés par son

T-shirt. Le reproche se lisait dans ses yeux d'un bleu-gris saisissant.

— Eh bien, quel accueil ! Où sont passées tes manières ?

Rémy n'avait pas un tempérament sanguin… sauf lorsqu'il avait affaire à Angélique. Cette fille avait le don de le mettre hors de lui ! Elle était capricieuse, obstinée, un peu trop résolue à n'en faire qu'à sa tête. N'avait-elle donc aucun sens du protocole ou de la politesse ?

Une colère sourde bouillait dans ses veines. Par sa faute, il passait pour un menteur. Etre un proche du prince couronné ne lui vaudrait aucun traitement de faveur s'il était accusé d'avoir enfreint les lois de Dharbiri. Avait-elle la moindre idée du guêpier dans lequel elle l'avait fourré ? Il risquait l'expulsion, peut-être même la prison ! Sans parler du scandale si cette histoire venait à s'ébruiter…

— J'espère que tu as une bonne raison d'être dans ma chambre, grinça-t-il entre ses dents.

Elle rejeta négligemment sa splendide chevelure de jais sur une épaule.

— Je suis venue récupérer mon château, répondit-elle. Je ne repartirai pas d'ici sans l'acte de propriété de Tarrantloch.

— Monsieur Caffarelli, intervint l'un des officiels, le visage sévère. Pouvez-vous me confirmer que vous connaissez personnellement cette jeune femme ? Sans quoi, je me verrai contraint de la remettre aux autorités.

La remettre aux autorités ? Rémy éprouva une pointe d'inquiétude. Il avait beau détester Angélique, il ne pouvait la laisser être arrêtée sans intervenir.

— C'est un simple malentendu, assura-t-il de son ton le plus affable. J'ignorais totalement que ma fiancée comptait me faire une surprise…

— Ta *fiancée* ?

— Votre fiancée ?

Angélique et l'officiel avaient réagi à l'unisson. Rémy gratifia ce dernier d'un sourire conciliateur.

— Nous essayons de garder le secret. Vous savez comme sont les médias en Europe. Ils en feraient leurs choux gras.

L'officiel carra les épaules, la mine plus intransigeante que jamais.

— Cette jeune femme est peut-être votre fiancée, mais nos lois lui interdisent de rester seule avec vous.

— Eh bien, nous lui trouverons un chaperon, répondit Rémy. Elle ne compte d'ailleurs pas s'attarder, n'est-ce pas, *ma chérie* ?

— Pas plus que nécessaire, *mon trésor*, répliqua Angélique, d'une voix de fausset qui l'irrita.

L'officiel se râcla la gorge.

— Etant donné les circonstances de la… hum… visite surprise de votre fiancée, aucun de vous deux ne sera autorisé à quitter le pays tant que vous ne serez pas légalement mariés.

— *Mariés ?* répétèrent Rémy et Angélique d'une seule voix.

— C'est une plaisanterie ? s'exclama la jeune femme, les yeux agrandis par le choc.

Rémy se rapprocha d'elle subrepticement tandis que l'officiel s'adressait à son collègue.

— Il ne plaisante pas, lui chuchota-t-il. Reste calme et joue le jeu.

Un conseil qui valait aussi pour lui. Jamais il n'avait dû réfléchir aussi vite. Prétendre qu'elle était sa fiancée lui était venu comme cela, sur une inspiration. Hélas, ce stratagème semblait ne pas devoir suffire à les tirer d'affaire.

— Plutôt mourir que t'épouser, siffla-t-elle en retour, les yeux brillants de colère.

— Tu n'as pas d'autre choix. Nous ne sommes pas en Europe, ici. T'es-tu seulement renseignée sur le pays dans lequel tu mettais les pieds ?

— Je… Je n'ai pas réfléchi…

— De toute évidence. Ne pas réfléchir semble être ta spécialité.

Il vit ses poings se crisper.

— Je croyais que le prince couronné et toi étiez amis. Ne peut-il pas intervenir ?

— J'ai bien peur que non. La famille royale est très puissante, mais pas assez pour contourner les lois des Anciens, expliqua-t-il.

— Mais c'est absurde !

— Cesse de proférer des insultes, ou ne compte plus sur moi pour te protéger.

Elle se tut, comme à cours de réplique. Cela ne durerait pas. Angélique avait la langue bien pendue et ne renonçait jamais avant d'avoir eu le dernier mot. Sans doute était-il la seule personne à refuser de le lui laisser…

— Monsieur. Caffarelli ?

L'officiel et son collègue semblaient être parvenus à une décision.

— Nous allons à présent procéder aux arrangements nécessaires pour le mariage, annonça-t-il. La cérémonie aura lieu demain matin à 10 heures. Votre fiancée sera logée dans une autre suite. Vous comprendrez qu'elle ne puisse partager la vôtre.

— Naturellement, répondit Rémy.

Comme s'il avait envie qu'elle passe la nuit avec lui…

— Je comprends parfaitement. Veuillez accepter mes excuses pour le comportement de ma fiancée. Elle a un fort caractère, mais le mariage la fera rentrer dans le rang. J'y veillerai.

La brusque rougeur sur les joues d'Angélique lui procura une vive satisfaction. Elle avait beau garder contenance, il la connaissait assez pour savoir qu'elle bouillonnait intérieurement. Ses yeux bleu-gris évoquaient un ciel d'orage prêt à décharger sa foudre. Dommage qu'ils aient besoin d'un chaperon. Il aurait aimé la voir déchaîner sa colère…

Angélique se tourna vers l'officiel, ses manières à présent d'une exquise politesse.

— Puis-je avoir un mot en privé avec mon « fiancé » ?

s'enquit-elle avec force battements de cils. Peut-être pourriez-vous nous surveiller depuis le salon ? Nous laisserons la porte ouverte. Cela vous paraît-il acceptable ?

Il acquiesça d'un hochement de tête et entraîna son collègue dans la pièce attenante.

A peine avaient-ils disparu qu'elle foudroya Rémy du regard.

— Inutile de me regarder ainsi, dit-il sans lui laisser le temps d'ouvrir la bouche. C'est toi qui nous as mis dans ce pétrin.

Elle tremblait littéralement de rage, frémissante de la tête aux pieds.

— « Fiancée » ? cracha-t-elle, comme si le mot lui écorchait la bouche. Pourquoi ne pas lui avoir simplement dit que j'étais ta sœur ou une cousine ?

— Parce que le monde entier sait que je n'ai que deux frères. Et mes parents étant tous les deux enfants uniques, je n'ai aucune cousine.

— Soit. Mais étais-tu obligé de me faire passer pour une sorte de harpie qu'il convient de dompter ? C'est bien une réaction masculine... Je n'ai jamais rien entendu d'aussi machiste !

A vrai dire, ce n'était pas la seule « réaction masculine » que Rémy avait eue. Il avait toujours éprouvé une certaine attirance sexuelle pour Angélique... Et l'avait toujours ignorée. De toute façon leurs familles se détestaient et la jeune femme était généralement impliquée dans une liaison quelconque. Difficile, pourtant, d'ignorer le feu qui couvait à présent entre ses reins. En d'autres circonstances, peut-être même y aurait-il cédé...

— Navré de t'avoir vexée, *ma chérie*.

— Tu as piégé mon père, n'est-ce pas ? fulmina-t-elle, la voix vibrante de colère contenue. C'est ta vengeance pour avoir perdu ce stupide contrat à Ibiza... Mais ne crois pas t'en tirer à si bon compte. Je ne renoncerai pas avant d'avoir récupéré mon château, tu entends ?

Il haussa les épaules avec désinvolture, juste pour l'agacer.

— J'ai gagné Tarrantloch équitablement. Ton père

connaissait les risques. T'envoyer me lécher les bottes à sa place est d'ailleurs franchement pathétique…

— Tu crois que c'est pour *ça* que je suis ici ? s'exclama Angélique. Comme si j'allais tomber aussi bas ! Tu es bien la dernière personne que je chercherais à séduire.

— Toi aussi, *mon cœur.* Tu n'es pas du tout mon genre.

Une ombre passa dans ses prunelles bleu-gris. Mais elle se ressaisit promptement.

— Cette histoire de mariage est ridicule. Hors de question que je t'épouse !

— Ce n'est qu'une formalité, assura Rémy. Notre union n'aura certainement aucune valeur légale en Europe. Faisons ce qu'ils demandent et partons. C'est aussi simple que ça.

— *Simple ?* Qu'y a-t-il de « simple » là-dedans ? Que ce soit légal ou non, ou uniquement sur papier, je refuse d'être mariée à toi !

— Rassure-toi, nous ferons annuler ce mariage dès notre retour.

— C'est un cauchemar…

— Que *tu* as provoqué, rappela-t-il, de ce ton supérieur qui ne manquait jamais de la mettre hors d'elle.

Pour son plus grand plaisir…

Elle lui lança un regard assassin.

— C'est de *ta* faute si nous en sommes là. Tout ça pour prendre ta revanche… Quel besoin as-tu de Tarrantloch ? Ta famille possède des propriétés mille fois plus luxueuses partout dans le monde ! Mais non, il fallait que tu me ravisses la seule chose qui me soit chère…

Rémy éprouva une pointe de culpabilité. Juste une pointe — rien qui ne vaille de s'y attarder. Il s'était fixé un but et l'avait atteint. *Un Caffarelli gagne toujours.* C'était le credo de la famille. Il aurait pu s'emparer de n'importe quelle compagnie du portefeuille Marchand. Mais il avait choisi Tarrantloch, conscient de porter un coup sévère à son rival.

Il avait un compte à régler avec Henri Marchand, qui n'avait rien à voir avec son grand-père.

C'était bien plus personnel.

Cette chaîne d'hôtels à Ibiza était pour lui, l'acquisition sur le point d'être signée. Du moins était-ce le cas avant qu'un e-mail anonyme ne fasse changer le propriétaire d'avis. Il n'avait pas été difficile d'en retrouver l'expéditeur. Henri Marchand était sournois, mais pas particulièrement habile à couvrir ses traces. Rémy avait alors juré de prendre sa revanche.

Tarrantloch était sa possession la plus précieuse. Le symbole ultime de son statut. Henri n'aimait rien mieux que jouer au seigneur des Highlands, entouré d'une coterie de fidèles associés. Quant au fait que sa fille et unique héritière se figure amoureuse de l'endroit…

Il s'en souciait comme d'une guigne.

Il dirigeait un empire financier, pas une œuvre de bienfaisance. Et s'il y avait bien une personne au monde qui ne méritait pas sa charité, c'était Angélique Marchand.

— Tarrantloch m'appartient, désormais. Mieux vaut te faire à l'idée, assena-t-il froidement. D'ailleurs, ne vis-tu pas à Paris les trois quarts de l'année ?

— Je comptais m'y installer une fois à la retraite, rétorqua la jeune femme, le visage blême de colère.

Rémy émit un sifflement moqueur.

— Eh bien, c'est ce qui s'appelle prévoir sur le long terme. Quel âge as-tu, vingt-cinq ans ?

— Vingt-quatre. J'aurai vingt-cinq ans en mai prochain.

— Et à quel âge un top model prend-il habituellement sa retraite ?

Tout en parlant, il la déshabillait du regard. Dire qu'elle avait une silhouette de rêve était un euphémisme. A vrai dire, il ne pouvait imaginer silhouette plus agréable à regarder — ni plus susceptible de distraire un homme. Lui-même ne faisait pas exception. Il se rappelait ce tout premier panneau publicitaire sur lequel elle apparaissait bronzant au bord d'une piscine, vêtue de trois minuscules triangles de tissu. Ce genre d'image avait de quoi sérieusement perturber la circulation…

— J'aimerais explorer d'autres branches du métier de la mode, répondit-elle évasivement.

— C'est-à-dire… ?

— Comme si j'allais te faire part de mes projets. Tu vas encore les ridiculiser et me dire de trouver un *vrai* travail.

Une nouvelle pointe de culpabilité s'insinua en Rémy. Il n'avait jamais encouragé sa carrière de top model. Au contraire. Lorsqu'il avait appris qu'à dix-sept ans, elle abandonnait ses études pour intégrer une agence de mannequins, il l'avait aussitôt appelée afin de l'en dissuader, bravant l'interdiction de son grand-père d'avoir le moindre contact avec les Marchand.

Mais écouter les conseils de personnes plus avisées qu'elle n'était pas le fort d'Angélique.

— Monsieur Caffarelli ?

L'officiel était apparu sur le seuil de la porte.

— La suite de votre fiancée est prête.

Il se tourna vers Angélique.

— Si vous voulez bien me suivre, *mademoiselle*. Deux chaperons vont vous accompagner.

Son regard haineux frappa Rémy de plein fouet lorsqu'elle le dépassa. Il saisit l'effluve de son parfum et inhala profondément. Il lui avait toujours associé l'odeur du pois de senteur — forte et entêtante. Soudain, la réalité le rattrapa.

Dans quelques heures, ils seraient mari et femme.

Le mariage n'avait jamais fait partie de ses plans. Sa réponse était toujours la même lorsqu'on le questionnait à ce sujet : *jamais de la vie*.

En cet instant, pourtant, l'idée ne lui paraissait étrangement plus si absurde…

3

Angélique avait passé la nuit à faire les cent pas dans sa chambre en maudissant Rémy.

Seigneur, ce qu'elle pouvait le détester ! Comment avait-il osé lui faire cela ? Elle ne méritait pas pareille punition !

Elle, mariée ? Et à *Rémy Caffarelli* !

Peu importait que leur union soit légale ou non. Elle avait juré de ne *jamais* se marier. Elle refusait d'offrir à un homme le moindre contrôle sur elle. L'exemple de sa mère lui avait suffi. Kate Tarrant avait pris ses vœux de mariage très — *trop* — au sérieux. Dès le début, elle s'était soumise à son mari. Avait obéi sans un mot, renonçant à sa liberté et à son individualité.

Angélique ne ferait *jamais* cela.

Le mariage et tout ce qu'il représentait lui donnait la nausée. Contrairement aux autres filles de son âge, elle ne supportait pas la vue d'une robe de mariée. Qui avait envie de ressembler à une meringue, étouffer sous un voile de tulle, et être donnée à un homme comme un vulgaire paquet pour être traitée en servante les cinquante prochaines années de sa vie ?

Un coup à la porte la fit tressaillir. Elle alla ouvrir et se vit offrir un plateau chargé de fruits frais, de petits pains et d'un pot de café à l'arôme puissant.

— Votre petit déjeuner, *mademoiselle*.

Comment avouer que, malgré ses racines françaises, elle détestait le café et ne buvait que du thé ?

Elle prit le plateau sans un mot. A peine la femme de chambre s'éloignait-elle qu'une seconde apparut, plus âgée et les bras chargés de robes, l'informant qu'elle était là pour l'aider à se préparer en vue de la cérémonie.

— Je refuse de porter ça ! s'exclama Angélique devant ce qui ressemblait à s'y méprendre à une tente de cirque.

Une *somptueuse* tente de cirque… En regardant de plus près, elle vit que le tissu était brodé d'or et qu'une centaine de diamants ornaient le corsage.

— Ce sont les robes nuptiales officielles de notre province, déclara la femme de chambre. La princesse royale elle-même les a portées lors de son mariage en juillet dernier. C'est un grand honneur qu'elle vous fait en vous les prêtant.

Faites que je me réveille ! pria Angélique en se laissant habiller à contrecœur. L'ironie prêtait à rire. Sa profession consistait à porter le minimum de tissu. Et voilà qu'elle se retrouvait enveloppée dans des kilomètres de textile scintillant comme un cadeau de Noël !

Son sang bouillonnait dans ses veines. Comment en était-elle arrivée là ? Dans moins d'une heure, elle serait mariée à Rémy Caffarelli !

— Avez-vous terminé ?

— Presque.

La femme de chambre s'approcha avec un voile épais, incrusté lui aussi de diamants, et une traîne longue d'au moins cinq mètres.

— Oh non, pitié ! implora Angélique.

Son habilleuse arqua un sourcil sévère.

— Vous voulez partir d'ici ou non ?

— Tu es sûr que ça ne te dérange pas ? demanda Talib, le front soucieux. La situation est assez instable dans notre province, en ce moment. Les Anciens sont notoirement imprévisibles. Négocier avec eux peut se révéler délicat. Mieux vaut se plier à leurs exigences et étouffer l'affaire dans l'œuf. Je ne voudrais pas risquer une insurrection pour un incident aussi futile.

Rémy termina son café au fort arôme de cardamome et reposa sa tasse.

— Pas de problème, assura-t-il. C'est une simple formalité. Et puis, ce n'est pas comme si ce « mariage »…

Il dessina des guillemets dans l'air.

— … allait être reconnu en Europe, n'est-ce pas ?

Devant le silence de Talib, il sentit une sueur glacée lui couler dans le dos.

— Tu plaisantes ?

— Les liens du mariage sont sacrés dans notre culture, répondit le prince. Ils ne se contractent pas à la légère, ni ne se rompent, sauf en cas de bonne raison.

Une totale incompatibilité entrait-elle dans cette catégorie ? Sans oublier un autre détail : Angélique et lui se haïssaient cordialement.

— Moi aussi, j'ai lutté, tu sais, continua Talib. Ce n'est qu'après avoir rencontré et épousé Abby que j'ai compris ce que je ratais.

Et zut.

— Oh ! et pour répondre à ta question, le mariage sera bien reconnu dans ton pays.

Double zut.

La première pensée de Rémy fut que n'importe qui pouvait se cacher sous les lourds atours traditionnels et le voile les complétant. Toutefois, aucun doute n'était permis : il s'agissait bien d'Angélique. La robe tremblait perceptiblement, comme si les multiples épaisseurs de tissu peinaient à contenir sa rage.

Et ces yeux…

Comment ne pas reconnaître les prunelles bleu-gris qui lançaient des éclairs à travers la gaze du voile ?

Soudain, il se remémora le mariage de son frère Rafe, quelques semaines plus tôt. La mariée, Poppy Silverton, était apparue resplendissante et éperdument amoureuse. Tout comme Rafe, ce qui l'avait surpris. Jamais il n'aurait cru son frère aîné si démonstratif. Une larme brillait dans ses yeux lorsqu'il avait glissé l'alliance au doigt de Poppy, rayonnant de fierté et de dévotion.

Son autre frère, Raoul, s'apprêtait à suivre le même chemin — juste avant Noël, selon les dernières nouvelles. Sa fiancée, Lily Archer, était la physiothérapeute engagée pour sa rééducation, suite à un accident de ski nautique qui avait laissé Raoul paralysé. Rémy n'avait jamais vu son frère aussi heureux que le jour où il avait annoncé ses fiançailles. Une autre surprise de taille, étant donné la passion de ce dernier pour les sports extrêmes. A croire que l'amour compensait tous les revers…

Non qu'il fût un expert en la matière. Il avait bien eu quelques béguins, mais de là à tomber amoureux…

Non, ce n'était pas pour lui.

Aimer une personne signifiait risquer de la perdre. Elle faisait partie de votre vie et, l'instant d'après… *disparue.*

Comme ses parents.

Rémy peinait parfois à se rappeler le visage de son père et de sa mère. Il n'avait que sept ans lorsqu'ils étaient morts dans un accident. Depuis, chaque année avait effacé un peu plus leur souvenir. Les voir sur les vidéos familiales, les entendre rire et parler, lui laissait une impression étrange — comme devant les visages vaguement familiers de gens connus autrefois et devenus des étrangers.

Il avait oublié jusqu'à leur odeur.

Mais il y en avait une autre qu'il ne risquait pas d'oublier de sitôt…

A peine joignait-il ses mains à celles d'Angélique qu'une

onde de chaleur lui parcourut le bras pour s'enflammer entre ses reins. Ils n'avaient jamais eu le moindre contact physique avant, même lorsqu'elle accompagnait encore son père à la villa de Vittorio. Rémy, plus âgé de huit ans, avait souvent dû veiller sur l'adolescente, qui portait déjà en elle la promesse d'une grande beauté. Une longue chevelure de jais, des yeux hypnotiques, sans oublier les petits seins pointant sous le T-shirt…

Un fruit défendu, voilà ce qu'elle était. Aussi avait-il mis un point d'honneur à ne *jamais* la toucher.

L'officiant s'attendait-il à ce qu'il l'embrasse ? L'idée n'était pas pour lui déplaire. Même s'il aurait préféré s'exécuter en privé plutôt que devant une assemblée d'Anciens ultraconservateurs.

Mais pas question de les offenser, n'est-ce pas ?

Les mains d'Angélique disparaissaient presque entièrement dans les siennes. La jeune femme paraissait si délicate, tout à coup. Presque fragile. Un désir primitif s'empara de lui. Quel effet cela ferait-il de la posséder ? De plonger dans ce corps incroyablement sexy et le sentir autour de lui…

Bon sang, à quoi pensait-il ? Ce n'était qu'un mariage sur le papier !

L'officiant prononça les vœux sacrés, et Rémy récita mécaniquement ses lignes, comme un acteur lisant son script. Ce n'était que des mots. Des paroles vides de sens. Quand vint le tour d'Angélique, celle-ci cracha son texte avec une rancœur manifeste, manquant s'étouffer sur la promesse de lui obéir.

— Je vous déclare à présent mari et femme. Vous pouvez embrasser la mariée, conclut l'officiant à l'adresse de Rémy.

Un éclair de panique traversa les yeux d'Angélique.

— Je ne crois pas que…

Rémy la fit taire d'un regard. Pas question de griller leur couverture. De son côté, n'avait-il pas embrassé des centaines de femmes ? Un rapide baiser sur les lèvres et le tour serait joué. *Simple comme bonjour.*

Sans plus hésiter, il souleva le voile et écrasa sa bouche sur la sienne.

Angélique avait rêvé toute son adolescence de ce moment.

Son premier baiser avec Rémy.

Elle en avait aussi rêvé quand d'autres hommes l'embrassaient. Les paupières closes, elle imaginait que c'était la bouche de Rémy explorant la sienne. *Ses* mains caressant son corps. *Son* sexe vibrant de désir contre elle. Ces égarements avaient rendu certains baisers — et certains rapports sexuels — un peu plus supportables.

Mais aucun de ses fantasmes n'approchait la réalité.

Rémy embrassait avec une maestria inégalée. Ses baisers n'étaient ni mouillés ni bâclés, mais résolus et possessifs.

Le goût de ses lèvres sur les siennes, leur fermeté virile, étaient si addictifs qu'elle se hissa d'instinct sur la pointe des pieds pour prolonger le contact. Déjà, la langue de Rémy s'insinuait dans sa bouche, entraînant la sienne dans le plus érotique des duels. Avec un gémissement rauque, il lui agrippa les hanches et la plaqua sans retenue contre lui.

— Hum…

L'intervention de l'officiant rompit le charme. Il la libéra aussitôt, l'air vaguement assommé. Mais très vite, il se ressaisit.

— Pendant un instant, j'ai oublié où je me trouvais, s'excusa-t-il d'un air faussement contrit.

L'ecclésiaste eut un sourire conciliant.

— C'est un plaisir de voir deux jeunes gens si enthousiastes. Voilà qui augure d'un long et heureux mariage.

Angélique serra les dents. Etait-ce son imagination ou Rémy s'amusait-il franchement ? Elle lui lança un regard noir, qui lui valut un clin d'œil moqueur en retour. Oh ! il ne perdait rien pour attendre…

— Le prince couronné et son épouse ont organisé un banquet spécial en votre honneur, annonça l'officiant.

Pitié, pas une réception émaillée d'interminables discours !

A sa grande surprise, c'était une fête qui les attendait. Sans alcool. Dommage... Elle aurait bien eu besoin d'un remontant pour s'habituer à l'idée d'être officiellement une femme mariée.

Quel cauchemar...

La salle de réception faisait la taille d'un terrain de football. Du moins était-ce son impression. Rémy comptait-il tant d'amis à Dharbiri ou une foule avait-elle été louée pour l'occasion ? Il y avait au moins mille invités ! Cela frôlait le ridicule ! Personne ne se mariait ainsi, à part certaines stars de cinéma. C'était un spectacle plus qu'une réception, une débauche de luxe et d'extravagance. La salle étincelait de mille feux, entièrement ornée de ballons, de rubans de satin, de... *diamants* ? Elle examina plus attentivement le lustre au-dessus d'elle. Oui, c'était bien des diamants.

Elle et Rémy furent conduits à la table d'honneur, où on la présenta à l'épouse du prince couronné, Abby, une Anglaise comme elle. La jeune femme avait rencontré Talib l'année précédente et en était tombée follement amoureuse. Un bébé royal était en route, d'où l'atmosphère particulièrement festive. A Dharbiri, ce genre de célébrations pouvait durer des jours, lui expliqua Abby.

O joie...

Elle allait prendre place quand Rémy l'entraîna d'autorité vers la piste de danse.

— Détends-toi, Angélique. Tu as l'air d'un automate.

— Enlève ta main de mes fesses, grogna-t-elle entre ses dents.

Il remonta sa main le long de sa hanche et l'attira à lui.

— Mieux ?

— Nous sommes censés danser une valse, pas nous sauter dessus.

— Es-tu bonne danseuse ?

— Bien sûr !

— Montre-moi.

Il ouvrit la danse en même temps que s'élevaient les premières mesures d'une valse romantique. C'était un excellent conducteur, aussi Angélique se laissa-t-elle guider au rythme fluide de la musique. Elle avait l'impression d'être une princesse à un bal ou la candidate vedette d'une compétition de danse. Ils évoluaient sur la piste en parfaite harmonie, si bien que les autres danseurs s'écartaient pour leur faire place libre.

— Pas mal, commenta Rémy une fois le morceau terminé. Nous devrions danser ensemble plus souvent.

— Tu m'as marché sur les pieds…

— Mais non.

Il lui pinça affectueusement la joue.

— Souris, *ma chérie*.

— J'ai envie de t'arracher les yeux, grinça-t-elle derrière un sourire hypocrite.

— T'ai-je dit à quel point tu étais rayonnante, aujourd'hui ?

— J'étouffe dans cette maudite robe. Et comment suis-je censée aller aux toilettes ? En arrachant la porte ?

Il lui tapota le nez en souriant.

— Tu trouveras bien un moyen.

Elle exhala un soupir après qu'il se fut éloigné. Le charme de Rémy n'était pas légendaire sans raison…

A elle de ne pas baisser sa garde.

— Il faut absolument que tu goûtes ça, décréta Rémy, une assiette pleine à la main.

Angélique huma le délicieux fumet d'agneau aux herbes. Seigneur, ce qu'elle pouvait être affamée ! Une salade de couscous accompagnait les tendres morceaux de viande, ainsi que d'appétissantes galettes de pommes de terre. Autant dire une montagne de calories…

Elle se força à sourire pour le bénéfice d'éventuels témoins.

— Je n'ai pas faim.

— Allons, goûte, insista-t-il en lui tendant une fourchette. Cet agneau est une pure merveille !

— Non, merci.

Le regard de Rémy happa le sien, implacable.

— Ouvre la bouche.

Son ton autoritaire éveilla une foule de papillons dans l'estomac d'Angélique. Mais pas question de céder. C'était *sa* bataille. Le métier de mannequin exigeait de nombreux sacrifices pour entretenir sa silhouette. Elle comptait les calories depuis son tout premier contrat ! Avant cela, même. C'était le seul aspect de sa vie qu'elle maîtrisait vraiment. Si Rémy croyait saboter ses efforts, il se trompait lourdement.

— Je te répète que je n'ai pas faim.

— Menteuse.

Son regard s'était fait pénétrant, d'une troublante intensité. Une vague de chaleur la submergea. L'appétit qui la tenaillait n'avait plus rien d'alimentaire…

Y céder était bien sûr hors de question. A quoi cela la mènerait-il de fricoter avec Rémy ? Son baiser et leur valse avaient déjà fait assez de dégâts. Elle ne pouvait se permettre d'être vulnérable, encore moins esclave de ses pulsions. Self-control et discipline étaient ses maîtres mots.

Elle n'éprouvait *aucun* désir pour Rémy — ne voulait ni de lui, ni de sa nourriture, ni de ses pas de danse virtuoses.

— Désolée, dit-elle en se massant ostensiblement les tempes. Je n'ai pas fermé l'œil de la nuit et ma tête me fait atrocement souffrir.

Une excuse vieille comme le monde, mais toujours efficace. Rémy la dévisagea avec circonspection.

— Peut-être es-tu déshydratée. As-tu bu assez d'eau ?

— A vrai dire, je tuerais pour un verre de vin…

— Et tu risquerais gros.

Angélique sentit la panique poindre en elle.

— Nous sommes en sécurité, n'est-ce pas ? Je veux dire, maintenant que nous sommes, hum… mariés.

— Nous le serons si ce mariage à l'air authentique. Mieux vaut ne pas baisser notre garde avant d'être dans l'avion, répondit Rémy, avec un sérieux qui ne fit rien pour la rassurer.

Elle balaya subrepticement la foule du regard. Tous ces gens semblaient amicaux et inoffensifs — à première vue. Se pouvait-il qu'un espion se cachât parmi eux, à l'affût du moindre faux pas de sa part ?

Sa panique monta d'un cran.

Comment en était-elle arrivée là ? Son seul but en venant était d'avoir un face-à-face avec Rémy. Pas une seconde, elle n'avait songé à sa situation à *lui* : où il se trouvait, avec qui, dans quel contexte. Les notions de sécurité et de climat politique ne lui avaient jamais traversé l'esprit. Résultat, ils se retrouvaient contraints de jouer aux mariés !

Non… Ils *étaient* mariés.

— Pourquoi viens-tu ici ? demanda-t-elle à brûle-pourpoint. Ce n'est pas vraiment la destination rêvée pour un play-boy de ta trempe…

— Le prince est un ami d'université. J'aime lui rendre visite de temps en temps.

— Souvent ?

— Pas autant que je le souhaiterais. Une fois par an, ou deux, comme cette année après le mariage d'Abby et Talib.

Elle le considéra avec surprise.

— Je ne comprends pas. Qu'est-ce que ce trou perdu a de si attrayant ?

— Garde ce genre d'opinion pour toi, tu veux ? chuchota-t-il en lui prenant le bras pour l'entraîner dans un coin tranquille.

Elle se dégagea vivement. Non parce que ce contact lui déplaisait. Au contraire : elle le trouvait un peu trop agréable. Soudain, elle comprenait à quel point elle s'était reposée sur Rémy, comptant sur lui pour la protéger. Il avait affronté avec calme et humour la situation délicate dans laquelle elle les avait entraînés. S'il avait peur, il n'en laissait rien paraître.

— Désolée, murmura-t-elle. Je n'ai pas l'habitude du désert. C'est une première, pour moi.

— Et cette publicité d'il y a quelques années, où tu étais allongée sur une dune avec des chameaux en arrière-plan ?

— C'était une mise en scène. La séance photo avait lieu sur une plage au Mexique. L'un de ces maudits chameaux a même essayé de me mordre. Un cauchemar ! Le designer n'était jamais content et j'ai fini avec une insolation…

— Pourquoi fais-tu cela ? questionna Rémy, les sourcils froncés.

Elle se raidit. Combien de fois avait-elle entendu ce sermon ? Y compris dans la bouche de Rémy ?

— Pourquoi je fais quoi ?

— T'exhiber à moitié nue sur les podiums et dans les magazines.

Son ton était sévère, empreint de reproche.

— Tu vaux mieux que ça, insista-t-il. As-tu vraiment envie de n'être qu'un objet de fantasme auquel pensent les hommes quand ils se masturbent sous la douche ?

— Le fais-tu aussi ?

La provocation parut faire mouche. Elle vit un muscle tressauter sur sa mâchoire, tandis que son regard se durcissait.

— Non. Je ne te vois pas ainsi, répondit-il sèchement.

Menteur. L'idée qu'il puisse être excité par elle était délicieusement choquante. Une onde brûlante la traversa. C'était une sensation étrange, étourdissante, ce désir de le sentir jouir en elle, la *vraie* elle, et non devant une image retouchée sur logiciel…

Avait-elle perdu la tête ? Sa raison reprit rapidement le dessus. Hors de question de coucher avec Rémy ! Et ce, quelle que soit leur attirance mutuelle.

— Quand mettons-nous un terme à cette mascarade ? s'enquit-elle. Mes bagages sont prêts. Je propose de filer à l'aéroport sitôt la réception terminée.

Une ombre passa dans les yeux de Rémy.

— Nous ne partons pas ce soir.

— Mais pourquoi ? Tu as un jet privé, non ? Qu'est-ce qui nous retient ?

Il tourna le dos au reste de la salle et prit un ton de conspirateur.

— Il y a une tradition à honorer. Nous ne pouvons partir avant d'avoir officiellement consommé notre mariage.

— Tu plaisantes ? C'est ridicule ! D'ailleurs, comment pourraient-ils savoir si… hum… si nous l'avons fait ou non ?

— Il leur faut une preuve.

La panique envahit Angélique, en même temps qu'une brusque chaleur.

— Un témoin, tu veux dire ? Quelle horreur ! Je ne suis pas du tout ménage à trois. Ni même à deux, d'ailleurs…

Elle se tut, consciente d'en avoir trop dit.

— Nous devons prouver que tu es vierge, continua Rémy, imperturbable.

— *Pardon ?*

— La coutume veut que nous exposions le drap taché de ton sang…

— Le seul sang que j'aie envie de verser, c'est le tien, fulmina Angélique, furieuse.

Un sourire étira les lèvres de Rémy.

— Tu détestes vraiment ça, n'est-ce pas ?

— Par « ça », tu veux parler de cet asservissement ignoble ?

Il haussa les épaules.

— C'est la tradition.

— Eh bien, c'est une tradition barbare.

— Les femmes de Dharbiri sont heureuses, observa-t-il posément. Elles n'ont pas à se maquiller, se colorer les cheveux ou s'imposer un régime draconien. Elles peuvent être elles-mêmes, car personne ne les jugera sur leur seule apparence physique. C'est leur beauté intérieure qui compte.

— Un vrai paradis, ironisa Angélique. Crois-moi, si une seule d'entre elles savait ce qu'elle rate, ce serait l'anarchie.

— Et tu mènerais la révolte, je suppose ?

L'amusement perçait dans sa voix. Elle soutint son regard, le menton fièrement levé.

— Oh ! pour ça… Tu peux compter sur moi.

4

Rémy savourait chaque seconde de ce « mariage ». C'était si distrayant de provoquer Angélique. Il savait exactement quoi dire et sur quel ton pour la faire sortir de ses gonds.

La raison en était qu'au fond, il la comprenait.

Le mariage était un piège. Une institution oppressante, restrictive, qui vous asservissait et vous privait de votre liberté. Certains s'en accommodaient très bien. D'autres la rejetaient en bloc — comme lui.

Il refusait de répondre de ses actes à qui que ce soit. Surtout après avoir grandi dans l'ombre de ses frères et de son grand-père. Il voulait tracer son propre chemin. Se faire un nom pour lui, indépendant du clan Caffarelli.

Il ne voulait être le mari de personne.

Encore moins fonder une famille. La paternité, il laissait cela à ses frères, visiblement impatients de procréer. Les enfants ne l'intéressaient pas. Changer des couches ? Se relever en pleine nuit ? Essuyer des nez pleins de morve ? Très peu pour lui.

Ce qu'il voulait, c'était profiter de la vie. S'amuser. Etoffer son tableau de chasse. Il aimait son existence trépidante, tant en amour qu'en affaires. Le risque faisait partie intégrante de son quotidien. Mesurer ses chances, construire sa stratégie, tenter le tout pour le tout… Et savourer sa victoire comme il se devait.

Il avait le jeu dans le sang, sans toutefois être irresponsable. Il savait mesurer les enjeux, savait quand augmenter ou diminuer la mise, et surtout quand s'arrêter. Jamais il ne dérogeait à la règle d'or du parieur : ne jamais perdre plus qu'on ne pouvait se le permettre.

Enfant, il avait énormément souffert de la perte de ses parents. Il se souvenait encore du tourbillon d'émotions qui l'avait assailli à l'annonce de leur accident : la panique, la peur, l'horrible sensation de vide. C'était à cet instant qu'il avait compris à quel point la vie était gouvernée par le hasard. Le sort jouait des tours cruels, et votre existence parfaite pouvait basculer du jour au lendemain.

Il contempla Angélique, tremblante de rage à peine contenue. Combien de temps encore avalerait-elle son histoire de « preuve de virginité » ? Elle ressemblait à une petite chatte prête à sortir les griffes. Il voulait bien qu'elle les lui plante dans le dos pendant qu'il lui faisait sauvagement l'amour…

Bon sang, à quoi pensait-il ?

S'il couchait avec elle, jamais il n'obtiendrait l'annulation de leur mariage de retour en Europe. Certes, ils devaient passer la nuit dans la même chambre — impossible d'y couper. Mais rien ne l'empêchait de dormir sur le sofa.

— Comment va ta migraine ? demanda-t-il dans un effort pour distraire son esprit.

Elle lui lança un regard vide.

— Ma… ? Oh ! oui, ma migraine. De pire en pire, dit-elle en portant une main à sa tempe.

— Dans ce cas, il est temps d'aller au lit.

Les mots flottèrent entre eux, chargés de tension sexuelle.

— Pour dormir, précisa-t-il. Au cas où tu te ferais des idées…

Et lui aussi. Il s'obligea à respirer pour juguler son désir.

— Pourquoi ai-je l'impression que tu joues avec moi ? lança Angélique.

Oh ! il avait *très* envie de jouer avec elle. Son corps disait oui, mais sa raison s'y opposait — pour l'instant. Combien de temps encore parviendrait-il à garder ses distances ? En théorie, elle était la dernière femme au monde avec qui il envisagerait une liaison. Trop insolente et capricieuse. Mais en pratique…

Il était humain, non ? Et Angélique était vraiment à tomber. D'habitude, il préférait les blondes. Mais sa chevelure d'ébène et son teint nacré lui conféraient une touche de glamour hollywoodien des plus sexy. Elle entrait dans une pièce à la manière d'une star de cinéma. Ce n'était pas quelque chose qu'elle avait appris sur les podiums : elle avait toujours marché ainsi. Elle faisait son entrée, l'air de dire « je suis là et bien là ».

Exactement comme la veille, lorsqu'elle s'était soudainement imposée dans sa vie.

— Tu prends les choses trop au sérieux, Angélique.

— Pour cette histoire de preuve…

Elle se mordit la lèvre.

— Tu me fais marcher, n'est-ce pas ?

Il réprima l'impulsion de lui ébouriffer les cheveux. Elle était si adorable quand elle baissait sa garde… Il ne se souvenait pas de l'avoir déjà vue aussi confuse et vulnérable par le passé. Furieuse, irritée, contrariée, oui. Mais vulnérable ? Jamais. A moins qu'elle n'ait soigneusement dissimulé ses émotions. Auquel cas, il était mal placé pour la juger…

— Pourquoi cette question ? demanda-t-il en gardant son sérieux. Se pourrait-il que tu ne sois plus vierge ?

— Et toi, alors ? riposta-t-elle du tac au tac.

Il éclata de rire.

— Je ne suis peut-être jamais tombé amoureux, mais je suis loin de vivre comme un moine.

— Je te crois sur parole…

— Combien ?

— Combien de quoi ?

— D'amants.

Elle rejeta ses cheveux en arrière avec hauteur.

— Je ne vois pas en quoi ça te concerne.

— Je suis ton mari.

Trois, deux, un…

Il pouvait chronométrer ses éclats à la seconde près. Sa mâchoire se crispa, et ses yeux lançaient des éclairs lorsqu'elle reprit la parole.

— Ce mariage t'amuse, n'est-ce pas ? Je parie que tu as hâte de rentrer pour raconter à tout le monde comment tu m'as forcée à t'épouser. Et aussi comment tu as extorqué Tarrantloch à mon père. Oh ! comme toi et tes amis allez rire de ma naïveté…

— Calme-toi, la coupa-t-il. Je te rappelle que c'est toi qui nous as mis dans ce pétrin. Tu es la dernière personne que j'épouserais si je comptais me marier, et ce n'est pas le cas.

— Idem.

— Bien. Nous sommes sur la même longueur d'onde.

Il consulta sa montre.

— Il est temps d'en finir avec cette réception. Viens, allons-nous-en.

Angélique suivit Rémy avec une soumission feinte tandis qu'il prenait congé du couple princier. Son mensonge n'en était plus un : une épouvantable migraine lui martelait à présent les tempes. Elle se laissa entraîner vers leur suite, proche de l'étourdissement. Au bruit de la porte se refermant derrière eux, son cœur s'affola.

Ils étaient seuls. Dans la suite nuptiale.

Elle affecta un ton léger.

— On tire le lit à pile ou face ?

Les yeux bruns de Rémy se voilèrent. C'était à peine si elle distinguait encore la forme de ses iris. Il sortit une pièce de sa poche, qu'il déposa sur son pouce.

— Pile ou face ?

— Face.

Il jeta la pièce en l'air et la rattrapa adroitement, les yeux rivés aux siens.

— Il est encore temps de changer d'avis…

— Je ne change jamais d'avis une fois ma décision prise, répondit-elle fermement.

Un sourire lui étira les lèvres.

— Moi non plus.

Elle se pencha pour voir le résultat, mais il gardait le poing résolument serré.

— Montre, insista-t-elle.

Sa voix sonnait étrangement rauque. Sans doute parce qu'elle se tenait un peu trop près de lui… Son odeur l'enveloppait tout entière, mélange subtil de citron, de bois de santal et de virilité. Elle distinguait même la barbe naissante sur sa mâchoire.

Mais surtout, elle percevait son désir.

Il chargeait l'air d'électricité. Ses seins semblaient très à l'étroit, tout à coup, dans leur carcan de dentelle. Son corps vibrait de l'intérieur, envahi par une douce chaleur. Elle s'humecta les lèvres du bout de la langue, et les yeux de Rémy suivirent le mouvement, brillant d'une lueur sans équivoque.

Elle déglutit avec difficulté.

— Hum… la pièce ?

— Eh bien ? répondit Rémy.

Son regard n'avait pas quitté sa bouche, comme si c'était la chose la plus fascinante au monde.

— Dis-moi qui a gagné.

— Moi.

Son ton insolent l'irrita.

— Comment peux-tu le savoir sans regarder ?

— J'ai un sixième sens pour ce genre de chose, affirma-t-il avec un sourire en coin. J'ai gagné. Tu as perdu.

— Comme si j'allais te croire… Je veux une preuve. Ouvre la main.

— Ouvre-la toi-même.

Une étincelle de défi luisait dans ses yeux bruns. Un frisson parcourut Angélique. Si c'était ainsi qu'il charmait les femmes, elle comprenait mieux pourquoi elles tombaient comme des mouches à ses pieds. Il était vraiment irrésistible quand il jouait les tentateurs…

Sauf qu'elle n'était pas du tout attirée par les mâles dominants. Ce dont Rémy était l'incarnation la plus éclatante. C'était dans son sang. Il était né pour prendre le pouvoir et le garder. Pour dominer, pas pour obéir. Il était trop autoritaire, trop sûr de lui. *Trop sexy*. C'était un Caffarelli, et les Caffarelli étaient ses ennemis. Lui plus que les autres.

— Non, merci, dit-elle avec dédain.

Il baissa les yeux, et elle sentit sur ses lèvres la brûlure de son regard.

— Dommage, susurra-t-il. Je n'aurais pas été contre un corps à corps…

Elle fit mine de ne pas saisir le sous-entendu.

— Prends le lit, dit-elle. Tu es plus grand que moi. Je me pelotonnerai sur le sofa.

— Quel sofa ?

Elle balaya la chambre du regard. Des poufs. Plusieurs fauteuils. Mais pas de sofa. *Evidemment*.

— Hum, dans ce cas…

— Le lit est assez grand pour nous deux, trancha Rémy. Ce n'est que pour une nuit. Reste de ton côté, et je resterai du mien.

Il affichait de nouveau une expression impénétrable.

— Tu as intérêt à ne pas ronfler, ni à parler en dormant, grommela-t-elle.

— Si ça arrive, tu n'auras qu'à me donner un coup dans les côtes.

— Oh ! aucune chance que je te touche…

Un sourire joua sur les lèvres de Rémy.

— Tu serais bien la première.

Angélique s'attarda longuement à la salle de bains. Elle se lava les dents, se démaquilla, se donna même cent coups de brosse pour retarder le moment de regagner la chambre. Mais lorsqu'elle s'y décida, aucune trace de Rémy. Il n'avait pas même laissé un mot pour l'informer d'où il allait.

Ni avec qui…

Seigneur, voilà qu'elle se conduisait en épouse jalouse !

Chassant cette pensée, elle se glissa dans le lit. La fatigue des dernières vingt-quatre heures la rattrapa d'un coup. A peine les draps de soie l'enveloppaient-ils que tous ses muscles se détendirent. Alors elle s'abandonna au moelleux du matelas et ferma les yeux avec un soupir d'aise.

Rémy rentra à 3 heures du matin pour trouver Angélique étalée au milieu du lit, profondément endormie.

Sa chevelure de jais formait comme un nuage autour de sa tête. Ses lèvres étaient légèrement entrouvertes, son visage vierge de tout maquillage. Sans artifices, elle paraissait beaucoup plus jeune, presque fragile. Deux taches sombres soulignaient ses yeux, sans doute masquées plus tôt par le fond de teint. Son corps très mince — trop à son goût — dessinait une virgule que marquait le relief prononcé du bassin sous le drap.

Il discernait les fines bretelles de la nuisette, d'un ton ivoire en harmonie avec son teint clair. La naissance de ses seins était légèrement découverte. Il leur avait toujours trouvé la taille idéale — ni trop gros ni trop petits. Parfaits pour ses mains.

Aucune chance, se rappela-t-il fermement.

Avec un soupir, il détourna les yeux de la tentation allongée devant lui.

Il avait dû faire jouer ses relations pour obtenir l'autorisation de quitter Dharbiri dès le lendemain. Hors de question de rester « marié » à Angélique plus longtemps que nécessaire. Si la presse avait vent de cette histoire, la nouvelle se répandrait comme une traînée de poudre. Il imaginait déjà les gros titres : *« Mariage secret d'un play-boy : le dernier Caffarelli tombe à son tour. »*

Il n'avait qu'une envie, effacer cet épisode de sa mémoire et reprendre le cours normal de sa vie.

De nouveau, ses yeux se posèrent sur la jeune femme. Elle murmura dans son sommeil et s'étira, comme une chatte cherchant les caresses.

Qui était son dernier amant en date ? Elle d'ordinaire abonnée au scandale s'était récemment faite discrète dans la presse. Difficile de démêler les rumeurs de la vérité. Il savait d'expérience qu'il ne fallait pas se fier à tout ce que racontaient les médias. Faire profil bas tenait de l'exploit quand un appareil photo se cachait à chaque coin de rue. A l'ère d'internet et du numérique, n'importe quel passant pouvait jouer les paparazzis.

Lui-même avait fait l'objet de plusieurs clichés amateurs dont il se serait bien passé. La presse exagérait toujours la réalité. Il n'était pas un grand buveur et ne touchait à aucune drogue. Malgré cela, son image était celle d'un play-boy accro aux soirées alcoolisées, volontiers consommateur de substances illicites.

Bon, sa réputation de play-boy n'était pas usurpée.

Il ne niait pas collectionner les conquêtes, et n'avait aucune intention de s'arrêter. Raison pour laquelle ce mariage devait être annulé au plus vite. Peut-être était-il vieux jeu, mais union factice ou non, il refusait de trahir ses vœux sacrés. L'infidélité était un acte inqualifiable, même dans ses relations les plus éphémères.

Etouffant un bâillement, il retira ses chaussures, puis sa chemise qu'il jeta dans un fauteuil. Ses doigts hésitèrent sur la ceinture de son pantalon. Non, mieux valait le garder. Une barrière de plus entre lui et la Belle au bois dormant ne serait pas de trop.

Restait à espérer que deux épaisseurs de tissu — trois en comptant la nuisette — soient un obstacle suffisant…

5

Angélique roula dans le lit, inhalant le parfum de lavande qui imprégnait les draps, auquel se mêlait une autre odeur, boisée et légèrement citronnée…

Masculine.

Son cœur bondit dans sa poitrine. Le bras de Rémy reposait sur son ventre, véritable barre d'acier la clouant sur place. Sa peau bronzée contrastait avec l'ivoire de sa nuisette. Ses jambes musclées étaient mêlées aux siennes, comme s'ils avaient…

Seigneur, avaient-ils *couché ensemble* ?

Elle déglutit.

Non. Son corps ne semblait aucunement différent. Or, si Rémy lui avait fait l'amour, elle se sentirait certainement *très* différente. Elle se sentirait…

Comblée.

Rémy avait une réputation d'amant exceptionnel. Aucune demi-mesure possible, avec lui. Il connaissait par cœur le corps féminin et tout ce qui lui donnait du plaisir. De son côté, il y avait longtemps qu'elle n'avait plus été intime avec un homme…

Le sexe s'était révélé une telle déception. Elle avait beau se forcer à apprécier, elle ne s'était jamais vraiment sentie à l'aise avec aucun de ses partenaires. Et ils étaient loin d'être aussi nombreux que la presse le laissait entendre.

Sa première expérience remontait à son arrivée à New York,

où elle avait débuté sa carrière de mannequin. Très vite, elle avait commencé à sortir avec un photographe. Mais elle ne s'était jamais sentie valorisée avec lui, loin de là. Tout ce qui l'intéressait était de l'exhiber à son bras comme un vulgaire trophée. Cette relation, ainsi que quelques autres, l'avaient confortée dans son opinion : dans la plupart des cas, le sexe était une expérience que la femme subissait plus qu'elle ne la partageait avec son partenaire. Elle-même s'était toujours sentie détachée de ce qui était en train de se passer, comme une sorte d'observateur impartial.

D'après ses amies les plus proches, c'était tout simplement parce qu'elle n'avait pas rencontré le bon partenaire. Elles répétaient que c'était une question de moment et d'alchimie. D'attraction animale.

Comble de l'ironie, son corps, objet de fantasme dans le monde entier, semblait étranger à la passion. Peut-être était-elle l'une de ces femmes à la libido inexistante ?

Au même instant, le bras de Rémy se resserra autour de sa taille. Son souffle chaud balaya son cou, entrecoupé d'un grognement endormi.

— Mmh…

Angélique sentit sa libido prendre brusquement vie. Une étrange sensation l'inondait, un besoin lancinant que rien ne semblait devoir chasser. Ses mamelons se durcirent lorsque Rémy les frôla du bras. Il remua encore, et son érection frotta contre sa cuisse, impressionnante de vigueur.

Etait-il éveillé ?

Peut-être dormait-il si souvent accompagné qu'il était capable d'agir en somnambule ? Cela ne l'étonnerait qu'à moitié…

Rémy referma la main sur l'un de ses seins. Le contact fut électrique malgré la barrière de satin. Un désir ardent assaillit Angélique : celui de sentir cette main experte explorer sa peau nue. Le pouce de Rémy allait et venait à présent sur son téton, en une lente caresse circulaire qui faisait naître mille frissons en elle.

Plus de doute : il était forcément réveillé.

Sa raison lui soufflait de tout arrêter, au nom de leur accord interdisant le sexe entre eux. Mais ses sens en ébullition n'étaient pas de cet avis…

La bouche de Rémy avait trouvé son lobe d'oreille et le suçait langoureusement. Délaissant son sein, il faufila la main entre ses cuisses. Angélique frémit à cette caresse intime, sentant une douce moiteur se répandre au creux de ses reins.

De nouveau, il remua, cette fois pour rouler sur elle.

Ça suffit! se tança-t-elle. *Arrête-le!*

Au même instant, il ouvrit les yeux… et lâcha une volée de jurons.

— Bon sang, à quoi joues-tu ?

— Moi ? C'est toi qui es en train de me peloter les seins !

Il regarda sa main, comme s'il découvrait pour la première fois où elle se trouvait. Vivement, il la retira et bondit hors du lit.

— Pourquoi ne m'as-tu pas réveillé ? s'exclama-t-il avec colère.

— Tu peux donc *vraiment* le faire en dormant…

— Et toi, alors ? Quand comptais-tu m'arrêter, au juste ?

Angélique décida qu'il était temps de lui renvoyer l'ascenseur et de s'amuser un peu à son tour.

— Peut-être n'en avais-je pas l'intention, minauda-t-elle en battant des cils.

Les traits de Rémy se durcirent.

— Ça ne marchera pas, Angélique. Je ne resterai pas marié à toi une minute de plus que nécessaire. Inutile de chercher à me mettre le grappin dessus.

Elle réprima un rire. Ce petit jeu s'annonçait encore plus drôle que prévu ! Jamais elle ne l'avait vu aussi furieux, les poings crispés à l'extrême. Où était passé son sens de l'humour, à présent ?

— Tu ne peux pas nier que tu me désires, insista-t-elle, le regard ostensiblement fixé sur son entrejambe.

— Bon sang, Angélique, tu es vraiment insupportable ! Est-ce ainsi que tu séduis tous les hommes qui croisent ta route ?

Elle se cambra en une posture lascive.

— Tu peux parler. Les femmes se battent pour finir dans ton lit. Je ne me suis pas battue, moi. Je n'ai même pas demandé à y être…

— Alors, sors de là.

Avant qu'elle ait pu réagir, il rejeta les couvertures et emprisonna ses chevilles.

— Que fais-tu ? Lâche-moi !

— Ce n'est pas ce que tu disais à l'instant…

Il tira sur ses pieds et l'obligea à se mettre debout, d'un geste si brusque qu'elle perdit l'équilibre. Sans doute serait-elle tombée s'il n'avait prestement enroulé un bras autour de sa taille.

A sa grande surprise, il ne la lâcha pas tout de suite. Au contraire, son étreinte se raffermit autour de ses hanches. Elle sentait ses doigts imprimer leur marque sur sa peau à travers la fine nuisette. Leurs deux corps se touchaient à présent, se découvraient, épousaient les contours l'un de l'autre.

Les sens d'Angélique s'embrasèrent à la sensation du renflement pressé contre son ventre. Un désir brûlant la submergea, échappant à tout contrôle.

— Ce n'est pas ce que je veux, grogna Rémy d'une voix rauque.

— Moi non plus.

Un mensonge éhonté. Elle le voulait, *maintenant.*

Mais déjà, il l'avait libérée.

— Faisons une pause, d'accord ?

Une pause ? C'était mal la connaître. Elle n'était pas prête à lâcher prise.

— Tu as peur, attaqua-t-elle. Tu crains d'apprécier ma compagnie. Ce serait contraire à tes habitudes, n'est-ce pas ? Ton truc, à toi, c'est d'assouvir ton désir et basta ! Je me trompe ?

Il lui lança un regard noir.

— Aucun risque que j'apprécie ta compagnie. Tu attires les ennuis comme un clocher la foudre…

— Rends-moi Tarrantloch, et je disparaîtrai de ta vie en un éclair.

Il y eut un silence chargé de tension.

— Non.

Une réponse sèche, implacable. Du Caffarelli tout craché. Elle leva le menton en signe de défi.

— Dans ce cas, prépare-toi à me supporter. Je ne te quitterai pas tant que tu ne m'auras pas donné ce que je veux.

— Ce n'est pas Tarrantloch que tu veux, mais l'approbation de ton père, railla Rémy.

— Et toi, celle de ton grand-père, riposta-t-elle avec mordant. Tu espères sans doute gagner des points en t'arrogeant Tarrantloch…

Il s'esclaffa d'un rire méprisant.

— J'ai tracé mon propre chemin et bâti seul ma fortune. Je n'ai besoin de l'approbation de personne pour être heureux.

— Mais tu ne l'es pas, n'est-ce pas ? Tout simplement parce que tu détestes qui tu es à l'intérieur.

Exactement comme elle.

— Dixit celle qui refuse de se nourrir par peur de prendre un gramme. Ne me fais pas rire !

Angélique serra les dents. Comment diable faisait-il ? Après des années sans la voir, quelques heures à peine lui avaient suffi pour la percer à jour.

— J'ai un contrat qui…

— T'oblige à défiler devant des gens uniquement soucieux des millions que tu peux leur rapporter, acheva Rémy. Ils se fichent bien de qui tu es vraiment. C'est ton corps qui les intéresse, pas toi.

C'était la vérité. Une vérité brutale, douloureuse, dont elle n'avait pris conscience que très récemment. D'où son désir de quitter le mannequinat pour un autre secteur de l'industrie : celui du design et du marketing.

Hélas, son manque de confiance en elle se révélait un frein à ses projets. Elle n'était jamais allée à l'université, ne possédait aucun diplôme de commerce. Elle n'avait même pas terminé le lycée. Quelles compétences avait-elle pour diriger sa propre affaire ? Le monde de la mode était impitoyable, elle était bien placée pour le savoir. Le talent et les bonnes intentions n'avaient aucun poids face au pouvoir de l'argent. Dans ce milieu, seul le profit comptait.

— Je compte justement mettre un terme à ma carrière, répondit-elle.

— Et c'est là que j'interviens ? Dans le rôle du riche mari finançant ta retraite ? grinça Rémy.

— Pas du tout. J'ai d'autres projets.

Il fronça les sourcils.

— Quels projets ?

Angélique poussa un soupir. Elle n'en avait jamais parlé à qui que ce soit. En faire part à Rémy était vraiment un comble.

— Toutes les femmes ne rentrent pas dans du trente-quatre, commença-t-elle. Certaines ont gardé leurs kilos post-grossesse. D'autres ont subi une opération, ont des cicatrices, ou tout simplement des signes de l'âge. Aucune d'entre nous n'est parfaite.

— J'ai du mal à croire ce que je viens d'entendre, commenta Rémy.

Elle soupira de nouveau.

— J'en ai assez d'incarner la perfection. Entretenir cette silhouette exige énormément d'efforts.

— Tu es pourtant superbe.

Un frisson parcourut Angélique. Ainsi, il la trouvait belle ? Mais cette apparence était un mensonge. Il suffirait qu'elle s'autorise à manger normalement pour faire une bonne taille de plus, peut-être deux. La trouverait-il toujours aussi séduisante, alors ?

Elle n'était qu'une mystificatrice. Et pas seulement sur le plan physique.

Depuis le jour où elle avait découvert le corps inanimé de sa mère, à l'âge de dix ans, elle s'interdisait toute émotion. Elle revoyait la trace de rouge à lèvres sur le verre d'eau. Le flacon de médicaments, vide.

Et ce silence…

Pas un battement de cœur.

Pas de pouls.

Oui, depuis ce jour, elle n'était plus qu'un automate, vide de tout souffle de vie.

— J'envisage de lancer ma propre marque de maillots de bain et vêtements, reprit-elle. Cette idée me trotte dans la tête depuis un moment. J'ai envie de plus de contrôle sur ma vie et ma carrière.

— Tu vas avoir besoin d'argent pour ça.

— Je sais. J'ai quelques économies, mais c'est loin d'être suffisant…

— T'a-t-on proposé un financement ?

— J'ai approché plusieurs partenaires potentiels, qui se sont montrés timorés. Ma réputation sulfureuse y est sans doute pour quelque chose.

— Est-elle justifiée ?

Ses épaules s'affaissèrent.

— Je ne suis pas un ange, et n'ai jamais cherché à l'être. Mais la presse exagère toujours. Il suffit que je frôle quelqu'un en boîte de nuit ou à une fête pour me retrouver impliquée dans un nouveau scandale…

Il demeura silencieux, son expression indéchiffrable. Comme s'il hésitait à la croire.

— Pourquoi ne te défends-tu pas ? demanda-t-il enfin. Tu n'as jamais exigé la moindre rétractation, il me semble.

— A quoi bon ? Se braquer n'est pas la solution. Et puis, toute publicité est bonne à prendre pour un mannequin. Les plus célèbres le sont généralement pour leur attitude autant que pour leur beauté.

Il la scruta un moment.

— Certains de mes contacts pourraient être intéressés par ton projet. Mais je devrai d'abord jeter un œil à tes créations. Hors de question d'appuyer un projet voué à l'échec.

Cette dernière remarque piqua Angélique au vif. Soudain, elle s'apercevait à quel point l'opinion de Rémy lui importait. Elle voulait qu'il croie en ses capacités. Qu'il voie en elle autre chose qu'une jolie idiote tout juste bonne à sourire devant un objectif.

— Bien sûr, répondit-elle, sans chercher à dissimuler sa rancune. Je m'en voudrais de risquer ton précieux argent…

— Je suis un joueur et un parieur, mais avant tout un homme d'affaires, répliqua Rémy. Je ne laisse *jamais* mes émotions influer sur mes décisions professionnelles.

Elle darda sur lui un regard glacial.

— Oh ! vraiment ? Pas même quand tu as extorqué Tarrantloch à mon père ? Ce n'était pas une « décision professionnelle » mais une vengeance personnelle, admets-le.

— C'est vrai, je voulais lui faire payer sa trahison envers mon grand-père. Nous avons failli tout perdre à cause de lui. Mais ce n'est pas la seule raison.

Son expression se fit ombrageuse.

— T'a-t-il expliqué comment il m'avait fait perdre le contrat d'Ibiza ? Non, bien sûr. Il aura servi une tout autre version à sa précieuse petite fille…

Sa précieuse petite fille ?

Angélique ravala un rire amer. S'il savait à quel point son père la méprisait… Oh ! il se gardait bien de le montrer en public. Sa réputation de père dévoué lui était trop profitable. Mais loin des objectifs, il redevenait l'homme brutal et tyrannique qu'elle connaissait, toujours à l'accabler de critiques. Il n'avait jamais caché sa déception de ne pas avoir eu de fils. Sa mère avait échoué à satisfaire ses attentes, et Angélique était le rappel vivant de cet échec.

— Mon père n'est pas un saint, je te l'accorde. Mais ton grand-père non plus, riposta-t-elle.

— Je n'ai jamais dit le contraire.

Elle croisa les bras en une attitude résolue.

— Garde ton argent, Rémy. Je veux seulement récupérer ce qui m'appartient.

— Fais une croix dessus, *ma chérie*. Et sache que je n'en ai pas fini avec ton père. Tarrantloch n'est que la première étape de ma revanche après son odieuse campagne de calomnie.

— La deuxième étape étant de me forcer à t'épouser ? Une vengeance parfaite, n'est-ce pas ? J'en suis malade tellement c'est pathétique…

Il fronça les sourcils.

— Tu me crois vraiment capable d'une chose pareille ? Tu divagues complètement ! Je n'ai aucune envie d'être marié, encore moins à quelqu'un comme toi.

— Quelqu'un *comme moi ?* Qu'est-ce que tu sous-entends ? Que je ne suis pas assez bien ?

Il poussa un soupir.

— Mais non. Simplement, tu n'as pas l'étoffe d'une parfaite épouse.

— Tiens donc. Et pourquoi ?

— Eh bien, tu n'es pas vraiment le genre à te marier et avoir des enfants.

La surprise la cloua sur place.

— Tu veux… des *enfants* ?

— Non ! Bien sûr que non ! s'écria Rémy d'un ton horrifié. Je disais ça comme ça…

— Je ne suis pas sûre de comprendre.

Jamais elle n'avait vu Rémy aussi embarrassé. C'était une vision d'exception. Lui habituellement si sûr de lui, toujours à plaisanter aux dépens des autres, semblait à présent évoluer en terrain miné.

— Je ne voulais pas dire que tu ne ferais pas une bonne mère, se rattrapa-t-il.

— Mais tu penses que je ferais une mauvaise épouse ?

— Avoue que tu n'es pas douée pour les compromis…

— Parce que toi, si ?

Elle éclata de rire.

— Oh ! Rémy, tu es incroyable. S'il y a une personne allergique aux compromis, ici, c'est bien toi. Tu ne vaux pas mieux que moi, dans ce mariage.

— Raison de plus pour l'annuler dès notre retour à Londres.

— Tu crois vraiment que ce sera aussi simple ? remarqua-t-elle, dubitative. Tu as vu le nombre d'invités. Certains pourraient avoir pris des photos…

Le visage de Rémy se ferma.

— Personne ne saura rien. J'en ai discuté au téléphone avec mon avocat. De l'aéroport, nous nous rendrons directement à son cabinet, où il annulera notre union. Après quoi, chacun reprendra le cours de sa vie comme si cette histoire n'était jamais arrivée.

Angélique était loin de partager son optimisme. Certes, elle avait évité la presse à scandale ces derniers temps. Mais sa chance ne durerait pas. Si un seul journaliste avait vent de leur mariage, ils seraient assiégés à peine arrivés à l'aéroport.

Leur présence avait d'ailleurs peu de chances de passer inaperçue. Le terminal serait bondé de gens susceptibles de la reconnaître pour l'avoir vue sur tel ou tel panneau publicitaire. Il suffisait que l'un d'eux les photographie ensemble et rende le cliché public…

Pas de doute : le retour à Londres s'annonçait mouvementé.

6

Rémy n'en revenait pas de l'attention que suscitait Angélique. Ils n'avaient pas passé la douane que plusieurs personnes approchaient pour demander un autographe. D'autres les pointaient du doigt et les photographiaient, malgré les panneaux interdisant l'utilisation de téléphones portables et d'appareils photo dans cette zone.

— Es-tu obligée d'être aussi gentille avec tout le monde ? pesta-t-il en l'entraînant vers la sortie. Pourquoi ne pas feindre d'être quelqu'un d'autre et leur faire croire qu'ils font erreur ?

— Parce que ces personnes ont déboursé une fortune pour un maillot de bain que j'ai porté, rétorqua la jeune femme. Ne compte pas sur moi pour leur manquer de respect.

Elle sourit à un autre fan et signa la carte d'embarquement qu'il lui tendait.

Rémy sentait l'agacement le gagner. Le faisait-elle exprès ? Les gens le fixaient à présent avec curiosité, se demandant sans doute qui était cet homme aux côtés du célèbre top model.

Combien de temps avant qu'ils le reconnaissent et tirent l'inévitable conclusion ?

Il saisit le coude d'Angélique avec fermeté.

— Allons-nous-en. *Maintenant.*

— Bas les pattes, rétorqua-t-elle en se dégageant.

Déjà, elle reportait son attention sur un énième fan venu lui confesser son admiration, assurant qu'il ne croyait pas une seconde à cette histoire de liaison avec le banquier marié. Ce n'était pas sa faute s'il avait fini par divorcer de sa femme, n'est-ce pas ? Leur mariage était voué à l'échec depuis le début — bla-bla-bla…

Ce ne fut qu'une fois dans la voiture qu'il put de nouveau s'adresser à Angélique.

— Savais-tu qu'il était marié quand tu es sortie avec ce banquier ?

— Nous ne sommes pas sortis ensemble. J'ai été photographiée à côté de lui dans un hall d'hôtel alors que j'attendais mes bagages.

Il leva un sourcil incrédule.

— Tu veux me faire croire qu'il n'y a jamais rien eu entre vous ? Pas même une aventure d'un soir dans ce fameux hôtel ?

— Toutes les femmes à qui tu adresses la parole finissent-elles dans ton lit ?

Elle roula des yeux.

— Question idiote. Si elles ont moins de trente ans, c'est certainement le cas…

— Je ne couche pas avec les femmes mariées, objecta Rémy. Je suis peut-être un play-boy, mais j'ai des principes.

— C'est bon à savoir.

Quelque chose dans le ton de la jeune femme et sa soudaine fascination pour ses ongles lui mit la puce à l'oreille.

— Que veux-tu dire ?

— Rien. Seulement que c'est rassurant.

— Qu'est-ce qui est rassurant ?

— Que tu ne couches pas avec les femmes mariées.

— Parce que… ?

Ses yeux bleu-gris pétillaient de malice lorsqu'elle les leva vers lui.

— Parce que j'en suis une.

Un brusque désir s'empara de Rémy — ce désir qui couvait en lui depuis des années. Jamais il n'avait eu envie d'une femme avec une telle force. C'était un raz-de-marée qui menaçait de le submerger à tout instant.

Il masqua son trouble par un petit rire.

— Plus pour très longtemps…

— Tant mieux. Ces dernières quarante-huit heures ont été un véritable cauchemar.

— Crois-tu que nous détenions le record du mariage le plus court ?

Elle haussa les épaules, sans cesser d'examiner ses ongles.

— Peut-être.

— Comptes-tu rentrer à Paris quand tout sera fini ? reprit Rémy après un silence.

Autrement dit, une fois leur brève union annulée. Il lui en coûtait de l'admettre, mais elle lui manquerait. *Un tout petit peu.* Elle avait beau être insupportable, rien ne l'amusait comme leurs joutes verbales. Elle le stimulait, tant physiquement qu'intellectuellement. Peu de femmes lui faisaient cet effet.

A vrai dire, elle était la seule.

— J'ai un shooting à la Barbade, répondit Angélique, l'air abattu. Il me reste trois kilos à perdre d'ici là.

— Tu plaisantes ?

— Personne n'a envie de voir un ventre ballonné dans un Bikini de créateur…

— Mais tu as un ventre splendide !

Il fantasmait sur ce ventre depuis des années. En fait, cette toute première publicité d'elle en maillot de bain l'avait hypnotisé. Il ne pouvait s'empêcher de comparer les autres femmes à elle. Et aucune ne lui arrivait à la cheville.

Soudain, il imagina ce ventre s'arrondissant pour abriter un enfant. *Son* enfant…

Bon sang, à quoi pensait-il ?

Angélique pinça les lèvres.

— Mon ventre est comme celui de tout le monde. Il a ses bons et ses mauvais jours.

— Est-ce pour cela que tu t'affames ?

— Je ne m'affame pas !

— Une puce ne survivrait pas à ton régime alimentaire…

Le regard de la jeune femme se durcit.

— Tu fais l'inventaire de tout ce que tes maîtresses ingurgitent ?

— Tu n'es pas ma maîtresse, remarqua Rémy.

Ce que son corps ne manquait d'ailleurs pas de lui reprocher…

— En effet, répondit Angélique. Je ne suis que ta femme.

Le mépris avec lequel elle avait prononcé ce dernier mot l'intrigua.

— Pourquoi es-tu à ce point contre le mariage ? Tes parents formaient un couple heureux. Tout le monde sait que ton père est inconsolable depuis la mort de ta mère.

— Inconsolable, oui…

La mine sombre d'Angélique lui fit maudire ses paroles. Quel imbécile ! Le décès de sa mère était évidemment un sujet délicat. Kate Marchand avait fait une overdose de médicaments, soi-disant accidentelle. D'après la rumeur, c'était Angélique qui avait découvert le corps.

Elle avait à peine dix ans.

Le même âge que Rafe à la mort de leurs parents.

Rémy savait combien le poids des responsabilités pouvait être écrasant pour un si jeune enfant. Rafe n'avait commencé à penser à lui qu'après sa rencontre avec Poppy. Réévaluer ses priorités avait fait de lui un homme meilleur et mille fois plus heureux.

Raoul avait suivi le même chemin, reconnaissant la vacuité de sa vie sans Lily Archer, la femme qui lui avait appris à accepter ses limites physiques et vivre en accord avec ses émotions.

Mais qu'avait Angélique à lui apprendre ? Sinon la patience et la maîtrise de soi…

Son tempérament volcanique s'expliquait-il par le drame qui avait marqué son enfance ? Perdre sa mère de cette manière avait dû être un choc terrible.

S'était-elle sentie responsable ?

Il l'observa du coin de l'œil. Bras croisés sur la poitrine, le regard perdu dans le vague, elle se mordait nerveusement la lèvre. Elle paraissait extrêmement jeune et vulnérable, tout à coup.

— T'es-tu blâmée de la mort de ta mère ?

— Un peu, sans doute. Comme n'importe quel enfant.

Elle se mit à jouer distraitement avec la lanière de son sac à main.

— Si j'étais rentrée plus tôt, peut-être aurais-je pu la sauver. Mais ce jour-là, je me suis arrêtée chez une amie en chemin…

Dans ses prunelles bleu-gris transparaissait toute la détresse du monde. Elle faisait de son mieux pour le cacher, mais sa posture rigide la trahissait. Toutes ces choses qui l'agaçaient chez elle… S'agissait-il d'une ruse pour dissimuler sa vraie nature ? Son impulsivité, son insolence, son rejet de l'autorité, n'étaient-ils qu'une façade destinée à masquer sa solitude, sa vulnérabilité ?

— *Monsieur* Caffarelli ?

Le chauffeur avait ralenti et abaissé la vitre le séparant du siège passager.

— Il y a des paparazzis à l'extérieur. Préférez-vous que je continue à rouler ?

— Oui, s'il vous plaît, dit Rémy. J'appelle tout de suite pour convenir d'un nouveau lieu de rendez-vous.

— Comment ont-ils su où nous allions ? demanda Angélique.

— Dieu seul le sait…

Il sortit son téléphone portable et composa le numéro de son avocat.

— Brad, c'est Rémy. As-tu regardé par ta fenêtre ?

— J'allais justement t'appeler, répondit Brad. Je raccroche à l'instant d'avec Robert Mappleton. Il a appris ton mariage avec la fille d'Henri Marchand et…

— Comment diable l'a-t-il su ? s'exclama Rémy.

— Aucune idée. Quelqu'un de Dharbiri a peut-être contacté la presse. En tout cas, c'est tout bénéfice pour toi.

— Que veux-tu dire ?

— Tu as oublié ? Tu le courtises depuis des mois ! *Le* Robert Mappleton des Hôtels Mappleton !

— Ce vieux pédant qui refuse mon offre, alors même que les actionnaires menacent de saisir les administrateurs ?

Rémy serra les dents. Tout cela à cause de cet e-mail incendiaire envoyé par Henri Marchand…

— Difficile de l'oublier. Il préférerait faire faillite plutôt que négocier avec moi…

— Eh bien, justement. Il a changé d'avis, continua Brad. Ta réputation de play-boy irresponsable le dissuadait de faire affaire avec toi. Mais ton mariage avec Angélique Marchand l'a convaincu. Il souhaite te rencontrer.

Rémy peinait à contenir son excitation. Le plus gros coup de sa carrière se trouvait à sa portée — une chaîne d'hôtels délabrés qu'il savait pouvoir transformer en un complexe parmi les plus luxueux au monde. Le projet d'Ibiza n'était qu'une broutille, en comparaison.

Seule ombre au tableau : il devait rester marié.

Son regard croisa celui, ombrageux, d'Angélique. Son visage s'était figé, et la tension émanant d'elle emplissait l'habitacle.

— Appelle-le et propose-lui une entrevue la semaine prochaine, intima-t-il à Brad.

— Pourquoi pas cette semaine ? Ou même aujourd'hui ?

— Parce que je pars en voyage de noces.

Il raccrocha avec le sourire. *Trois, deux, un…*

— *Quoi ?* explosa Angélique. Hors de question que je reste mariée avec toi !

— On t'a déjà dit que tu étais ravissante quand tu es en colère ?

— Epargne-moi ton numéro de charme, Rémy. Ça ne

marchera pas. Rappelle ton avocat et dis-lui que nous serons là dans cinq minutes pour signer ces…

— Et si tu y trouvais ton compte, toi aussi ?

Elle fronça les sourcils.

— De quelle façon ?

— Je financerai ta marque. Avec mon argent et mes contacts, tes créations connaîtront un succès planétaire.

La proposition fit mouche. Il vit la méfiance céder la place à l'intérêt dans les yeux d'Angélique.

— Combien de temps devrons-nous rester mariés ?

— Quelques mois, maximum. Le temps pour nous de lancer nos affaires respectives. Après quoi, nous serons quittes.

— Ce sera toujours un mariage factice, n'est-ce pas ?

Rémy réfléchit à la question. Et s'il modifiait un peu les règles ? Juste un peu. Quelques mois avec Angélique dans son lit rendrait le sacrifice de sa liberté nettement plus agréable. Car il ne pourrait coucher avec personne d'autre tant qu'il serait marié. Ce serait contraire à ses principes.

— Tout dépend, répondit-il.

— De quoi ?

— De ce que tu préfères : deux mois sans sexe ou un mariage avec bonus.

— Est-ce mon seul choix ? L'abstinence ou toi ?

Il lui adressa un large sourire.

— Cornélien, n'est-ce pas ? Attends, il y a mieux. Je me charge de la partie stratégie et comptabilité de ton entreprise, pendant que tu te concentres exclusivement sur la création.

Cette fois, elle avait bel et bien mordu à l'hameçon. Il le lisait dans son regard.

— Ce n'est pas assez.

— Comment ça, « pas assez » ? C'est moi qui prends tous les risques, dans cette affaire. Je n'ai vu encore aucun de tes modèles. Qu'est-ce qui me dit qu'ils valent l'investissement ?

Elle leva le menton en signe de défi.

— Je veux plus.

Plus de quoi ? D'argent ? De sexe ?

— Je ne te tromperai pas, si c'est ce qui t'inquiète. Je suis fidèle et j'attends la même chose de toi.

L'éclat insolent dans les yeux de la jeune femme fit courir un frisson sur sa nuque.

— Je ne coucherai pas avec toi, Rémy.

C'est ce qu'on verra, pensa-t-il. Son attirance pour lui vibrait dans l'air. Ses regards brûlants ne lui avaient pas échappé : elle le désirait, mais sa fierté lui interdisait de céder à la tentation.

Cela le changeait des autres femmes. La plupart succombaient généralement à son premier sourire. Si Angélique espérait le décourager, elle se fourvoyait complètement. Sa résistance attisait au contraire son désir. Elle était un défi, un objectif à atteindre.

Un pari à gagner.

— Tu es prête à parier là-dessus ?

— Non, merci.

— Tu n'es pas la fille de ton père…

— C'est là que tu te trompes, rétorqua-t-elle, le regard flamboyant.

Rémy sentit sa température interne grimper en flèche. Il aimait les femmes de caractère, et nulle n'en avait plus qu'Angélique. Oh ! comme il allait savourer sa lente capitulation… La chasse s'annonçait glorieuse — et la prise, plus encore.

Oui, il l'amènerait exactement là où il l'avait toujours secrètement voulue.

Dans son lit.

A son côté, Angélique continuait à le fixer sans ciller.

— Il se trouve que je ressemble beaucoup à mon père, le défia-t-elle.

— Car comme lui, tu ne sais pas t'arrêter même en cas d'échec assuré ?

Son sarcasme ne parut pas la toucher.

— Je ne resterai ta femme qu'à une seule condition.
— Laquelle ?
Un sourire victorieux joua sur les lèvres de la jeune femme.
— A notre séparation, Tarrantloch me revient.

7

Rémy étouffa un juron. N’importe quelle femme se serait contentée d’une rente à vie ou d’un coffre rempli de diamants. Mais pas Angélique. Non, il fallait qu’elle réclame la seule chose qu’il refusait catégoriquement de céder.

Et ne céderait pas.

Tarrantloch était un trophée. Il ne s’en séparerait qu’après avoir pleinement goûté à tout ce qu’il représentait — réussite, justice, vengeance.

Il se pencha vers le chauffeur et lui ordonna de les conduire à son hôtel préféré, dans Paddington. Il avait besoin de temps pour planifier sa riposte. Pas question de laisser cette petite peste le manipuler. C’était moins Tarrantloch qu’elle visait que la satisfaction de le battre à son propre jeu. Hélas pour elle, dans ce duel de volonté, elle était loin de faire le poids…

— Tu es dure en affaires, dit-il en se rasseyant.

— Tu me veux pour femme ? C’est le prix à payer, rétorqua Angélique avec hauteur.

Oh ! il n’aurait aucun mal à retourner la situation à son avantage. D’ailleurs, elle commençait à l’agacer avec ses airs de sainte-nitouche.

Elle le désirait, il le savait.

C’était dans l’air chaque fois qu’ils se retrouvaient seuls — et ce, depuis des années. Aujourd’hui, l’occasion lui était enfin donnée d’assouvir ce désir qu’il réprimait depuis si longtemps.

Il lui ferait l'amour, la posséderait encore et encore, jusqu'à se débarrasser de cette obsession. Un ou deux mois d'une liaison torride avec elle n'était pas pour lui déplaire. Tous les hommes de la terre le jalouseraient…

Il sourit intérieurement. Qui d'autre que lui était capable de dompter la fougueuse Angélique Marchand ?

— Je ne sais pas, continua-t-il, feignant de réfléchir tout haut. Tarrantloch contre quelques mois de comédie, c'est un peu exagéré…

— *Exagéré ?* s'exclama la jeune femme. Je te rappelle que je n'ai jamais demandé à être ta femme, dans la vie comme sur le papier. La seule idée de passer les deux prochains mois à prétendre ressentir autre chose pour toi que du mépris me donne la nausée.

Rémy serra la mâchoire. Elle ne perdait rien pour attendre… Il savait pertinemment qu'elle ne le haïssait pas autant qu'elle l'affirmait. Ce qu'elle haïssait, c'était la facilité avec laquelle il lisait dans son jeu. Ses petites tentatives de manipulation ne la mèneraient à rien.

Il gagnerait.

Perdre n'était tout simplement pas une option, pour lui.

— Comme toi, Angélique, je veux plus.

— C'est-à-dire ?

— Oh ! je crois que tu sais parfaitement où je veux en venir…

Le rouge monta aux joues de la jeune femme.

— Tu *plaisantes* ?

— Tarrantloch est un trophée de choix. J'ai pris d'énormes risques pour le gagner. Je ne m'en séparerai que si ça en vaut vraiment la peine…

Elle lui jeta un regard venimeux.

— La prison dans cet horrible désert aurait été préférable à une proposition aussi… *ignoble*.

Il glissa un bras derrière elle de manière à lui frôler la nuque.

— Qu'y a-t-il d'ignoble à coucher avec un homme que tu désires depuis des années ?

— Je ne te désire pas ! Je te déteste !

— Je pourrais te faire ravaler ces paroles, *ma belle*, susurra-t-il en enroulant un doigt autour d'une mèche de ses cheveux.

— Tu ne me feras rien ravaler du tout.

Décidément, l'insubordination d'Angélique avait le don de l'exciter. Depuis toujours, elle le défiait. Lui tenait tête. L'exaspérait.

— Tu me mangeras bientôt dans la main, dit-il avec un sourire confiant. Tu es incapable de me résister.

Elle libéra d'un mouvement vif ses cheveux.

— Je te déteste, cracha-t-elle.

— Tu l'as déjà dit.

— Je te déteste *vraiment*, cette fois.

— Oh ! parce que tu faisais semblant, jusque-là ?

Angélique réprima l'envie furieuse qui lui venait de gifler cet homme odieux.

— Tu ne me désires pas, riposta-t-elle. Tout ce que tu veux, c'est prendre l'avantage…

Elle n'avait pas fini sa phrase qu'il lui saisissait la main et la plaquait sur son entrejambe.

— Pas d'erreur, princesse, je te désire. Et ce que je désire, je l'obtiens. Toujours.

Elle dégagea vivement sa main.

— Dans ce cas, tu as trouvé un adversaire à ta mesure, Rémy Caffarelli. Sache que je ne plie devant aucun homme. Si tu veux coucher avec moi, il faudra m'attacher au lit.

— Avec plaisir, répliqua-t-il, un dangereux sourire aux lèvres.

Au même instant, la voiture ralentit pour se garer devant l'hôtel. Dieu savait comment la presse avait obtenu l'information, mais à peine Rémy ouvrait-il sa portière qu'une horde de journalistes l'encercla.

— Monsieur Caffarelli, votre mariage avec Angélique Marchand a surpris tout le monde. Avez-vous un commentaire à faire ?

— Pas de commentaire, sinon que je n'ai pas encore annoncé la nouvelle à ma famille.

Il adressa un large sourire à la caméra de télévision la plus proche.

— Rafe, Raoul… Désolé de ne vous avoir rien dit, les gars. A toi aussi, Nonno. Je voulais vous faire la surprise. C'est réussi, non ? Qui l'aurait cru ? Moi, frappé par la flèche de Cupidon…

Angélique leva les yeux au ciel tandis qu'il l'aidait à descendre de voiture.

— Es-tu obligé d'être aussi…

— Souris à la caméra, *ma chérie*, l'interrompit-il en agrippant fermement sa main.

— Mademoiselle Marchand ?

Déjà, un journaliste lui braquait un magnétophone sous le nez.

— Votre mariage avec Rémy Caffarelli est le plus gros scoop de la décennie. Les photos de vous dans cette somptueuse robe orientale font actuellement le tour du monde. Pouvez-vous nous en dire plus sur la cérémonie ?

— Ce fut très romantique, intervint Rémy avant qu'elle ait pu ouvrir la bouche. Très traditionnel, n'est-ce pas, *mon amour* ?

— Très.

Elle se força à sourire.

— En fait, vous n'imaginez même pas à quel p…

— Bien, la coupa-t-il en l'attirant brusquement contre lui. Assez d'interviews pour aujourd'hui. Nous avons beaucoup à faire.

— Mademoiselle Marchand, les spéculations vont bon

train concernant un éventuel contrat de mariage. Rafe et Raoul Caffarelli, malgré leur immense fortune, n'en ont pas fait signer à leurs épouses respectives. Rémy a-t-il suivi leur exemple ?

Angélique sentit l'étreinte de ce dernier se resserrer autour de ses épaules, au point de lui faire mal.

— Tout à fait. C'est sa manière de me prouver qu'il m'aime et me fait confiance, dit-elle d'un ton suave.

Et toc. Au jeu des piques déguisées, elle ne serait pas en reste.

— Acceptez-vous de nous montrer vos alliances ? demanda une jeune journaliste.

— Nous les attendons, intervint de nouveau Rémy. Le délai demandé au joaillier était sans doute un peu court…

Angélique leva vers lui des yeux chargés d'affection feinte.

— C'était une demande impulsive, n'est-ce pas, *mon chéri* ? Il était trop impatient pour attendre plus longtemps…

Le regard qu'il lui lança indiquait clairement qu'elle lui paierait cet affront.

— C'est vrai, confirma-t-il. J'avais hâte de faire d'Angélique ma femme. A présent, si vous voulez bien nous excuser…

— Une dernière question, mademoiselle Marchand. Votre mariage avec Rémy Caffarelli marque-t-il une réconciliation entre votre père et le grand-père de Rémy, ou êtes-vous les nouveaux Roméo et Juliette ?

— Eh bien…

— Henri Marchand ne peut que se réjouir de voir sa fille mariée à un homme qui l'adore, répondit Rémy avec son aisance naturelle.

— Vous ne lui avez donc pas demandé la permission ? insista la journaliste.

Il la regarda droit dans les yeux.

— Angélique est adulte. Elle n'a besoin de l'autorisation de personne pour épouser l'homme qu'elle aime en secret depuis l'adolescence.

Tous les regards — et les magnétophones — se braquèrent sur elle.

— Est-ce vrai, mademoiselle Marchand ?

Elle serra les dents derrière son sourire factice.

— Absolument.

— Nous n'avons plus de commentaires, conclut Rémy, une main levée pour endiguer la déferlante de questions.

Il lui saisit le bras, et c'est tout juste s'il ne la traîna pas à l'intérieur de l'hôtel.

— Hé, doucement ! Je suis en talons, protesta-t-elle, manquant trébucher sur le bord du trottoir.

— Fais un effort, Angélique, ou tu risques de trouver ma compagnie déplaisante.

— Plus que maintenant, tu veux dire ? repartit-elle, sarcastique.

Le visage de Rémy resta impassible, mais sa poigne autour de son bras se raffermit, signe qu'elle l'avait poussé à bout.

— Si tu veux récupérer Tarrantloch, tu as intérêt à tenir correctement ton rôle, surtout en public. C'est compris ?

— Ça veut dire que tu acceptes de me le rendre ?

— Nous verrons.

Une vive colère s'empara d'Angélique.

— Réponds-moi franchement ou je retourne de ce pas avouer aux journalistes que notre mariage n'est qu'une farce.

— Tu n'iras nulle part, gronda Rémy d'une voix sombre. Pour une fois dans ta vie, tu feras ce qu'on te dit.

Ses doigts broyaient sa chair comme un étau de fer. Leur duel fut interrompu par l'arrivée du directeur de l'hôtel, venu les accueillir personnellement.

— Bienvenue, monsieur Caffarelli. Permettez-moi de vous féliciter pour votre mariage. Le personnel et moi-même vous présentons tous nos vœux de bonheur.

— Merci, répondit Rémy avec un sourire poli.

Angélique se mordit la langue pour s'empêcher d'exploser. Au final, c'était elle qui aurait l'air d'une idiote. Rémy avait le don de retourner n'importe quelle situation à son avantage.

Les dernières vingt-quatre heures le lui avaient prouvé. Ce maudit macho était déterminé à profiter de leur mariage…

— Combien de temps resterez-vous parmi nous ? s'enquit le directeur.

— Juste cette nuit. Nous repartons demain à la première heure, dit Rémy. Si vous pouviez tenir les journalistes éloignés, nous vous en serions reconnaissants.

— Entendu. J'ai également pris la liberté de vous faire préparer la suite nuptiale.

Seigneur, pas encore !

Angélique voulut répondre que c'était inutile, mais Rémy ne lui en laissa pas le temps.

— Merci. Nous en ferons bon usage.

Les portes de l'ascenseur refermées, elle laissa libre cours à ses reproches.

— Etais-tu obligé de dire ça ? Je parie qu'ils nous imaginent déjà en train de… le faire.

— Faire quoi ?

— C'est une habitude chez toi, non ? De ramener des dizaines de femmes dans ta chambre…

— Jamais dans la suite nuptiale, et pas plus d'une à la fois.

Elle grimaça de dégoût.

— Tu es impossible…

Les portes de l'ascenseur s'ouvrirent, et il lui fit signe de passer devant.

— Jalouse, *ma belle* ?

— Tu plaisantes ! s'exclama-t-elle, mimant un haut-le-cœur pour appuyer ses mots.

A peine avait-il ouvert la porte de la suite qu'il en bloqua l'entrée.

— C'est la partie la plus amusante…

— Pardon ?

— Celle où je te porte pour te faire franchir le seuil.

Elle recula d'un pas.

— Oh ! non. N'imagine même pas poser un doigt sur m… *Hé !* Lâche-moi tout de suite !

Les bras de Rémy l'enserraient comme des câbles d'acier. Elle avait beau se débattre et marteler son torse de ses poings, c'était peine perdue. Autant se battre contre un mur.

— Est-ce tout ce dont tu es capable ? la nargua-t-il en refermant la porte d'un coup de talon.

Elle lui agrippa les cheveux et tira de toutes ses forces.

— Je ne fais que commencer…

Lentement, il la fit glisser le long de son corps, lui faisant éprouver au passage la vigueur de son désir.

— Moi aussi, susurra-t-il, avant d'écraser sa bouche sur la sienne.

Son étreinte brutale alluma en elle un véritable brasier. Peu lui importait son orgueil, qui lui soufflait de résister. Plus rien n'existait que ce baiser, et le besoin de le prolonger à l'infini sous l'impulsion de ses sens en ébullition.

Rémy lui agrippa les hanches, sans douceur, son érection pressée contre elle. L'urgence qu'elle percevait en lui se répercutait dans tout son être, écho brûlant à la passion frémissant dans ses veines. Elle le voulait contre elle, en elle, *maintenant.* Son envie de lui était si forte qu'elle frisait le supplice.

Tous les fantasmes qu'il lui inspirait depuis toujours l'assaillirent d'un coup, et elle frémit d'anticipation à l'idée de connaître enfin la brûlure de sa possession. Etait-ce la raison qui l'avait secrètement poussée à le défier ? Lui faire perdre le contrôle ? L'inciter à assouvir cet instinct qui les tenaillait tous les deux ?

Elle lui rendit son baiser avec fougue, jouant des dents et de la langue, les doigts cramponnés à ses cheveux. Le frottement de sa chemise sur ses seins sensibles décuplait encore son excitation. Un gémissement lui échappa comme leurs langues s'engageaient dans une furieuse joute érotique. Seigneur, c'était si bon ! Jamais baiser n'avait autant grisé ses sens…

Rémy fit glisser la fermeture de sa robe, qui tomba comme

par magie autour de ses chevilles, et la plaqua étroitement contre lui. Une vague de chaleur la submergea aussitôt. Son besoin de le sentir nu devenait chaque seconde plus irrépressible.

— Je te déteste, grogna-t-elle en lui mordant la lèvre.

Un léger goût de sang se répandit sur les siennes.

— Moi aussi, souffla-t-il.

Déjà, il reprenait sa bouche, l'explorant sauvagement, s'en gorgeant tel un affamé. Elle-même n'était pas en reste. Impossible de résister à cet enivrant banquet des sens. Il lui semblait ne jamais devoir être rassasiée de ses baisers enflammés.

Les mains de Rémy dessinaient avidement chacune de ses courbes. Sans cesser de l'embrasser, il dégrafa son soutien-gorge et captura un de ses seins. Son pouce caressait le téton dressé, l'agaçait en un va-et-vient ensorcelant qui la faisait fondre de plaisir.

N'y tenant plus, elle glissa une main vers sa braguette et l'abaissa. Elle brûlait de le toucher sans la barrière des vêtements.

Un râle approbateur passa les lèvres de Rémy comme elle le libérait de son boxer. Les doigts sur son sexe érigé, elle l'explorait minutieusement, se délectant de ce contact osé. Puis elle se mit à lui imprimer un lent mouvement de haut en bas et de bas en haut. Les grognements rauques de Rémy l'enhardissaient, et plus encore ses frissons de plaisir. Encouragée, elle accentua la pression de ses caresses.

Rémy y répondit avec empressement, et d'un geste, il la débarrassa de sa petite culotte. A peine se dégageait-elle du cercle de dentelle que les doigts de Rémy s'insinuèrent au cœur de sa féminité. Une plainte aiguë lui échappa. Quelle délicieuse torture de l'avoir en elle, et cependant pas tout à fait… Elle remua contre sa main, dans un concert de gémissements haletants.

— Préservatif, grogna-t-il, comme si le mot lui était arraché de la gorge.

— Tu en as un ?

Question idiote. Il en avait probablement une centaine. Certainement gravés à son effigie d'ailleurs.

— Dans ma poche arrière.

Il la fit reculer dans la suite, les lèvres toujours scellées aux siennes tandis qu'il fouillait dans sa poche. Elle lui arracha l'emballage et plaça rapidement le préservatif, les doigts tremblants d'anticipation. Toute sa vie d'adulte, elle avait rêvé de ressentir un jour une telle fièvre. Intense. Dévorante. *Incontrôlable.*

Chaque cellule de son être vibrait dans l'attente de l'ultime libération. Toutes ses précédentes relations — non qu'il y en ait eu beaucoup — paraissaient insipides en comparaison.

— Tu es si prête pour moi, souffla-t-il, basculant avec elle sur le lit.

— Oui…

Un mot, c'était tout ce dont elle était capable. Son cœur battait la chamade, et un torrent de lave fusa dans ses veines lorsqu'il se hissa sur elle. Sans tarder, il enroula une de ses jambes autour de sa taille et la pénétra profondément. Elle poussa un cri. Aussitôt, il s'immobilisa, les sourcils froncés.

— Je vais trop vite ?

— Non… Désolée, j'ai un peu perdu la main. Ça fait un moment…

Les yeux bruns de Rémy happèrent les siens.

— Combien de temps ?

— Quelques semaines. Ou mois…

— Quelques mois ?

— D'accord, un an. Et des poussières. Deux, en fait…

L'incrédulité se peignit sur les traits de Rémy.

— Mais la presse…

— … se trompe souvent, acheva-t-elle.

— Pourquoi les laisses-tu répandre de fausses rumeurs ?

Elle promena un doigt sur son torse, feignant d'être absorbée par ce geste pour éviter son regard.

— Je me fiche de ce que les gens pensent. L'essentiel est que je connaisse la vérité.

— Cesse de me distraire…

Il arrêta sa main et l'emprisonna dans la sienne.

— Je veux te parler.

— Maintenant ? Je parie que tu dis ça à toutes les femmes…

— Bon sang, Angélique, j'essaie d'avoir une conversation sérieuse !

— Pendant que ton corps fait ce qu'il est en train de faire au mien ?

Elle ondula sensuellement sous lui. Etouffant un juron, il se mit à bouger en elle.

— Je me déteste de te désirer autant…

— Moi aussi, je me déteste, souffla-t-elle, agrippant ses fesses pour l'encourager. Et je te déteste, *toi*, pour l'effet que tu me fais.

Un sourire indolent étira les lèvres de Rémy.

— Et quel effet je te fais ?

Difficile de le foudroyer du regard avec leurs deux corps si intimement liés…

— Tu me rends folle, avoua-t-elle. Folle furieuse.

— J'aime quand tu es furieuse contre moi. Ça m'excite.

Il lui assena un autre profond coup de reins. Angélique sentit un nœud incandescent se délier dans son ventre. Chaque nerf, chaque fibre de son corps était comme mis à nu, leur sensibilité démultipliée sous les assauts de Rémy. Ses mouvements lascifs créaient en elle la plus délicieuse des pressions. Soudain, il augmenta la cadence, et le plaisir fusa jusqu'aux confins de son être.

Alors, d'une dernière poussée, il la fit basculer dans l'abîme.

Ce fut une explosion qui l'irradia tout entière, en puissantes salves successives. Un cri sauvage, issu des tréfonds d'elle-même — un cri qu'elle ne reconnaissait pas —, lui échappa. Avait-elle jamais éprouvé pareil feu d'artifice de sensations ? Elle cambra les reins pour prolonger l'extase aussi longtemps que possible. Enfin, les dernières ondes de plaisir se dissipèrent, et elle sombra dans une douce béatitude.

Mais il n'en avait pas fini avec elle.

Avec une maîtrise inimaginable, il ralentit le rythme jusqu'à la rendre de nouveau folle de désir. Ses muscles se tendirent comme le plaisir la submergeait une seconde fois. Elle s'envolait vers des sommets jamais atteints, pourtant encore hors de portée.

Rémy glissa une main sous ses fesses tout en accélérant ses va-et-vient. Son visage était un masque de concentration — le regard voilé, la mâchoire crispée. C'était un spectacle incroyablement érotique, cet homme sculpté à la perfection luttant pour garder le contrôle.

Elle souleva les hanches et le vit grimacer dans un effort pour se contrôler. Un nouveau roulement du bassin eut cependant raison de son sang-froid. Il se raidit, la respiration suspendue, et son râle guttural déchira le silence tandis qu'il l'emportait avec lui dans la jouissance.

L'instant d'après, il s'affaissait sur elle, le visage enfoui dans son cou. Son souffle chaud était comme une douce caresse sur sa peau. Cette intimité la troubla. Elle avait tellement l'habitude qu'ils se chamaillent et se défient… Déchiffrait-il son âme aussi bien que son corps ?

Une telle passion pendant le sexe… c'était nouveau pour elle. Jamais elle n'avait éprouvé un désir si intense. Encore moins connu l'orgasme. Elle avait toujours fait semblant, sans qu'aucun de ses partenaires ne s'en aperçoive. Mais ce qu'elle venait de vivre avec Rémy était différent. Excitant.

Et dangereusement addictif.

— Comblée ? susurra Rémy en relevant la tête.

— Bof, lâcha-t-elle, agacée par son arrogante assurance.

L'étincelle qui s'alluma dans le regard de son amant indiquait clairement qu'il n'était pas dupe.

— Dans ce cas, peut-être devrais-je recommencer et améliorer ma performance.

Il promena un doigt entre ses seins, où perlait une goutte de sueur.

— Tu es vraiment sublime…

— On me le dit souvent, soupira-t-elle, affectant un air blasé.

— Le crois-tu, au moins ?

Son regard pénétrant semblait lire en elle comme en un livre ouvert. Plaquant les mains sur son torse, elle le repoussa fermement.

— Laisse-moi me lever, maintenant.

Pendant qu'il jetait le préservatif, elle entreprit de rassembler ses habits éparpillés. Elle se sentait ridicule, mortifiée même, à quatre pattes sur le sol en quête de ses sous-vêtements, quand tout ce que Rémy avait à faire était de défroisser sa chemise et remonter sa braguette.

N'était-ce pas symbolique du déséquilibre dans leur relation ? Elle serait toujours celle qui se sentait nue et exposée, tandis qu'il ne montrait que ce qu'il voulait bien laisser voir.

Il avait le contrôle.

Pas elle.

— Est-ce à toi ?

La voix de Rémy la tira de ses réflexions. Entre ses doigts pendait une fine chaîne en or ornée d'un pendentif en diamant. Comme elle tendait la main pour le récupérer, il le hissa hors de sa portée.

— Rends-les moi.

— Où sont passées tes manières, *mon amour* ?

— S'il te plaît, ajouta-t-elle entre ses dents.

— Ce n'est pas assez. Je veux t'entendre me le demander *gentiment.*

Son sourire sarcastique commençait à lui taper sur les nerfs. De nouveau, elle tendit la main, et de nouveau, il leva le pendentif.

— Mieux que ça. Je veux t'entendre me supplier.

Angélique se figea. Quelque chose — une digue — venait

de céder en elle. Soudain, toute la rage qu'elle contenait depuis toujours la submergea tel un puissant raz-de-marée.

Elle ne supplierait pas.

N'implorerait pas.

Ne se soumettrait pas à ses ordres comme une esclave sans droits.

Plutôt s'arracher les yeux !

Elle se jeta sur lui, véritable tigresse déchaînée, l'accablant de mille insultes. Tout se mélangeait — la fureur, la haine, son sentiment d'impuissance, la honte d'être tombée en son pouvoir après ses efforts acharnés pour qu'aucun homme ne la domine jamais.

Il l'avait prise au piège de la passion.

Asservie.

Désarmée.

A présent, il cherchait à briser sa volonté, comme son père l'avait fait avec sa mère.

Hélas, elle ne faisait pas le poids contre lui. Il immobilisa ses poings vengeurs avant même qu'elle ait pu lui porter le moindre coup.

— Bon sang, Angélique, que t'arrive-t-il ?

Elle se débattit, tentant d'échapper à sa poigne de fer.

— Lâche-moi, espèce de brute !

— Pas avant que tu te sois calmée. Tu vas finir par te blesser, si tu continues.

Son ton était à la fois mesuré et implacable. Angélique battit des paupières. Quelle humiliation de s'effondrer ainsi devant lui ! Mais la vanne était ouverte et rien ne pouvait plus endiguer le torrent de larmes ruisselant sur ses joues. Elle hoqueta une fois, puis une seconde, avant d'éclater en sanglots pour de bon.

Où étaient passés son orgueil et sa détermination ? Leur étreinte passionnée avait-elle annihilé tout esprit combatif en elle ? Elle se détestait d'être aussi vulnérable. Elle devait à tout prix se ressaisir, et vite.

Rémy libéra ses poignets, mais l'enveloppa de ses bras et la serra contre lui.

— Je t'ai contrariée…

Sa voix était grave, légèrement surprise. Presque choquée.

Elle renifla bruyamment. Comme par magie, un mouchoir brodé de la lettre C apparut sous son nez.

— Merci.

— De rien.

Après s'être mouchée, elle froissa en boule le carré de tissu dans le creux de sa main.

— Je parie que tu ne me trouves plus aussi sublime, maintenant, pas vrai ? plaisanta-t-elle, dans un effort pour détendre l'atmosphère.

Mais Rémy continuait à la fixer d'un air soucieux.

— Je te taquinais. Tu le sais, n'est-ce pas ?

Bon sang, pourquoi fallait-il qu'il soit si gentil, tout à coup ? Le haïr devenait encore plus difficile !

Mais le haïssait-elle vraiment ?

Chassant cette pensée, elle se dégagea de ses bras.

— C'est un point sensible, dit-elle avec un faible sourire. Je ne supplie jamais.

— Je m'en souviendrai.

Un long silence suivit.

— Bon, je ferais mieux d'aller me doucher…

— Joli pendentif, remarqua Rémy en lui tendant le bijou. Est-ce un cadeau d'un de tes amants ?

La fine chaîne la chatouilla comme elle la recevait dans le creux de sa main.

— Il appartenait à ma mère, répondit-elle. Et sache que je n'accepte aucun cadeau de mes amants.

— Sauf un château écossais…

Elle pinça les lèvres à cette repartie ironique. Envisageait-il *réellement* de lui rendre Tarrantloch ? Il n'avait fait aucune promesse, ni signé le moindre document. Certes, ils avaient consommé leur union. Mais qu'est-ce que cela représentait pour lui, sinon un trophée de plus à son tableau de chasse ?

— Je suis sûre que tu prendras la bonne décision, dit-elle avec une désinvolture feinte. A ce propos…

Elle le défia du regard.

— As-tu déjà arrêté une date de rupture ? Ou dois-je m'attendre à tout instant à être jetée comme une vieille chaussette ?

Un muscle tressaillit sur la mâchoire de Rémy.

— Ne t'inquiète pas. Tu auras droit à un préavis, grinça-t-il.

— Trop aimable.

Il poussa un soupir.

— Je te laisse la douche. J'ai quelques affaires à régler. Rendez-vous à 9 heures pour le dîner.

— Mais je…

Elle n'avait pas fini sa phrase qu'il claquait la porte de la suite derrière lui.

Décidément, il fallait toujours qu'il ait le dernier mot. Oh ! mais elle lui ferait passer cette odieuse habitude.

Il pouvait compter sur elle.

8

Rémy quittait le hall de l'hôtel quand son portable vibra. Il grimaça devant le nom affiché sur l'écran.

— Rafe, j'allais justement t'appeler…

— Dis-moi que tu ne viens pas d'annoncer à la télévision ton mariage avec cette diablesse d'Angélique Marchand, le coupa son frère.

Rémy regarda furtivement autour de lui, à l'affût d'oreilles indiscrètes.

— Tu n'es pas très gentil avec ta nouvelle belle-sœur…

Rafe jura au bout du fil.

— Bon sang, à quoi joues-tu ? As-tu perdu la tête ?

— Hé, ce n'est pas la faute d'Angélique si son père est un fourbe doublé d'un traître, protesta Rémy.

Voilà qu'il la défendait, à présent. Lui qui, d'ordinaire, ne manquait jamais une occasion de la critiquer… C'était vraiment le monde à l'envers.

— Ne viens pas me dire que tu es amoureux d'elle, tempêta Rafe. Je n'y crois pas une seconde. La seule personne que tu aimes en ce bas monde, c'est toi-même.

— Tu es dur. J'aime plein de gens. Même toi.

— Allons, Rémy. Je te connais. Jamais tu ne t'éprendrais d'Angélique. Tu l'as toujours considérée comme une peste et une aguicheuse. Dis-moi la vérité. Est-ce un coup d'Henri

Marchand ? T'a-t-il forcé à l'épouser d'une manière ou d'une autre ?

— Tu te fourvoies complètement, répondit Rémy. Angélique m'a suivi à Dharbiri et a été découverte dans ma chambre. Pour faire court, j'ai dû l'épouser afin d'épargner à la province une émeute qui, soit dit en passant, aurait pu nous expédier tous les deux en prison.

— C'est une plaisanterie ?

— Pas du tout.

— Tu dis qu'elle t'a suivi à Dharbiri. Pourquoi nous avoir caché votre relation ? demanda Rafe. Pourquoi nous en informer seulement maintenant, et de cette façon ?

— Il n'y avait rien entre nous, objecta Rémy. Nous n'avions plus aucun contact depuis des années. Elle est venue me réclamer Tarrantloch, le domaine écossais des Marchand, que j'ai gagné au jeu face à son père.

Rafe émit un sifflement admiratif.

— Donc, si je comprends bien, c'est un simple mariage factice ?

Rémy hésita. Il n'avait aucune envie de mentir à son frère, mais pas davantage d'évoquer ce qu'il venait de se passer entre lui et Angélique. Son corps vibrait encore de leur fabuleuse étreinte — sans conteste la plus excitante de toute sa vie.

— Non…, commença Rafe, d'une voix où perçait l'incrédulité. Tu n'as quand même pas…

— Hé, fiche-moi la paix ! Est-ce que je me mêle de ta vie sexuelle, moi ? Je sais ce que je fais.

— Permets-moi d'en douter. Tu viens d'épouser la fille de notre pire ennemi sans même un contrat de mariage ! Par ta stupidité, c'est tout notre empire que tu mets en péril, exactement comme Nonno. Tes trente-deux années sur cette planète ne t'ont-elles rien appris ?

Rémy sentait l'énervement le gagner.

— Qu'étais-je censé faire ? La laisser être arrêtée sous mes yeux ? Pris de court, j'ai opté pour la solution la plus sûre, point.

— Etre légalement uni à Angélique Marchand n'a rien de « sûr », rétorqua Rafe avec sévérité.

En effet, songea Rémy. Il était bien placé pour le savoir…

— Ce mariage est temporaire, assura-t-il. En attendant, j'en profite. Tu te souviens des hôtels Mappleton que j'essaie d'acquérir depuis des mois ? Les calomnies d'Henri Marchand avaient dissuadé le vieux Mappleton de traiter avec moi, mais mon mariage avec Angélique l'a fait changer d'avis. Nous avons une entrevue la semaine prochaine. Un si gros coup vaut bien quelques désagréments conjugaux, non ?

— A condition que cette histoire ne t'explose pas à la figure…

— Prendre des risques, c'est mon métier. Un Caffarelli gagne toujours, pas vrai ? Je retombe toujours sur mes pieds.

Rafe exhala un soupir résigné.

— Sois prudent, Rémy. Etre proche de ses ennemis est judicieux. Coucher avec, non.

Au contraire, pensa Rémy en raccrochant. Coucher avec son ennemie était la meilleure partie.

Et il avait hâte de recommencer.

Angélique appliquait la dernière touche à son maquillage quand son portable sonna. Le nom de Mackenzie Hillstrom s'affichait sur l'écran, son agent de New York.

— Salut, Mac. Je comptais t'appeler, mais…

— Ma chérie, comment as-tu pu me cacher que tu sortais avec le milliardaire le plus sexy au monde ? Et ce spectaculaire mariage dans le désert… Je devrais t'en vouloir, tu sais. Mais je te pardonne, car tu viens de remporter le plus gros contrat de tous les temps !

— Ah… ah bon ?

— Oublie la Barbade, les Bikinis et les chameaux enragés, continua Mackenzie. Tu es le nouveau mannequin que tous les créateurs de robe de mariée s'arrachent ! Cette tenue traditionnelle t'allait à ravir. Tu as fait sensation dans le monde de la mode nuptiale !

La mode nuptiale ?

Etait-ce le sort qui s'acharnait sur elle ?

— Waouh, c'est formidable, dit Angélique avec un enthousiasme forcé.

Comment avouer à son agent que son mariage avec Rémy n'était qu'une farce, dont la durée dépendait d'un contrat avec un certain Mappleton ?

— C'est la percée que tu attendais, reprit Mackenzie avec sa volubilité habituelle. Tu es notre petite chouchoute, désormais. Pense aux millions que tu vas récolter ! Je t'envoie le contrat à signer par e-mail. Profite bien de ta lune de miel pendant que j'organise ton nouvel emploi du temps. Shana te remplacera à la Barbade. Des questions ?

— Euh… non. C'est parfait.

Après avoir raccroché, Angélique fixa longuement son portable. L'indécision la paralysait. Devait-elle rappeler tout de suite son agent et lui demander de refuser l'offre ? Depuis quarante-huit heures, sa vie semblait totalement échapper à son contrôle. Certes, la rémunération était tentante, mais l'exposition médiatique qu'elle impliquait la mettait mal à l'aise. Cela faisait des mois qu'elle planifiait de quitter le mannequinat. Elle était fatiguée de ce monde de perfection illusoire. Son *corps* était fatigué.

Et qu'adviendrait-il de ses innombrables cahiers remplis de croquis ? Quand aurait-elle le temps de poursuivre son rêve une fois prise dans le tourbillon de sa nouvelle carrière ? Elle n'était pas du genre à faire les choses à moitié. Si l'agence voulait faire d'elle la nouvelle *it-girl* de la mode nuptiale, ses créations devraient attendre…

Elle était impeccablement habillée, coiffée et maquillée lorsque Rémy regagna la suite. Cette façade professionnelle l'aidait à se sentir plus sûre d'elle. Il était vital que Rémy ne soupçonne pas à quel point leur étreinte l'avait chamboulée.

Difficile, cependant, d'ignorer la douce chaleur qui l'envahissait depuis qu'il était de retour. Sa présence dans la même pièce qu'elle suffisait à mettre ses sens en émoi…

— Bonne balade ? s'enquit-elle avec détachement.

Le regard brûlant qu'il lui lança fit courir un frisson le long de son échine.

— Je me demande combien de temps il me faudrait pour t'enlever cette robe…

— Ce qui s'est passé tout à l'heure était une erreur, déclara-t-elle, ignorant l'envolée de papillons dans son ventre. Je préférerais que cela ne se reproduise pas.

Un sourire s'ébaucha sur les lèvres de Rémy.

— Menteuse… Ce qui s'est passé va se reproduire, crois-moi. Et très bientôt.

Elle soutint son regard, malgré la lueur sauvage qui y brillait.

— Pourquoi compliquer les choses ? On ne s'apprécie même pas ! C'est inconvenant de nous jeter ainsi l'un sur l'autre comme des animaux…

— Inconvenant ?

— Primitif.

En deux enjambées, il l'avait rejointe. Elle tenta de lui échapper, mais elle était comme clouée sur place. Déjà, il capturait sa nuque d'une main possessive. Les yeux de Rémy étaient deux puits sans fond, et sa bouche si proche qu'elle retint son souffle.

— Il se trouve qu'avec toi, je me sens *très* primitif, chuchota-t-il en effleurant ses lèvres du pouce.

Il se rapprocha encore, et elle sentit son érection contre sa cuisse. Son cœur se mit à battre follement. Tous ses instincts féminins s'éveillèrent d'un coup — ces instincts qu'elle avait crus inexistants. Oh ! ils étaient bien là, et seul Rémy avait le pouvoir de les assouvir…

— Si tu crois m'utiliser, tu te trompes. Trouve-toi un autre jouet, assena-t-elle au prix d'un effort surhumain.

— Est-ce vraiment ce que tu souhaites ?

— Oui.

Non! Elle s'humecta les lèvres, et le goût salé de Rémy lui picota la langue. C'était comme une drogue dont elle ne pouvait déjà plus se passer.

Il laissa retomber sa main.

— Très bien.

Très bien ? La surprise d'Angélique n'avait d'égale que sa déception. Pourquoi ne la menaçait-il pas de lui faire ravaler ses paroles ? Elle n'attendait que cela !

Il jeta coup d'œil impatient à sa montre.

— Allons-y, ou nous risquons de perdre notre réservation. J'ai dû faire jouer mes relations pour nous obtenir une table si rapidement.

— A d'autres. Ton nom ouvre toutes les portes. Peut-être devrais-je me faire appeler Mme Caffarelli ?

Les traits de Rémy se durcirent, signe qu'elle avait visé juste.

— Ne te fais aucune illusion, Angélique. Ce mariage ne sera jamais plus que ce qu'il est actuellement.

— Un champ de bataille ?

— Un arrangement provisoire.

Il ouvrit la porte et s'effaça pour la laisser passer.

— Après toi.

Le restaurant réservé par Rémy était un lieu huppé, dirigé par l'un des plus célèbres chefs de Grande-Bretagne. Autrement dit, un nid à paparazzi…

Le ventre d'Angélique se noua à l'idée d'affronter une nouvelle salve de questions indiscrètes. Elle était bonne actrice, mais n'importe quel expert en langage corporel n'aurait aucun mal à déceler la tension entre elle et Rémy. Il ne lui avait pas adressé la parole de tout le trajet, trop occupé à taper des e-mails sur son téléphone.

— N'aurions-nous pas pu dîner à l'hôtel ? se plaignit-elle comme il l'aidait à descendre de la limousine.

— Non.

Sa poigne était ferme. Autoritaire.

— Il vaudrait mieux éviter l'attention publique, insista-t-elle. Que vont penser les gens ? Nous sommes en lune de miel. Dîner devrait être le cadet de nos soucis…

— Pour toi, peut-être. Mais moi, j'ai une faim de loup, déclara Rémy.

Elle haussa les épaules avec hauteur.

— Pourquoi faut-il que les hommes soient à la merci de leurs instincts les plus primaires ?

— Et pourquoi les femmes nient-elles leurs besoins comme s'ils étaient honteux ? Avoir de l'appétit ou une forte libido n'est pas un crime.

— Tais-toi. Je déteste ce mot.

— Appétit ?

— Libido. C'est si… vulgaire.

Un sourire moqueur joua sur les lèvres de Rémy.

— Derrière la vamp aguicheuse se cacherait tant de pudeur ? Ne me fais pas rire !

— Tu ne me connais pas, siffla-t-elle.

Personne ne la connaissait *réellement*.

— Je ne demande pas mieux, dit-il en l'entraînant dans le restaurant.

Pour elle, dîner dehors représentait la même épreuve que partager la chambre de Rémy. Sa fatigue, tant physique qu'émotionnelle, ne l'aidait pas à lutter contre la tentation. Une seule bouchée d'un plat appétissant, et c'était tout son régime qui s'écroulait. Comme il avait suffi d'un baiser de Rémy pour que sa haine envers lui s'évanouisse… Leur moment de passion avait tout changé. Elle voulait plus, voudrait *toujours* plus. Elle le voulait *lui*, corps et âme.

Rémy, lui, ne songeait qu'à son précieux contrat, bien sûr.

Les Caffarelli — avant le mariage de Rafe et les fiançailles de Raoul — passaient pour les plus grands don Juan d'Europe. Des trois frères, Rémy avait la réputation la plus sulfureuse.

Ses relations duraient rarement plus d'une semaine ou deux. Et pour cause : les femmes se jetaient littéralement à son cou ! Il ne restait d'ailleurs jamais longtemps au même endroit, ce qui facilitait sa vie de débauche.

Lui arrivait-il de vouloir plus que du sexe ? Enviait-il parfois la compagnie et la fidélité dont jouissaient ses frères ? La stabilité qu'offrait un amour sincère, capable de résister à toutes les épreuves ? Partager un lien fort avec quelqu'un, avoir des enfants, les aimer et les accompagner pas à pas vers l'âge adulte… Y avait-il déjà pensé ?

Elle fronça les sourcils. Devant ses yeux flottait l'image d'un bébé aux cheveux noirs, ses grands yeux bruns frangés de cils interminables…

Rémy avait affirmé ne pas vouloir d'enfants.

Elle aussi, très souvent.

Mais était-ce bien la vérité ?

— Au fait, lança Rémy par-dessus son menu. Nous ne quitterons pas cette table tant que tu n'auras pas avalé quelque chose. C'est compris ?

Angélique soutint son regard.

— Je dois surveiller ma silhouette. Surtout maintenant.

— Pourquoi, « maintenant » ?

— Tu n'es pas le seul à qui notre mariage profite, figure-toi. Mon agent vient de me décrocher le plus important contrat de ma carrière. Je risque d'être très prise dans les mois à venir.

— Ça attendra, décréta Rémy. Je te veux à mes côtés au moins jusqu'à Noël.

Il la voulait à ses côtés ?

L'espace d'une seconde, elle oublia la négociation des hôtels Mappleton et son cœur s'emballa. Puis la réalité reprit ses droits. C'était préserver les apparences qui lui importait. Il se fichait bien d'elle.

Le lien qui les unissait n'était qu'une mascarade.

Une illusion.

Certes, son agent lui avait accordé un congé le temps de

finaliser son nouveau contrat. Mais l'arrogance de Rémy, qui jugeait naturel qu'elle laisse tout tomber pour lui, la mettait hors d'elle.

— Tu crois peut-être pouvoir débouler dans ma vie et en prendre les rênes comme si je n'étais qu'une marionnette ?

— C'est toi qui as déboulé dans ma vie, riposta Rémy avec un sourire narquois. A toi d'en assumer les conséquences.

— En te suivant partout comme un petit chien ? Non, merci.

Son sourire s'évanouit.

— Tu feras ce que je te dis, gronda-t-il. Désobéis-moi, et il ne restera plus un centime à ton père quand j'en aurai fini avec lui. Est-ce bien clair ?

Angélique leva le menton et fit face avec toute la dignité dont elle était capable.

— Je ne cède *jamais* au chantage. Tiens-le-toi pour dit.

— Tu céderas, si tu sais où se trouve ton intérêt.

Son intérêt consistait certainement à mettre le plus de distance possible entre eux, songea-t-elle. Rester auprès de lui était trop dangereux. Combien de temps avant qu'elle fléchisse et tombe de nouveau dans ses bras ? Elle devait à tout prix s'éloigner. Prendre la fuite.

Protéger son cœur.

— Excuse-moi, dit-elle en se levant de table.

— Où vas-tu ?

— Me repoudrer le nez. Dois-je te demander la permission ?

Il la scruta attentivement.

— Soit. Va te repoudrer. Mais si tu n'es pas de retour dans deux minutes, je viens te chercher.

Dans deux minutes, elle serait loin.

A peine s'élançait-elle dans la rue qu'une main s'abattit sur son épaule. Mais pas celle de Rémy.

— Est-ce vrai, ce que j'ai entendu ? Tu as épousé Rémy Caffarelli ? tonna Henri Marchand, le visage violacé de colère.

Il semblait au bord de l'apoplexie. C'était sans doute méchant de sa part, mais elle en éprouva une certaine satisfaction.

— Les nouvelles vont vite, dit-elle d'un ton léger. Comment l'as-tu appris ?

Il darda sur elle un regard assassin.

— As-tu conscience que tu me ridiculises ? J'étais à mon club quand un collègue m'en a informé. Il l'a lu dans un article en ligne, accompagné d'une photo de toi en robe des Mille et Une Nuits. Comment as-tu osé me faire ça ? Espèce de sale petite morveuse sans cervelle !

— Excusez-vous ou je vous démolis.

Angélique fit volte-face, pour se retrouver nez à nez avec Rémy, la mine sombre et les poings crispés, prêts à frapper. Elle posa une main apaisante sur son bras.

— Inutile. Il n'en vaut pas la peine.

Doucement mais fermement, il retira sa main et fit face à Henri. S'ensuivit une tirade en français, et à en juger par l'expression de son père, elle n'était pas des plus tendres. De violacé, son visage vira au rouge écarlate. Il paraissait sur le point d'exploser.

— Angélique est ma fille, siffla-t-il entre ses dents. Je lui parle comme bon me semble.

— C'est aussi ma femme. Personne ne s'adresse à elle sur ce ton, rétorqua Rémy. Présentez-lui des excuses ou vous aurez affaire à moi.

Angélique frissonna. Rémy dominait son père de toute sa hauteur, formidable incarnation de puissance et d'autorité. Ce dernier hésita, en sueur et le souffle court, avant de capituler. Il marmonna quelques vagues mots d'excuse, puis s'engouffra dans un taxi.

Rémy passa un bras protecteur autour de sa taille.

— Est-ce qu'il te parle toujours comme ça ?

Sans répondre, elle suivit le taxi des yeux, jusqu'à ce qu'il se fonde dans la circulation. Une brusque envie de pleurer l'assaillit, qu'elle réprima d'un battement de cils. Personne n'avait jamais pris sa défense. Sa mère était bien trop fragile et les domestiques, trop effrayés de perdre leur travail.

— Angélique ?

Rémy la dévisageait d'un air inquiet. Jamais il ne lui avait paru plus sexy ni plus… *chevaleresque*. Comment avait-elle pu le détester ?

Elle détourna les yeux.

— Notre relation laisse à désirer. Son tempérament colérique et ma repartie mordante n'ont jamais fait bon ménage.

— A-t-il déjà levé la main sur toi ?

— Non. Mais ses mots font tout aussi mal. Ma mère en a énormément souffert. Je suis sûre que c'est ce qui l'a poussée à bout.

Le dégoût se peignit sur les traits de Rémy.

— Pourquoi me l'avoir caché ? Je serais intervenu il y a des années !

— J'y ai souvent pensé, mais qui m'aurait crue ? soupira-t-elle. Son image de père dévoué lui est trop précieuse. En temps normal, jamais il ne m'aurait insultée en public. C'est dire à quel point il te hait…

— Promets-moi une chose, dit Rémy en serrant ses mains dans les siennes.

Tout ce que tu veux, se retint-elle *in extremis* de répondre.

— Ne reste jamais seule avec lui, d'accord ? Jamais.

— Promis.

Il sourit et, portant ses mains à ses lèvres, les embrassa tour à tour.

— Bien. A présent, parle-moi de ce nouveau contrat. De quoi s'agit-il ?

— Oh ! tu ne devineras jamais ce qu'ils veulent me faire faire, s'esclaffa Angélique.

— Pas de photos dénudées, j'espère ?

Son expression féroce la fit rire.

— Non, rien de ce genre. Figure-toi que je vais devenir une icône de la mode nuptiale.

— *Nuptiale* ?

— Ironique, n'est-ce pas ? Moi que le mariage répugne,

je vais me retrouver tous les jours en robe de mariée et voile froufroutants, et gagner des millions pour ce « privilège ».

Il la scruta d'un air soupçonneux.

— Tu es contente ?

— Bien sûr, dit-elle, un sourire artificiel scotché aux lèvres. Fini, les privations draconiennes. Pense à tous les kilos en trop que je vais pouvoir cacher sous ces jupes à cerceaux…

— Voilà une nouvelle qui se fête, décréta Rémy. Que dirais-tu de rentrer à l'hôtel et dîner dans notre suite ?

— Et la table que tu as eu tant de mal à réserver ?

Il haussa les épaules.

— La réputation de ce restaurant est très surfaite. Poppy, la femme de Rafe, serait d'accord avec moi. T'ai-je dit qu'elle était chef ?

— Il me semble avoir lu ça quelque part… Comment est-elle ?

— Ravissante. C'est le beau-frère qui parle, naturellement, ajouta-t-il avec un large sourire. Elle et Lily, la fiancée de Raoul, me rappellent un peu ma mère. De chic filles, toutes les deux.

— Attention, on pourrait croire que tu envies tes frères…

Son sourire s'effaça.

— Je ne suis pas taillé pour ce genre de vie domestique. Comme toi, je tiens trop à ma liberté. Un bébé, ça pleure, fait dans sa couche et devient insolent en grandissant. Très peu pour moi.

— Tous les enfants ne tournent pas aussi mal que nous, plaisanta Angélique en lui donnant une bourrade.

Il la lui rendit, son sourire retrouvé.

— Espérons-le…

9

Une heure plus tard, Rémy observait Angélique qui picorait sa salade entre deux gorgées de Chianti. Quand elle ne jouait pas les divas capricieuses, elle se révélait d'étonnamment bonne compagnie — drôle, pétillante, excentrique.

Quelque chose avait changé entre eux depuis la scène du restaurant.

Il avait été élevé dans l'idée que les femmes méritaient respect et protection. Pas par son grand-père, bien sûr, qui profitait d'elles en toute occasion, mais par son père avant sa mort et par ses frères aînés. Bien sûr, il n'avait rien contre une joute verbale occasionnelle, mais insulter une femme était un comportement indigne d'un homme.

Il n'avait jamais apprécié Henri Marchand, même lorsqu'il s'invitait encore régulièrement chez son grand-père avant leur brouille. Il l'avait toujours trouvé sournois, perfide et hypocrite. Apprendre qu'il avait harcelé moralement sa femme et sa fille l'écœurait, mais ne l'étonnait guère. Les hommes de son genre abusaient de leur pouvoir, sans se soucier du mal qu'ils causaient autour d'eux.

Le caractère impétueux d'Angélique était-il une réaction à la tyrannie de son père ? Cela faisait des années qu'elle ne vivait plus sous son toit. Mais il avait encore le pouvoir de la blesser. La façon dont elle avait reculé devant lui le prouvait.

Pas étonnant qu'elle soit si farouchement opposée au mariage, avec l'exemple qu'elle avait eu sous les yeux.

La protéger avait été une réaction instinctive. Naturelle. Il aurait usé de la force si nécessaire. Sa colère en découvrant la fuite d'Angélique s'était soudainement muée en autre chose...

Il n'aurait su dire quoi exactement.

— Encore un peu de vin ?

— Non, merci. Trop de calories. Un verre me suffit.

Il fronça les sourcils devant la salade quasi intacte.

— Ce nouveau contrat... Quelle place laisse-t-il à tes projets de design ?

— Eh bien, la fabrication et la mise en vente peuvent prendre des mois, voire une année. J'aurai besoin de revenus en attendant. Je ne vis pas d'amour et d'eau fraîche.

— On pourrait le croire, remarqua Rémy sur un ton de reproche. Tu as à peine touché à cette feuille de laitue.

— Je n'ai pas besoin de beaucoup de nourriture.

Elle considéra son assiette vide d'un œil torve.

— Contrairement à d'autres qui ont un appétit vorace et ne prennent pas un gramme...

— Je ne suis pas gourmand. Mais j'aime manger.

— Et faire l'amour.

Il lui décocha son sourire le plus charmeur.

— Et faire l'amour.

Une onde de désir le traversa lorsqu'elle s'humecta les lèvres. Songeait-elle comme lui à la passion qui les avait unis plus tôt ?

Lui n'avait cessé une seconde d'y penser. Le souvenir de leur étreinte vibrait dans sa chair comme la réplique d'un puissant tremblement de terre. Le velouté de ses lèvres. Le goût vanillé de sa peau. L'audace de ses mains sur son corps.

Un frisson le parcourut. Cette bouche et ces mains jouissaient d'un pouvoir immense sur lui — celui de lui faire perdre tout contrôle...

— Nous allons devoir partager le lit, annonça-t-il. Que dirais-tu d'établir quelques règles ?

Elle eut un sourire mutin.

— Que suggères-tu ? Une ligne de démarcation à la craie ?

— Je pensais plutôt à un polochon.

— Pourquoi pas du fil barbelé ?

— Je ne voudrais pas que tu te blesses en roulant de mon côté…

Le sourire de la jeune femme se crispa.

— Qu'est-ce qui te fait croire que je vais rouler de ton côté ?

— Allons, Angélique, tu ne comptes pas sérieusement résister à ce qu'il y a entre nous ? Tu me désires, ne le nie pas.

Elle roula des yeux.

— Vraiment, ton ego dépasse toute mesure ! Je t'ai peut-être désiré, mais ça y est, je t'ai eu. Une fois me suffit amplement.

Rémy sentit son sang bouillir à cette provocation. Ainsi, elle jouait les femmes farouches ? Un moyen de reprendre l'avantage, sans doute. Elle avait perçu sa faiblesse et comptait bien en profiter. Espérait-elle qu'il la supplie ?

Eh bien, elle pouvait toujours rêver.

Supplier n'était pas son genre.

Il était parfaitement capable de se passer de sexe. Pendant un temps… Les moines y arrivaient bien. Ne disait-on pas que l'abstinence purifiait l'esprit ?

— Tu veux me faire croire que tu n'as pas atteint le septième ciel ?

— Le premier, peut-être. Et encore…

Menteuse. Ses spasmes de plaisir ne mentaient pas, eux. Elle avait eu l'orgasme de sa vie — ou alors, elle était très bonne comédienne. Pourquoi refusait-elle obstinément de renouveler l'expérience ?

— Comme tu voudras, capitula-t-il. Mais si tu as envie de t'envoler, fais-moi signe.

Elle eut une moue méprisante.

— N'y compte pas trop.

*
* *

Une demi-heure plus tard, Angélique sortit de la salle de bains et trouva Rémy allongé dans le lit, les yeux clos, un livre posé sur son torse nu. Les couvertures couvraient la partie inférieure de son corps. Mais son instinct lui soufflait qu'il n'était pas du genre à dormir en pyjama…

Elle promena le regard sur les larges épaules, le torse athlétique, les muscles ciselés. Un roc, c'était ce que lui évoquait ce corps ferme, sans une once de graisse. Ses cheveux étaient ébouriffés, comme s'il venait d'y passer la main. Un duvet de fin de journée ombrait son menton volontaire.

Les frères Caffarelli étaient tous les trois à tomber. Mais elle avait toujours eu un faible pour Rémy. Ses yeux chocolat où dansait une lueur mi-moqueuse, mi-amusée. La courbe sensuelle de ses lèvres, l'inférieure plus charnue que la supérieure. Sa mâchoire finement sculptée et comme rasée à la va-vite. Et ses mains… Les longs doigts bronzés dont le contact lui faisait l'effet d'une décharge électrique…

Avec précaution, elle souleva le livre et le déposa sur la table de chevet. Puis elle contourna le lit pour se glisser sous les couvertures, en se pelotonnant au bord du matelas afin qu'aucune partie de leurs corps n'entre en contact. Les paupières closes, elle s'exhorta au sommeil. C'était sans compter sur l'effluve citronné de son après-rasage. Sa chaleur l'enveloppait peu à peu, douce, rassurante. *Tentatrice.*

Tirant le drap sur son menton, elle ferma plus fort les yeux. *Pas question de l'approcher !*

Il faisait grand jour lorsqu'elle rouvrit les paupières. Rémy était déjà levé, douché et habillé, sa serviette de bain jetée négligemment sur le dossier du fauteuil dans lequel il était assis.

— Est-ce qu'il t'arrive de ranger derrière toi ?

— Mmh ?

Il n'avait même pas daigné lever les yeux de son portable. Avec un soupir, elle sortit du lit et passa un cache-cœur, puis saisit entre deux doigts la serviette qu'elle lui brandit sous le nez.

— As-tu déjà pensé à l'employée qui nettoie ta chambre ?

— Quoi ?

Cette fois, il avait froncé les sourcils.

— Tu laisses traîner tes affaires partout, le sermonna-t-elle. A quoi sert un « porte-serviettes », à ton avis ? Bon sang, et veux-tu bien lâcher ton portable quand je te parle ?

— Tu ne me parles pas, tu me houspilles.

— C'est le rôle d'une épouse, non ? Surtout quand son paresseux de mari ignore ce que signifie tenir une maison…

Il se leva d'un bond, l'obligeant à reculer. Du haut de son mètre quatre-vingt-dix, il la dominait largement. Elle se sentait minuscule sans ses talons, et devait renverser la tête en arrière pour garder le contact visuel.

Un sourire moqueur se dessina sur les lèvres de Rémy.

— Combien de maisons as-tu déjà tenues, au juste ?

— Je disais ça comme ça, marmonna-t-elle, à court de repartie.

Il la contempla d'un air pensif. Une idée semblait avoir germé dans son esprit.

— Sais-tu cuisiner ?

— Bien sûr. J'ai suivi des cours en France, en Italie et en Thaïlande. Pourquoi ?

— Tu accepterais de me préparer à dîner ?

— Quoi, tous les jours ? Comme dans un mariage traditionnel ?

— Non, tu n'y es pas. J'aimerais inviter Rober Mappleton, expliqua Rémy. Tu sais, le type dont je compte racheter la chaîne d'hôtels. Il est du genre ultraconservateur. Plus qu'un énième restaurant cinq étoiles, ce qui l'impressionnerait vraiment, je crois, serait un repas fait maison, dans un endroit privé. Tu veux bien t'en charger ?

Angélique se mordit la lèvre, en proie à un conflit intérieur.

Plus vite elle aiderait Rémy à signer son contrat, plus vite chacun reprendrait le cours de sa vie. Sauf qu'elle avait son propre contrat à prendre en considération, désormais. Les célèbres créateurs qui la courtisaient depuis son mariage voudraient-ils toujours d'elle une fois divorcée ?

C'était peu probable.

— Quel endroit privé avais-tu en tête ?

— Tarrantloch.

Elle manqua s'étouffer de rage.

— Espèce d'ordure !

— Quoi ?

— Tu n'es vraiment qu'une brute insensible ! Combien de temps encore comptes-tu remuer le couteau dans la plaie ? D'abord, tu me voles mon château et ensuite, tu me demandes d'y jouer les ménagères modèles ?

— Dois-je prendre ça pour un « non » ?

— Evidemment que c'est non ! Comment peux-tu être aussi cruel ?

— J'avais ton intérêt à cœur, se défendit-il. J'ai pensé que tu serais plus à l'aise dans une cuisine familière.

— Je serais plus à l'aise avec le titre de propriété entre mes mains, riposta-t-elle froidement.

— Il ne tient qu'à toi de me faire changer d'avis, susurra Rémy en la transperçant de son regard de braise.

Un traître élan de désir parcourut Angélique. Comment diable faisait-il cela ? Un seul regard de lui, et elle s'enflammait comme une torche ! Difficile de lutter quand sa seule envie était de se jeter dans ses bras…

Mais cela, il n'avait pas besoin de le savoir.

— C'est du chantage ?

— Je préfère parler de négociation.

— Tu parles ! Tu veux seulement me faire tienne. Pourquoi ne pas l'avouer franchement ?

— Je veux te faire mienne.

Angélique sentit un feu ardent s'allumer entre ses cuisses.

Son cœur battait à tout rompre, et ses seins semblaient soudain très à l'étroit dans leur prison de satin. Un désir égal au sien brillait dans les yeux de Rémy, saturant l'air autour d'eux. D'un geste leste, il captura ses hanches et l'attira à lui.

Sa bouche n'était plus qu'à quelques millimètres de la sienne.

— C'est ça, que je veux…

Il butina ses lèvres avec gourmandise.

— Et ça…

Sa langue prit le relais avec maestria, se faufilant dans sa bouche à la seconde où elle cédait à ses assauts. Un gémissement aigu lui échappa. Son corps tout entier fondait de plaisir, tel une statue de glace sous le soleil torride de Dharbiri. La main de Rémy dans son dos la pressait contre son érection, tandis que l'autre déliait habilement le cache-cœur.

Avec délicatesse, il fit glisser sur ses épaules les bretelles de sa nuisette, qui s'étala à ses pieds dans un bruissement de tissu. Les pointes de ses seins se durcirent dans l'attente des caresses de Rémy. Le désir enflait et se propageait en elle, si intense qu'il aspirait toutes ses forces.

Il lui en restait cependant assez pour déboutonner sa chemise à tâtons. Déjà, elle s'attaquait à sa boucle de ceinture, baissait sa braguette et s'emparait de son sexe, avec une témérité dont elle ne se serait jamais crue capable. Rémy approuva d'un grognement rauque, tout en se débarrassant fébrilement de ses chaussures et de son pantalon.

Ils basculèrent ensemble sur le lit, renversant une lampe de chevet au passage. Rémy la chevauchait de tout son poids, les cuisses en tenaille autour des siennes. Ses lèvres, sa langue, ses dents, la soumettaient sans relâche à la plus exquise des tortures.

Délaissant sa bouche, il prit possession de ses seins. Elle s'arqua pour s'offrir davantage, ondulant et gémissant sous ses baisers. Mais il ne s'arrêta pas là. De sa langue, il traça un chemin incandescent le long de son ventre, avant de plonger entre ses cuisses.

Elle se raidit instinctivement. C'était si… *personnel*. Rémy dut percevoir sa gêne car il s'interrompit.

— Es-tu mal à l'aise avec ça ?

Le rouge lui monta aux joues. Dire qu'il la prenait pour une amante accomplie ! En réalité, elle ne s'était jamais sentie assez bien avec aucun homme pour s'adonner à une telle pratique. Feindre l'orgasme sous les va-et-vient de son partenaire était une chose, mais là…

C'était différent.

— Hum…

— Si tu préfères arrêter, dis-le-moi.

Est-ce parce qu'il lui donnait la liberté de refuser qu'elle avait soudain très envie de continuer ?

— C'est-à-dire… Je ne l'ai jamais fait avec qui que ce soit…

Un éclair de surprise passa dans les yeux de Rémy, et autre chose — comme s'il se réjouissait d'être le premier.

— Me fais-tu confiance ?

Oui. Elle avait entièrement confiance. Ne l'avait-il pas initiée aux véritables plaisirs de la chair ? Jamais elle n'avait ressenti avec un autre la passion qui l'avait submergée dans ses bras. Cette expérience, si fabuleusement intime, constituerait un souvenir aussi unique que précieux une fois leur mariage dissous…

— Oui, souffla-t-elle.

Il lui caressa les cuisses pour la relaxer, avant d'effleurer le cœur de sa féminité du bout de la langue. Une onde de plaisir la traversa, promesse de délices insoupçonnées. Chaque cellule de son corps exultait. Alors il recommença, mais en s'introduisant en elle, cette fois, comme pour la goûter, stimulant son clitoris tandis qu'elle apprivoisait la sensation. Seigneur… C'était divin ! Le plaisir montait en elle à mesure que les caresses de Rémy gagnaient en audace.

— Jouis pour moi, ma belle, l'encouragea-t-il doucement. Ne te retiens pas.

— Je ne peux pas…

— Mais si. Laisse-toi simplement aller.

La pression de sa langue s'intensifia, et une vague de plaisir inouï la submergea. Elle se raidit comme un arc, secouée de soubresauts tandis qu'elle s'abandonnait enfin à l'extase.

Rémy glissa sur elle et écarta ses cheveux de son front.

— Bof ?

— Comment le saurais-je puisque je n'ai aucun point de comparaison ? dit-elle avec un sourire faussement timide.

— Oh ! ça peut s'arranger, repartit-il en se penchant sur elle.

— Attends.

Elle posa une main sur son torse.

— Il y a une chose que j'aimerais faire avant…

Lentement, elle promena les doigts le long de son corps. Mais le toucher et le caresser n'était plus assez : elle voulait le goûter comme il l'avait goûtée, elle. Cet acte qui la rebutait par le passé lui semblait, avec Rémy, parfaitement naturel. Plus encore. Excitant.

Ses lèvres déposaient une pluie de baiser sur son torse, son nombril, descendant toujours plus bas. Les abdominaux de Rémy se contractèrent à mesure qu'elle approchait de sa cible. Elle fit courir son souffle chaud sur son érection, cherchant à décupler son excitation.

— A ce stade, je mets généralement un préservatif…

Sa voix enrouée trahissait son désir. Elle lui lança une œillade incendiaire.

— Pas le temps.

— Mais je… *Oh ! Seigneur !*

Elle l'entendit inspirer brusquement comme elle passait à l'acte. C'était si grisant de le tenir ainsi en son pouvoir… Le voir lutter pour garder le contrôle était le plus érotique des spectacles. Elle ne lui accordait aucun répit. Sa bouche allait et venait sur son sexe tandis qu'elle en savourait l'essence brûlante, encouragée par la tension grandissante qu'elle sentait sous ses lèvres.

Il tenta de l'arrêter en lui agrippant les cheveux à deux

mains. Mais elle l'ignora et, d'une puissante succion, lui arracha un râle étouffé. La seconde d'après, il se déversait en elle, terrassé par la jouissance.

Pendant un long moment, il resta allongé sur le lit, la respiration haletante. Elle passa une main caressante sur son torse.

— Bof ?

— La perfection.

— Tu dis ça pour me faire plaisir ?

— Non.

Waouh, exulta-t-elle intérieurement. Son doigt s'attarda sur le contour d'un mamelon sombre.

— Combien de temps avant que tu sois de nouveau opérationnel ?

— Pourquoi cette question ?

— Comme ça…

Il la renversa sur le dos et l'emprisonna entre ses bras musclés.

— Tu as encore envie de jouer, mon trésor ?

— Autant profiter de notre temps ensemble, susurra-t-elle en traçant du pouce le contour de sa lèvre inférieure.

Il captura sa main et l'immobilisa.

— Que les choses soient claires, Angélique. Je ne te promets pas Tarrantloch. Je l'ai gagné honnêtement et n'ai pas à m'en repentir.

— Mais je croyais…

— Si nous couchons ensemble, c'est uniquement pour assouvir notre désir mutuel. Rien d'autre.

Angélique connaissait mieux que personne sa détermination. Sur ce point, ils étaient à égalité. La confrontation directe ne mènerait à rien. Elle devait trouver un autre moyen d'aiguillonner son sens de la justice — s'il en avait un.

En usant de ses charmes, par exemple…

— T'arrive-t-il de ne *pas* parvenir à tes fins ? minauda-t-elle en reprenant ses caresses.

— Renoncer est autant dans ma nature que se soumettre est dans la tienne, répliqua-t-il, un sourire aux lèvres.

— Oh ! je ne sais pas…

Elle roula des hanches sous lui.

— Je me sens plutôt soumise, là, tout de suite…

Les yeux bruns de Rémy luisaient de désir quand il lui cloua les poignets de chaque côté de la tête et enserra ses cuisses entre les siennes.

— Dans ce cas, je ferais bien d'en profiter…

Et c'est ce qu'il fit.

10

Angélique inspira profondément l'air vivifiant des Highlands tandis que Rémy déchargeait la voiture. Tarrantloch en automne offrait une atmosphère sauvage et désolée, qui faisait aussi sa beauté. Le château appartenait à la famille de sa mère depuis plus de trois siècles. Ses tourelles de pierre grise s'élevaient dans une clairière verdoyante située en plein cœur d'une forêt. Le domaine possédait également son propre lac, véritable vivier naturel à truites et à saumons.

Enfant, elle y avait vécu ses moments les plus heureux, avant que sa mère ne sombre dans la dépression. Toutes deux y venaient régulièrement tenir compagnie à sa grand-mère maternelle — sans Henri, trop occupé à gérer ses intérêts en Europe. Mais après la mort de ses grands-parents, la famille avait déserté Tarrantloch. Son père avait en effet décidé qu'ils vivraient désormais en France, d'où il pouvait plus aisément se rendre en Italie, et notamment chez Vittorio Caffarelli.

Ces dernières années, cependant, il y avait de nouveau élu résidence, paradant comme un paon lors de ses réunions d'affaires. Le voir exploiter ainsi le domaine de sa mère écœurait Angélique, aussi n'y séjournait-elle plus que lorsqu'il était en voyage d'affaires. Sa dernière visite remontait à l'été, entre deux séances photo. Y revenir aujourd'hui, mariée à Rémy, avait quelque chose de surréaliste. Surtout maintenant que le château ne lui appartenait plus…

Et ne lui appartiendrait peut-être plus jamais.

Qu'était Tarrantloch pour Rémy, sinon un trophée ? Il possédait d'innombrables villas à travers l'Europe et le bassin méditerranéen, toutes plus luxueuses les unes que les autres. Sans oublier son chalet dans les Alpes suisses s'il lui prenait l'envie de skier…

Non, le château n'était que la preuve publique de sa victoire sur son père. Nul doute qu'il chercherait à le revendre une fois sa fonction remplie. Et une chose était sûre : il ne lui ferait pas de prix d'ami. C'était un homme d'affaires avant tout, pragmatique, inflexible. Pas le genre à laisser ses émotions influer sur ses décisions.

Ce qui ne l'empêcherait pas, *elle*, de tout tenter pour récupérer son bien…

— As-tu gardé le personnel de mon père ? s'enquit-elle comme ils remontaient l'allée de gravier.

— Uniquement le jardinier, à qui j'ai déjà notifié son congé.

— Pourquoi avoir fait ça ?

— Parce que ce n'était qu'une bande de tire-au-flanc, répondit Rémy en ouvrant la porte d'entrée. Ton père n'a su s'entourer que de flagorneurs tout juste bons à prendre leurs aises. Pour ma part, je compte engager des gens d'ici, qui connaissent le château et ont à cœur sa préservation.

Angélique rejoignait son point de vue. Elle n'avait jamais aimé le majordome obséquieux ni l'intendante sournoise engagés par son père. Le personnel dévoué de ses grands-parents s'était peu à peu délité avec le temps. Certains étaient décédés ou partis à la retraite. D'autres avaient préféré démissionner.

— Qui est sur place actuellement ?

— Personne.

— Quoi, juste nous ?

Seuls ?

— Un couple en lune de miel n'a pas besoin de compagnie, *ma chérie*, répondit-il avec un sourire lourd de sous-entendus.

Angélique sentit son estomac se nouer.

— Et ton dîner avec Robert Mappleton ? N'est-ce pas la raison de notre présence ici ?

— Il aura lieu la semaine prochaine.

— Pourquoi si tard ?

— Je ne veux pas paraître trop avide. Mieux vaut lui donner l'impression que rien ne presse.

— Je comprends mieux comment tu as fait fortune si jeune. Tu es plus rusé qu'un renard.

Il partit d'un grand rire.

— Etre prévisible n'est pas drôle. Ma technique consiste à garder mes adversaires sur des charbons ardents et les amadouer au moment où ils s'y attendent le moins.

Etait-ce ce qu'il faisait avec elle ? Au fond, n'était-elle pas déjà sous son emprise ? Elle s'était crue immunisée contre le charme ravageur de Rémy Caffarelli, certaine de résister à ses avances. Mais ce baiser à Dharbiri avait scellé son sort. Comment lutter alors qu'elle ne se sentait jamais plus vivante que lorsqu'il la faisait sienne ?

Deux semaines de « lune de miel » avec lui ne feraient qu'aiguiser son désir, elle le savait. Elle était venue en toute connaissance de cause. Alors qu'il aurait été si simple de prétexter un empêchement lié à son nouveau contrat… Elle l'avait signé le matin même et aussitôt renvoyé à son agent. Cette dernière avait déjà planifié plusieurs séances photos avec trois des plus grands noms de la haute couture parisienne.

Un courant d'air glacial l'accueillit dans le vestibule. Elle se frotta vigoureusement les bras pour se réchauffer.

— Tout bien réfléchi, j'aurais peut-être dû aller à la Barbade.

— Allons, où est passé ton esprit d'aventure ? railla Rémy. Il ne faut pas longtemps pour allumer un feu, tu sais…

— Ou allumer le chauffage central. L'interrupteur est juste là.

Il éclata de rire.

— Je m'en occupe, et des bagages aussi. Pendant ce temps, fais comme chez toi.

— Jusqu'à très récemment, *c'était* chez moi, répliqua Angélique.

— Tu n'as donc pas besoin d'une visite guidée, n'est-ce pas ?

Elle le fusilla du regard.

— Ça t'amuse de me torturer ? Je comprends que tu en veuilles à mon père, mais je ne suis pas responsable de ses coups bas. Pourquoi est-ce à *moi* de payer les pots cassés ?

— Ça n'a rien à voir avec toi, gronda Rémy, son expression soudain ombrageuse. L'année dernière, ton père a fait circuler des rumeurs à mon sujet qui m'ont coûté plusieurs millions. Il a failli ruiner mon grand-père autrefois. Croyais-tu que j'allais rester sans réagir ? Je *devais* prendre ma revanche, pour moi mais aussi pour ma famille.

— Tu n'aimes même pas Vittorio ! s'emporta Angélique. Pourquoi une telle soif de justice pour quelqu'un que tu méprises ?

— C'est pour Rafe que j'ai agi. Il s'est sacrifié pour rebâtir notre empire, tout en veillant sur Raoul et moi. Je voulais lui prouver ma reconnaissance.

— Quitte à me blesser au passage ?

— Te blesser ?

Il eut un rictus dédaigneux.

— Ne viens-tu pas de décrocher un contrat en or pour m'avoir épousé ? De mon côté, il me reste encore à récolter les fruits de ce mariage…

Je ne veux pas de ce contrat ! aurait-elle voulu protester. D'ailleurs, elle regrettait de l'avoir signé.

Elle se planta devant lui, les poings sur les hanches.

— N'en as-tu pas profité la nuit dernière ?

— Je ne t'ai pas entendue te plaindre…

— J'ai un bleu.

Un pli creusa le front de Rémy.

— Où ça ?

Elle lui montra son poignet, très légèrement contusionné là où il l'avait menottée de ses mains. Chaque fois qu'elle le regardait, un frisson de plaisir la parcourait. Il l'avait marquée. Possédée. Asservie. Et elle s'était montrée plus que consentante. Cet intense besoin physique la troublait. Jusque-là, elle avait toujours eu le dessus avec les hommes. Etre dominée par Rémy, même par jeu pendant l'amour, lui donnait l'impression de lui céder les pleins pouvoirs, d'autant qu'il n'avait fait aucune promesse concernant Tarrantloch.

Portant son poignet à ses lèvres, il déposa un baiser sur le bleu.

— Je suis désolé. Je ne m'étais pas rendu compte que je t'avais fait mal…

— Tu ne m'as pas fait mal. Je marque facilement, c'est tout.

Un éclair de désir la traversa comme il massait du pouce le creux sensible où battait son pouls.

— Peut-être devrais-tu m'attacher, la prochaine fois ?

— Tu me laisserais faire ?

Son regard étincela.

— Seulement si je suis sûr de pouvoir me libérer.

Comme avec leur mariage…

Leur union ne durerait pas éternellement. Sitôt son accord avec Mappleton signé, il se hâterait de reprendre sa liberté. Et comble de l'ironie, c'était elle qui allait l'y aider. Aucune chance d'un happy end avec Rémy…

C'était idiot de rêver de bébés aux cheveux noirs et aux yeux chocolat.

Stupide d'espérer qu'il l'appelle un jour « ma chérie » en le pensant.

Ridicule de croire qu'il puisse tomber amoureux d'elle.

Et plus encore d'être tombée amoureuse de lui…

Elle devait à tout prix le chasser de ses pensées. L'humiliation serait trop cuisante s'il venait à deviner ses sentiments. C'était si pathétique, d'aimer le même homme depuis ses quinze ans…

Un amour à sens unique. Obsessionnel.

Oui, c'était exactement ça — un fantasme. Un béguin d'adolescente devenu une fixation.

Plus vite elle tournerait la page, mieux elle se porterait.

— Qu'as-tu prévu pour la nourriture ? Je doute que mon père ait laissé quoi que ce soit dans le cellier…

— Je nous ai fait préparer un colis de provisions par l'hôtel. Il est dans le coffre, répondit Rémy. J'achèterai ce qu'il nous manque demain.

— Rémy Caffarelli le multimilliardaire fait les *courses* ? se moqua-t-elle.

— Ça m'arrive.

Il s'approcha du thermostat fixé au mur et ajusta la température.

— Ma mère nous emmenait souvent faire les courses, continua-t-il, le dos tourné. Elle tenait à ce que nous menions une vie simple, car elle-même venait d'un milieu modeste. Si nous étions sages, elle nous achetait une glace…

La nostalgie se lisait sur ses traits lorsqu'il lui fit de nouveau face.

— Rafe choisissait toujours chocolat. Raoul, citron. Moi, je changeais de parfum chaque fois…

Elle le dévisagea discrètement. Il semblait totalement perdu dans ses souvenirs.

L'accident de bateau qui avait tué les parents de Rémy avait eu lieu un an avant sa naissance à elle. Elle avait donc toujours connu les frères Caffarelli orphelins. A ses yeux de petite fille, ils passaient pour de jeunes gens terriblement sophistiqués, riches et charmeurs comme ils l'étaient. Mais derrière la fortune et les privilèges se cachait une tragédie qui avait privé trois petits garçons de l'amour de leurs parents.

Angélique connaissait mieux que personne la solitude. Le désespoir qui l'avait assaillie à la vue du cercueil de sa mère mis en terre, ce matin pluvieux des funérailles, resterait à jamais gravé dans sa mémoire. Pour ne pas décevoir son père, elle avait fait bonne figure. Il lui avait intimé d'être courageuse et elle avait obéi. Mais une part d'elle-même était morte ce jour-là, enterrée avec sa mère dans cette fosse noire et lugubre.

— Ça a dû être très dur, pour toi, de perdre tes parents, murmura-t-elle.

Le visage de Rémy se ferma.

— Je m'en suis remis.

Comme elle faisait mine d'aller chercher les bagages, il l'arrêta.

— Reste au chaud. Je m'en occupe.

Elle le regarda sortir en silence. Avait-il vraiment surmonté cette tragédie ? Sept ans, c'était très jeune pour perdre un parent. Plus encore les deux. Son amour du risque et son tempérament libertin étaient-ils, comme chez elle, une réaction à cette douloureuse forme d'abandon ? Sans attache, il persistait à fuir toute intimité et ne nouait aucun lien profond.

Son grand-père, Vittorio, n'avait rien d'un parent affectueux. C'était un homme froid, aigri, qui s'emportait à la moindre provocation. Il y avait des années qu'elle ne l'avait pas vu. Mais déjà à l'époque de ses visites à la villa des Caffarelli, elle l'évitait autant que possible.

Des trois frères, Rémy semblait le plus proche de son grand-père. Il lui rendait visite plus régulièrement et entretenait avec lui de meilleurs rapports. Peut-être parce qu'il avait toujours usé de son charme naturel pour désarmer son entourage…

Elle se demanda si Vittorio avait appris leur mariage. Trois jours s'étaient écoulés et Rémy ne l'avait toujours pas contacté. Du moins, pas à sa connaissance. Rien n'indiquait qu'il lui ait parlé depuis l'annonce surprise devant les caméras, à Londres.

Et ses frères ? L'avaient-ils appelé pour l'accabler de reproches ? Rafe l'intimidait depuis toute petite. Mais Raoul s'était toujours montré gentil avec elle. Jugerait-il lui aussi que leur mariage était la pire erreur que Rémy ait jamais commise ?

Rémy époussetait la neige de ses épaules quand son téléphone sonna.

Pas besoin de vérifier le nom sur l'écran : il avait associé une sonnerie particulière au numéro de son grand-père. S'il avait sciemment omis de l'appeler au sujet de son mariage, c'était justement parce que Vittorio s'attendait à ce qu'il le fasse. Or, l'expérience lui avait appris à ne *jamais* rentrer dans le jeu du vieil homme. Cette tactique lui donnait plus de poids, et lui valait un certain respect — du moins aimait-il à le croire.

— Nonno, que me vaut le plaisir ? s'exclama-t-il avec une bonne humeur exagérée.

— Le journal annonce en gros titre ton mariage avec Angélique Marchand.

La voix de son grand-père avait cette intonation métallique qui le terrifiait autrefois.

— Il y a aussi une photo de vous ensemble devant un hôtel...

— Une belle photo ? demanda Rémy. Angélique va être infernale si elle n'y est pas à son avantage.

Vittorio émit un grognement irrité.

— Est-ce un de tes coups de publicité ?

— Pas du tout. Nous sommes mariés et comptons le rester.

Au moins jusqu'à la signature du contrat avec Robert Mappleton. Mais ce détail, il le gardait pour lui. Si le vieux Mappleton doutait de l'authenticité de son mariage, il pouvait dire adieu à leur négociation.

— Tu en as toujours pincé pour cette fille, maugréa son grand-père.

Rémy tressaillit. Etait-il à ce point transparent ? Lui qui avait toujours cru dissimuler habilement son désir pour Angélique...

— Elle est sublime, tu ne peux pas le nier. Je ne suis qu'un homme.

— Pourquoi ne pas en avoir fait ta maîtresse ? Quel besoin avais-tu de l'épouser ? Ne me dis pas que tu l'as mise enceinte...

Une image d'Angélique, le ventre arrondi, flotta dans son esprit. Il l'en chassa prestement.

— Non, je ne l'ai pas mise enceinte. Je l'aime.

Ces trois mots résonnaient étrangement à ses oreilles. Une

chose était sûre : il espérait n'avoir jamais à les répéter. Qui sait s'ils ne risquaient pas de devenir réalité ?

Vittorio eut un rire méprisant.

— Le jour où tu tomberas amoureux, les poules auront des dents. Tu es comme moi, Rémy. Incapable d'aimer. L'amour, c'est bon pour les faibles.

Rémy savait ce que pensait son grand-père de la nouvelle vie de ses frères. Il ne manquait jamais une occasion de les critiquer, eux mais aussi Poppy et Lily, comme si elles étaient des objets défectueux plutôt que des êtres humains dotés de sentiments.

Il éprouvait malgré lui une pointe d'envie à l'égard de Rafe et Raoul. Ils étaient heureux. Installés. Où qu'ils aillent, ils avaient désormais un endroit où rentrer et quelqu'un qui les y attendait. Rémy avait toujours aimé sa vie sans attache — papillonner d'une ville à l'autre, d'une maîtresse à l'autre… Jusqu'à maintenant.

Il écarta résolument cette pensée.

— Avoir un top model pour épouse est le rêve de tout homme, pas vrai ?

— Ça ne change rien à ses liens de parenté. Tu comptes vraiment perpétuer notre lignée avec la fille de ce fumier d'Henri Marchand ?

Bon sang, qu'avait son grand-père avec les bébés, aujourd'hui ? Cette discussion commençait à le mettre mal à l'aise.

— Je laisse à Rafe et Raoul le soin d'assurer notre descendance, déclara-t-il. Angélique tient à garder sa silhouette.

— Evidemment, grogna Vittorio avec un dédain non dissimulé. Tu verras qu'il ne lui faudra pas longtemps pour réclamer le divorce, et la moitié de ta fortune avec. Quel imbécile de ne pas lui avoir fait signer un contrat de mariage ! Moi qui te croyais plus malin que tes frères… Apparemment, j'avais tort.

Cette histoire de contrat de mariage inquiétait Rémy. Mais il avait des préoccupations plus pressantes en tête. D'ailleurs, Angélique avait ses propres raisons de prolonger leur union.

Sa carrière naissante dans la mode nuptiale était un énorme coup médiatique. Des milliers d'internautes relayaient déjà l'information. L'ironie prêtait à rire : Angélique, mannequin pour l'occasion qu'elle abhorrait par-dessus tout…

— Et cette nouvelle femme de chambre, alors ? demanda Rémy pour détourner la conversation.

— Elle a une tête de singe.

Décidément, certaines choses ne changeaient pas.

— Je passerai peut-être dans quelques semaines, continua-t-il. Angélique sera avec moi.

Un rire cynique accueillit cette annonce.

— Si elle ne t'a pas plaqué d'ici là…

11

Angélique descendit dans le grand salon, où Rémy attisait un feu dans la cheminée. Une agréable chaleur régnait dans le château grâce au chauffage central. Mais le crépitement des flammes ravivait le souvenir de moments complices avec ses grands-parents. L'entreprise de déménagement était déjà intervenue, ne laissant que le mobilier d'origine. Sans les affaires de son père, elle avait l'impression d'être revenue dans le passé, à une époque plus heureuse de sa vie.

Seule ombre au tableau : Rémy possédait le domaine et refusait de s'en séparer.

C'était bien beau de coucher avec lui en rêvant d'amour. Mais elle avait une mission à accomplir. Rien ne devait l'en détourner. Pas même Rémy avec son sourire ravageur, ni leurs ébats torrides marqués du sceau de la passion. D'accord pour consommer leur mariage — à condition que cela serve son but. Tarrantloch lui revenait de droit. Elle ne renoncerait pas tant qu'elle ne l'aurait pas récupéré.

Rémy lui lança un regard par-dessus son épaule.

— Réchauffée ?

— Tu n'as pas mis longtemps à investir les lieux, observa-t-elle. Tout ce qui appartenait à mon père a déjà disparu.

— N'est-ce pas ce que font tous les nouveaux propriétaires ? rétorqua Rémy en jetant une bûche dans le feu.

Angélique serra les dents.

— Que comptes-tu faire avec le château ?

— M'y installer. L'endroit est assez isolé pour décourager les paparazzis.

— Mais tu es un citadin. Un habitué des clubs et des casinos. Tu vas mourir d'ennui dans les Highlands, avec la pluie, le vent et la neige pour seule compagnie.

— Je ne sais pas...

Il remua distraitement les braises à l'aide du tisonnier.

— Rafe ne tarit pas d'éloges sur son manoir dans l'Oxfordshire. Son but initial était de le reconvertir en hôtel de luxe. A présent, lui et Poppy parlent d'y élever leur famille...

— Mais toi, tu ne veux pas d'enfants, insista-t-elle. Tu vas te sentir seul sans personne pour égayer tes longues nuits d'hiver.

— Quitte à te surprendre, je ne passe pas ma vie en boîte de nuit ou aux tables de jeu. C'est une des raisons pour lesquelles j'aime Dharbiri. La vie là-bas est très éloignée de la nôtre.

— Ça, aucun risque que je l'oublie.

Il happa son regard.

— Sable et chaleur mis à part, cet endroit n'est pas très différent. Il y règne la même beauté sauvage. Le même silence.

— A Tarrantloch, personne ne te jette en prison sous prétexte qu'il y a une femme sans chaperon dans ta chambre...

— Qui sait ? Les Highlands regorgent peut-être de coutumes ancestrales dont nous ignorons tout.

— Quoi qu'il en soit, tu ne tiendras pas un hiver.

Elle s'installa sur le canapé, les jambes repliées sous elle.

— Il arrive que la neige bloque les routes pendant des semaines, sans parler du vent qui te glace les os. Oh ! et ai-je mentionné les pluies d'été ? ajouta-t-elle. Si on peut parler d'été, vu qu'il pleut sans discontinuer. On devrait plutôt l'appeler la saison de la mousson, comme sous les tropiques. En parlant de tropiques, les moustiques ne sont pas mal non plus...

— Si c'est si horrible que tu le dis, pourquoi aimes-tu tant cet endroit ?

Rémy s'était appuyé contre la cheminée, un sourire nonchalant aux lèvres.

— J'y ai vécu les moments les plus heureux de ma vie, répondit-elle avec nostalgie.

— Tu venais avec tes parents ?

— Ma mère. Tarrantloch appartenait à ses parents. Mon père, lui, était trop pris par son travail. En réalité, il ne s'entendait pas avec mes grands-parents maternels. J'étais trop jeune pour m'en souvenir, mais je crois qu'ils le trouvaient hypocrite.

Elle croisa le regard de Rémy.

— Ils avaient raison. Tout a changé après la mort de Nanna. Ma mère était dévastée par le chagrin. Le décès de mon grand-père moins d'un an après n'a rien arrangé. C'est là que les choses ont commencé à dégénérer à la maison…

— Tu veux dire, que ta mère a sombré dans la dépression ?

— Oui. Sans doute se sentait-elle très seule. C'était une femme timide, qui manquait de confiance en elle. C'est pour cette raison que mon père l'a épousée. Parce qu'il pouvait la manipuler.

Elle vit Rémy serrer les poings, comme s'il peinait à contenir sa colère.

— J'aurais dû l'étaler par terre quand j'en avais l'occasion, dit-il d'une voix sombre. Ce type n'est qu'une ordure doublée d'un lâche.

— Lui ravir Tarrantloch lui a fait plus de mal, assura Angélique. Et m'épouser, bien sûr. Il ne s'en remettra pas de sitôt.

— Tout comme Vittorio.

— Tu lui as parlé ?

— Il m'a appelé pendant que je déchargeais les bagages. Et pas pour me féliciter…

— Il doit réserver ses félicitations pour notre divorce.

Un silence suivit, seulement troublé par le craquement des braises dans la cheminée. Elle observa Rémy à la dérobée. Son regard était perdu dans les flammes, comme s'il s'agissait du plus fascinant des spectacles. Regrettait-il de ne pas lui avoir fait signer de contrat de mariage ? C'était certainement un sujet d'inquiétude valable pour un milliardaire. En cas de divorce, il risquait sa fortune.

Le seul moyen de s'en prémunir était de ne *pas* divorcer. Une solution que Rémy ne risquait pas d'envisager. L'amour, l'engagement étaient des concepts étrangers à sa philosophie de vie. Il était l'incarnation même du play-boy marié à sa liberté. Lui passer la corde au cou revenait à dompter un lion à l'aide d'un cure-dent…

Oublie ça.

Rémy s'approcha du canapé.

— Je suppose que ce n'est pas la peine de te demander si tu as faim ?

— Détrompe-toi, dit-elle. Je suis affamée ! Ce doit être l'air de la montagne. Je mangeais comme quatre quand je venais ici, enfant. Ma grand-mère était un véritable cordon-bleu.

— Elle n'avait pas d'intendante ?

— Si, mais elle aimait cuisiner. Je l'aidais le plus souvent possible. Mes crêpes et mes muffins remportent toujours un franc succès.

— Il fait très chaud, dans une cuisine, non ? susurra-t-il en saisissant sa main.

Un délicieux frisson traversa Angélique.

— Si tu crains la chaleur, alors peut-être devrais-tu rester ici…

Il la releva et l'attira à lui. Les pointes de ses seins se durcirent d'anticipation.

— Je pense pouvoir supporter, assura-t-il, les yeux rivés à sa bouche.

— Tu es sûr ?

Elle ondula contre lui, juste une fois. Assez pour voir ses prunelles s'assombrir. D'un geste leste, il la souleva dans ses bras.

— Allons vérifier sur place.

***

Dans la cuisine, Rémy posa Angélique à terre en la faisant glisser contre lui. Son corps souple et chaud avait le don d'enflammer le sien. Un feu dévorant le consumait depuis leur arrivée. Il lui semblait qu'une éternité s'était écoulée depuis leur dernière étreinte. Alors qu'ils avaient fait l'amour à peine la nuit précédente…

Et quelle nuit !

Il la désirait comme jamais il n'avait désiré une autre femme. Il n'avait qu'une envie : se perdre en elle, sentir son corps frémir contre le sien et tout oublier. Aucune de ses précédentes maîtresses ne l'avait captivé à ce point. Avec Angélique, c'était… différent. Plus intense. Comme s'il avait revêtu une seconde peau, uniquement sensible à ses caresses.

— Est-ce assez chaud ? souffla-t-il en lui mordillant la lèvre inférieure.

— Peut mieux faire…

Elle noua les bras autour de son cou et glissa la langue dans sa bouche. Rémy sentit son pouls s'emballer. Il prit le contrôle du baiser, approfondissant leur échange. Leurs langues se mêlaient en un langoureux duel tandis qu'il soumettait la jeune femme à sa volonté. Elle l'encourageait par de petits gémissements, son corps lové contre le sien. Le contact de son corps de femme contre son érection était une irrésistible invitation…

N'y tenant plus, il l'assit sur la table de cuisine.

— Trop de vêtements, grogna-t-il contre ses lèvres.

— C'est parce qu'il fait un froid de canard…

Il se débarrassa de son pull, qui vola à travers la pièce. Sa chemise ne tarda pas à suivre le même chemin, non sans perdre un ou deux boutons au passage.

Ses yeux se posèrent alors sur Angélique.

— A ton tour.

Avec une œillade aguicheuse, elle déboutonna son cardigan, révélant un caraco de dentelle noir qui moulait ses seins.

— Je ne porte pas de soutien-gorge…

— C'est ce que je vois.

Son désir monta d'un cran comme elle faisait tomber les fines bretelles sur ses épaules, l'une après l'autre. Le caraco glissa sur sa poitrine, juste assez pour en accentuer le décolleté.

— Tu as envie de me toucher, n'est-ce pas ?

— Qu'est-ce qui peut bien te faire dire ça ?

A vrai dire, il voulait plus que la toucher. *Beaucoup plus.*

Un sourire incurva les lèvres d'Angélique.

— Je ne t'y autoriserai que lorsque je serai prête, dit-elle d'un ton d'institutrice. Tu vas devoir être sage et patienter…

Elle abaissa un peu plus le caraco de manière à dévoiler un mamelon rose.

— Tu penses y arriver ?

Rémy s'obligea à compter à l'envers pour ne pas perdre irrémédiablement la face. Son désir était si intense qu'il en devenait douloureux.

— Je serai sage. Mais attends-toi à me le payer au centuple.

— Est-ce censé me faire peur ? railla Angélique, mimant un frisson.

— Oh ! que oui…

Elle dénuda l'autre sein, le regard rivé au sien, puis glissa une main sous la ceinture de son jean serré.

— Je suis mouillée. Je parie que tu as envie de sentir à quel point…

Rémy déglutit. Bon sang, jamais il n'avait été si excité ! Ne pas la toucher tournait au supplice ! Il n'avait qu'une envie, la prendre sauvagement, là, sur la table, et jouir en elle.

— Je suis dur. Je parie que tu as envie de sentir à quel point, la provoqua-t-il.

Une étincelle jaillit dans les yeux d'Angélique. Elle promena un doigt sur son érection à travers le pantalon.

— Mmm, impressionnant.

Puis, du même doigt, elle se caressa l'intérieur des cuisses.

— Et si j'enlevais mon jean ? Tu aimerais ça ?

Il adorerait ça…

— Prends ton temps, dit-il d'une voix rocailleuse.

Elle sauta de la table et l'obligea à reculer d'un index pointé sur son torse.

— Pas si près, *monsieur.* On ne touche pas tant que je n'ai pas donné le feu vert.

Dans ce cas, elle avait intérêt à accélérer le rythme, pensa Rémy. Son boxer menaçait de craquer sous la pression de son érection. Il ne garderait plus le contrôle très longtemps…

Oh ! elle allait payer pour cela.

Des menottes feraient parfaitement l'affaire…

Angélique capta son regard avant d'abaisser lentement sa braguette. Le bruit se répercuta contre les murs, magnifié par le silence. Elle retira ses escarpins et fit glisser le jean le long de ses jambes fuselées, puis remit ses talons hauts, seulement vêtue d'une culotte de dentelle noire.

— Es-tu excité ? susurra-t-elle.

Le bout de sa langue courut sur sa lèvre inférieure, la laissant luisante d'humidité.

— A ton avis ?

Elle caressa son sexe de nouveau, avec cette lueur sexy dans les yeux qui portait son sang à ébullition.

— A quel point as-tu envie de moi ?

— Là, maintenant, il ne me faudrait pas plus de cinq secondes…

— Et mon plaisir, alors ? protesta-t-elle avec une moue boudeuse.

— Oh ! ne t'inquiète pas. Je t'emmène avec moi au paradis…

Il sentit ses doigts habiles remuer sur sa boucle de ceinture.

— Et si nous passions un accord, toi et moi ? chuchota-t-elle dans un souffle brûlant.

Décidément, elle avait un sang-froid à toute épreuve ! Lui qui se croyait infaillible s'était laissé pousser dans ses derniers retranchements. Son corps n'était plus qu'une masse de magma en fusion. Mais même bouillant de désir, il savait reconnaître une ruse quand il en voyait une.

— Quel genre d'accord ? demanda-t-il.

Lentement, elle déboutonna sa braguette.

— Le genre gagnant-gagnant…

Il retint son souffle comme les doigts d'Angélique se faufilaient sous son boxer. Difficile de garder les idées claires quand elle le caressait ainsi… Mais non, il ne se laisserait pas manipuler.

Tarrantloch ne représentait pas seulement sa victoire sur un adversaire déloyal. C'était bien plus que cela. Il l'avait gagné pour ses frères. Pour enfin réparer les préjudices du passé. Compléter sa revanche lui avait pris des années. Hors de question, donc, de rendre le domaine à l'unique héritière de l'homme qui avait failli détruire la fortune de sa famille — quelle que soit la relation les unissant.

Il écarta fermement sa main.

— Assez joué, *ma belle*. Je ne t'offrirai pas Tarrantloch contre une étreinte rapide sur la table de cuisine. Je ne suis pas désespéré à ce point.

La sirène sexy se mua aussitôt en harpie.

— Espèce de salaud ! Je te déteste !

Elle se jeta sur lui, toutes griffes dehors. Il lui immobilisa les poignets derrière le dos, leurs deux corps plaqués l'un contre l'autre.

— Tu ne me détestes pas. Tu me désires.

Les yeux bleu-gris lançaient des éclairs.

— Pourquoi refuses-tu de me donner ce que je veux ?

— Dis-moi, là, tout de suite…

Il lui arracha sa culotte de dentelle et pressa son érection contre son sexe humide.

— Que désires-tu le plus ?

Il lut l'hésitation dans son regard.

— Je veux ce qui me revient de droit, articula-t-elle d'une voix hachée.

— On est deux.

Et il prit sa bouche avec force.

Angélique se perdait dans son baiser dominateur. Non… Elle s'était perdue à la seconde où elle avait foulé le sol de Dharbiri. En prenant le contrôle de la situation, Rémy avait scellé sa destinée. Il n'y avait plus de marche arrière possible. Comment vivre, désormais, sans la passion à laquelle il l'avait initiée ? Sans l'excitation qui s'emparait d'elle chaque fois que leurs bouches s'unissaient ?

Dire qu'elle s'était crue assez maligne pour le battre à son propre jeu… L'attirer dans ses rets. Attiser sa convoitise. Le tourmenter jusqu'à ce qu'il cède. Mais bien sûr, il avait retourné sa ruse contre elle. Tarrantloch était le symbole de son succès : rien de ce qu'elle avait à offrir ne le convaincrait de s'en séparer.

Sa seule faiblesse était le désir qu'elle lui inspirait. Hélas, même cela semblait soumis à un contrôle strict. Elle l'avait excité jusqu'à lui faire perdre la tête, dans l'espoir qu'il dise « oui » à tout. Mais en définitive…

C'était *elle* la plus désespérée des deux.

La bouche de Rémy contre la sienne était brutale. Elle l'adoucit en taquinant ses lèvres, alternant mordillements et petits coups de langue. Sans cesser de l'embrasser, il plongea une main dans sa poche à la recherche d'un préservatif et le mit rapidement en place. Déjà, son sexe gorgé de sève frottait contre elle. Alors elle écarta les jambes et se hissa sur la pointe des pieds pour l'accueillir.

Il la pénétra d'un coup, sans ménagement. Le choc fut tel que ses fesses heurtèrent la table de cuisine. Il bougeait en elle à un rythme effréné, mais elle était si près pour lui qu'elle accompagnait chaque assaut avec transport, tous ses sens en fusion. L'orgasme la submergea bientôt. Un ultime roulement des hanches, et elle s'envola, criant et sanglotant de plaisir.

La seconde d'après, Rémy jouissait à son tour, dans un râle guttural qui résonna dans le silence.

Comme elle aurait voulu le détester d'avoir renversé la situation ! Mais elle en était incapable. En cet instant, seuls comptaient leurs deux corps enlacés. Elle lui caressait le dos, les épaules, plantait des petits baisers dans son cou et derrière ses lobes d'oreille.

Enfin, il se retira et appuya son front contre le sien.

— Je n'ai pas été trop brusque ?

Son ton était bourru, presque désolé.

— Je te voulais, d'une façon ou d'une autre, chuchota-t-elle.

— Tu m'excites comme aucune autre femme, Angélique. Mais ça, tu le sais déjà…

Elle sourit et promena un doigt sur sa lèvre inférieure avant de le glisser dans sa bouche. Un frisson l'agita lorsqu'il se mit à le sucer voluptueusement. Chaque nouvelle aspiration ravivait son désir.

— Tu ne te débrouilles pas mal non plus, souffla-t-elle, haletante.

Il libéra son doigt et plongea les yeux dans les siens.

— As-tu faim ? Tu vas avoir besoin de toutes tes forces pour ce qui va suivre.

— Oh ! je suis endurante…

Elle n'avait pas fini sa phrase qu'il s'emparait de sa bouche.

12

Rémy contempla Angélique, sereinement endormie dans le fouillis de draps devenu leur nid d'amour ces trois dernières semaines. Leur séjour s'était prolongé de manière inattendue. En effet, une violente tempête de neige avait empêché Robert Mappleton d'approcher Tarrantloch, le contraignant à repousser leur entrevue.

Un répit dont lui et Angélique avaient amplement profité…

Ils avaient fait l'amour dans la chambre, mais aussi dans la salle de bains et sur le canapé du grand salon. Dans la lingerie. Dans la cuisine, bien sûr, quatre ou cinq fois. Sans oublier la buanderie. Angélique l'avait étonné, choqué, captivé, à tel point qu'il lui suffisait de la regarder pour que son corps durcisse aussitôt.

Le feu qu'il avait allumé dans la cheminée baignait la pièce d'une douce lumière orangée. Derrière les carreaux, de gros flocons tombaient en silence. Il neigeait par intermittence depuis quelques jours. Toutefois, les routes étaient de nouveaux praticables. Une nouvelle qui aurait dû le réjouir…

Mais au fond, n'avait-il pas secrètement espéré rester coupé du monde avec Angélique, au moins jusqu'à Noël ?

Profitant d'accalmies, ils s'étaient rendus plusieurs fois à la supérette du village voisin. Il aimait cette activité ordinaire, quotidienne pour la plupart des gens. Angélique s'était parfois arrêtée pour discuter avec des connaissances. Chaque fois, elle l'avait présenté comme son mari, avec un naturel qui lui avait donné la sensation d'être un imposteur. Si elle partageait son malaise, elle n'en avait rien laissé paraître.

Robert Mappleton était reparti la veille en hélicoptère, après une nuit à Tarrantloch. Angélique avait fait preuve d'une grâce irréprochable, ce qui ne l'étonnait nullement. Elle était un véritable caméléon : amante intrépide sous la couette, chef hors pair aux fourneaux, hôtesse enjouée et conviviale. Son hospitalité alliée à sa succulente cuisine avaient fait des merveilles auprès de Robert Mappleton. Le vieil homme était tombé sous le charme — au point de passer son séjour à bavarder avec elle, n'accordant son attention à Rémy que le temps de signer le contrat !

Bref, un triomphe sur toute la ligne.

Pourtant, son esprit était ailleurs, en proie à une étrange agitation.

Le moment était venu de mettre un terme à cette parodie de mariage. Sauf qu'Angélique avait une séance photo prévue à Paris le lendemain, qui devait lancer sa nouvelle carrière... Impossible de lui faire faux bond face à un tel enjeu. La mode nuptiale constituait une nette amélioration par rapport aux maillots de bain. La pression liée à sa ligne serait moins forte. Depuis quelques jours, elle semblait même manger davantage. Il se réjouissait de la voir se réconcilier avec la nourriture après qu'elle s'en fut si longtemps fait une ennemie.

En parlant d'ennemie...

Il peinait de plus en plus à la considérer comme telle. Allongée dans le lit, la joue posée sur sa main, elle avait l'air si paisible. Détendue. Comblée. Un frisson d'excitation le parcourut au souvenir de la nuit qu'ils venaient de passer. Son corps vibrait encore du plaisir qu'elle lui avait prodigué, en particulier quand elle s'était hissée sur lui pour le chevaucher sauvagement.

Son désir pour elle était-il insatiable ? D'ordinaire, à ce stade de la relation, il commençait à se lasser. Il regardait la jeune femme étendue dans son lit et pensait : *où avais-je la tête ?*

Devant Angélique, il se demandait : *comment la retenir ?*

— Quelle heure est-il ? s'enquit-elle en frottant ses yeux embrumés de sommeil.

— Tard. Ou tôt, selon que tu es plutôt oiseau de nuit ou coq matinal.

Elle s'assit dans le lit et rejeta ses longs cheveux noirs en arrière.

— Je ne sais plus ce que je suis. J'ai dû traverser trop de fuseaux horaires…

Il quitta la cheminée pour venir s'accroupir à côté du lit.

— Aujourd'hui, c'est moi qui prépare le petit déjeuner. Tu as assez cuisiné depuis notre arrivée.

— Ça alors ! Je n'aurais jamais cru te voir un jour en tablier…

— J'ai même accroché ma serviette humide au porte-serviettes. Si ce n'est pas le signe que je me domestique…

Elle haussa un sourcil dubitatif.

— La lunette des toilettes ?

— Abaissée.

— Là, tu m'impressionnes ! Peut-être fera-t-on quelque chose de toi, Rémy Caffarelli. Ta prochaine épouse pourra me remercier de t'avoir si bien éduqué.

Elle se tapota la lèvre d'un air songeur.

— Et si j'ouvrais une école pour futurs maris ? Je suis sûre qu'il y a un filon à creuser. « Métamorphose de votre homme garantie. » Pas mal, non ?

— Tout dépend de comment tu comptes les dresser…

— A coups de fouet, bien sûr.

Une lueur espiègle dansait dans les yeux d'Angélique.

— Mmm, intéressant.

— Ne me dis pas que tu veux que je te batte ?

Il lui souleva le menton de l'index.

— Tu es pleine de surprises. C'est à se demander qui tu es vraiment…

— Qui veux-tu que je sois ? minauda-t-elle avec une moue sexy.

Il laissa retomber sa main sur le lit. Cette réponse, étrangement, le décevait. C'était bien beau de s'amuser, mais il voulait connaître la *vraie* Angélique. Percer ses pensées les plus intimes. Découvrir ce en quoi elle croyait. Ce qu'elle aimait.

Qui elle aimait.

A bien des égards, elle lui ressemblait. Elle s'était forgé une réputation de risque-tout brûlant la vie par les deux bouts. Comme lui, elle haïssait le mariage, qu'elle assimilait à une prison, et avait fui toute forme d'engagement. C'était un esprit libre, résolu à mener son existence selon ses propres termes.

Mais était-ce la vraie Angélique ? Ou un personnage créé de toutes pièces ?

Il se projeta dans l'avenir et tenta d'imaginer une autre femme dans ce lit, nue à la lueur des flammes. Impossible. L'image d'Angélique s'y superposait immanquablement. Angélique et sa crinière d'ébène, ses yeux bleu-gris saisissants, sa bouche en cœur invitant aux baisers…

Assez ! Il n'avait aucune intention de partager son futur avec elle. Ni avec qui que ce soit, d'ailleurs. Seul le présent importait. La suite, il y songerait le moment venu.

Angélique repoussa les couvertures et balança les jambes hors du lit. Mais à peine se levait-elle qu'elle tituba, le visage soudain très pâle. Vif comme l'éclair, il enroula un bras autour de sa taille.

— Tout va bien ?

Elle paraissait perdue, hébétée. Peu à peu, quelques couleurs lui revinrent aux joues.

— Bizarre… J'ai cru que j'allais m'évanouir. Ce n'est

pourtant pas faute de manger. Le pudding au chocolat d'hier me pèse encore sur l'estomac.

— Peut-être t'ai-je trop empêchée de dormir, suggéra Rémy. Tu as besoin de repos.

— Toi aussi, repartit-elle, le regard braqué sur son entrejambe.

Oh ! en ce qui le concernait, il était en pleine forme. Sa soif d'elle semblait inextinguible. Mais la jeune femme paraissait encore un peu fragile, même si elle faisait bonne figure. Leur mariage lui avait au moins appris cela : masquer ses faiblesses était la spécialité d'Angélique.

Il lui donna une tape sur les fesses.

— Va te doucher pendant que je prépare le petit déjeuner. Œufs et bacon, ça te dit ?

Elle blêmit de nouveau et se rua vers la salle de bains, une main plaquée sur sa bouche. Rémy la suivit pour la trouver accroupie au-dessus des toilettes.

— Ma chérie, pourquoi ne pas m'avoir dit que tu te sentais mal ?

— Ça allait avant que tu ne parles de…

Elle eut un nouveau haut-le-cœur.

— Veux-tu que j'appelle un médecin ?

— Inutile. Ce n'est sans doute qu'une intoxication, assura-t-elle en se relevant. Dans vingt-quatre heures, ce sera passé.

Il lui tâta le front. Un peu moite, peut-être. Mais pas de fièvre. Elle repoussa sa main en roulant des yeux.

— Puisque je te dis que ce n'est rien.

— Tu es un peu pâle…

— Je ne suis pas maquillée.

— Personnellement, je te préfère sans maquillage. Tu es sûre que tu ne veux pas que j'appelle un docteur ?

— Et l'obliger à se déplacer par ce temps pour un simple virus ? C'est ridicule.

De retour dans la chambre, il l'obligea à se remettre au lit avant de rabattre les couvertures sur son menton.

— Repose-toi une heure ou deux, d'accord ?

— Tu devrais t'éloigner. C'est peut-être contagieux.

— Je prends le risque.

— Je te préviens, je suis une piètre garde-malade. Je n'ai ni patience, ni compassion.

Il sourit et lui caressa la joue.

— Dommage. Je t'imaginais très bien en uniforme d'infirmière…

— Je croyais que tu me préférais sans rien du tout ?

— Pour l'instant, je préférerais que tu te reposes, répliqua-t-il. Il faut que tu sois en forme pour ton shooting de Paris.

— Et après Paris ?

— Il y a le mariage de Raoul et Lily.

Elle fronça les sourcils.

— Est-ce vraiment une bonne idée que j'y aille ?

— Je te veux à mes côtés.

Il le pensait, ce qui était inquiétant. Il faudrait bien la laisser partir tôt ou tard — et le plus tôt serait le mieux.

— N'étions-nous pas censés reprendre chacun notre vie après ta négociation avec Robert Mappleton ? insista Angélique.

Il happa son regard en quête de… De quoi, au juste ? Qu'espérait-il trouver au fond de ces prunelles bleu-gris ?

— Notre rupture à peine le contrat signé paraîtrait suspecte. Et puis, ton agent serait furieuse si tu lui annonçais ton divorce, non ? Faisons profil bas jusqu'au mariage de mon frère. Ce n'est plus que l'affaire de quelques semaines.

— Je croyais que Raoul connaissait la vérité…

— C'est à la presse que je pense. Pas question que notre rupture vienne gâcher son mariage.

Rémy avait appelé Raoul juste après sa conversation avec Rafe. Comme Vittorio, ce dernier avait déclaré avoir toujours soupçonné son attirance pour Angélique. Sa haine affichée envers la jeune femme ne l'avait jamais dupé, avait-il ajouté. Rémy en avait éprouvé une vive contrariété. Etait-il si piètre dissimulateur ? Que penserait Raoul de ses sentiments aujourd'hui ?

Angélique plissa les yeux.

— Tu n'es pas en train de tomber amoureux de moi, au moins ?

— Tu plaisantes ? s'exclama-t-il avec un rire forcé. Je ne suis jamais tombé amoureux de qui que ce soit !

— Tant mieux. Je ne veux pas de cœurs brisés à la fin de cette histoire.

— Je repasse dans une heure, dit-il en gagnant la porte.

— D'ici là, je serai sur pied, prête à en découdre.

— Ravi de l'entendre.

Sur le seuil, il se retourna une dernière fois. Mais elle avait fermé les yeux, roulée en boule sous les couvertures. Une étrange sensation l'assaillit. Comme un vide dans sa poitrine… Il sortit de la chambre en refermant doucement la porte derrière lui.

Une fois seule, Angélique roula sur le dos, une main pressée sur son ventre. Ses règles ne tarderaient pas à arriver. Elle avait arrêté la pilule, car la marque prescrite par son gynécologue lui faisait prendre du poids. N'ayant pas de petit ami, elle ne s'était pas donné la peine de renouveler sa prescription. Sauf que ce n'était pas une crampe menstruelle qui lui tiraillait l'estomac, seulement cette maudite nausée. Il lui était déjà arrivé d'avoir le vertige lorsqu'elle n'avait pas assez mangé. Mais depuis deux semaines, elle se nourrissait correctement. Ne plus avoir à exhiber son corps dans un minuscule Bikini était un réel soulagement. Elle était presque excitée par ce shooting à Paris.

Presque.

Pour la seconde fois, elle jeta ses jambes hors du lit et testa son équilibre. Jusque-là, tout allait bien. Son ventre était en vrac, mais sa tête ne tournait plus. Elle traîna les pieds jusqu'à la douche et se glissa sous le jet d'eau chaude.

Depuis quand n'avait-elle pas eu ses règles ? Quatre, cinq semaines ?

Ce n'était pas la première fois qu'elle avait du retard. Le stress des régimes et des déplacements influait sur son cycle. D'ailleurs, Rémy avait toujours utilisé un préservatif. Le risque était minime…

Mais pas inexistant.

Elle posa une main sur son ventre. Impossible. Tomber enceinte, cela n'arrivait qu'aux autres. Pas à elle.

Le souvenir de sa première fois avec Rémy lui revint à la mémoire. Cette fois où il avait mis si longtemps à se retirer…

La panique l'envahit. Elle ne pouvait *pas* être enceinte !

Acheter un test de grossesse dans un si petit village était hors de question. Il faudrait attendre Paris. Et après Paris, bébé ou non, il y aurait le mariage de Raoul et Lily, où elle devrait jouer les épouses radieuses devant une foule d'invités. Quelle ironie plus cruelle que d'être conviée à une union aussi romantique, alors que la sienne n'était qu'une farce ?

Elle se surprit à envier Lily, la fiancée de Raoul. Comme elle devait être excitée par les préparatifs de son mariage ! Tous ces « trucs de filles » qui en feraient un jour inoubliable. Tandis que son propre mariage… La cérémonie, ses vœux à Rémy… Tout n'avait été qu'une vaste mascarade, somptueuse, mais vide de sens. Elle n'était qu'une mystificatrice. Une fausse mariée. Une fausse épouse. Même cette lune de miel était une illusion.

Si elle était enceinte, Rémy resterait-il marié avec elle pour le bien du bébé ? Ne risquait-il pas de la haïr pour l'avoir piégé ? Peut-être en viendrait-il même à haïr l'enfant…

Elle contempla son corps dans le miroir. Pendant des années, elle l'avait privé, puni, contrôlé. Ce ne serait plus seulement le sien désormais — un vulgaire outil de travail qu'elle pouvait malmener à sa guise. Ce corps serait le cocon dans lequel grandirait son enfant.

L'enfant de Rémy.

Comment était-ce possible ? Comment Rémy avait-il pu lui faire un bébé ? Il ne l'appréciait même pas ! Quoique… Il ne la détestait plus non plus. Elle avait surpris ses regards sur elle, empreints tantôt de désir, tantôt d'amusement, parfois d'agacement. Mais jamais de haine.

Leur relation avait changé, ces trois dernières semaines. S'il leur arrivait encore de se chamailler, leurs disputes ressemblaient davantage à des préliminaires. Il était vrai qu'ils étaient tous les deux de fortes têtes, doublées de mauvais perdants.

Quelle idiote d'être tombée amoureuse de lui !

Mais à quoi bon se flageller ? C'était arrivé il y avait si longtemps. Cette journée resterait à jamais gravée dans sa mémoire…

Elle avait alors quinze ans. Son père s'était rendu chez Vittorio Caffarelli pour une visite d'affaires, et elle l'avait accompagné. Rémy, de passage chez son grand-père, s'était vu confier la tâche de s'occuper d'elle. Elle feuilletait un magazine de mode lorsqu'il était entré dans le salon. Un ou deux ans avaient passé depuis leur dernière rencontre. Son cœur s'était littéralement arrêté devant cet homme grand et sexy en diable, dont le sourire indolent faisait pétiller les yeux.

Mais à peine se levait-elle que son sourire s'était évanoui. Sa tenue avait paru le surprendre — une minijupe en jean et un haut moulant au décolleté rendu affriolant par son tout premier Wonderbra. Il s'était raclé la gorge, avant de traverser la pièce à grandes enjambées pour sélectionner un DVD.

— Tiens, ça devrait t'occuper un moment.

— Je n'ai plus douze ans ! avait-elle protesté d'une voix boudeuse.

— C'est un très bon film. Il a remporté deux Oscars et trois Golden Globes.

— Tu le regardes avec moi ?

Elle lui avait fait son air suppliant. Avec un soupir résigné, il s'était assis sur le canapé, aussi loin d'elle que possible. Mais il était resté. Il avait même amadoué une domestique afin qu'elle leur prépare du pop-corn.

Oui, tomber amoureuse avait été facile.

Museler ses sentiments s'annonçait beaucoup plus compliqué…

13

— Tu es sûre que tout va bien ? demanda Rémy à leur arrivée à l'aéroport de Paris. Tu n'as pas décroché un mot de tout le voyage.

— Je suis un peu nerveuse, c'est tout. Ce doit être à cause de toutes ces robes de mariée qui m'attendent…

Il glissa un bras autour de sa taille.

— Tu vas les époustoufler, tu verras.

Elle se força à sourire tandis qu'il l'entraînait vers la sortie. Soudain, elle aperçut une pharmacie. Alors qu'elle cherchait un moyen de s'y rendre sans alerter Rémy, son portable sonna. Elle saisit l'occasion et pointa les toilettes du doigt. Rémy hocha la tête avant de lui tourner le dos pour prendre l'appel. Sans hésiter, elle s'engouffra dans la pharmacie, où elle acheta en hâte une boîte de tampons — son alibi — ainsi qu'un test de grossesse, qu'elle enfouit dans son sac.

Son cœur battait follement lorsqu'elle rejoignit Rémy. Celui-ci raccrocha presque aussitôt.

— C'était Robert Mappleton. Il te transmet ses amitiés.

— C'est un homme adorable, commenta-t-elle comme ils se dirigeaient vers leur taxi. Sa femme lui manque beaucoup. Elle est décédée il y a huit ans d'un cancer du sein. Ils sont restés ensemble quarante-neuf ans, tu te rends compte ? Robert ne s'est jamais vraiment remis de sa mort…

— Il t'a raconté tout ça ? s'étonna Rémy.

— Oui. Nous avons discuté des cinq étapes du deuil : déni, colère, marchandage, dépression et acceptation. Il a manifesté beaucoup d'empathie quand je lui ai expliqué combien je m'étais sentie perdue à la mort de ma mère. Lui et sa femme n'ont jamais pu avoir d'enfants.

Elle soupira.

— Si seulement nous pouvions choisir nos parents… J'aurais adoré avoir un père comme Robert Mappleton au lieu du mien.

Rémy la serra contre lui.

— Je donnerais n'importe quoi pour revoir les miens, même un seul jour. Juste pour leur dire à quel point ils me manquent…

— Ils seraient très fiers de toi et de tes frères, murmura Angélique en se laissant aller contre son épaule.

— De Rafe et Raoul, peut-être. De moi ? Ça m'étonnerait.

— Pourquoi dis-tu ça ? Tu viens de remporter le plus gros contrat de ta carrière ! Même tes frères n'ont jamais fait aussi bien.

Son regard se fit cynique. Désabusé.

— Ce n'est qu'un contrat.

Il libéra sa taille et prit sa main à la place.

— Allons-y. Tu ne voudrais pas être en retard à l'église, n'est-ce pas ?

Rémy se tenait en retrait au fond de l'église gothique où Angélique se faisait photographier dans diverses robes de mariée. Elle était époustouflante dans chacune d'elles. A Dharbiri aussi, elle l'avait ébloui dans cette somptueuse robe traditionnelle. Mais toute cette journée n'était qu'un mensonge…

L'espace d'une seconde il l'imagina en *vraie* mariée, remontant l'allée non pas vers une équipe de photographes, mais vers *lui*. Il chassa résolument cette image.

Etait-ce lui ou l'atmosphère était-elle vraiment étouffante dans cette église ?

Il reporta son attention sur le shooting. Les photographes — six au total — lançaient leur chapelet d'instructions qu'Angélique, en bonne professionnelle, suivait sans rechigner. Son agent s'était présentée à lui un peu plus tôt, ne tarissant pas d'éloges sur sa plus « prometteuse protégée ».

Rémy en avait éprouvé une certaine fierté. Il avait toujours considéré Angélique comme une pimbêche pourrie gâtée. Mais à voir la manière dont elle traitait ses collaborateurs, avec respect et gentillesse, il comprenait à quel point il l'avait mal jugée. Se pouvait-il que…

Etait-il en train de tomber amoureux ?

Impossible.

La sonnerie de son portable le dispensa de s'appesantir sur la question. Il sortit de l'église et décrocha.

— Rémy Caffarelli.

— Réunion de famille demain chez moi. Toi et tes frères avez intérêt à être là, aboya Vittorio au bout du fil.

Typique de son grand-père…

— Je ne peux pas tout laisser tomber sous prétexte que tu t'ennuies de tes petits-fils, répondit-il, sarcastique.

— Où es-tu ?

— A Paris, avec Angélique. Elle travaille.

— Elle, travailler ? Et que sait-elle faire à part monnayer son corps ?

Une vive colère s'empara de Rémy.

— C'est ma femme que tu insultes. Personne ne parle d'elle ainsi.

— Sois là demain, ou je révèle à la presse que ton mariage avec cette petite allumeuse n'est qu'une imposture, répliqua Vittorio.

Rémy sentit une sueur froide lui glacer l'échine. Ce n'était pas son contrat avec Robert Mappleton qui l'inquiétait le plus. Qu'arriverait-il à la nouvelle carrière d'Angélique si cette information venait à filtrer dans la presse ? Et comment diable Vittorio avait-il découvert la vérité ? Ses frères ne l'auraient jamais trahi. Il leur avait fait jurer le secret.

Une seule personne était assez retorse pour se venger, quitte à blesser sa propre fille au passage.

Henri Marchand.

— Je ne pensais pas que tu resterais jusqu'à la fin, lança Angélique en le rejoignant au fond de l'église. Tu ne t'es pas trop ennuy…

Elle s'interrompit net.

— Quelque chose ne va pas ? Est-ce ma faute ?

Rémy se força à sourire.

— Non, ma chérie. Ce n'est pas toi. Mon grand-père nous convoque à une réunion familiale, demain chez lui. Impossible d'y couper.

Elle fronça les sourcils.

— Moi aussi ? Pour quelle raison ?

— Je t'expliquerai quand nous serons seuls. Peux-tu te libérer demain ?

— Eh bien, il y a justement du retard sur la nouvelle collection. Mackenzie m'a parlé d'un shooting après-demain dans un château privé de Vichy. D'ici là, je suis toute à toi.

Il l'attira contre lui.

— Enfin une bonne nouvelle…

Angélique n'eut pas le temps de s'occuper du test de grossesse avant leur départ pour Rome. Durant le trajet, elle s'efforça de museler son angoisse. Ses symptômes n'étaient que le fruit de son imagination. C'était le stress qui lui donnait la nausée, rien d'autre. Quant à ses règles, leur retard s'expliquait par son régime et ses nombreux déplacements, voilà tout.

Sans parler de ses nuits torrides avec Rémy…

Et pas seulement les nuits. Réveil, matinée, pause déjeuner, après-midi, début de soirée… Chaque moment de la journée était prétexte à des interludes passionnés qui laissaient son corps frémissant de plaisir. Hélas, cette parenthèse touchait à sa fin. Rémy avait obtenu le contrat qu'il convoitait. La seule chose qui les maintenait ensemble était le lancement de sa propre carrière dans la mode nuptiale — une carrière dont elle se serait bien passée.

Rafe et Poppy arrivèrent en même temps qu'elle et Rémy à la villa, de sorte qu'elle ne put s'éclipser aux toilettes. Si Rafe se montra ostensiblement froid avec elle, Poppy la serra chaleureusement dans ses bras.

— Quel plaisir de te rencontrer !

Elle recula pour mieux la regarder.

— Mon Dieu, tu es ma-gni-fique ! Si je ne me retenais pas, je te demanderais un autographe…

Angélique sourit. Elle adorait déjà la jeune femme.

— Félicitations pour ton mariage…

— Félicitations pour le tien, repartit Poppy, le regard pétillant.

Elle se pencha vers elle afin que Rafe et Rémy n'entendent pas.

— Je ne crois pas une seconde qu'il s'agisse d'une imposture…

Angélique se força à l'impassibilité. Elle n'était pas prête à confier ce qu'elle avait sur le cœur, pas encore. Même si Poppy était exactement le genre d'amie dont elle avait toujours rêvé.

— Rémy et moi ne sommes pas amoureux, affirma-t-elle. Nous ne faisons qu'exploiter ce mariage factice. Je n'irais pas jusqu'à dire que je suis insensible à son charme, mais quelle femme le serait ?

— Oh… Désolée, je croyais… Oublie ça.

La rougeur sur les joues de Poppy céda la place à un sourire.

— Attends de rencontrer Lily, la fiancée de Raoul. Elle est un peu timide, mais tellement gentille. Je suis sûre que vous allez très bien vous entendre.

— Je l'espère, répondit Angélique. C'est surtout Vittorio qui m'inquiète. Il me terrifie…

Poppy roula des yeux.

— Et moi, donc ! Rafe, Raoul et moi l'évitons comme la peste. Rémy est le seul capable de lui arracher un sourire. Mais tu le connais, n'est-ce pas ? Rafe m'a dit que tu venais souvent ici à l'époque où ton père et Vittorio étaient encore partenaires en affaires…

— C'était il y a longtemps. Nos familles se sont brouillées, depuis.

— Peut-être, mais ce n'est pas ta faute. A présent, que dirais-tu d'accueillir Raoul et Lily ?

En effet, une troisième voiture venait de se garer devant la villa. Une jeune femme brune en descendit avant d'en faire le tour, une paire de béquilles à la main.

— Je croyais que Raoul était paralysé ? remarqua Angélique, surprise.

— Il arrive à faire quelques pas, dit Poppy. C'est grâce à Lily. Ne sont-ils pas adorables, tous les deux ?

La poitrine d'Angélique se contracta. Raoul souriait à Lily, d'un sourire débordant de tendresse. Lily n'était pas en reste. Le regard dont elle couvait Raoul était sans équivoque celui d'une femme follement éprise.

Ils remontèrent l'allée, et Raoul s'appuya sur une béquille pour lui tendre la main.

— Bienvenue dans la famille, Angélique. Content de t'avoir parmi nous.

Une boule d'émotion enfla dans sa gorge. Raoul avait toujours été le plus gentil avec elle…

— Merci, balbutia-t-elle. Navrée pour ton accident. Je t'ai envoyé une carte. L'as-tu reçue ?

— Oui. L'attention m'a beaucoup touché.

Il changea de position entre ses béquilles, de manière à permettre à Lily de s'avancer.

— Ma chérie, je te présente Angélique, une amie de la

famille et la femme de Rémy. Angélique, voici Lily Archer, ma fiancée.

Angélique serra la main de Lily.

— Enchantée.

— Tout le plaisir est pour moi, répondit timidement Lily. Tu es aussi sublime en vrai que dans les magazines…

— Oh ! tu devrais me voir au réveil, protesta Angélique. Entre les régimes et le maquillage, ma célèbre beauté est tout sauf naturelle.

Le sourire de Lily indiquait qu'elle n'était pas de cet avis.

— Peut-être pourrais-tu donner quelques conseils à une future mariée ? suggéra-t-elle. Je ne suis pas très douée pour ce genre de chose…

— J'en serais ravie. T'a-t-on déjà dit que tu avais des yeux magnifiques ?

Elle se tourna vers Raoul, qui la contemplait avec tant d'amour que le cœur d'Angélique se serra.

— Oui, souvent.

Un remue-ménage interrompit la conversation. Vittorio émergea de la villa comme un dragon d'une caverne. Son regard tomba aussitôt sur Angélique.

— J'ai toujours su que tu nous causerais du tort, cracha-t-il. Tu es bien la fille de ton hypocrite de père.

Angélique carra les épaules et fit bravement face.

— Pourquoi me juger sur ce que mon père vous a fait ? C'est injuste. Je suis innocente.

— Toi, innocente ? Ne me fais pas rire !

— C'est vrai. Comment pourrais-je l'être après toutes ces nuits passées dans les bras de votre petit-fils ? riposta-t-elle.

Vittorio manqua s'étrangler de rage.

— Sale petite catin ! Avoue que tu es de mèche avec ton père. Tu as forcé Rémy à t'épouser pour mieux le dépouiller au moment du divorce…

Angélique allait protester quand Rémy passa un bras autour de ses épaules.

— Ça suffit, trancha-t-il. Je te l'ai déjà dit, Nonno. Je ne veux pas t'entendre manquer de respect à ma femme.

Vittorio crispa la mâchoire.

— Combien de temps encore comptes-tu rester avec elle ? Ne vois-tu pas que c'est une intrigante ? A la première occasion, elle te quittera en emportant la moitié de ta fortune…

— Je ne prendrai que ce qui m'appartient, intervint Angélique.

— Tu t'imagines qu'il va te rendre ton château juste parce que tu as écarté les cuisses ? s'esclaffa Vittorio. Rémy est un idiot, mais pas à ce point. Sa victoire sur ton père est la seule chose qui me rende fier. Il n'y renoncera pas pour tes beaux yeux. Il me ressemble trop…

— Assez ! aboya Rémy. La discussion est close.

Poppy s'avança à son tour.

— Que diriez-vous d'aller boire un thé, les filles ? Après tout, ces histoires ne nous concernent pas.

— Ce serait l'occasion de discuter maquillage, ajouta Lily.

Angélique saisit l'allusion et capitula. Avec un dernier regard à Rémy, elle suivit ses nouvelles belles-sœurs.

Vittorio parti, Rafe prit Rémy à part.

— Ça va, frérot ?

— J'aurais pu le frapper, grogna Rémy, les poings crispés.

— Peut-être parce qu'il n'avait pas tout à fait tort ?

Il foudroya son frère du regard.

— Ne commence pas, Rafe. Je ne suis pas du tout comme lui.

— Nous lui ressemblons tous un peu, affirma Rafe sentencieusement. Nous aussi, nous avons manipulé des gens pour parvenir à nos fins. Inutile de se voiler la face. Mais il est toujours possible de changer. *Un Caffarelli gagne toujours*, c'est ce que je vous ai enseigné, à toi et Raoul. Poppy m'a appris la faille de cette devise…

Rémy serra les dents.

— Epargne-moi tes conseils. Je sais ce que je fais.

— Désolé, dit Rafe avec une bourrade fraternelle. J'ai la mauvaise habitude de m'inquiéter pour toi. Tu es assez grand pour prendre tes propres décisions.

Et en assumer la responsabilité, compléta Rémy intérieurement.

Raoul le rejoignit au moment où Rafe s'éloignait.

— Comment va Angélique ? Elle semblait un peu pâle tout à l'heure. Tu ne l'as pas malmenée, au moins ?

— Ce n'est rien, grommela-t-il. Elle a une gastro, et sa séance photo d'hier l'a fatiguée.

— Qu'y a-t-il au juste entre vous ? Est-ce vrai, ce qu'a raconté Nonno ?

— Tu sais comment est Angélique. Toujours à attirer l'attention sur elle. Ce n'est pas la reine du scandale pour rien…

Raoul lui lança un regard de reproche.

— C'est une gentille fille. La mort de sa mère l'a un peu déboussolée, mais elle a un bon fond. C'est son salaud de père qui nous a dupés, pas elle.

— Et je le lui ai fait payer, rétorqua Rémy.

— Oui, en volant à Angélique ce à quoi elle tenait le plus au monde. Rends-lui Tarrantloch, Rémy. Pari ou non, ce domaine ne t'appartient pas.

— C'est bon. Je comptais le lui rendre après le divorce.

— Quelle générosité, railla Raoul. Et si elle refuse de divorcer ?

Rémy éclata de rire.

— Aucun risque. Elle déteste être mariée avec moi. Pour elle, le mariage est une institution démodée qui sert l'intérêt des hommes aux dépens de celui des femmes.

— Tu y as certainement trouvé ton compte…

— Qu'est-ce que tu insinues ?

— Tu n'étais pas obligé de coucher avec elle. Pourquoi ne pas avoir fait annuler le mariage sitôt votre retour à Londres ?

Une colère sourde envahit Rémy.

— Ma vie sexuelle ne te regarde pas, siffla-t-il entre ses dents.

— Si tu divorces, rien n'empêche Angélique de réclamer la moitié de ta fortune, répliqua Raoul.

— Tiens donc. Je croyais qu'elle avait un bon fond…

— C'est le cas. Mais elle pourrait t'en vouloir de lui avoir brisé le cœur.

— Moi, lui briser le cœur ? C'est ridicule ! s'emporta Rémy. Si Angélique tient à rester mariée, c'est uniquement pour lancer sa nouvelle carrière. Le profit est tout ce qui l'intéresse.

— Ton cynisme t'aveugle. Tu ne comprends donc pas ?

— Angélique n'est pas amoureuse de moi, Raoul. Et c'est réciproque.

Son frère haussa un sourcil.

— Quoi ? Tu crois que *je* suis amoureux d'elle ?

Il s'esclaffa, d'un rire qui sonnait creux — même à ses oreilles.

— Désolé de te décevoir, Raoul. L'amour n'est pas inscrit dans mes gènes.

— Ce n'est pas une question de gènes, mais de choix. A condition d'y être ouvert…

— Ma vie me convient telle qu'elle est. Je n'ai pas besoin de ce genre de complication.

— Tu finiras comme Nonno, seul avec une poignée de domestiques flagorneurs toujours à rire dans ton dos, soupira Raoul.

— Ecoute, frérot, je sais ce que je fais.

— Dans ce cas, pourquoi ne pas rendre Tarrantloch à Angélique maintenant ? Tu serais fixé sur les raisons qui la poussent à rester. A moins que tu craignes de perdre ce qui compte *réellement* pour toi ?

Rémy suivit son frère des yeux tandis qu'il s'éloignait d'un pas chancelant entre ses béquilles. Presque aussitôt, Poppy se matérialisa à son côté.

— As-tu vu Angélique ? Ça fait un moment qu'elle est partie aux toilettes. Je me demande si tout va bien…

— Ce n'est qu'une gastro, répéta Rémy pour la énième fois.

La jeune femme cilla.

— Oh… Je croyais…

— Quoi ?

— Rien.

Elle pinça les lèvres, comme par peur d'en dire trop. Mais son geste ne lui avait pas échappé — cette main qu'elle avait posée d'instinct sur son ventre.

Le choc lui fit l'effet d'un coup dans l'estomac.

— Excuse-moi…

Bousculant Poppy, il se rua dans la villa.

Angélique contempla le bâtonnet.

Négatif.

Une inexplicable déception l'envahit. Pourquoi cette soudaine envie de pleurer ? Que lui importait un bébé aux cheveux noirs et aux yeux chocolat alors qu'elle s'apprêtait à gagner des millions en paradant sur tous les podiums d'Europe ?

Parce qu'elle en avait assez.

Assez de jouer les fausses mariées dans les défilés et devant les photographes. Elle voulait être une *vraie* mariée et une *vraie* épouse. Une vraie *mère.*

— Angélique ?

Un coup sec fut frappé à la porte. Elle jeta hâtivement la boîte et le bâtonnet dans le tiroir sous le lavabo.

— Une seconde…

Le temps de vérifier son reflet dans le miroir. Seigneur, elle avait vraiment l'air d'un fantôme…

La poignée de la porte remua furieusement.

— Ouvre, ordonna Rémy. J'ai à te parler.

Inspirant profondément, elle tira le verrou et ouvrit la porte.

— Tu permets ? J'ai droit à mon intimité, non ?

— Que faisais-tu ? demanda-t-il en tordant le cou pour regarder derrière elle.

— A ton avis ? J'étais aux *toilettes* !

Il lui saisit violemment le bras et l'obligea à lui faire face.

— Es-tu enceinte ?

— *Quoi ?*

Le choc la fit vaciller.

— Je t'ai posé une question, gronda-t-il. Es-tu enceinte ?

— Non.

— Mais tu croyais l'être ?

Elle hésita avant de répondre :

— Oui…

— Quand comptais-tu m'en parler ?

— Je voulais être sûre.

— Pour annoncer la nouvelle à la presse et m'obliger à rester marié avec toi ?

— Toi et ta théorie du complot… Le monde ne tourne pas autour de toi, tu sais.

Elle se libéra de sa poigne et le dépassa, la tête haute.

— Saisis-tu à quel point ton attitude est insultante ? tonna Rémy en la suivant. Si tu pensais être enceinte, nous aurions fait face ensemble. Tu n'avais aucun droit de me cacher cette information.

— Qu'est-ce qui te dit que c'est *ton* enfant ? répliqua Angélique. Méfie-toi, Rémy. J'aurais pu te coller la paternité du bébé d'un autre sur le dos sans que tu soupçonnes quoi que ce soit…

— Tu ne t'abaisserais pas à ça. Ton père est peut-être un escroc sans scrupules, mais pas toi. Pas la *vraie* Angélique.

— Tu ne sais rien de moi…

— Je sais que tu es impatiente d'en finir avec ce mariage. Eh bien, réjouis-toi : tu es libre !

Elle vit sa mâchoire se crisper.

— Je refuse qu'on m'accuse de t'avoir dépouillée et de profiter de toi sexuellement, continua-t-il. Va-t'en. Tarrantloch est à toi. Je t'enverrai l'acte de propriété.

Angélique était abasourdie. Elle avait rêvé de ce moment, celui où Tarrantloch serait de nouveau en sa possession. Alors pourquoi cette sensation d'avoir tout perdu ?

— Tu veux… que je m'en aille ?

— C'est ce que *toi*, tu veux, non ?

Saisis ta chance ! lui souffla une petite voix. *Dis-lui ce que tu veux vraiment !*

Mais son orgueil le lui interdisait. D'ailleurs, que lui dire ? Qu'elle l'aimait ? Qu'elle voulait rester pour toujours à ses côtés ? Rien dans son comportement n'indiquait qu'il était amoureux d'elle. Il la désirait, oui, mais…

S'il l'aimait, ne lui aurait-il pas déjà ouvert son cœur ?

— Oui, articula-t-elle d'une voix blanche. C'est ce que je veux.

— Très bien. Je n'annoncerai officiellement notre rupture qu'après Noël afin de ne pas compromettre ta nouvelle carrière, dit Rémy.

— Merci.

Comme si elle s'en souciait… Elle cherchait déjà un moyen d'y échapper.

Ne pleure pas, s'exhorta-t-elle. Pas question de l'implorer de la garder à ses côtés. Encore moins de lui avouer son amour, seulement pour le voir foulé aux pieds.

— Tu veux bien dire au revoir aux autres pour moi ? Je ne veux pas faire de scène.

— Quoi, pas de sortie fracassante ? Ça ne ressemble pas à l'Angélique que je connais.

— Eh bien, peut-être ne me connais-tu pas aussi bien que tu le crois.

Une réplique finale bien sentie, qu'elle aurait davantage savourée si elle n'avait été si occupée à combattre ses larmes...

Elle quitta la villa et la vie de Rémy sans que personne l'arrête.

Pour ne plus jamais y revenir.

14

— Mais tu ne peux pas rester seul à Noël !

Les lèvres de Poppy tremblaient et ses yeux brillaient de larmes.

— Rafe, chéri, veux-tu bien expliquer à ta tête de mule de frère qu'il est le bienvenu chez nous ? Je ne supporte pas l'idée que quelqu'un passe les fêtes seul.

— Ce n'est pas la fin du monde, dit Rémy, embarrassé de l'avoir fait pleurer. Je ne suis pas d'humeur sociable, c'est tout.

Rafe passa un bras apaisant autour des épaules de sa femme.

— Poppy est un peu à fleur de peau, en ce moment. N'est-ce pas, chérie ?

— Devrions-nous lui dire ?

Rémy les dévisagea tour à tour avec méfiance.

— Me dire quoi ?

— Nous allons avoir un bébé ! s'exclama Rafe, le visage rayonnant. Nous ne voulions pas faire de l'ombre au mariage de Raoul et Lily. C'est pourquoi nous ne l'annoncerons officiellement qu'à Noël, après leur retour de voyage de noces.

Rémy sentit un étau lui comprimer la poitrine — cet étau apparu peu après le départ d'Angélique de sa vie. Il parvint néanmoins à sourire.

— Félicitations. Je suis ravi pour vous. Je vais donc être tonton, ajouta-t-il avec un petit rire forcé.

— S'il te plaît, passe les fêtes avec nous, l'implora Poppy.

Je sais que tu n'as aucune envie de voir ton grand-père. Mais nous formons une famille. Ce ne serait pas pareil sans toi.

Ni sans Angélique, songea Rémy.

Il se représenta la chaleureuse scène familiale à laquelle Poppy tenait tant. Un feu de bois dans chaque pièce. De délicieux effluves de cuisine flottant dans l'air. Un sapin de Noël orné de guirlandes et de clochettes colorées, avec à son pied une montagne de cadeaux enveloppés de papier chatoyant, choisis avec soin. Ses frères et leurs épouses parleraient voyage de noces et bébés à venir. Les photos du mariage de Raoul et Lily circuleraient à la ronde, rappel douloureux de l'absence d'Angélique. Et lui se retrouverait à l'écart… avec son grand-père.

Plutôt rester seul qu'endurer pareil supplice.

— Désolé. J'ai d'autres projets.

— Je me demande ce qu'a prévu Angélique, continua Poppy. Et si je lui proposais de se joindre à nous ? Crois-tu qu'elle accepterait si tu n'es pas là ?

Rémy fronça les sourcils.

— Pourquoi l'inviterais-tu ?

— Pourquoi ne l'inviterais-je pas ? répliqua la jeune femme, du tac au tac. Lily en serait ravie, elle aussi.

— Vous avez passé à peine cinq minutes ensemble !

— Et alors ? C'est une personne charmante.

— Je n'ai jamais dit le contraire, se défendit-il, ignorant le haussement de sourcils de son frère.

— Tu savais qu'elle avait rompu son dernier contrat ? intervint celui-ci. Celui des robes de mariée… Ce revirement va lui coûter une fortune. L'un des créateurs menace de lui faire un procès.

Le monde se figea autour de Rémy.

— Où as-tu appris ça ?

Rafe haussa les épaules.

— Dans les journaux, bien sûr.

*
* *

Angélique recula pour admirer le majestueux sapin trônant au milieu du salon de Tarrantloch. Une agréable odeur de pin emplissait la pièce, à la fois fraîche et piquante. Cela lui rappelait les Noëls d'autrefois avec ses grands-parents. Elle avait même retrouvé dans le grenier les décorations de son enfance, miraculeusement épargnées par les déménageurs — y compris le vieil ange qu'elle affectionnait tant. Le pauvre était un peu défraîchi avec sa robe jaunie et ses ailes rongées par les mites, mais elle n'avait pas eu le cœur de le remplacer.

Il n'y avait rien de plus triste que fêter Noël seul. Les années précédentes, elle s'était laissé entraîner dans des soirées branchées chez des gens qu'elle connaissait à peine, ou n'appréciait pas particulièrement. Cette année, cependant, elle n'avait ni le courage ni la volonté de recommencer.

Poppy l'avait invitée à passer les fêtes chez elle, en Oxfordshire. Elle avait poliment décliné, même après avoir appris que Rémy serait absent. Elle n'avait pas demandé où il fêterait Noël, ni avec qui.

Elle préférait ne pas le savoir.

Un bruit d'hélicoptère à l'extérieur la fit sursauter. Robert Mappleton ne devait arriver que le lendemain, pour le réveillon. Elle l'avait invité après avoir découvert qu'il le passait seul chaque année depuis la mort de sa femme.

Comme elle s'approchait de la fenêtre, son cœur s'arrêta. L'homme qui fendait le vent glacial en direction du château n'était autre que… Rémy.

Balayant les paillettes de guirlande sur son pantalon, elle alla ouvrir.

— Que fais-tu ici ?

— J'avais besoin de te parler.

— Alors parle, lâcha-t-elle, les bras croisés sur sa poitrine.

— Tu ne m'invites pas à entrer ?

— J'attends quelqu'un.

Il tressaillit comme sous l'effet d'une gifle.

— Qui ?

— Robert Mappleton.

Son expression se ferma. Alors seulement, elle remarqua ses traits tirés et la barbe naissante sur ses joues, plus fournie que d'habitude.

— J'aurais dû m'en douter, murmura-t-il.

— Que veux-tu, Rémy ? Pourquoi ne passes-tu pas Noël avec ta famille ?

Son regard s'assombrit.

— J'évite mon grand-père pour ne pas lui coller mon poing dans la figure.

— J'ai aussi menacé mon père de le frapper s'il m'approchait, dit Angélique.

Rémy resta un instant à contempler en silence la jeune femme.

— Bon... Je ferais mieux d'y aller...

Il arrivait trop tard. Elle avait tourné la page et trouvé quelqu'un d'autre. Robert Mappleton était trop vieux pour elle, mais sans doute représentait-il la figure paternelle qui lui avait toujours fait défaut.

— Pourquoi es-tu là ? répéta-t-elle.

Assez. Il en avait assez des mensonges et des faux-semblants. Il allait risquer le tout pour le tout. Son orgueil était en jeu, mais c'était un faible prix à payer.

— Je t'aime, Angélique.

— Tu... *quoi ?*

— Tu sembles choquée.

— Tu n'as jamais rien dit ! Tu m'as chassée comme une malpropre ! Comment as-tu *osé* me faire ça ?

Ses reproches le piquèrent au vif.

— Bon sang, Angélique, je t'ai demandé ce que tu voulais ! Seul Tarrantloch t'intéressait !

— Je faisais semblant ! Comme si j'allais choisir un vieux château rempli de courants d'air plutôt que l'amour…

C'était à son tour d'être sous le choc.

— L'amour ?

— Et le mariage, et… et un bébé.

— Tu veux un *bébé* ?

Angélique essuya du revers de la main les larmes qui lui embuaient les yeux.

— Tu vas me trouver ridicule, mais quand le résultat du test de grossesse est revenu négatif, j'ai eu envie de pleurer.

— Pourquoi ?

— Parce que sans bébé, je n'avais aucune raison valable de rester avec toi.

— Et ton contrat de mannequinat ?

— Tu ne comprends donc pas ? Je déteste être top model ! Je déteste devoir être tout le temps parfaite. Si j'ai choisi cette carrière, c'est uniquement pour faire enrager mon père. Je veux être styliste, pas défiler sur des podiums.

Rémy lui saisit les épaules, par peur de laisser s'envoler ce qui ressemblait encore trop à un rêve.

— Tu veux passer ta vie avec moi ?

— Je le veux depuis le jour où tu as regardé *Le Roi Lion* avec moi quand j'avais quinze ans, dit-elle, ses yeux bleu-gris rivés aux siens.

— Tu m'aimes ?

— Passionnément.

— Alors pourquoi n'avoir rien dit ? Te rends-tu compte du supplice que tu m'as fait endurer ? la gronda-t-il. Tu mériterais que je te donne une fessée…

— Est-ce une promesse ?

Le sourire espiègle de la jeune femme heurta sa poitrine comme il la serrait contre lui.

— J'ai cru t'avoir perdue. Etre arrivé trop tard. Quand Rafe m'a dit que tu essayais de rompre ton contrat, un espoir fou m'a envahi. Dis-moi que je ne rêve pas…

— Allons-nous continuer à nous disputer ? dit-elle en lissant le pli sur son front.

Il attrapa son doigt et l'embrassa.

— Je l'espère. Se réconcilier est la meilleure partie…

Les yeux d'Angélique brillèrent.

— Crois-tu que Robert Mappleton accepterait un changement de dernière minute ?

— A quoi penses-tu ?

— Eh bien, Poppy semble s'être donné beaucoup de mal. Pourquoi ne pas passer Noël en famille, pour une fois ? Et puis, je meurs d'envie de voir les photos du mariage de Raoul et Lily…

Elle leva vers lui des yeux suppliants.

— Tu veux bien ?

— Pour toi, *mon amour*, je suis prêt à tout accepter. Mais avant…

Il sortit de sa poche un petit écrin de velours qu'il lui tendit.

— J'ai quelque chose pour toi.

Angélique ouvrit la boîte et découvrit une superbe bague de fiançailles, au design simple mais d'un raffinement exquis.

— C'est magnifique ! s'exclama-t-elle, le souffle coupé. Comment savais-tu exactement ce qui me plairait ?

Un sourire malicieux joua sur les lèvres de Rémy.

— J'ai pris le pari.

Épilogue

Rémy contemplait sa famille réunie pour Noël dans le salon du manoir de Dalrymple. Vittorio se plaignait des fluctuations du marché auprès d'un Robert Mappleton compréhensif. Raoul était assis sur le canapé, les jambes posées sur une ottomane, Lily à son côté. Celle-ci le regardait avec tant d'amour que la poitrine de Rémy se réchauffa à ce spectacle. Rafe aidait Poppy à apporter les petits-fours, mais l'arrêta sous le gui pour l'embrasser avec fougue.

Quant à Angélique, elle était accroupie devant le sapin, cernée par les trois petits chiens de Poppy. Chutney, Pickles et Relish s'étaient immédiatement entichés d'elle et le montraient sans vergogne. Pickles, d'un naturel pourtant méfiant d'après Rafe, lui avait même léché la main.

— Tu as vu ? dit-elle en le rejoignant. Pickles m'a tout de suite adoptée. Il n'a pas su me résister…

— Je t'ai vue lui donner un sucre, objecta Rémy. C'est de la triche.

Elle l'enlaça en souriant.

— Avoue que tu es jaloux de ne pas y avoir pensé le premier.

— Pas du tout.

— Oh ! que si.

— Non.

— Quelqu'un peut-il dire à ces deux-là d'arrêter de se chamailler ? lança Rafe depuis l'embrasure de la porte.

— Ils ne se chamaillent pas, intervint Raoul. Ils s'échauffent pour un baiser. Qu'est-ce que je disais…

Tous les regards se tournèrent vers Angélique et Rémy.

— Bingo !

Retrouvez en juin 2019,
dans votre collection

◆ SAGAS ◆

'étralogie intégrale : AMOUREUSES ET INSOUMISES
de Lynne Graham - N°106

Jn irrésistible défi

Quand elle apprend que Mikhail, l'homme dont elle a repoussé les avances, a acheté a maison dans laquelle elle vit, Kat sent une colère sourde l'envahir. À n'en pas douter, cherche à se venger. Comment, sinon, expliquer l'odieux marché qu'il lui propose : ccepter de lui rendre sa maison si elle passe un mois avec lui…

Jne nuit d'amour avec le cheikh

affy enrage. Comment son ex-mari, le cheikh Zahir, a-t-il osé l'enlever ? Pire, il ne lui endra sa liberté que si elle accepte de partager son lit une dernière fois. À cette idée, a colère de Saffy se teinte d'un trouble indéfinissable. Car jamais aucun homme n'a su veiller en elle ce feu brûlant…

a tentation d'un play-boy

Qui est réellement Emmie Marshall ? Cette question hante Bastian depuis qu'il a écouvert le visage de sa secrétaire sur un site spécialisé en « accompagnatrices de uxe ». Dans l'espoir d'obtenir des réponses à ses questions, il exige que la jeune femme accompagne à un mariage en Grèce…

'assion en Toscane

Quand elle est entrée au service de la comtesse Leonetti, Topsy n'avait qu'un seul bjectif : découvrir si le nouvel époux de son employeuse était bien ce père qu'elle 'a jamais connu. Hélas, c'était compter sans Dante, le fils de la comtesse. Arrogant et utoritaire, il éveille en elle un désir fou…

'riologie intégrale : TROIS CÉLIBATAIRES À MARIER
le Jessica Hart - N°107

Avis de coup de foudre

Gib n'en revient pas. Ses proches sont convaincus qu'il est incapable de se lier d'amitié vec une femme sans que le désir s'en mêle. Résolu à leur prouver le contraire, il relève e défi qu'on lui lance : s'installer en colocation avec trois jeunes femmes, et gagner eur amitié. Un jeu d'enfant, pense-t-il. Jusqu'à ce que son regard croise celui de la jolie hoebe…

Jn couple inattendu

ate déteste Finn McBride, son patron, qu'elle juge arrogant, guindé et totalement épourvu d'humanité. Quelle déception lorsqu'elle découvre que cet odieux personnage t le fameux prince charmant avec lequel ses amies lui ont organisé un rendez-vous ne ont qu'une seule et même personne !

Jn amour imprévu

lle, tomber amoureuse de son meilleur ami ? Ça n'a aucun sens ! Bella connaît Josh epuis l'université. Si elle avait réellement été amoureuse de lui, ses sentiments se seraient nanifestés plus tôt. Hélas, quand Josh lui propose de l'accompagner pour un voyage 'affaires, Bella doit bien reconnaître que ses sentiments pour lui ont bel et bien évolué…

Retrouvez en juin 2019,
dans votre collection

♦ SAGAS ♦

Trilogie intégrale : LE TRÉSOR DES DRUMMOND de Jennifer Lewis - N°108

Un homme à conquérir

Divorcé pour la seconde fois… Désabusé, Sinclair se promet de ne plus jamais faire confiance à une femme. De toute façon, ne dit-on pas qu'une malédiction pèse sur sc famille et que les héritiers Drummond ne trouveront jamais le grand amour ? Sinclai en est convaincu, même si Annie, sa douce gouvernante, semble décidée à le faire changer d'avis…

Intenses retrouvailles

Il y a six ans, il a quitté Vicki parce qu'il avait peur de s'engager. Aujourd'hui, Jack n'a plus qu'un objectif : reconquérir la seule femme qu'il ait jamais aimée. Seulement Vicki ne le voit pas de cet œil-là et, même si elle accepte de le revoir, elle se refuse à lu ouvrir à nouveau son cœur. Une simple question de temps, se dit Jack, désormais prê à tout sacrifier par amour.

Par devoir, par amour…

Conscient que son image de play-boy constitue un frein à sa carrière, James décide de trouver une épouse. Un arrangement qui convient à Fiona, sa rivale en affaires qui prendrait ainsi la tête d'une entreprise chère à son cœur. Mais, dès lors que Fion plonge ses yeux sombres dans les siens, James comprend qu'il ne pourra se contente d'une union de convenance…

Trilogie intégrale : MENACES & SECRETS de Susan Kearney - N°109

Une femme en danger

Persuadée d'être responsable de l'accident qui a tué le frère de Chase Sutton, so fiancé, Laura a fui pour sauver l'enfant qu'elle attendait. Des mois plus tard, quan Chase finit par la retrouver, elle voit ses pires craintes se réaliser. Que faire face à ce homme qui la considère comme une meurtrière, et qui ne sait pas qu'elle est la mèr de son enfant ?

L'innocence volée

Cameron Sutton est anéanti. Les grands-parents de Sandra, son épouse tragiquemer disparue, veulent lui retirer la garde de ses jumeaux de deux ans en le faisant passe pour un mauvais père. Son émotion se mue alors en méfiance quand Alexa, la cousin de Sandra, lui propose spontanément son aide. Ne chercherait-elle pas à lui tendre u piège ?

Le voile du silence

Lorsqu'elle s'aperçoit qu'un inconnu la traque, Rhianna demande de l'aide à se parents. Mais son angoisse monte d'un cran quand ceux-ci lui révèlent qu'ils ont fa appel à Rafe Sutton pour assurer sa protection. Car Rafe n'est autre que l'homme ave qui elle a passé une nuit d'amour quelques mois plus tôt, et le père de l'enfant qu'ell attend…

HARLEQUIN ♦ SAGAS ♦

Composé et édité par HarperCollins France.

Achevé d'imprimer en mars 2019.

BLACK PRINT

Barcelone

Dépôt légal : avril 2019.

MIXTE
Papier issu de sources responsables
FSC® C108412

Pour limiter l'empreinte environnementale de ses livres, HarperCollins France s'engage à n'utiliser que du papier fabriqué à partir de bois provenant de forêts gérées durablement et de manière responsable.

Imprimé en Espagne.